法治题材长篇小说

静静的汶水河

冯琦昊 著

群众出版社

图书在版编目（CIP）数据
静静的汶水河／冯琦昊著．—北京：群众出版社，2022.10
ISBN 978-7-5014-6204-9
Ⅰ．①静…　Ⅱ．①冯…　Ⅲ．①长篇小说—中国—当代　Ⅳ．①I247.5
中国版本图书馆 CIP 数据核字（2022）第 049027 号

静静的汶水河
冯琦昊　著

出版发行：群众出版社
地　　址：北京市丰台区方庄芳星园三区 15 号楼
邮政编码：100078
经　　销：新华书店
印　　刷：天津嘉恒印务有限公司

版　　次：2022 年 10 月第 1 版
印　　次：2022 年 10 月第 1 次
印　　张：11.75
开　　本：880 毫米×1230 毫米　1/32
字　　数：316 千字

书　　号：ISBN 978-7-5014-6204-9
定　　价：45.00 元

网　　址：www.qzcbs.com
电子邮箱：qzcbs@sohu.com

营销中心电话：010-83903991
读者服务部电话（门市）：010-83903257
警官读者俱乐部电话（网购、邮购）：010-83901775
文艺分社电话：010-83901350

目　录

楔 子

女人的泪一滴就醉，男人的心一揉就碎。

天空乌云遮顶，风起云涌，吹起了汶水河波波涟漪。

柳韵含着泪，提起自己的行李箱，打开房门，回头依依不舍地看着自己年迈的母亲。

母亲背过身去，低头抽泣。

柳韵泪如雨下，转身走出家门。门口停着一辆黑色大众轿车。华畅帮她把行李放在车上，然后替她打开车门。

“再看看汶水河吧！”柳韵坚决地说。

汶水河畔，华畅揽着柳韵的肩膀。柳韵低着头心不在焉。突然，她猛地抬起头。

“孟挺松！是他，就是他！”孟挺松在汶水桥上站着。

柳韵不由自主地站住了。她望着升腾白雾的汶水河深思。孟挺松一会儿看着河水，一会儿望着远方，微风轻轻地吹起了他的衣角。她和孟挺松在汶水河畔的一幕幕往事，像放电影一样在脑海中闪现。面对静静的汶水河，她流泪了。

青梅竹马的情意就这样终结了吗？不！可是站在她身边的是将要与她走进洞房的老公——自己的领导、人民法院的副院长啊！

可是，柳韵的心像千钧石压着，腿里像灌了铅，一步也迈不开。

突然，刮起了大风，风夹着小雨无情地袭来。

“走啊！”华畅在催。

风在刮，雨在下，柳韵呆呆地站着，望着桥上的孟挺松，她怎么也迈不开双腿，看着河水百味杂陈、心如刀割。

孟挺松像一尊雕塑，一动不动地望着桥下。雨水顺着他的头发流到额头，滑过脸颊，掉在地上。谁也看不清是雨水还是泪花，那一刻他哭了。哭得很委屈，很悲伤。顿时，静静的河水，一片咆哮声，风把斜斜的雨点撕成了碎片。

孟挺松紧握着双拳，撕心裂肺地张着嘴巴，目光严厉地瞪着华畅，那眼神像是火球似的要击伤他。自己相依相恋的同村情人被别人夺走，还有比这更屈辱的事情吗？

静静的汶水河啊！您冰冻融化，融化冰冻，多少个春夏秋冬，您像一位成熟的少女，知道潜移默化，知道迂回曲折，知道韬光养晦，知道欲速则不达。可您今天为什么不听听孟挺松和柳韵诉说衷肠呢？

第一章　汶水河边出生

黄河北岸，蟒河下游是一个宽宽的沟壑，沟壑的西岸有一棵千年皂角树。沟下有一条河叫汶水河。汶水河的水面大约有三米宽，河水清澈见底、波光粼粼。

汶水河就像十六七岁的少女，总是款款地移动着均匀的步履姗姗而行。河边的鲜花和野草在微风的吹拂下，像飘逸的裙摆，风情地摇摆着她那柔软的腰肢。

她又像一位颇具修养的大家闺秀，总是静静的、淡定的、安详的，笑是微笑，虽忧不叹，若娇不嗔。

她的来和去都是静静的，从来没有咆哮过，就连她身边的鸟儿和臂下的鱼儿都不曾感知。

她从北方缓缓而来，向正南方悠悠流去。

河的上边、沟的西岸有一个村庄叫店上村，历史悠久，人才辈出。河沟的上沿有一棵皂角树。离皂角树 200 米有一个长和宽各六丈的农家小院，坐南向北。迎门长着一株玫瑰树，树的后面是一间小屋，小屋的东边是一棵石榴树，院子中间长着一棵大槐树，东屋和北屋各三间房屋。

清晨，天还没有亮。薄薄的白雾轻轻地笼罩着整个小院，抬眼望去，天空中还有几颗未隐去的星星，躲躲闪闪，不时调皮地眨着双眼，整个小院静静地沉睡着。

“喔，喔”，公鸡的啼叫打破了小院的宁静。小院的女主人孟老太太也不例外，早早地起床，推开屋门。迎门的玫瑰花香扑鼻而来。她走到门口，聚精会神地看着玫瑰树。花叶上含苞欲放的花蕾，像害羞的少女，抿着粉红的小嘴向她致意。盛开的花则露出圆圆的脸庞，一朵朵花都呈现深红的颜色，开得那么灿烂、那么夺目。

孟钢悄悄地走到母亲背后，“哇”地喊了一声。

孟老太太吓了一跳说：“傻儿子，吓死我了。”

“妈，这有什么好看的?”

“儿子，你闻一下。”

“啊！真的好香啊!”

“儿子，你再仔细看，如果用手轻轻掰开这玫瑰花的花瓣，就可以看到鲜黄的花蕊，花蕊很细，像丝线似的。”

“妈，你看蜜蜂在亲吻着花蕊呢!”

“是啊，小蜜蜂利用纤细的触角小心翼翼地抚摩着花的脸，生怕弄疼了它们。”

“妈，蝴蝶飞来飞去落在石榴树上了!”

“儿子，咱院这棵石榴树也有一段时间了。”

“大概多少年了?”

母子俩正说着，一个个子矮小、体瘦如柴、头上戴着一顶破布遮阳帽、60 多岁的老头儿在院子门口停了下来。他露在帽檐外的头发已经斑白，眼窝深凹，眼珠泛黄，肩上搭着一件黑不黑灰不灰的褂子，腰上挂着旱烟袋。他眯着眼睛向院子张望着。

张大婶一群人立马走上前去。

“这位先生，你在这里东张西望，干什么呢？”

老头儿瞅瞅张大婶，又看看一群孩子，漫不经心地说：“这院子有来头儿！”

“疯子！疯子！”小孩子们七嘴八舌，“不理他，咱们玩捉迷藏去。”

“我知道这院子是孟家祖先留下的饲养室。他在这里胡诌，回家去。”李大嫂说。

张大婶沉默一会儿说：“先生，您说什么？再说一遍。”

“这个院四方四正，上边都是好东西。”

“先生，你没有进院子，你是怎么知道的？”

“还有，那个老太太的儿媳妇已经身怀六甲。”

“啊！先生此话当真？”张大婶半信半疑。

“您是看相的算命先生吧？”李大嫂也凑上前来。

老头儿捋了一下胡须，眯着眼睛停了一会儿说：“你看啊，此院的东沟边有条河，此河是蟒河的下游。”

“蟒是什么意思？”李大嫂好奇地问。

张大婶摇摇头说：“不知道。”

“您就直接告诉我们吧。”李大嫂急了。

“这个你们也不知道？哎！蟒就是龙的象征。”

张大婶感到惊讶。

算命先生掏出腰间的旱烟袋，吸了两口，然后朝脚上磕了两下，停了半天，眯着眼睛说：“此户不出三代，必将出人中之龙，国家的栋梁之材。”

张大婶几个人很惊讶，进一步靠近算命先生，看着先生的脸说：“您是怎么知道的？”

算命先生嘴里唠叨着：“信不信由你们！”说完就扬长而去。

孟老太太连忙喊：“先生，别走别走，我有话说！”

算命先生头也不回，朝着汶水河方向大步走去。

张大婶急忙推开孟家大门，进门就喊：“孟钢、柏玫！快！

我告诉你们一个好消息。”

柏玫边答应边从屋里往外走，说道：“婶子，有什么好消息？看把你急成这样。来，坐下说。”

“不坐了，今天就是高兴。我、我、你、你要发财了！”张大婶审视着柏玫。

柏玫感到不好意思，拽了拽衣角。

张大婶把话咽了下去，灵机一动转眼望着迎门的玫瑰花：“这花好香啊！是它把我吸引过来的。回来我要移一棵，沾沾你们家的香味和喜气。”

柏玫哈哈大笑道：“没问题。大婶什么时候学会客气了，想移就移吧。”

孟钢坐在大槐树下的小凳子上。

大槐树像一把遮阳伞遮住了半个院子，满树的槐花散发着沁人肺腑的芳香。成群结队的蜜蜂，唱着嘤嘤的劳动歌曲，游弋在花穗与槐叶之间，扑进花蕊，嘴角颤动着采集花蜜，一批批满载而归，又一群群匆匆飞来。

这时，李大嫂领着小儿子来了，微笑着说：“都在这里啊？”

“呦，大嫂，哪股风把你吹来了？”柏玫调侃地说。

“我儿子也要看玫瑰花，这不就串门到你家了。”

“妈妈，阿姨的肚子怎么这么大啊？”小家伙天真地问。

“你阿姨是吃了三碗卤面！”

“我懂了！那我吃三碗卤面，肚子也是这么大吗？”小家伙天真地说。

柏玫挺着大肚子在院子里走来走去。张大婶、李大嫂和孟老太太坐在大槐树下唠嗑。孟钢看着自己的妻子挺着大肚子，想着自己要当爹了，在一旁傻笑。

这时候张大婶站起来把孟钢拉到一边说：“汶水河中有一处泉眼，这个泉眼冒出来的水可是神水，凡是生儿育女都要去河里舀一碗水让宝宝喝。舀住了，舀准了，宝宝喝了将来准能当大官！等你媳妇生时，你也去试试！”

孟钢半信半疑地问：“是不是生孩子都要去找这个泉眼舀水？”

“是啊！据说，咱村的两个将军和那个清华大学生都喝了这水呢！”

柏玫听了暗自高兴，但还是纳闷，她挺着大肚子一摇一摆地去找皂角树旁住着的神汉毛大叔。

毛大叔说：“姑娘，没错儿，是真的。提起汶水河，就要说起河里的那个泉眼，泉眼里冒出来的水清凉甘甜，讲究人家的媳妇生孩子时都让丈夫跑来找泉眼，把泉水让新生婴儿喝。只要找得准，孩子长大准能光宗耀祖。”

“大叔，真的有那么神吗？”

“姑娘啊，你听说过没有？早几年有一个拄着拐杖少一条腿大约 50 岁的男人，穿一件短褂子，下边的裤腿卷过膝盖，毛茸茸的小腿上布满了无数个大大小小的筋疙瘩，被一条条高高鼓起的血管串连着。他来到河水边，一位好心的村民同情地问他是不是想喝一碗神水，让老天爷赐给一条腿。这个男人听后转过身说：‘不是！我是来感谢汶水河的神灵，我儿子 18 年前就是喝了这里的神水，今年如愿考上了北京大学。’”

“姑娘，毛大叔所讲是真的，汶水河的故事多着呢！”站在一旁的王大妈附和着说。

“我每天早上起床第一件事，就是下沟走到汶水河边锻炼，看那青草摇晃，鱼儿穿梭，哼着小曲，肆意亲近清澈的河水，深吸透亮的空气，用双手捧起河水抚摩脸上，尝一口河水甜甜的滋味，新的一天就这样开始了。”

“谢谢毛大叔！”柏玫心里充满好奇地离开了毛家。

转眼冬天到了。

孟老太太准备了一罐罐鸡蛋，还把婴儿的尿布、小垫晒了又晒，并且给张庄的接生婆打了招呼，等待孙子的降生。

孟钢看着媳妇的肚子一天一个样，预产期马上就到了，别提心里有多高兴了。

柏玫迈着小碎步在院子里来回走动，感到小家伙越来越不安生，频繁地踢腿、打拳、伸懒腰。

北风凛冽，天寒地冻。

这天，柏玫和往常一样在院子里走来走去。突然，腹部一阵疼痛。她皱着眉，咬着牙继续走动。

孟老太太隔着窗户看见，大声喊：“小玫，怎么了？是不是不舒服？快进屋！”

柏玫有气无力地说：“妈，没事儿，还有几天呢。”

“不行！快进屋休息！”

“妈！我没有那么娇气。不要大惊小怪。太阳这么好，我再走两圈，到时好生啊！”

下午，太阳仍然毫不吝惜地射出它那灿烂的光芒，不仅给孟家小院镀上了一层刮不掉的黄金，还给人们带来一丝暖洋洋的感觉，抚摩着柏玫清癯的脸庞。

柏玫隔棉衣摸着那巨大的肚子，汗水布满了额头。

“小玫，不要转了，进屋休息一会儿，把碗里的两个荷包蛋吃了。”

“嗯！”

孟钢把媳妇扶到屋里，端来荷包蛋让媳妇吃。

柏玫摇摇头，坐也不是躺也不是，感觉胎动逐渐频繁，一阵儿紧似一阵儿，肚子这边一会儿脑袋顶一下，一会儿小脚蹬一下，不安生的小家伙完全不顾母亲的感受，圆滚的肚皮压迫她满屋子走动，像气球似的马上就要爆破。

“媳妇，是不是要提前生了？”孟钢紧张起来，战战兢兢地说。

“不会吧，肚子里就是动来动去的，有压迫感，光想往厕所跑，现在又不太疼了，小家伙可能休息了，呵呵。”

“傻儿子，快去喊接生婆！”

看到儿媳的情绪慢慢地平静下来，孟老太太站在屋门口仰望天空。不一会儿，呼呼的西北风呼啸着刮得窗户上的塑料布哗哗作响，一种压抑的情绪成了催化剂，一场强大的暴风雪就要到来。

接生婆来了，柏玫的妈妈来了，小姑子也来了。

孟钢站在门外，没有进去，满脑子都是媳妇疼痛的表情。“什么传宗接代？让女人受这么大痛苦！”他多么想替媳妇分担疼痛啊，哪怕一半也行啊！

“儿子，快去汶水河舀泉眼里的水！”孟老太太催着。

雪越下越大，像冰雹似的砸下来。

孟钢自言自语地说：“老婆，你要挺住！一定要挺住！”泪水不由得滚了下来。

他迅速穿上大衣，戴上帽子，拿着铁锹，顶着风雪走出家门。

“哥，你的扣子扣错了！”妹妹喊着。

“儿子，雪大路滑，注意安全！”孟老太太嘱咐着。

柏玫顾不上害羞了，她一只手使劲地抓住床帮，另一只手搂住婆婆，身体弓了起来，轻轻地呻吟着。

“姑娘，用劲！再用劲！”接生婆不停地说。

柏玫眼冒金星，也想用劲，可只有疼痛袭击，她没有一点儿力气了。

寒冷的西北风吹奏着阵阵可怕的音符，白茫茫的鹅毛大雪随着风势扬起雪浪，像大海怒涛似的翻滚着、呼啸着。

孟钢佝偻着身体，像冰冻的北极熊，按照毛大叔指点的位置在汶水河畔一望无际的雪浪中，深一脚浅一脚艰难地寻找泉眼。

柏玫仿佛置身于炼狱场，疼痛的身体像撕开似的，每隔几分钟就袭击一次，疼得她眼前发黑要晕过去。

“哥哥，你找到泉眼没有？我嫂子太痛苦了。”小姑子站在门口唉声叹气地转来转去，用袖子擦着眼睛，又用衣角按了按沾着泪水的鼻子。

狂风漫卷着雪花，刮在脸上犹如一把刀从脸上刮过。汶水河边的树木在疯狂地摇动，犹如魔鬼般的手向孟钢袭击。耳边妻子痛苦的呻吟声直逼耳膜，他一步步地在雪地上挪动着冰冻的身体。

柏玫紧皱着眉，汗水布满了额头，渗透了被子，她不由自主地呻吟着。时间一分一秒地过去。看着这一切，孟老太太更加担心，看着媳妇这么难受，别过脸用衣襟擦了擦红肿的眼睛。

“妈，我嫂子这样痛苦，要不上医院吧？”小姑子听着嫂子痛苦的呻吟，急得团团转。

“你要当姑姑了，我要当奶奶了，一定是个胖小子！咱再等一会儿。”孟老太太既着急又高兴地说。

汶水河畔，凛冽的寒风夹着雪花肆虐着大地，白茫茫的一片。整个河面结了一层厚厚的冰，分不清哪儿是河哪儿是岸。孟钢艰难地寻找泉眼。

“生孩子怎么这么疼啊？我一辈子不结婚生子。”小姑子轻声说。

“傻闺女，这是生前的阵痛，没什么可怕的，这种惊心动魄是对女人的历练！”

“孩子想见到光明，急着出来，当母亲的经受过这种折磨才显得伟大！”

孟钢站在河边，头晕目眩，不知道到底去哪里找泉眼。

“姑娘，用力！使劲！”又一阵疼痛来了，接生婆在鼓励着。

“小玫，使劲！用力！孩子探了一点儿头。”孟老太太在为儿媳加油。

柏玫没劲了，绞痛让她神志不清，孩子的头又进去了。

汶水河边，孟钢还在艰难地寻找泉眼。一丛茂密的头发像扣了一顶银白色的帽子，一双粗壮的大手现在已经麻木红肿，拿不起铁锹。他站在白茫茫一片的汶水河边大喊：“老天爷，你睁睁眼吧，不要再折腾我了。泉眼啊，您就显显灵吧！”说着，他

“扑通”一声跪在了硬邦邦的河面上。

奇迹出现了。就在他跪的地方突然出现了一个冰口，碗口大的冰哗哗啦啦塌下，冰口处呼呼地直冒青烟，晶莹透亮的一股水喷了出来。孟钢感到浑身透骨地温暖，眼泪像断线的珠子掉了下来。他俯下身子，用麻木的双手接了一大碗泉水，倒进准备好的瓶子，揣在怀里。

突然一道闪电划破了天空，轰隆隆，轰隆隆，雷公公拿出珍藏很久的鼓，重重地敲了几下。鼓声震耳欲聋，狂猛地射向每个角落，搅醒了大地上的生灵，似乎要把上天的怒意洗净，要把人间的愤懑填平。

孟钢眉角含笑，就连紫赫脸上也隐隐闪现出红光，心里喷射出灿烂而快乐的火花，像放下一副千斤担子般地轻快。他把泉水瓶子紧紧抱在怀中，脚步似乎分外轻快，飞也似的爬上沟坡，往家中奔去。

电光一闪又一闪，惊雷一个又一个，把大地震得发抖，天空的泪水凝结成了更大的雪花。

柏玫突然又是一阵剧痛，疼得她抖起身子，搂住婆婆的脖子尖叫起来，撕心裂肺的声音让每个人的心都揪了起来。

小姑子焦急地转来转去。

“吱”的一声，屋门开了。“哥哥回来了！”小姑子高兴地差点儿跳起来。

孟钢冲进屋里。

“哇！哇！”一声声啼哭，婴儿挣脱了母亲的身体，在雷电的闪光中呱呱坠地。

“带蛋！带蛋！”接生婆高兴地喊着。

柏玫眼角闪显出晶莹的光，嘴唇干裂，牙齿把嘴唇咬破了，出现殷殷血斑。她的力气已经耗尽，肚子一下子空了。

孟钢的手冻得发紫，眉毛和胡子上挂着冰碴。他用僵硬的手从怀里掏出水瓶，把水倒到碗里。

一张胖乎乎的脸蛋，两串弯弯的眉毛，一双炯炯有神的大眼睛，一个小巧的鼻子，一对菩萨耳，一个肉嘟嘟的小嘴巴，在嘴巴下面还有一个圆鼓鼓的双下巴。双手胖乎乎的，十指又短又粗。

柏玫脸上露出甜蜜的微笑，安详地瞅着可爱的小家伙。

孟老太太一边抱着孙子，一边腾出一只手轻轻抚摩了一下他的小脸蛋。突然，小家伙的表情变了，哭了起来。

“哭啥哭。”接生婆风趣地说了一句。

“闺女，快把小勺拿来，让他喝点儿水。”孟老太太催着。

小姑子快步拿来小勺，递给孟老太太。

“我的小孙子啊，来！张开嘴巴，奶奶喂你喝！”

一口水喂下去，小家伙真的不哭了，瞪着两只虎灵灵的大眼睛看着陌生的世界。

“这小子不得了，一口水喝到肚子里就安生了，你们看这眼睛虎灵灵的，将来准是虎将帅才！”

孟钢拉住妻子的手说：“你辛苦了，让你受罪了。”泪水滴在柏玫的脸上。

柏玫忘记了一天多的痛苦和疲惫，欣慰地看着躺在自己身边的小儿子，眼泪流了出来，在儿子的额头上深深地吻了一下。

“小侄子有出息，定会远走高飞，这个家谁来看守呢?”小姑子站在一旁，看着侄子，望着门外自言自语。

“我的宝贝孙子啊，你这样折腾你妈妈，你妈妈必将有后福。我恐怕享受不了了。”孟老太太对孙子寄予厚望。

“给小家伙起个名字吧。”孟老太太望着孟钢和柏玫说。

“他姑妈最操心，有文化，懂法律，早就起好了。小名叫登登，意思是步步登高。大名叫孟挺松，希望他将来像青松一样，永远挺拔，万年长青，成为栋梁之材，为汶水河争光。”孟钢抢着说。

柏玫脸上露出甜美的酒窝。小姑子洋溢出幸福的微笑。

小家伙躺在妈妈身边，享受着母亲的温暖。

天亮了，冰雪融化成一粒粒小液滴，消逝在瞬间，知趣地离开了。大地贪婪地吮吸阳光的温暖，肆意地向雪花炫耀自己征服的快感。院子里堆着一层厚厚的雪，但是槐树、石榴树一点儿也不怕冷，依然昂胸挺立，还有那玫瑰花也不怕冷，在雪中开放着呢！

第二章　两只快乐的小蝴蝶

时间如梭，岁月悄然。

孟挺松转眼八岁了，胖乎乎的脸上长着一双机灵的大眼睛，浓密的眉毛叛逆地稍稍向上扬起。眼帘忽闪忽闪的。黝黑的脸上，不论是鼓鼓的腮帮，还是厚厚的嘴唇，或者微微翘起的小鼻尖，都能让人感觉到他坚毅刚强的气概和棱角分明的冷峻。邻居们都叫他“小帅哥”。

星期天的早晨，东方出现了一片红霞，太阳公公露出半张笑脸，把农家小院照得红通通的。蔚蓝的天空一尘不染，鸟儿们盘旋在天空中，一边炫耀自己的嗓子，一边从大槐树上飞到石榴树上，又飞到玫瑰花前。

“小帅哥，松松，快起床！”丢丢、滴滴、溜溜、冷冷等几个小朋友在大门外大声喊着。

松松翻了个身，自然地睁开了眼睛，看看桌上的小闹钟，刚刚过了8点，奇怪，为什么没响呢？“我的安排是7点半起床，做半个小时的作业，然后和丢丢他们一起去汶水河练习游泳、捉小鱼呢。”

“松松，你再不来我们走了！”

“谁呀？”喊声惊动了柏玫，她开了门。

丢丢拿着一根鱼竿，滴滴拿着一个小竹篓，溜溜拿着一个浮水马甲，用期待的眼神望着柏玫。

“妈妈，我也要去！”

“去吧，中午早点儿回来吃饭啊！”柏玫嘱咐着。

“我们去了！我们去了！”小家伙们一溜烟跑了。

小河清澈见底，一群群小鱼、小虾快乐地游来游去。水在阳光的照射下波光粼粼。

几个小家伙来到河边，迅速脱光衣服，光溜溜地跳进河里，像一条条小泥鳅在水里钻来钻去，一会儿冒出来，一会儿沉入水底。滴滴和冷冷玩起泥巴，打起水仗。滴滴抓一把黑泥扔到冷冷身上，冷冷毫不示弱，还他个措手不及。如此反复，个个都成了泥人。

松松和溜溜在捉小鱼。他们双臂叉开，双手慢慢在水里往一起拢，捉住一条，就放进岸边的小竹篓里。

丢丢在几个小朋友中年龄大了一岁，也算是个娃娃头。他游了一会儿就坐在岸边，看着瓜地在想着什么。

“丢丢，你在想什么呢？”

“我在想昨晚的事。丘丘他妈妈太儿（河阳方言，意思是坏），把咱几个吓死了！”丢丢对松松说。

松松脑子里立即出现了昨晚的一幕：因天气太热，几个小伙伴吃过晚饭到河边游泳。正在兴头上，丘丘母子两个不打招呼，光着身子“扑通、扑通”像久未见水的野牛一样跳进河里。丘丘妈妈说：“小球孩儿，跑什么，我没见过你们的小鸡鸡吗？”

丘丘是个小男孩儿没什么，他妈妈不穿衣服，一丝不挂跳进水里，吓得几个小伙伴屁滚尿流地跑了。

几个小伙伴非常不服气。

“来来来，你们几个都上来吧，商量商量咋报咋晚的仇!”丢丢喊着。

“咱几个把丘丘喊出来，揍他一顿!”滴滴说。

“哈哈，埋地雷多好啊！弄点儿屎放他家门口，让他家人出来踩上多美!”溜溜说。

松松看了看旁边的瓜地说：“这是丘丘家的南瓜地。”

“嘿，把他家的南瓜秧全部拔掉!”冷冷说着拔了一棵。

“冷冷，你家离河边最近，回家取个小刀!”丢丢向冷冷下了命令。

冷冷的家就在离汶水河东岸300米的几孔窑洞里。冷冷不敢不服从丢丢的命令，飞也似的跑回去取来了小刀。

丢丢拿起小刀，在一个一尺多长的南瓜上切了一个三角口，连肉带皮一起取出来，把瓜肉割掉说：“冷冷，你来！对着南瓜口子拉泡屎。”

“我没有屎，拉不出来。”冷冷吓得往后退。

“没胆子，我有！我来!”滴滴撅着屁股拉进去了。

丢丢按照原来的位置把南瓜皮对了上去。

“还是丢丢有办法。哈哈哈哈！有好戏看了。”几个小家伙笑得前仰后合。

小河停止了歌声，与两旁的垂柳玩耍。垂柳将翠绿的秀发垂到河面上，嫩枝触碰到了河水，发出波光粼粼的信号，仿佛发出阵阵笑声。

他们一行拿起鱼竿和小鱼，爬上沟坡各自回家了。

“妈妈，我饿了。”松松回到家进门就喊。

“灶火锅里有你最爱吃的红薯，自己拿去吧。”

蒸熟后原来硬邦邦的生红薯变成了软绵绵的，像一个熟透的柿子，诱人的香味随风飘荡，令人陶醉。

看着香喷喷、热乎乎的红薯，松松用嘴吹着热气，拿出来一个，剥开它紫色的外衣，露出了金黄的肉，跑过去让妈妈咬了一口。

“嗯，真好吃！”这一口甜蜜蜜的，一直甜到了妈妈的心里。

松松看着妈妈大口大口地吃了起来。

“儿子，今天妈妈带你去做件新衣服。”

“去哪儿做啊，妈妈？”

“到了你就知道了。”

店上村有一家姓柳的大户，坐落在村子中间位置。这个院子住着五代人，非常和睦。

其中有一位年轻人叫柳跃杰，人称柳师傅，瘦高个儿，红脸庞，给人的感觉是既温文尔雅，又聪慧贤明。他从父辈手中学会了裁缝手艺。

柳师傅对裁剪技术是精益求精，所裁衣服，长短宽窄、花色搭配、镶花边滚牙子，没有不合人意的。他不但会做日常的便服，甚至连裁剪、做工考究的官服都会做。

他家的上房就是他工作的地方。靠窗户的地方摆放着一张长约四米、宽约两米的木质案板，这是柳师傅的“工作台”。工作台上摆着一把明晃晃的大剪刀和一把三尺长的木尺子，裁剪的活儿就是在这里完成的。靠工作台的里边还摆着一张木桌，木桌上放着一个熨斗，缝制好的衣服都要拿到这张桌上熨。

因为手艺全，技术精，三里五村找柳师傅做衣服的人就多。每天放下门板，工作台前便挤满了人，争着让柳师傅裁剪衣服。柳师傅总是一个一个地来，先打量一下客人的容貌、气度，再问客人的需求……然后用木尺量了身高、袖长，抖开布料一量一画，手持剪刀“咔嚓、咔嚓”几下，一件衣服就裁成了。

松松跟着妈妈拐个弯，上个坡，路过村中间的舞台就到了。

“叔叔好！阿姨好！”

柳师傅正在忙着。

“多懂礼貌的孩子，小嘴真甜。”柳家阿姨摸着松松的头说。

“上几年级了?”柳师傅问。

“八岁了，上二年级。”

“长这么高，红扑扑的脸蛋，浓眉大眼，真帅!”柳家阿姨从头到脚，又从脚到头反复地看着松松，仿佛要看到松松的骨子里。

“妈妈！妈妈!”一个小姑娘笑吟吟地站在门口。

小姑娘扎着两个羊角辫，长着一双水灵灵的大眼睛，肤光胜雪，双目似一泓清水，一笑两个小酒窝。她身上穿着漂亮的裙子，一层一层的蕾丝花边，可爱的泡泡袖，裙子上镶着些珍珠，还有粉红的水晶。华丽的白裙衬着美丽的脸蛋，把她衬托得高贵可爱，让人陶醉。

多么可爱迷人的眼睛呀！这双眼睛，真像经过春雨洗刷的一对树叶，清新、翠绿，闪着新生的光彩，萌发着勃勃生机！柏玫目不转睛地看着女孩儿。

“这是你柏阿姨。”柳家阿姨介绍说。

“这位哥哥我认识，他比我高一级，是二年级的班长。我们一起在学校颁奖大会上领过奖状呢!”

“我也认识她，她叫柳韵，是一年级的班长。”松松接着说。

“今天哥哥来做衣服，你先出去玩，哥哥一会儿陪你玩。”柳家阿姨说。

“好的，妈妈。”柳韵像一只小鸟似的飞出去了。

“这是布料，做一件短袖和一件制服裤头。”柏玫拿出了两块儿布给了柳师傅。

“来，小帅哥让我看看。”

松松来到桌子跟前，柳师傅拿着尺子几下就量好了。

“去玩吧，一会儿就成。”柳师傅开始忙活起来，柳家阿姨一边帮忙，一边和柏玫聊天。

松松跑了出去，站在旁边看着柳韵他们玩捉迷藏。

“柳韵，你出来，我们要报仇!”有两个小男孩儿喊着进了大门。

其中一个，又黑又瘦，满身灰尘，头发有两寸多长，乱蓬蓬的，活像个喜鹊窝。

松松知道，他叫跳跳，是四年级的学生。他总是到处搞小破坏，前天偷偷跳墙偷果子吃，昨天和小朋友玩时搞恶作剧把人家吓哭了，今天追着邻居的猫到处跑，他在班里考试成绩总是倒数第一。

“柳韵，你说你昨天为什么向老师报告根根上课做小动作？”

柳韵一句话不敢说，看着那个大个子。她蜷缩在墙角，像一只受伤的小绵羊，两只小手不知道怎么放才好，眼睛也不知道往哪里看合适。她一会儿摸摸衣领，拉拉衣襟，一会儿又拉拉衣襟，摸摸衣领，不知道该做些什么。她的腿也有点儿哆嗦了。

“跳跳，你说什么呢？敢来这里欺负人！”松松迈开步子跨到柳韵前边，挡住柳韵说。

松松黑亮垂直的头发，斜飞的英挺剑眉，细长锐利的黑眸，厚实轻抿的嘴唇，棱角分明的轮廓，宛若黑夜中的鹰，冷傲孤清却又盛气逼人，散发出傲视天地的强势。

“你认识丢丢吧，他是我的好朋友！”松松把丢丢拉出来吓唬跳跳。

整个店上村小学，没有不知道丢丢的，跳跳当然知道。他是全校有名的调皮娃娃头，谁要是惹了他，他可以调动好多伙伴一起揍你。跳跳就吃过他不少苦头儿。

“那柳韵也不能告根根啊？”

“就是要告根根！你想把根根拉下水，和你一样考试总是倒数第一吗？”松松叉着腰直面跳跳。

“咱们走吧，跳跳。”根根见势不妙，拉着跳跳走了。

柳韵睁着萌萌的大眼睛看着松松，秀美的蛾眉淡淡地蹙着，精致的脸蛋上一扫浅浅的恐惧，鹅蛋似的脸庞今天显得非常灿烂。

“哥哥！”柳韵不由自主地喊了一声。

“以后谁敢欺负你，告诉我。”松松趾高气扬地说了一句。

“松松，快来！新衣服做好了！”柏玫喊着。

做好的白衬衫，领口和袖口都有薄薄的淡紫色蕾丝，软软的蕾丝像一层轻薄的棉花糖一样缠缠绕绕在衬衫上面。

“来，把柳韵的红领巾系上，让阿姨看看。”柳家阿姨说。

松松脖子上系一条鲜艳的红领巾，在蓝短裤的衬托下格外精神。他仰着脸，目不转睛地看着柳家阿姨。

“真帅，将来当官可别把阿姨忘了，呵呵！”

“哪会，滴水之恩涌泉相报。松松会报答你的。”柏玫笑着说。

“哥哥，咱们玩一会儿老鹰抓小鸡的游戏吧？”柳韵走进来打断了柏玫的话。

“好的！”松松跟着柳韵跑出去了。

松松叉着腰宣布游戏规则：游戏开始，母鸡要和老鹰面对面站着。母鸡要保护小鸡，如果有危险，母鸡喊“蹲下”，老鹰就抓不住了。来不及蹲下的小鸡，就可能被抓走。

“今天我来当老鹰，谁来当母鸡呢？”松松接着说。

“我个子大，我来！”一个长着胖胖的脸、大大的眼睛的女孩儿喊着。

“别看她长得好看，打人可是数一数二的高手。被我们称作法西斯！”柳韵笑着说。

游戏开始了，“母鸡”张开手臂左一挡，右一挡，“小鸡”跟着“鸡妈妈”左躲右闪，躲避着“老鹰”的捕捉。连续绕了好几个来回，“老鹰”被绕得气喘吁吁。忽然，“老鹰”眼珠一转，计上心来。只见“老鹰”声东击西，“老鹰”先是往东跑，“鸡妈妈”也赶快往东挡，突然，“老鹰”猛地一掉头，抓住了队尾的“小鸡”——柳韵。

柳韵笑了，她笑起来的样子那么动人，两片薄薄的嘴唇在笑，长长的眼睛在笑，脸上两个陷得很深的酒窝也在笑。

“哥哥，我们这个星期天的作文是《小河边》，你带我去汶水河边写吧?”

“好啊，汶水河边每天都有好多小朋友呢。”松松一口答应了。

红彤彤的太阳在空中徘徊，知了热得不停地叫，小狗被晒得伸出舌头。

他们两个一起来到了汶水河边。

小河缓缓流动着，清澈见底的河水，清得能看到河底的鹅卵石，到处是一片绿意盎然的景象。蝉鸣声不绝于耳，各种鲜花在河边生长着。

有的小朋友打水仗，浑身湿了也无所谓；有的小朋友在跳绳，蹦得低了就被淘汰；有的在对膝盖，谁倒地算谁输。

河里的小鱼游来游去，一点儿也不怕河边玩耍的孩子们，远处还有几个大人静静地坐着在钓鱼。

“哥哥，我为春天作了一首诗，你听听吧。春天已到来，桃杏梨花开；油菜花金黄，麦苗绿可爱。”

“嘿嘿，过时了。我来一首，你听听。河边真热闹，喜鹊喳喳叫；柳韵穿花裙，蝴蝶羞跑了。”

“哥哥，都怨你，你看蝴蝶真的跑了。”

松松顺着柳韵指的方向看去。

小蝴蝶落在了花丛中。

哇！这么美丽的蝴蝶。一只是白色的，白得像一片小雪花，轻柔纤细，楚楚动人；一只是彩色的，带点的翅膀不时闪动着，轻盈灵动，多彩多姿。

“哥哥，给我捉一只吧。”

松松蹑手蹑脚地向着小蝴蝶走去。

“看准蝴蝶，蹲下来。”

小蝴蝶像和他们捉迷藏似的，忽而落到花上，忽而飞到河边。

“哈哈，它们落在草地上了。”

松松猛地扑过去，又扑了个空。

“哥哥，快来，落我头顶上了。”

原来小蝴蝶也爱美啊！那只彩色的蝴蝶把柳韵当成一朵鲜花了。

小蝴蝶休憩在柳韵的头上，不停地扇动着双翼，像美丽的姑娘甩动着那轻盈的长袖，优雅轻柔的姿态，让松松忍不住去羡慕它的美丽。

忽然，小蝴蝶悠闲地在柳韵头上打盹儿了。

松松欣喜若狂，一步步逼了过去，小蝴蝶仿佛不知道危险的到来，依然一动不动地站在那里，完全放松了警惕。松松用厚厚的小手按了上去。

软软的，弹弹的，手感真好。“我抓住了！”松松说。

松松展开小手看看：小蝴蝶全身闪闪发光，翅膀上有两个小圈圈。红、黄、绿、紫、黑等颜色匀称地分布在翅膀上，就像一朵五颜六色的花。

“快给我，我要把它做成标本，夹在我的书页里。”柳韵高兴极了。

柳韵从松松手中拿过小蝴蝶，夹在了书中。

“这只小蝴蝶太可怜了，它永远离开了汶水河，不会飞了！”松松从柳韵手中拿过书，翻开看了看小蝴蝶，伤心地说。

“我要把它珍藏在我的书中，保存一辈子！”柳韵十分爱恋地把书揣在怀里。

白蝴蝶围着他们两个转了几圈，落在了离他俩不远的树叶上。它是多么不想离开它朝夕相处的伙伴啊。

“柳韵，你知道北京在哪里吗？”

“当然知道！”柳韵向着汶水河大桥方向指了指。

“我长大要去北京看天安门，看万里长城！”

“我也要去。那咋去啊，哥哥？”

边》、二年级孟挺松的《捉蝴蝶》……”学校的小灵通广播站开始广播了。

柳韵静静地坐在自己的座位上，聆听着其他获奖同学的名字和获奖作文。

“太好了！太好了！”松松激动地跳了起来。

“丁零零！丁零零！”上操的铃声响了，同学们如潮水一样涌出了教室。

雄壮的《运动员进行曲》响起，各班的同学们排着整齐的队列，一个个昂首挺胸，精神抖擞，迈着整齐的步伐进入了操场。

各班在指定位置站好，早操节拍响起，全校学生随着节拍整齐划一地伸手、抬腿、一跳、一蹲，就好像波涛起伏的海面，场面真壮观！

做操完毕，开始自由活动，同学们有的唱歌，有的散步，有的练单杠，有的踢毽子，有的坐在草坪上聊天，有的跟大伙儿玩老鹰捉小鸡，还有的组织大家玩成语接龙。同学们开开心心地玩着游戏，笑声吞没了整个操场。

“谁是校长？谁是校长！”只见一个中年女人在操场边两手叉腰，眼睛冒火似的大吵大嚷。

“咋回事？有事屋里说。”赵校长闻声赶来。

“我就是要在这里说！你们怎么教育学生的？我今天早上切南瓜，一刀下去，臭烘烘的一泡屎流了一面板。我今天非要找到这个家伙，让他去给我舔干净不可！”

说着，她就抓住了校长的衣服。

“走，我带你去看看！”

赵校长风度翩翩，温文尔雅，不论是什么衣服，他都会熨得笔挺笔挺的，领口、袖口等地方都整整齐齐，今天被这个女人一拉，真想发脾气。

一群小学生跑来看热闹。

看到这种情况，丢丢连忙把松松、滴滴、溜溜、冷冷招呼到一边的泡桐树下说："谁也不许说！谁说我揍死谁！"

"我知道是谁，在那边呢。"跳跳指着丢丢他们几个大声地说。

"就是他们几个，我知道他们几个经常在汶水河边玩。"根根附和着说。

"是松松干的吗？"柳韵不相信，跑过去把松松拉到一边，明亮的眼睛里流露出关切之情，悄悄地说，"哥哥，跳跳、根根把你们几个告了。"

恍惚间，松松好像突然被人绊倒了，无力开口说话。周围的嘲笑，无数嘈杂的声响，让他心神不安。

"孟挺松，你来我办公室！"赵校长的呼喊声把他从沉思中拉了回来，他低着头跟着校长进了办公室。

他看到，丢丢、滴滴、溜溜、冷冷像初霜打过的小草，耷拉着脑袋并排站在校长办公室外边。

跳跳、根根在一旁嘲笑着。

"有这回事吗？"赵校长温和地问。

"有，但是，不是我干的。"

"是你给他们指的南瓜地吧？"校长追问着。

"是。"松松诚实地回答。

"好啊，你不但不制止他们的恶作剧，还给他们提供线索，这是你作为一个班长应该做的吗？从今天开始，你不要再当班长了！"赵校长犀利的目光直逼松松，把刚才在操场边受到中年妇女的侮辱全部发泄到松松身上。

"我就是提示了一下南瓜地，就这样跟我过不去吗？"松松非常不服气。丢掉班长的痛苦、同学们的冷落，还有跳跳、根根的嘲笑，撕扯着松松幼小的心灵。

松松真的生气了，双手紧紧地握着，微微颤抖着，胸脯剧烈地起伏着，仿佛一个就要爆炸的大气球，脸涨得通红，从脖子一直红到耳朵后，那样子就像一个愤怒的关公。

他紧紧地抿住嘴，腮帮鼓鼓的，像青蛙鼓起来的气囊，他使劲忍住心中的怒火。他的鼻孔撑得好大，鼻翼一张一翕，呼出来的气，就像打气筒放出来似的，呼呼有声。一双大眼睛死死地盯住窗外，眼中喷出的一团火，仿佛要烧掉面前的“敌人”。

放学了，学生们一窝蜂地跑出教室。教室内，几个值日生在扫地。教室外，几个没有完成作业的同学趴在自己的桌子上补作业。

通常，松松总是和几个伙伴一起走，一边走一边像大人一样拉家常，能从丢失红领巾说到语文造句，从张小二的鼻涕流多长说到王群家的老母猪下娃，尽情分享着教室外的快乐。

今天，松松在大街上默默地走着，好像一个落队的孤雁，飞翔在茫茫的天际之中。

“孟挺松，你美了吧？”根根补完作业跟了上来。

松松看了他一眼，继续走自己的路。

“只要你今后不护着柳韵，我们还是好朋友，哈哈！”根根向他发起了挑战。

听到这句话，松松怒发冲冠，握紧拳头，两眼似乎冒着熊熊大火。他就像脱缰的野马，势不可挡地把根根扑倒在地，骑到他身上，小拳头雨点似的向他背上砸去，然后从根根书包里掏出作业本撕了个粉碎。

根根哭着、喊着，但是路上没有同学的身影，没有人替他解围。

揍完根根之后，松松走到马路边，用小刀在杨树上刻了“某某大坏蛋”五个字。他知道，过几天这五个字就裂开了，越长越宽，路过的人都能看到，况且还是根根他爹的名字。

松松的眉宇间流露出一缕微笑，宛如在朦胧的景物上抹了一抹亮光。

他快步向家里飞奔。

“松松，放学了？今天有点儿晚了，是不是在学校做作业了？”

松松不顾妈妈的问话，背着书包直接去灶台，拿着红薯就吃。

柏玫感到不正常，为什么松松今天回来没喊“妈妈”？为什么今天没先到屋里放书包？

“有人在家吗？”

忽然听到有小孩儿的喊叫。

松松听出是跳跳的声音，害怕极了，手里的红薯掉在了地上。他躲在灶台后面连大气都不敢出，心怦怦直跳，仿佛有只小兔子在他心中蹦来蹦去，总觉得有场灾难像野鸟一样向他飞来，随时都有可能砸到他的头上。

“来了！来了！”柏玫迎头看到一个小家伙掂着沾满尘土的书包，另一个小家伙吸着鼻子，一前一后进来了。

“怎么了？”

“你们家松松在汶水河边将屎屙到张阿姨的南瓜里，切南瓜时，黄屎流了张阿姨一面板，我们告到校长那里，他就在放学时，把根根揍了一顿，把根根的作业本也撕烂了！”

跳跳边说边把撕烂的作业本递给柏玫。

“不是我割的南瓜口，也不是我屙的屎！”松松跑出来为自己辩解。

“不许这样说话！作业本是不是你撕的？”

柏玫的眼睛里射出黑魆魆冷峻的寒光，原来美丽的脸也仿佛僵硬成了刷过油漆的画布，那微微下翘的嘴角再加上有点儿咬紧的牙关，配合眉间那个明白无误的“川”字，几乎就是准确地通知松松——要打屁股啦！

“打呀！打他呀！”跳跳在一旁烧着底火。

“我今天要看着你打松松，要不我就不走了！”根根一边哭一边说。

“咋回事？吵吵嚷嚷的。”孟钢从地里回来了。

跳跳和根根添油加醋地复述了一遍。

“松松过来！”随着爸爸严厉的命令，院里的气氛顿时紧张起来，空气好像凝固了似的。

松松站在离孟钢有一定距离的地方，低着头望着满地的碎纸片，紧张得张开了嘴巴，呆呆地立在那儿，心里忐忑不安，像是一个正在被审问的犯人，而孟钢就像是一个严厉的法官。

他不敢按孟钢的要求真的走过去，因为他怕出现和以前类似的事情——每当他和小朋友有矛盾，孟钢总是不问青红皂白，先揍他的屁股。想到这里，他不由得打了个寒战。

大脑一片空白，什么都是恐怖的，只想离开这个让他害怕的地方。

“跑！”这个念头在松松脑海油然升起。他把书包扔在了地上，飞也似的向大门外跑去。

追！孟钢不顾一切地向外追去。

南场，是生产队的打麦场。麦场的南边有几棵柿子树，柿子树的旁边有几个坟头，往南就是南坑，再往南下坡就是黄河滩了。麦场的西边有棵皂角树，皂角树旁边有口水井。水井的南边又有几棵柿子树。

这个南场有足球场那么大，是松松和小朋友们捉迷藏的地方。

松松在前边跑，孟钢在后边追。

松松身小灵活，一会儿跑过坟头，一会儿转到柿子树底下，一会儿又钻到麦秸垛旁。

突然，后边没有了孟钢粗粗的喘气声。他回头一看，爸爸不追了，原来他的鞋子跑掉了，蹲在地上穿鞋。

“哈哈，就知道你追不上我！”松松暗暗高兴。

“你今天回来，我撕碎了你！”孟钢放完狠话后回去了。

松松呆呆地站在那里，一会儿想往前走，一会儿想往后退，一会儿充满了胜利的喜悦，喜悦得心向外膨胀，一会儿充满了恐惧，感到这事是那么可怕，可是始终没有任何动作。

松松想去外婆家躲一躲，因为外婆能保护他。

松松的外婆家就在店上村的东边，下沟坡，跨过汶水河，步

行 公里就到了。

外公是个木匠，修盖房子，做个桌椅，样样都会，人称“赛鲁班”。谁家修盖房子，出嫁姑娘，都找外公。外公有时候收钱，有时候不收钱，在三里五村威信非常高，时不时有人送点儿好吃的过去。外公外婆非常喜欢松松，因此松松经常跨过汶水河去外公外婆家。

松松扭头向东慢慢走下沟坡，来到汶水河边。

汶水河纹丝不动，好像一个熟睡的姑娘，听到松松的脚步声睁了睁眼睛，马上又闭上了。也许它睡意正浓，沉重的眼皮合拢得更紧了，也许它不喜欢现在的松松，就不想看见他。

忽然，天空出现了一道红霞，松松顿时来了兴致，认真地看着天空，只见红霞的范围慢慢地扩大，不一会儿，就染红了天空。他聚精会神地望着，从西边飘来了两朵白云，霎时间，这两朵白云被红霞给染红了，慢慢地向他走来。

瞧，那第一朵白云多像一只得意的狐狸啊，尾随在后的不是那凶恶的老虎吗？他望着天空的景象，不禁想起了今天发生的一切，这不是“狐假虎威”的故事吗？

“哥哥！”

一声呼喊，把松松从沉思中拉了出来。他发现柳韵站在他的身边。

“哥哥，你今天下午为什么没有上学啊？老师、校长都着急啦！”

柳韵长长的睫毛上闪动着晶莹的泪珠，原本妩媚灵动的眼睛此刻黯然失色。眼光是那样空洞，那样孤单，那样忧郁，就像一朵泪水化作的娇嫩花朵出现在松松面前。

“哥哥，我知道你把根根的作业本撕烂了。我给你带来两个本子，你还给他。还有妈妈给我买的水果糖，你吃吧。”说着把本子和水果糖递给松松。

松松看了看柳韵，鼻子一酸，晶莹的泪珠止不住地滚下脸颊。

“哥哥，回家吧！不然阿姨会着急的。”柳韵拉着松松的衣角，扭着小腰，摇晃着身体撒娇。

“不！我要把我喂狼！”

“啊！大灰狼太吓人了。你要去，谁和我一起去北京看天安门呢？”

柳韵两片薄薄的小嘴唇微微向上翘，活像熟透的小樱桃，明亮的眼睛看着松松，流露出对松松的关切之情，脸上笑盈盈的。

“那好吧！咱们一起回家。”

西沟岩，大约有 30 米高，有一条小路，曲曲折折的，需要拐三道弯才能上去。

松松没吃饭，早就精疲力竭了，腿开始打战。

柳韵拉着松松的手，一步一步向上走去。

“白日依山尽，黄河入海流。欲穷千里目，更上一层楼。”走到皂角树下，看见了农家小院，柳韵高兴地背起了唐诗。

“哥哥哥哥，你可回来了！”小妹妹迎迎高兴地跑过来。

“哥哥我回家了，明天学校见！”柳韵终于完成了老师交给的任务，蹦着跳着回家去了。

松松拉着妹妹的手，慢慢地往家走。

“胆子不小，竟敢逃学，我饶不了他！”刚走到门口，就听到孟钢在吼。

松松害怕极了，连大气都不敢出，心怦怦直跳，仿佛有小兔子在心中蹦来蹦去。

“妹妹，跟我走！”松松深深呼吸一下，调整了心态，拉着妹妹往南场跑去。

太阳早已躲起来了，天渐渐地暗了，残阳如血，慢慢地笼罩着汶水河边这个小村子。

松松拉着妹妹的小手，站在麦秸垛旁，微风从他俩身边拂过，尽管是夏天，还是有一股寒意，他俩默默地、静静地站在那里。

“哥哥，我冷!”

“来，靠着麦秸。”松松顺手从麦秸垛上拉了几把麦秸，让妹妹靠着坐下，又去远处拉了几捆玉米秆挡住。

“哥哥，我饿!”

“来，有糖，先吃着。”松松把柳韵送的糖剥开，放进妹妹嘴里。

“哥哥，我怕!”

“不怕！妹妹最勇敢了，大灰狼来了，还有哥哥呢。”松松鼓励着。

今晚的夜空与众不同，月亮还没有出来，夜色就像宽大的幕布，悄悄地拉开了。一时远处的黄河滩，近处的房子、树木都变模糊了。高高的天空里，星星一颗一颗地跳出来，那么多，那么亮，又那么遥远。

小妹妹可能是累了，躺在松松的怀里睡着了。

小蠓虫开始活跃了，成团地嗡嗡飞旋。布谷鸟在汶水河边的树林里，用嘶哑的嗓子叫着，又不知道受了什么惊动，拖着声音，朝远处飞去……

农家小院里，孟老太太、柏玫在埋怨着。孟钢低头不语。

小姑子来了，加入了埋怨的行列。

“去吧，你们几个分头去找，我在家等着他俩。”孟钢气呼呼地说。

“妈妈年龄大了，就去门口小孬家、傲之家、老庄家、宛海家、青槐家、从梦家问问。我和嫂子去学校、柳韵家看看。”小姑子分配了任务。

柏玫和小姑子到了学校，没有。

到了柳韵家，柳韵和柳家阿姨迎了出来，还是没有。

“阿姨，我放学的时候还见哥哥了，我看到他和小妹妹一起回家了。”柳韵肯定地说。

“不会啊，没有见啊。”柏玫疑惑地说。

“对了，阿姨！我放学在汶水河边见哥哥时，他说他要去喂狼！”柳韵补充了一句。

“喂狼！是不是去丢丢家了？他家离深沟近，是不是去那里躲藏了？”

柏玫、小姑子立即往丢丢家赶去。

“没有来啊！我们经常在沟里藏老门（河阳方言捉迷藏），是不是跑那里了？走，我带你们去看看。”丢丢愣头愣脑的，啥也不怕，怪不得他是娃娃头儿。

佛爷斗沟在店上村东北方向，莫沟村的东南方向，沿着这条沟向北走，是个水库，过了水库就是姚庄村。跨过汶水河的土坝就到了佛爷斗沟。

河水的东岸，是一片果林，有桃树、杏树、柳树，还有十几棵高大的梨树。

顺着果林向北走 50 米，半坡上有一个窑洞，人称九连十八洞，这个洞有多长，年轻人不知道。洞里的小道上有陷阱，据说是抗战时期，为了防止日本鬼子进洞，老百姓挖的。

“我和松松、冷冷经常来这里拾红薯。晚上回来晚了，松松让冷冷走前边，我走后边，他总是走中间。有一次，我们路过砖瓦窑，把人家马灯偷走了。”丢丢边走边讲他的光荣历史。

柏玫、小姑子哪有心思听这些，过了河就喊，没有回应。

农家院里，孟老太太转一圈回来了，没见到松松。

“要不要去他外婆家看看？”孟老太太提醒说。

孟钢同意，他跨上摩托车，心想先到南场看看吧。

摩托车突突突地响着，灯光明亮。

刚走到南场麦秸垛旁，一个虎头虎脑的孩子出现了。

“哈哈，可找到了！”孟钢松了一口气。

松松万万想不到离家这么近，没有路的麦场，爸爸会骑摩托来找。他看到灯光，刚探了探头，就被抓了个现行。

“走，回家去！”松松傻愣愣地跟着孟钢回去了。

“跪下!”孟钢说着一巴掌打到松松屁股上,“以后,还跑不跑了?”

“不跑了!”

夜深了,路面上黑漆漆的。唯独有一点儿月光洒落在地上,路边不知名的虫子还在练着嗓子,却不会让人感到烦躁,反而像一首小曲,陪伴着过路的乡亲。

柏玫、小姑子、丢丢一行回来了,柳家阿姨带着柳韵来了,滴滴、溜溜和冷冷来了,跳跳和根根也来了。

“松松,都怨我们三个。”滴滴、溜溜和冷冷抢着说。

“松松,对不起,请原谅。”跳跳和根根今天也格外大度。

柳韵跑到松松身边,向松松使了个眼色。

松松会意,把两个作业本双手递给了根根。

“呵呵!大家都在啊。”赵校长和班主任李老师赶来了。

李老师长得高高的,细细的眉毛配上明亮的大眼睛,看起来很有精神,一头黑黑的头发扎成一束马尾,还经常戴着一个漂亮的头箍,有着常人没有的气质。

“孟挺松,我高兴地告诉你两件事:第一,南瓜的事丢丢他们都承认自己错了;第二,你继续当你的班长。”李老师带着一种特有的柔情、一种特有的亲切的微笑对松松说。

“谢谢李老师!”柳韵高兴地跳了起来。

丢丢、滴滴、溜溜、冷冷、跳跳、根根一起跑过来把松松抬起来。

农家小院的夜晚充满着宁静与和谐,高耸的大槐树、婆娑的石榴枝、漂亮的玫瑰花,经微风一吹,像少女般摇曳着腰肢,地上的影子也随着变幻出各种各样的姿态。

柏玫、柳家阿姨陪着赵校长、李老师边走边说出了大门。

松松、柳韵不经意地手拉手和小伙伴们在后边跟着。

“哈哈!”跳跳突然大笑一声。

松松和柳韵连忙松开了手。

第四章 河畔表白

沉睡了一冬的小草悄悄地钻出地面，东瞧瞧，西看看。它们欢呼着，跳跃着，报告春的讯息。春天太美了。风，柔柔地吹；枝头，悠悠地晃；明媚的春阳，洒在身上，暖在心里；烂漫的春花，啁啾的小鸟，透露着春的灵秀、春的欢乐。迷人的春天，孕育着一个多么金碧辉煌的希望！那一簇簇醉人的绿，变幻成一团团渐次萌动、耀眼的金黄。漫步在春天早晨的人们深深地体会着“一年之计在于春，一日之计在于晨”这句至理名言。

柳家新院坐落在村北一片耕地上，坐北向南。进入小院是一条一米五宽的小路，路的两边是黄杨树，黄杨树的北端种了两株月季花，迎门是翠绿的竹子，后院有棵高大的泡桐树，树荫像一把伞遮盖着三间平房。院的西墙外是一条乡间小路。院子的西南角有一根黑色的国防电线杆竖立着，电线杆上有四根电话线。

从农家小院里传出了稚嫩的歌声：“有几个小朋友，围呀围着那大水缸。大家一起捉迷藏，调皮又欢畅。扑通通，一声响，有人掉进了大水缸。大家全都吓坏了，慌里又慌张。有一个小朋友，名字叫作司马光。搬起一块大石头，砸向那大水缸呀。哐当当，一声响，流水哗啦啦往外淌。伙伴钻出那破水缸，大家都齐鼓掌。”

柳韵自己在前院唱着歌，跳着舞。

“柳韵，你学会唱这首歌曲了？”柳家夫妇听到女儿在唱歌，走出客厅，欣喜地问道。

“爸爸、妈妈，司马光真聪明、真勇敢，我长大了要向他学习。”

是啊，孔融让梨、铁杵磨针、悬梁刺股、水滴石穿等传统文化故事滋润着柳韵幼小的心田。

看到天真烂漫、懂事、一天天长大的女儿，柳师傅夫妇心里有说不出的高兴。

“卖鸡娃了！”门口传来吆喝声。

“我要小鸡！”昨天晚上柳韵刚看了爱迪生孵小鸡的故事，今天就来了小鸡。

一位50岁左右的长者骑着一辆永久牌自行车，车子后架上捆着两根木棍，木棍两边挂着两个圆竹筐，竹筐里装着小鸡。

里面有许多黄色的小东西在动，这些毛茸茸的小家伙，圆圆的身子，圆圆的头，有的全身都是淡黄色，有的黄色中还点缀着淡灰色，个个把头抬得高高的，仿佛对周围的一切充满了好奇。

“爸爸，我想要！”

“你先看，我回家拿纸箱。”柳师傅说罢回家了。

柳韵聚精会神地看着筐里的小鸡。

小鸡在玩。它们你啄我一下，我踢你一脚，还有的好像刚刚闹别扭，屁股对着屁股在使劲撅，像是在说：“和我抢镜头，休想。”另外一只生气了，钻到稻草下，一抬头，一挺胸，扑腾一下，翻倒了。“唧——”，从它无辜的叫声中可以判断出它是委屈的，赢了的那一只则转过身暗笑。还有个别调皮的小东西，时不时地跳起来朝着同伴头上啄一下扭头就跑，被啄的小鸡一边叫着一边寻找“肇事者”。看它郁闷的样子，柳韵真想上去帮一把。筐内一片生机，有哭有笑，有打有闹，活泼的小鸡在快乐地玩耍。

“你挑。”柳师傅对柳韵说。

柳韵用她柔软的小手一只一只地挑，一共挑了 22 只。

不知不觉已到中午。他们把小鸡带回家，柳家阿姨又找来一个纸箱，箱底垫上报纸，侧面戳了许多小孔，小心翼翼地把小鸡们放进去。

刚到新家，小鸡们有些不适应，甚至有点儿害怕，没有那么欢喜。柳家阿姨把它们放在前院，让它们感受到温暖，然后找些小米用水拌了一下喂它们，它们又变得活泼起来，你争我抢，吃得香极了。其中有一只与众不同，吃饱了，步伐轻盈优雅，像一位诗人在思索……

一家人正看着“小精灵”，突然听到“啪”的一声，电线杆上出现了一团火光，一只大鸟平展着双翅从国防电线杆上斜插下来，面朝屋门落在了小路中间，扑棱了几下双翅。

这只大鸟有着长长的尾羽与翎羽，通身的颜色与平常鸟雀不同，是晶莹的赤色，赤色中还夹杂着金色的纹路，气派高贵。

“这只大鸟真漂亮！”全家人都看到了这突发的一瞬间。

大鸟卧在路的中间，伸着长长的脖子，两眼闪烁着求救的目光，鸣叫着，其鸣叫声也分外空灵。

“它的腿有伤！”柳师傅惊讶地叫起来。

柳家阿姨拿来云南白药撒在创伤处，又用创可贴缠了一圈，随后把大鸟放在了一块软垫上，与小鸡为邻。

每天，小鸡围着大鸟撒娇，大鸟看着小鸡成长。小鸡有了“妈妈”，大鸟有了“子女”。

大地安静祥和，没有人相信，大鸟会带着一群可爱的“小精灵”玩耍。

有一天，柳韵随手抓了一只小鸡，它张开嫩黄的嘴，惊恐地看着柳韵。大鸟看见了，用凶狠的目光看着柳韵，脖子上的羽毛也完全竖起，并发出“锵锵”的叫声，仿佛在说：“不许你动我的孩子。”它看柳韵没有反应，便在柳韵身边绕了几圈，用嘴狠狠地啄了她一下，柳韵连忙松开手，小鸡掉在地上，大鸟立即用翅膀把它搂在怀里，小鸡一个个都迅速钻进它的怀抱里，大鸟连忙蹲下并将翅膀张开，将小鸡罩住。柳韵刚一离开，大鸟立即起身，嘴里发出“锵锵”的叫声。

转眼，小鸡长大了。22 只全部成活了，11 只公鸡，11 只母鸡。

慢慢地，它们不跟随大鸟了。

每天吃完早饭，它们就迫不及待地跑出院子。院子西边就是麦场，小鸡就在这里玩耍、嬉戏。有的从这儿飞到那儿，又从那儿飞到这儿；有的用尖尖的爪子用力刨土，尽管刨起的泥土不时地飞溅到自己身上，却似乎毫无察觉，仍旧专心致志。忽然，一只小鸡的脚下跳出了一只小虫，眼尖的小鸡便飞奔过来一同争抢。看那架势，若不占有，决不罢休。经过一番激烈的拼抢，胜利的小鸡如愿以偿，抖抖身子，昂首挺胸，扑扇着翅膀，好一副傲慢的姿态。

“奇迹！奇迹！”街坊邻居看着从后院跑出的 22 只鸡，看着把它们带大的大鸟，无不感到好奇和惊讶！

在一个风和日丽的早晨，大鸟飞上泡桐树，看了看在麦场上玩耍的“子女们”，依依不舍地朝着北方展翅飞去。

“世间确实有真爱！大鸟报答了你们家。”邻居们都说。

“大鸟带出了 22 只小鸡，禽类也有灵性啊，也知道报恩！”柳家阿姨看着飞去的大鸟说。

“小鸡们光知道自己玩，不知道大鸟此刻的心情啊！”柳师傅感慨地说。

“爸爸、妈妈！我要大鸟！我要大鸟！”柳韵喊着。

“大鸟已经远走高飞了。它在北京等你，等你长大了去追它，好吗?”柳家阿姨激励着幼小的柳韵。

柳韵在爸爸妈妈的指导下，熟读了凿壁偷光、十年窗下、映月读书、草原英雄小姐妹等无数小故事。从小学到初中，再到高中，学习总是名列前茅，一直担任班长。

秋天来了，辣椒田里，翠绿的叶子下面是一串串鲜红的辣椒，在阳光的照射下，晶莹剔透；葵花田里，一排排灿烂的笑脸迎着太阳，金灿灿的花瓣散发出淡淡的沁人心脾的芳香；玉米地里，金黄色的玉米棒子像出世的婴儿欲摆脱妈妈的怀抱；葡萄架上的葡萄，红的、紫的、绿的，隐藏在绿叶之中，美丽动人。

柳家大人在享受着丰收的喜悦。

晨光，一点一滴，依着云彩，慢慢地跳上了睡梦中人的眼眸。柳师傅忽然听到头顶上方的泡桐树上有喜鹊的叫声，抬头一看，真的是喜鹊在叫呢。常听老人讲，喜鹊枝头叫，好事要来到。今天，莫非是女儿的录取通知书要来吗?

“这是柳韵家吗? 我是邮局的。”一位姑娘的声音传来。

“录取通知书来了。”全家人不约而同地说。

柳韵迫不及待地撕开了大学录取专用信封，红色封面上醒目的“中国政法大学录取通知书”映入眼帘。

“欢迎你，新同学！法大是你追逐梦想、拥抱青春、超越自我、成就未来的正确选择”的寄语让柳韵热血沸腾。

柳韵心花怒放，情不自禁地举着录取通知书欢呼起来：“爸爸妈妈，我成功了！我的梦想终于实现了!”她跳着，笑着，花裙子迎风摆动，活像一只活泼、愉快的花蝴蝶。

柳家阿姨心里喜滋滋的，脸上带着动人的微笑，像鸽子似的不住地点头。

柳师傅心里像灌了一瓶蜜，眉角含笑，连那紫糖脸上也隐隐约约泛起了红光，仿佛整个世界都五彩斑斓了。

这时候，柳师傅抱起女儿，转了三圈。这是他的习惯，女儿上幼儿园、上小学、上初中、上高中时的第一天或者接到录取通知书时都是这样。

“爸爸！快放下来，别扭着你的腰！”

这个消息风驰电掣般传遍全村。

柳韵回到家，把录取通知书放进挎包，挎在肩上，如驾起云头似的，向孟挺松家跑去。

他们来到汶水河边。

水静静的，缓慢地流动着，像有一定浓度的液体，却又那么清澈。几条不知名的小鱼在水底悠悠地游着，偶尔还会奋力地跃出水面，荡起一层层涟漪。

“小鱼跳龙门了，祝贺你！”

“想不到开车的没去，坐车的捷足先登了。”柳韵回想着童年时两个人在河边的一幕。

“法官、检察官、律师，你将来选择哪一个职业呢？”

“当然是法官。我要在善与恶、正与邪的较量中，选择一个精确的坐标，捍卫人间正道，留住世间温情。”说着，柳韵举起了拳头。

“还有，你要把白鸽奉献给和平，把每一份热忱、每一滴血汗、每一片绿色奉献给大地，把法律奉献给人间。”孟挺松补充道。

在清清的河水边，在梦想的世界里，在心灵的绿洲里，两颗滚烫的心刹那间发生了碰撞，四只手自然地握在了一起。

柳韵含情脉脉地望着孟挺松，幸福的泪水早已夺眶而出。孟挺松赶紧帮她拭去脸上的泪水。

柳韵绽开了笑颜。孟挺松也跟着笑了。

“我发现，你笑起来的样子其实还是挺好看的，只是你心间似乎缠绕着一丝忧伤，对吧？”

“我在那里等你！”柳韵不想在这个时候提起孟挺松考试的不愉快。

他俩沿着河边小路，手牵着手，默默地走着，尽管他们之间有着说不完的话……

忽然，两只小水鸭游了过来。

“哥哥，我们接对联吧?”看到两只小鸭，柳韵似乎想到了什么。

“好啊！你出上联。”

“河里两只小鸭情切切。”柳韵指着河里的小鸭说道。

“岸边一对情人意绵绵。”孟挺松看着柳韵脱口而出。

对接完毕，柳韵清澈明亮的瞳孔、弯弯的柳眉、长长的睫毛开始微微地颤动，白皙的皮肤透出淡淡红粉，薄薄的双唇如玫瑰花瓣娇嫩欲滴。此时，她的脸、耳朵、脖子都变红了。

“现在你已经成为中国法学界最高学府的大学生了，你可不要把我这个乡巴佬给甩了啊!”孟挺松在调侃。

“在天愿作比翼鸟，在地愿为连理枝。”柳韵背诵了白居易的《长恨歌》。

“但愿人长久，千里共婵娟。”孟挺松背诵了苏轼的《水调歌头·明月几时有》。

“哥哥，我会想你在漫漫长路的每一步。无论你身在何处，无论你如何忙碌，我都会在此守候!”

孟挺松的泪水从眼眶中流出，轻轻地滑落到嘴边。

爱是一盏灯，黑暗中照亮前行的远方；爱是一首诗，冰冷中渴求温暖的心房；爱是夏日的风，是冬日的阳，是春日的雨，是秋日的果。

汶水河，见证了他们的海誓山盟。

第五章　下决心做一个有志青年

Darling①：

赤脚的姑娘看到你了。

此时，你可能在汶水河边吧？

我想，你一定会去的！

从我踏上北去的列车离开你已有半年时间了。人们都说距离产生美，但是我们却成了最熟悉的陌生人。

你闯过了失败的煎熬，跨越了落榜的痛苦，终于成为中国人民解放军的一名光荣战士，在此，向你表示衷心的祝贺！

汶水河边，洒落过我们多少快乐的笑声和脚步；飘荡过我们无限的柔情和温馨；留下我们多少浪漫的身影和亲昵。这些诗情画意已将两颗心紧紧地拴在了一起。

---

① 译为：亲爱的。

这一切的一切，都如画册般深深地印在了我的心底，成为我们爱情的证据。

汶水河边，我曾用白居易的诗句表达我对你的忠贞，你曾用苏轼的诗句表达我们一旦天各一方的愿望。可是我不能陪着你散步了，你能理解我此时的心情吗？

你就要走进部队这个大熔炉了。一旦当了官，可不要甩了我啊！

咱们拉个钩吧，我要牵着你一起走，直到天荒地老。

不许骗人啊，谁骗谁是小花狗。

Love you①

柳韵

孟挺松看着柳韵简短而又充满爱恋的书信，穿着国防绿孤身一人在汶水河边慢慢地走着。一步一个脚印，深深地印在汶水河边。“映阶碧草自春色，隔叶黄鹂空好音”的神秘感让孟挺松心中荡起一丝一缕对柳韵的思念，泪水流满了他的脸颊。

汶水河边的18年，就像天空中飘浮的城市，仿佛是一个秘密，无从说起……

孟挺松梦幻般地回忆着。

七岁上学，八岁戴上红领巾，十六岁加入共青团并担任团支部副书记，十八岁上高中，担任团支部副书记、学校学生会主席和班长，他走过了鲜花和奖状铺成的林荫道。

“父母对我付出的太多了。”

“谁言寸草心，报得三春晖”，父母把我带到这个世界来，把我养育长大并教育了我。让我印象最深的是，小时候因为我的

① 译为：爱你。

头部有疮疤，外公认为农药治虫，就把农药抹上去，我中毒了。晚上父亲抱着我，母亲跟在后边往医院跑。我印象中刚过汶水河的石桥，妈妈问了一句话："抱得动吗?"父亲说："没事儿!"其他我都不知道了。抢救我的是我们村的医生李宏。那时候，我应该是三岁左右。后来我因祸得福，把头上的"虫"全治死了，长了一头浓密的黑发。

这是我第一次死里逃生，也是父母给我的第二次生命。

"爸爸，你累了吧，要不要休息一下?"爸爸下班，只要我放学在家，总喜欢帮爸爸捶捶背。

"妈妈，你太辛苦了，我来帮你。"晚上妈妈洗脚，我总是走上前去，亲自为妈妈洗。

当然，有时候也会发生不愉快的事情，记得一次我放学回家晚了，妈妈严厉地责怪我说："回来这么晚，是不是违反纪律被老师留下了?"我觉得受了天大的委屈，不禁脱口而出："妈妈你怎么不做调查就随便批评人呢?"我的态度激怒了妈妈："你翅膀硬了，敢这样对我说话!"我好想哭，但看到妈妈生气而悲伤的脸庞时，我明白这时候不能顶嘴，轻轻地说："今天我参加编写黑板报，所以晚回家了，请妈妈原谅。"妈妈听了之后，愣了一下说："孩子，是妈妈错怪了你，请原谅。"母子和好如初，会意地笑了。

时光缓缓倒转，往事历历在目，一瞬间闪过了无数画面，让孟挺松隐隐约约想起了当时的情景，那些事好像发生过，又好像没发生过，它们一瞬间消失，一瞬间再回来，然后再消失。

河水似乎也明白了孟挺松的心情，尽量把速度放慢，聆听着他的心声。

"哥哥！快上来!"小妹妹在皂角树下的沟沿喊着。

送行的敞篷卡车在大坡头等着。

人们纷纷从家里走出来，带着愉悦的心情。渐渐地，人越聚越多，摩肩接踵地向大坡头涌来。

学校的腰鼓队来了，小学生们载歌载舞，好不热闹。真是一幅美丽的画卷。

跳跳、根根、滴滴胸上戴着大红花，满面笑容地站在车上。

孟挺松被爸爸、妈妈、姑姑等一群人簇拥着往大坡头走去。

从大门口出来到大坡头有100米远。18年了，孟挺松从迈开人生的第一步，到今天累计的步数应该是走过万里长征了。可是今天挪一步却是那么艰难!

“松松快上车!”跳跳、根根、滴滴在车上喊着。

孟挺松被同村一起当兵的伙伴拉上了汽车。

父母在，不远游，游必有方。如今孟挺松要离开这个温馨的港湾，远去他方保家卫国了，谁来给爹娘捶背、洗脚？谁来辅导小妹妹的作业?

“放心吧，爸，你和我妈多保重，别担心我!”孟挺松的心情特别复杂，握着父亲的手说。

“别担心我们，到部队好好干，听领导的话!”孟钢说。

柏玫说不出话，只是掩口忍泪，只见她扭过头去，不让儿子看到她流泪。

孟钢、柏玫、姑姑不停地挥手。

汽车慢慢地下坡前行，拐过弯向东走100米，从汶水桥上缓缓驶过，然后风驰电掣地向城里驶去。

孟挺松离开乡村不止一次，但去千里之外的他乡，还真是第一次。

“一定要成功，决不能失败!”带着梦想离开家乡，带着父母、亲人的期望离开家乡。挥泪告别的那一刻，孟挺松暗暗发誓。

火车站到了。寒风迎面袭来，风刮到脸上犹如刀子割在脸上一般，疼痛无比。车站冷冷清清，几棵光秃秃的小树苗可怜巴巴地立在道路两旁。

“同志们，上车吧！大家不要掉队啊！”宋排长招呼着。

数九寒天，冰封千里，狂风呼啸。整个世界成了个大冰箱，山冷得在颤抖，河冻得僵硬了，空气也似乎要凝固起来。

路边，一口水井边堆着厚厚的冰，足有一尺多高。

一位车夫裹得严严的，举着长鞭坐在车的右侧。拉车的马鼻子和胡须上结满了白色的冰，吃力地顶着狂风往前走。

拉着新兵的敞篷汽车在山沟里飞驰着，发动机的嗡嗡声，时而低沉，时而高亢，经久不息。

附近的山上光秃秃的，净是大大小小的石头疙瘩，不要说像样的树一棵没有，连石缝中长的杂草，都数得出来有几根。

“热烈欢迎新战友！”迎新标语映入眼帘。

一排排小平房坐落在高洼不平的山沟里。平房是由一个个圆孔窑洞构成的。两个窑洞用一个门，窑洞里边相通，住着一个排两个班。每一个窑洞上边竖立着一个烟筒，向外冒着黑烟。

窑洞里是一排火炕，非常暖和。

放下背包，新兵班长李家伟带着大家到伙房吃欢迎饭。

捞面条是部队为河南的新兵特意准备的。吃惯了棉籽油和菜籽油的河南兵实在享受不了“胡麻油”这种特殊的香味，个个食欲大减。

新兵连的生活就这样开始了。《内务条令》、《纪律条令》、《队列条令》是必须掌握的。

“两眼一睁，忙到熄灯！”睁开眼，收拾内务、早操、吃饭，练习立正稍息、左右前后转、齐步走，正步摆臂练甩手，端枪投弹突击手，摸爬滚打敬礼练抬手。

生活比较艰苦，每天大部分吃的是二米饭，每个星期只有一顿细粮（大米、白面），馒头特别大，每人可以吃一个。

这些孟挺松没有惧怕，他还是队列训练的基准兵。

一个月的新兵训练结束，可以佩戴红五星和红领章了。“一颗红星头上戴，革命红旗挂两边”的愿望实现了。孟挺松利用休息日跑到照相馆照相，把相片给爸爸妈妈和柳韵寄过去。

但是，细心观察会发现孟挺松年轻的脸上充满疑云。

“Darling，你的脸上怎么没有笑容？这不是你的照相风格啊？”柳韵来信说。

“儿子，跳跳的妹妹说，跳跳和根根分在了连队当卫生员，滴滴分在了后勤处当给养员，唯独你分在了炮兵班玩大炮，是真的吗？”父母在追问。

“是现实的枷锁，还是白天黑夜交换了时差？”尽管孟挺松作为连队干部培养对象，担任了团支部副书记，但是和村里其他三个人比较，工作的差异，其他人的嘲笑，使孟挺松曾经充满热情的心落满灰尘。他懒懒的，不想擦拭。

孟挺松下连队的第一天就开始进山挖洞。

脱下绿军装，穿上劳动服装，腰里扎上一根废弃的电线或者草绳，扛上铁锹和锤子，冒着刺骨的寒风，跟着班长，排成一队，沿着羊肠小道向山里走去。

重重叠叠的大青山，光秃秃的山坡，稀稀拉拉的黄草，连一个活物都看不到。风在不停地吹，映入眼帘的除了石头就是衰草，眼前的荒凉，让人觉得这是个和整个世界隔绝的地方。

工地到了。连长带着战士们进入钢筋水泥铸成的洞口。石洞两边的壁上挂着一排电线，电线上的灯泡闪着黄光，照耀着来往的小推车。

走了大约100米深，看到了正在开掘的石山。战士们个个戴着头盔，嘴上都带着大口罩，有的扶钢钎，有的抡铁锤，有的拿着铁锹往小车里装石头，有的架着小车往洞外推。铁锤撞击的叮当声，风钻呼呼的旋转声，汇成一片。

“孟挺松！”

“到！”

“你来一下！”孟挺松拿起铁锹正要开始干活儿，指导员喊了一声。

孟挺松看到连队文书在指导员身边，然后三人一起往洞外走去。

“听说你字写得好，在洞口两边写个对联吧，内容你自己考虑。”

“我能行吗?”孟挺松笑嘻嘻地说。

“哈哈，堂堂的高中生，咱连里的秀才，这几个字在你面前不过是小菜一碟，写吧!”

看到指导员信任的目光，孟挺松想，这是我的拿手好戏。他毫不犹豫地拿起了刷子，指导员和文书在一旁观看。

上联是“胸怀祖国深挖洞”，下联是“扎根边疆心里甜”，横批是“接受挑战”。18 个红色隶书大字写在了洞口。指导员和文书不约而同地竖起了大拇指。

转眼七个月过去了。扶风钻、装车、推车，洞里的空气让人喘不过气。遇到灌注，一天 24 小时不能停。打山洞的工作就像陀螺般单调而又频繁地旋转着。

“当兵是为了扛枪打仗，现在每天和石头打交道，这算啥兵啊?”尤其是看到跳跳、根根穿着整洁的服装、背着医疗箱从身边走过，看到滴滴坐着汽车往返于买菜的路上，孟挺松犹豫了，彷徨了。

八月的风，已经不那么轻柔，而带有无言的烦躁，甚至裹着疼痛的雨。孟挺松推着小车出了洞口，望着灰蒙蒙的天空，丝丝寒意袭上心头。八月十五快到了，他的心像灌满铅似的，是那么沉重，那么难以形容。

“松松，我心里特难受。”一同入伍的老乡扶着小推车叫了一声。

“怎么了，林喜?”看到满脸泪水的老乡，孟挺松关切地问道。

“你看看咱这样子，人不像人，鬼不像鬼。我想家啊!”说着呜呜地哭了起来。

“别难过，坚持下去！打山洞也是保卫祖国！”孟挺松鼓励着老乡。

孟挺松是连里团支部副书记，他的痛苦不可以外露。他拼命地干活儿，不停地思索，伪装得像一名钢铁巨人。

他想到了父母，但是怕他们承受不了。他想到了柳韵，只有向她倾诉：

> 多少话语诉于谁听啊？我的心已经没有承受重负的能力了，我感到迷茫，感到无助。我像大海里的一叶孤零零的小舟，在漫无目的地飘零着；我像寒风中的一根枯萎的小草，在无可奈何地摇曳着。
>
> 我的理想已经破灭，我要回家！

接到孟挺松的来信，柳韵的心里像有七八十个轱辘在旋转，她的脑袋快要炸了，想平静一会儿，但是无论如何也平静不下来。

中国政法大学的校园，清凉、静谧，是远离浮华与喧嚣的一块净土。在这里，唯有琅琅的读书声和不含杂质的自由清新的呼吸。当然，这里也有知了和黄莺的鸣叫，还有玉兰花和月季花的清新和妖娆。

柳韵低着头，在婚姻法广场低着头慢慢地走着，她在认真地思索着孟挺松充满着悲观和失望的来信。

不行，必须给他勇气和鼓励！柳韵返回宿舍，拿起了笔。

> Darling：
>
> 你好！我在怀疑自己的行为，是不是我拿错信了；我在怀疑自己的眼睛，是不是看错了，这怎么会是你的信呢？你是一个刚强的人啊！
>
> 我理解你每天打山洞很辛苦，知道他们三个工作比

你好，你接受不了，转不过弯，但是也不至于自暴自弃啊！

你爱听豫剧《秦雪梅》：“想奴夫也读过些圣贤列传，想奴夫也看过些英雄传略。古圣贤谁不遭流离颠簸？大英雄更难免困苦坎坷。这些人倘若是都像你死过，有丰功和伟绩如何创拓？你应知为君死死得其所，你应知为民死重如泰岳，你应知报国死千载受祚，你应知卫土死万古不磨。像你这狭量人哪有几个？看性命如淡水难收好泼。商郎啊，你不想前不想后就不想想我，不念名不念利你就不念娇娥?”

你信誓旦旦，却受不了苦；你胸怀大志，却容不下现实；你不想前不想后，就不想想我啊！

你爱听豫剧《朝阳沟》：“咱两个在学校整整三年，相处之中无话不谈，我难忘你叫我看董存瑞，你记得我叫你看刘胡兰，董存瑞为人民粉身碎骨，刘胡兰为祖国热血流干，咱看了一遍又一遍，你蓝笔点来我红笔圈，我也曾感动得流过眼泪，你也曾写诗词贴在床边，咱两个抱定了共同志愿，要决心做有志青年，你说过党叫干啥就干啥，决不能挑肥拣瘦讲价钱。”

这一段戏，咱在汶水河边唱过多少遍，“你想想烈士比比咱，有什么苦来怕什么难!”

你常对我说，你的座右铭是“一个人只要始终不渝地追求，他必然能够实现目标”，可你为什么要放弃呢?

在宁静的自然界里，路边长着无数的野草，不知被多少人践踏过，但它依然顽强地活着。它高昂的姿态像是在告诉我们：任风吹雨打，脚踏手撕，我都可以坚强地生存。由一根草，想到了现实生活中的某些意志薄弱者，面对困难就退缩，遇到事情就逃避，不可取啊！

自古以来，无数事实昭示我们：只知做梦必会留人笑柄，勤于圆梦才能光照千秋。人们耻笑“黄粱一梦”、“南柯一梦”，把“凿壁偷光”、“悬梁刺股”奉为典范。难道你会放弃你追逐的梦想?!

快忘了那些不高兴的事吧！你看就连今天的阳光都如此明媚灿烂，都在努力为你驱逐烦恼焦躁，希望你灰暗的心情在此刻明亮起来，去迎接美好的明天。

此时此刻的我，很想你。很想靠近你，哪怕一个拥抱。你那见不到的苦涩心情只有我一个人知道。我曾幻想：在胸前做个口袋，把你装进来，那样可以随时拿出来看看。我要做你生命里的光环，围绕着你，永不离开。

Love you

柳韵

微凉的风，无声无息地被挡在门外，无法进入门内的世界，只因门外属于自然，门内却属于人生。直到门内的人透过窗户望见门外落叶的几抹金黄，才发觉到了什么。秋，原来果真是金色的，并不逊色于春的翠绿。不过，那就是一场轻纱般的美梦，飘过身旁，随后被白雪所替代。

孟挺松醒了！

第六章　天有不测风云

星期六的早晨，太阳出来了，太阳在黑云里放射的光芒，透过黑云的重围，替黑云镶了一道发光的金边。后来太阳才慢慢地冲出重围，出现在天空，甚至把黑云也染成了紫色或红色。

部队的星期六没有规律，是按值班顺序排列的。每天两顿饭。第一顿开饭时间是上午 10 点，第二顿开饭时间是下午 4 点。这样早上可以睡个懒觉，吃过早饭自由活动，有的打扑克、下象棋，有的去找老乡玩，有的去市里看看电影。

孟挺松在营房前出板报。

“小伙子，家是哪里的?”一位四方脸、皮肤白皙、中等个子、身体有点儿发福的军官站在了孟挺松身边。一双炯炯有神的眼睛盯着板报，好像发现了新大陆。

孟挺松停止了写字，放下尺子和粉笔，“啪”地立正敬了一个标准的军礼。

“报告首长，我是河阳市的，我特别喜欢韩愈的作品。”

“韩愈可是杰出的文学家、思想家、哲学家、政治家，名列唐宋八大家之首啊。”首长如数家珍，接着调侃道，“字写得不错，沾了韩愈的灵气吧，呵呵！”

“写得不好，不过我喜欢正楷、隶书、仿宋和黑体字。”

“想家吗？”

“不想！”

“打坑道累不累？”

“不累！”

“好好干啊！”说着，首长就走了。

孟挺松望着首长渐渐远去的身影，一直看着他往团部方向走去，心想：这一定是个有文化的军官，有机会向他学习。

有些事就非常巧合。

连队的指导员休假了，团里派来了一位代理指导员，孟挺松一看，这不是表扬自己写字不错的首长吗？

“王干事，您好！欢迎您来我连代理指导员！”副指导员韩英杰迎上前去。

“我和王干事是河北省武邑县的老乡，王干事叫王文博，曾经是咱团里的电影放映员，当过电影组长，现在团政治处任群众干事。”副指导员边走边介绍。

“团部离你们连这么近，我晚上就不在这里休息了。”王干事说。

“今天晚上正好是赛诗会，您可要参加啊！”

“那是必须的！”王干事面向副指导员，露出温馨的笑容，眼神充满期待。

孟挺松被王干事吸引住了，离开好远，王干事的微笑还萦绕在他的心头，无法抹去……

“今晚又是我大显身手的机会。”孟挺松嘴角露出一丝不易察觉的微笑，像是面上的一道涟漪，迅速滑过脸部，然后又在眼睛里凝聚成两点火星，转瞬消失在眼波深处。

连里没有礼堂，赛诗会就安排到了炮一排宿舍。

盼望着，盼望着，战友们迫不及待地“挤”进了一排，看着墙上“诗韵飘香”四个大字，每个人的大脑就充满了诗词。指导员宣布了比赛规则后，战友们兴奋地说：“开始啦，开始啦，激烈的比赛开始啦!”

首先是必答题，每个班都要回答指导员指定的题目，答对一题就加一分，哪个班得分多，就是优胜班。指导员的题型还真多呢！有前句，战士们说后句；有后句，战士们说前句；说关于春天的诗句，找带有植物的诗句……战友们在诗的海洋中遨游。有的班想了半天，吞吞吐吐；有的班不假思索就答出来了。

很快，迎来了抢答题，抢答题真是太精彩、太激烈了。指导员和副指导员不停地换着题目，无论他们问什么问题都有人回答，任何人都不想错过这么好的机会。后来指导员出了一题，让大家背一句带有“禽类和昆虫”的古诗，大家被难住了。这时，孟挺松举起了手，声音洪亮地朗诵起来：“双燕无机还拂掠，游蜂多思正经营。”

话音落地，战友们都把赞许的目光投向了孟挺松。

“让孟挺松同志给大家讲一下这两句诗的释义和来源好不好?”

“好!”战友们异口同声地喊起来。

孟挺松摸了一下风纪扣，整理一下军装，从容地站起来举起右手，五指并拢，食指挨着太阳穴，面向战友们，从指导员开始，一百八十度的敬礼来回两次。

战友们报以更加热烈的掌声，几十双目光，像几十条探照灯的光柱，紧紧地追逐着孟挺松。

礼毕。孟挺松清脆而洪亮的声音在窑洞里响起：“这两句诗的含义是：没有心机的双燕时时从花上掠过，多情的游蜂却正在花间盘旋采蜜。

“它是唐代诗人韩愈创作的一首七言律诗《戏题牡丹》。这首诗以花喻人，借题发挥，既描绘了牡丹的婀娜多姿与诱人魅力，抒发了对自然风光的热爱之情，还采用拟人手法、戏谑调侃的语气，描绘出一幅生机盎然的赏花画卷，表现了作者忘却多年尘俗之事的愉悦之情。”

孟挺松侃侃而谈，滔滔不绝地讲着。

“怪不得一个新兵蛋子就担任团支部副书记，就是有水平。”“可惜这样的水平玩大炮。”“人家肯定能提干。”“这样的人恐怕在咱连时间不会长。”战友们在底下议论着。

时间一分一秒地过去，战友们丢掉了烦恼，忘记了劳累，沉醉在诗情画意之中。

指导员的脸好像绽开的玉兰花，笑意写在他的脸上，洋溢着满意的愉悦。

孟挺松所在团团部背靠山坡，前边有一座小山丘，过去山丘往前走再下去是个大操场，指挥连、四营和后勤处每天早上在这里出操。部队每星期有一场电影，不太冷时就在大操场放映。

星期日的晚上，月亮赶来了，拉开黑幕的一角，露出半张小脸，可又突然像害羞似的拉回了那块黑幕，把美丽的笑脸藏了起来。

电影《英雄儿女》将在操场播放。孟挺松和战友们戴着大皮帽，穿着皮大衣，坐在马扎上整齐地排在银幕前。

在中间位置，离银幕 20 米的地方放着一台扩音机，扩音机的后边架着两台放映机，两台放映机左边的放映机箱子旁各站立一名战士，一个在擦机器，一个在装片。后边有一位军官坐在扩音机箱上静静地看着两名战士操作。

操场上，拉歌声汇成一片欢乐的海洋。

“向前、向前、向前……”随着《中国人民解放军进行曲》的旋律，一颗红星被礼花簇拥着喷射而出，激荡着战友们的心。

“向我开炮！”王成的英雄形象出现在每一位战友的眼中，

久久不能离去。

电影演完后，操场上安静了。远处的天际，有一颗又亮又大、高悬在夜空的孤星，它俯瞰、辉映着大地，它是那样高远灿烂。

“我一定要去放映电影!”孟挺松暗暗下定了决心。

天气阴沉，满天是厚厚的低低的灰黄色的浊云。西北风呜呜地吼叫，在荒山里肆虐地奔跑，它仿佛握着锐利的刀剑，能刺穿严严实实的皮袄，更别说那暴露在外面的脸，被它划了一刀又一刀，疼痛难熬。

战士们在屋子里换好劳动服装，准备上山。

“孟挺松，你今天不要去了。”副指导员站在孟挺松身边说。

“为啥，副指导员?”

“政治处把你调去当电影放映员，谭干事在外边等着你呢。”

孟挺松立即取下缠在腰间的草绳，脱掉了劳动服，端端正正地将它叠好放在火炕的里边，穿上军装，扎好腰带，打好背包，看了看窑洞壁上的报架。报架上方，他亲手写的“战友报”、“解放军报”几个大字盯着他，好像舍不得他离开。

李修杰排长、高伟奇班长、刘致远副班长、孟浩宇等全排战友羡慕地看着孟挺松的一举一动。孟挺松一一握手向战友告别。

“小孟，我来接你了!”文化干事谭皓轩在小车边等着。

“谭干事好!”孟挺松背着背包向谭干事举手敬礼。

谭干事取下孟挺松的背包，放进吉普车后排。

通往团部的山路时而平坦，时而坎坷，时而笔直，时而弯曲，可此时，这条路变得那么宽阔，那么豁亮，正在向四面八方伸展，延伸到每个角落。

孟挺松坐在吉普车的后排，一边目睹着甩在后边的道路一边回忆着。

我为了自己的梦想，坚持了一年的坑道生活。今天，我终于进了电影组，实现了自己的愿望，再也不怕跳跳、根根和滴滴的家人笑话我了。

团部大礼堂坐落在两座山的中间，砖木结构，坐西向东，灰白色的建筑上方是三角形的，三角形的中间有一颗红五星。礼堂有两道门，第一道是中间三个大门，进去大门南北各有一个耳房，供电影组人员居住。礼堂前边是一个篮球场。

吉普车停住了。王文博干事、刘立义组长和程弘文放映员早早地等在了这里。

“可把你等来了。刘国放映员复员了，这些日子都是王干事在帮忙。”刘组长边说边从车上取下了孟挺松的背包。

“以后你们就要在一起工作了，还要像过去那样严格要求啊！”谭干事嘱咐着。

放下背包，刘组长就开始让孟挺松熟悉放映机、扩音机、发动发电机等设备。

晚上，孟挺松就和刘组长、程弘文到卓资县的一个村庄放映电影。程弘文操作一号机，孟挺松操作二号机。

当电影插曲正在播放时，一位穿着红呢大衣紧束着腰带的小姑娘突然跑到放映镜头前，遮住了光线。全场哗然。

“袁静，过来！”一位大妈把她拉了过去。

小姑娘个儿不高，年龄十二三岁，带着稚气的白白净净的小圆脸有一种超脱尘世的自然美。她黑黑的头发上扎着绿色的玻璃丝线，两个短短的小辫直挺挺地挂在脑后，被长长的睫毛装饰起来的美丽的眼睛，就像两颗水晶葡萄。

“同志，不好意思，影响你们了。”大妈向刘组长道歉。

“没事儿，小孩子看得太投入了，长大可是好样的。呵呵！”

电影结束时，大妈把小袁静带到电影机旁，把一袋子内蒙古的特产葵花籽送给刘组长。

“谢谢大妈！”刘组长推辞不下，只好接受。

“叔叔，我长大了，也要当解放军！”

“好啊！叔叔们期待着！”

几分钟的时间，程弘文和孟挺松收拾完放映设备，装上汽车。大家与袁静母女告别。

转眼间，一年的悠悠岁月如同手中紧抓的沙子，无声无息地流失了。燕子去了，有再来的时候；杨柳枯了，有再青的时候；桃花谢了，有再开的时候；沙子流失，可以在沙滩上再抓一把……可是岁月的流逝，就像荷叶上的露珠滑落到水里的瞬间，那么快捷，那么干脆，永远无法回头再来。

一年里，在电影组发生了太多的故事。刘立义组长转业到了天津，苏越泽组长调到了师组织部干部科，程弘文调到了团指挥连担任副指导员。孟挺松对他们充满了感激和怀念。

孟挺松被谭皓轩、程弘文介绍加入了中国共产党，在连续立了两个个人三等功后，担任了电影放映组长。先后调来了李圣杰、何风华当电影放映员。三个人团结奋斗，电影组荣立了集体三等功。

天有不测风云，人有旦夕祸福。正当电影组向前奋进的时候，一件意外的事情发生了。

那是孟挺松担任电影放映组长的第 81 天。

大约下午 3 点，孟挺松接到师部电影队电话：新电影到了，安排跑片放映。

为了让战士们能尽快看到这部电影，孟挺松安排在团部演出后立即赶到部队野营驻地——卓资县。

晚上 7 点 40 分，团部放映结束后，孟挺松和李圣杰、何风华一起在机关食堂匆匆吃了一碗炒饼，然后把放映机装上汽车准备出发。这时政治处的王露宸副主任和组织部的柴炎彬干事，还有机关食堂的小炊事员也要搭顺风车。

这天，后勤处派了两位驾驶员，一位是司机刘强，一位是实习驾驶员、年龄还不到 18 岁的特招兵，所以驾驶室里就坐了他们两位。孟挺松等六个人坐在了敞篷汽车上。李圣杰、何风华背靠着驾驶室面向后方坐在放映机箱上；孟挺松和柴炎彬干事坐在车厢左侧的电影片桶上；王露宸副主任和小炊事员坐在车厢右边的电影片桶上。

因为汽车奔跑时会扬起灰尘，出于尊重首长的考虑，孟挺松主动请求和柴炎彬干事互换了位置。

内蒙古秋天的黄昏来得总是很快，还没等山野上的枯草玩够，太阳就落进了卓资山。山谷中的岚风带着浓重的凉意向山下游荡，而山峰的阴影更快地落在村边上。阴影越来越浓，渐渐和夜色融为一体。

汽车沿着公路疾驶。两旁的小树飞一般地向后掠去，汽车混沌的灯光中夹杂着不停跳动的斑点一闪而过，转眼即逝。

孟挺松注意到李圣杰和何风华专注地看着后方甩去的车印和尘土，双眸闪过几丝奇异的色彩，仿佛若有所悟，眼角挂着略微的思索。

孟挺松入伍较早，是农民的儿子；李圣杰比孟挺松晚一年，爸爸是部队的营级干部；何风华比李圣杰晚一年，爸爸是中国人民解放军总参防化部的参谋长，军级干部。孟挺松这两位战友不但人长得帅，政治素质、人格修养都是一流的。孟挺松在他俩身上学到了从来没有学到的东西。

他们三个亲如兄弟，为部队的宣传工作奋斗着。三位战友能够永远在一起多好啊！孟挺松在憧憬着未来……

这时，对面来了一辆汽车，灯光特别亮，刺眼的灯光照在飞速前进的汽车前部。汽车没有停止，也没有减速，而是躲着灯光沿路边行驶。

忽然，孟挺松感觉车身一斜，只听“咣当”一声，伴随着对面汽车紧急的刹车声，孟挺松飞也似的恍惚一下从后面被甩了出来。当时孟挺松穿着大衣，手里还拿着手电筒。

不好！翻车了！孟挺松立即站起来，用手电筒一照，李圣杰、柴炎彬干事、何风华面朝下被压在汽车板下。柴炎彬干事被压在中间，嘴里流出了殷红的鲜血，一声不吭。李圣杰、何风华两个一左一右压在柴炎彬两边，不停地哼哼。

这时，王露宸副主任和小炊事员从车厢里爬了出来。两个司机从驾驶室里爬了出来，对面的两个汽车司机也来到侧翻的汽车边。

大家开始抬车，王副主任喊“一、二、三”，他们就一起抬，当抬起来时，李圣杰、何风华不哼了，由于车身太重，只好放下，他俩又开始哼。这样连续抬了三次，李圣杰、何风华哼了三次，没有成功。

漆黑的夜伸手不见五指，孟挺松使劲瞪大眼睛想看清脚下原本清晰的路。路已不是路，只有漆黑一片。孟挺松抬起头想看看天，而此时天也不是天，只有漆黑一片。

心未死，泪没干，不堪回首魂亦牵。看着被压在车下的李圣杰、何风华，孟挺松追悔莫及，为什么这场电影要赶得这么紧呢？

听着两位亲密战友的呻吟声，孟挺松仿佛听到了首长的嘱托：李圣杰是部队首长的长子，何风华是将军的儿子，你要把他们带好！如今他俩被压在车下，孟挺松怎么向他们的父母和部队首长交代？

“救命啊！救命啊！”王副主任声嘶力竭的呼喊声喊来了附近的村民。当时也不知道来了多少人。王副主任喊了一次“一、二、三”，就把三位战友从车底下拉了出来。

苍天啊，你为什么不长眼？为什么让孟挺松死里逃生？为什么不把孟挺松压在车底下替两位战友遭受劫难啊！

首长啊，您也许在期盼着您长子的立功喜报；将军啊，您一定在想，您的唯一儿子一定会在塞北高原百炼成钢。可是由于孟挺松的激进和过错，造成了今天这样的恶果！

天空仍然是灰沉沉的，孟挺松陷入了极度的忧伤之中……

第七章　忠孝难以双全

天上的黑云慢慢地散开，黑云后的月光悄悄地透过来。光照在地上，大地一片银白。周围一片安宁，好像是疲累了一春一夏，此刻全都累了，安静地歇息了。唯有几声鸡鸣，几次狗吠，萦绕在安静的天空，打破片刻的寂静。

在乡亲们的帮助下，三位战友被抬到了拉西瓜的汽车上送往部队医院。在车上，孟挺松护着何风华，王副主任护着李圣杰，小炊事员护着柴炎彬干事。

刚上车，小炊事员说："组长，柴干事不行了。"孟挺松说："不要乱说！"又走了一段，小炊事员又说："组长，柴干事真的不行了！"孟挺松又说："抱好！再坚持一下！"

到了医院，听过王副主任的诉说，急诊科护士们急忙冲到汽车跟前，看看柴炎彬干事，他已经没有生命体征了，然后迅速把李圣杰和何风华抬进急诊室，

医院安静得只能听到人的呼吸声。

孟挺松的心像刀绞一般，无法平息自己，在医院的过道上焦灼地踱来踱去，时而盯着石英钟上慢慢移动的秒针，时而望望急诊室的推拉门，烦躁、焦急一起涌上心来，眼泪不停地在眼眶里打转。他只觉得心烦意乱，痛苦不堪，仿佛全身的血液一下子注入了心里，煎熬得忍受不住。

门开了，孟挺松急忙迎上前去。

“大夫，怎么样?”

“经检查，这两个小战士头部、胸部、骨骼没有任何问题，再观察几天就好了。”

听到这话，孟挺松仿佛突然放下了沉重的负担，腰板也随着挺起来，眼中开始弥漫着幸福的光芒。

黑夜过去，太阳慢慢升起来，大如圆盘，色如蛋黄，却不耀眼。丝丝暖流飘飘洒洒，随轻风舞动，落到哪里，哪里就会有温暖。

打开窗户，清新空气迎面而来。

李圣杰、何风华静静地躺在床上。

“小孟，政委一行来看你们了。”团部司机小孔捧着鲜花提着礼盒进了病房。

赵伟泽政委、赵睿渊股长、李博超干事、程弘文副指导员等站在了床前。

“好好养着！战友们等着你们回去啊！呵呵!”政委安慰着。

“谢谢首长!”看着鲜花和礼盒，孟挺松、李圣杰、何风华流下了感激的泪水。

“叔叔，你们好啊!”袁静母女进了病房。

“为了给俺村演电影，你们受了大惊吓，听说你们三个安好，乡亲们就放心了!”袁妈妈说着，把卓资县的特产烧鸡放在了桌上。

李圣杰、何风华被护士们护理着。孟挺松没有和政委他们一起走，也没有乘坐班车回部队，因为他不想看见汽车，不敢听到汽车的发动机声，他没有从噩梦中醒来。

下午4点左右，太阳已经收起它那淡淡的光，好像怕冷似的，躲进了像棉絮一样的云层。冷飕飕的风呼呼地刮着，几棵光秃秃的树木，像秃顶老头儿，在大风中摇动。

孟挺松孤独地走在去部队营房的路上，偶尔一辆汽车过去，吓得他不敢直视，躲得远远的。

“战友们住院了，放映机摔坏了，偌大的礼堂空荡荡的，就剩下我一个人，有啥意思?”孟挺松产生了回家的念头。

部队首长很快批准了孟挺松探家的请求。

晚秋了，太阳懒洋洋地挂在天上，像个老公公露着笑脸在打瞌睡。孟挺松在汶水河桥头下了汽车。

大桥上，一辆辆汽车穿梭似的奔跑；大桥下，几头黄牛甩着尾巴，一步一步把自己踏实的脚印烙在河边；好多人拿着鱼竿，悠闲地坐在那里等待鱼儿上钩；一群群小水鸭在河面上互相追逐、戏要……

多么熟悉的故乡小路！在这里有我童年的足迹，有我儿时伙伴的笑语，有我少年忘情的歌声，有我待飞的梦想。

多少次和你在一起玩要、嬉闹，多少次和你在一起跳舞、唱歌，多少次和你在一起幻想、憧憬……

孟挺松穿过店上村的牌楼往前走，路右边的李谷山还在这里住吗?他墙外的萝卜、白菜长得多好啊！张恨山家的门口放着一辆白色奥迪小轿车，看来他也富起来了。路左边，俺干爹家门的两边种了两排月季花，看来干爹在安度晚年。那不是李千秋和夏蓉家吗?三层小楼竖立在眼前。

变了！变了！变得太快了。

孟挺松左拐，上了小坡往东走。

“松松哥！”童年时的小朋友若南迎了上来，接过了他的皮箱。

“谢谢你！小兄弟。街上咋没人啊?”

“青槐、从梦、宛海、傲之一帮年轻人都搬去小坡上了，这里就剩几户老人，他们一般不出门。”

若南把孟挺松送到家门口就回去了。

孟挺松踏进大门，一股玫瑰花香扑面而来。“好香啊！”孟挺松情不自禁地深深吸了一口。

大槐树下，孟钢眯着眼睛无精打采地坐在老式大椅上，身边放着一根拐杖。柏玫在他身后为他捶背。小妹妹在东屋门口缝纫机旁修剪着衣服。

孟挺松不敢相信自己的眼睛。这咋回事啊？他揉了揉眼睛，使劲看了又看，眼前就是自己的爹娘啊！为什么他们看不到自己进来，不吭一声啊？

“哥哥！”妹妹从东屋走了出来，一连串泪水从她委屈、悲伤的脸上无声地流下来。妹妹没有一点儿哭声，任凭眼泪不停地往下流。

“咋回事？”孟挺松直瞪瞪地看着妹妹的脸。

“你走后几个月，爸爸从黄河滩回来精神很不好，他说在路上遇到一股旋风围着他转了几圈，要有不祥事件发生，妈妈说那是迷信。可到了晚上，突然出现偏侧上下肢麻木无力、口眼歪斜、言语不清，妈妈立即喊人把他送到卫生院。经过抢救，命保住了，可是落了个半身不遂。天有不测风云，妈妈突然视力模糊，经检查得了白内障，需要手术。为了不影响你工作，爸爸妈妈不让我告诉你，让我休学在家照顾他们。”

“怪不得爸爸妈妈看不到我进院子，原来是这样啊。”孟挺松简直不敢相信自己的耳朵，好似晴天霹雳当头一击，又好像被人从头到脚浇了一盆凉水，全身麻木。

“爸爸妈妈！我对不起你们啊！”孟挺松“咚”的一声跪在了爸爸妈妈面前哭了，他哭得是那样伤心，那样悲恸，泪水像决了堤的洪水从他眼窝里倾泻出来。

爸爸的双手牵引了我，妈妈的乳汁哺育了我，你们的拥抱温暖了我，你们的泪水洗礼了我！“春蚕到死丝方尽，蜡炬成灰泪始干”，现在我才明白，这里的“春蚕”、“蜡炬”不就是比喻你们两个吗？为了培育好我们，你们默默无言地奉献，除了奉献还是奉献。而我能为你们做什么呢？小妹妹为了我，也放弃了学业！

孟挺松被这突然来临的事震动了，就像受到电击一般，精神处于半痴半呆的状态之中。

“孩子，你在守卫边疆，我们不愿影响你。”孟钢直起腰，向前挪动一下，扶起眼前的儿子。

“儿子，我们慢慢就好了。放心！”知道是自己日夜思念的儿子回来了，柏玫睁大眼睛吃力地看着眼前的儿子，他的脸上充满了悲伤。

泪水在他们的脸上纵横交错地流，就像雨水打在窗玻璃上，就像蓬勃生长出去的树枝，就像渠水流进了田地，泪水在他们的脸上织成了网。

“树欲静而风不止，子欲养而亲不待”，我决不能留下遗憾，留下愧疚。

第二天，孟挺松带上母亲到医院进一步检查了眼睛，医生告知：高血压、糖尿病患者手术风险太大，推荐先使用滴眼液控制延缓，等待时机成熟才可以做手术。

第三天，孟挺松把父亲推到汶水桥东边的浴池，让父亲舒舒服服地泡了一次热水浴，帮他修剪了趾甲，回到家又把父亲的头发理了理。

第四天，是店上村逢六庙会。庙会以戏台为中心呈“丁”字形，东西从大坡头到戏台，南北从沟沿到公路边，卖吃食的，卖挂串的，卖土特产的，卖日用百货的，卖树木花草的，应有尽有，各种叫卖声、产品介绍声、讨价还价声、戏台上的唱戏声、观众的喝彩声汇成一片欢乐的海洋。

孟挺松把父亲推到戏台下，默默地站在父亲的旁边，母亲在一旁扶着父亲的轮椅听戏。看到这种情况，本家哥哥致远连忙把自己的凳子让给柏玫。这么多年了，他还是第一次用这种方式和自己的父母一起逛庙会。

“哥哥，电报!”小妹妹气喘吁吁地跑过来。

“孟挺松同志，请你立即返回部队，有紧急任务。”政治处发来了急电。

一声汽笛，跌落在旷野，无限的惆怅与无奈，在别离的那一刻，同时从心头滋生。孟挺松恋恋不舍地离开了家乡。

孟挺松被提升为电影放映组长三个月后，就被借调到干部股帮忙，仅仅六个月，就被提升为副政治指导员。他不想离开电影放映机，不想离开他朝夕相处的电影组战友，不想离开给了他人生转折的政治处。

“小孟，命令已经下达了。但是，你暂时留在干部股帮忙。等这批转业干部手续办完，你就可以走马上任。”李博超干事鼓励着。

“四连的连长、指导员、副连长都比你入伍早七年，下去后好好向他们学习，好好锻炼，我们等着你的好消息。”郝修洁股长以期待的目光看着孟挺松。

转眼间，又是一个离别季；转眼间，又有一堆人伤离别……相聚时不知友谊的可贵，分别了才知那是人生最需要的东西，犹如盐，少了它还有什么滋味。

冬天的早晨，没有春天早晨的空气清新，也没有夏日灿烂，更没有秋日凉爽，只是让人寒冷。

大礼堂里，新任命的李圣杰组长与何风华一起为孟挺松整理行装。四连的副连长和通讯员在礼堂前厅等着。

孟挺松先是走进大礼堂看看熟悉的舞台和放映机，到舞台后边看看发动发电机，然后到西耳房看看扩音机和麦克风，再到东耳房摸了摸胶片机。

“我情愿一辈子在电影组，也不想去连队当副指导员，可是军令如山倒啊！”孟挺松真不想离开。

“小孟，程弘文组长为你申报了两个三等功。程组长不走，你咋能当上组长？你说你不走，李圣杰怎么进步？何风华也是你给他申报了上军校的名额。你手下两位放映员，你都想让他们进步并超过你。长江后浪推前浪是不可抗拒的历史规律啊。”孟挺松眼前出现了宣传股长赵睿渊的身影。

孟挺松在整理赵睿渊股长的档案时，看到赵股长上学时的资料，门门功课基本上全是五分，对于《三国演义》、《红楼梦》、《水浒传》、《西游记》等古典小说，赵股长就像从瓜蔓上掉下来的瓜那样熟，总能脱口而出。赵股长写起材料如行云流水，平时说话也出口成章。赵睿渊的文采、人品和性格影响了孟挺松一生。

“副指导员，车到了！”团部司机小孔在礼堂外喊着。政治处王露宸副主任安排了送行的吉普车。

四连离团部不远，下坡向前走 100 米拐个弯，翻过一道山梁，向前走 1000 米就到了。

四连连部分在三个不同高度的山坡上。第一层是伙房，直走第二层是连部和指挥排，往右拐上个坡是炮排。驻地前边 100 米是仓库。

小通讯员把孟挺松的背包放到了连部。连长、指导员和通讯员住一个窑洞，副连长、副指导员、卫生员住一个窑洞。

“副指导员，你先休息会儿。”通讯员把热水放在了孟挺松面前。

“好的！谢谢！”孟挺松不想听“副指导员”这个称呼，不如“组长”的称呼听着顺耳。在电影组看书、练字、写文章、演电影，每天遨游在知识的海洋，两个小战士有修养、有文化，和他们在一起快乐无比。连队呢，这么多人，啥人都有，没意思。“去看看老乡吧。”孟挺松想着。

和孟挺松一起入伍的共有来自河阳市 5 个乡镇的 280 名新

兵，分在不同的连队。孟挺松提职早，大部分战士还在服役。四连就有好多老乡，席问枫、马以柳、孟乐松、乔涵山、崔迎海等，有几个担任班长了。

听说副指导员是孟挺松，老乡们虽然高兴，但心里还是有点儿嫉妒。不过，他们在人多时还是非常尊敬孟挺松的。

孟挺松首先来到炮排看望马以柳。马以柳入伍前是初中的数学教师，由于年龄偏大，不符合提职条件，又因为家庭比较困难，想在部队多待几年，等找到对象再回去。

“副指导员来了！”班里的战士们都站起来，齐刷刷地敬了一个军礼。

寒暄了一阵，孟挺松就急着出来，他不想看到有人吸烟，都是农村出来的，把烟钱省下来，给父母亲邮寄走多好啊！看到他们，与看到李圣杰、何风华的心情就不一样。

马以柳把孟挺松送了出来。

“老乡，我不想在班里干了，想去连部！请你帮忙！”

“我刚来，让我考虑一下。”孟挺松应付着，但是心里想要把这件事办成。

没过几天，原来的通讯员调到了营部。马以柳自然被调到了连部，因为是老乡，就和孟挺松住在了一起。人多时马以柳称孟挺松为副指导员，仅剩下他俩时就喊孟挺松为“小孟”。两个人非常投机。

这些日子，孟挺松没有为得到提职而兴奋，反而为离开父母、离开电影组和干部股所纠结。睡觉是唯一解脱的时间。可是闭上眼睛梦就来了。他梦见父亲拄着拐杖正走着突然摔倒，梦见母亲的眼睛已经失明，梦见有人把刀架在他脖子上，只要再动一下，脑袋就会搬家，因此他只好绝望地站着……

“报告副指导员，咱们的仓库被盗了！”哨兵推门进来，大声说着，把噩梦中的孟挺松惊醒了。

“什么？谁站的岗？”孟挺松不敢相信自己的耳朵。

“武应军。”

又是他，他是特招兵，入伍不到一年，是营里教导员武守亮的侄子。孟挺松早就听说过他。在新兵连时他私自外出到市里玩了一天，批评一顿了事。前几天他站岗时把枪放到岗楼，去边家沟和女朋友约会，给了他一个警告处分。这次又是他，决不能放过他。

指导员探家了，连长去师里参加庆功会，副连长生病住院。这怎么办？孟挺松在思考着。

“把武应军给我叫过来！”

武应军来了，摆出一副满不在乎的样子。任凭孟挺松怎么说，他就是不吭气。训完话，刚出屋门一步，就嘟囔一句：“跳蚤不大，还想顶起被子！”

“你给我回来！”这下惹恼了孟挺松。他青筋暴露，怒目圆睁，像即将爆发的火山，头发都快要竖起来了。

“立即通知部队，到仓库前集合！”孟挺松下了命令，“别人怕，我可不怕。非治他不行！”

仓库前，全连干部、战士整齐地站在那里。

“报告副指导员，部队集合完毕，请指示。”指挥排长报告说。

“同志们，今天晚上武应军脱岗又去边家沟，造成咱们连仓库的大米、白面全部被盗了。为了教育武应军，从今天开始让他坐禁闭19天。组织问题和军籍问题另行处理。同时全连一个星期不再吃细粮！”

“啊！”战士们都感到惊讶，“禁闭室是一个封闭的小空间，没有窗户，也不能和外面任何人交流，一般关禁闭不超过七天，为啥把武应军关这么多天呢？”

“迷途知返莫叹朝花去，回头是岸可拾无限春。希望大家吸取武应军的教训，不要再犯类似的错误。”孟挺松以期望的口气结束了讲话。

黎明前的黑暗总是最沉的，黄昏若是逢魔时刻，黎明之前便是暗夜之中妖魔恶鬼游荡的时候。

返回宿舍，孟挺松辗转反侧，没有睡意。

“武应军和咱营武教导员是那种关系，武教导员在师里、军里都有关系，连长、指导员都拿武应军没办法，就凭你在团里那点儿关系能行吗？你可不要捅老虎屁股了。”马以柳劝说着。

“不，明知山有虎，偏向虎山行！明天我就向营里打报告，建议开除武应军的团籍和军籍。”孟挺松毫不犹豫。

“丁零零，丁零零！”电话铃响了。是武教导员的声音，要求孟挺松立即到营部。

“不去，我写好对武应军的处理请示报告再过去！”孟挺松给顶了回去。

起床号一吹响，所有人就飞一般地奔到操场。当孟挺松来的时候，迎接他的是精神抖擞的整齐方阵。

刚要跑步，副营长姜俊驰赶到，拦住了孟挺松。

“孟副指导员，营首长决定，暂停你的工作，等候安排。”

孟挺松顿如五雷轰顶，脑中一片空白，他预料到有不妙之事可能会发生，但没想到来得这么快。

第二天，孟挺松来到了他的娘家——政治处，见到了王露宸副主任。

“小孟，我们一切都知道了，你先去三营七连锻炼，七连指导员是你的老上级韩英杰。在此期间，要放下身段，和战士同吃、同住、同训练。什么也不要想！切记！”

看着首长同情、期待的目光，孟挺松知道，对于军里、师里都有关系的人，团里是没有办法的。他的泪水顿时充满了眼眶，他想忍住，可泪水还是滴滴答答地流了下来。

天放晴了，从窗口望出去，一块透明的蓝天，像一张丝质手帕，停留着一些细碎而洁白的云块，像是纱巾上的花朵。

战士们都去训练了。孟挺松整理好背包。虽然七连离这里有三公里，他还是准备自己徒步过去。

“副指导员，我去送你吧！”给养员进了屋门，顺手拿起了孟挺松的背包。

走出门外，孟挺松看到小毛驴车已经备好。这小毛驴车是给养员买菜用的。

小毛驴一身灰色的毛，肚子下面有几片白毛，像绣上的花朵，两只耳朵直竖着，四只蹄子圆圆的，前面的右腿上长着一块黑疤。看到孟挺松，它黑眼珠滴溜溜乱转。

突然，小毛驴脑袋抬起老高，仰起脖子大叫了一阵，好像在说：“你蒙冤受屈，我来送你！”

孟挺松坐上了毛驴车，给养员坐在小毛驴车的左侧赶车。

当初，来四连上任时是吉普车送的，前呼后拥。卸任离开四连时，是毛驴车送的，冷冷清清。这一上一下差距就有这么大。

暖风吹拂，孟挺松的眼皮有点儿倦了。也许是山太重，把路压得缠缠绵绵；也许是梦想难以实现，将他的心撩拨得那么酸。

“呱嗒、呱嗒、呱嗒……”驴蹄声均匀而单调，像墙上那面挂钟的吊坠在摇摆。山间小路越来越窄，四连渐渐消失在路的尽头。

到了七连，韩英杰指导员早已等候在门口，安排通讯员把孟挺松的背包放在了班里。

“这是暂时的，团首长对你有安排。”指导员安慰着。

“请首长放心，作为一名军人，我会经受住一切委屈和误会！”

晚上，电影组来到三营播放电影。因为新的电影放映员还没有物色好，晚上的电影放映机仍然由李圣杰与何风华来操作，孟挺松习惯地坐在了他俩后边。

孟挺松陶醉在这优美的电影插曲中。

“组长，给你一封信，中国政法大学来的。”李圣杰还是习惯这么称呼，孟挺松感到非常甜蜜。探家来部队几个月了，柳韵怎么样了？这大起大落的变化她是不知道的。

他迫不及待地撕开信封，借着放映机旁微弱的灯光看了起来。

Darling：

你在部队的情况我隐隐约约知道了。“峣峣者易缺，皎皎者易污”这个千年古训你忘记了吗？为什么要这样呢？

但是，不管现实多么惨不忍睹，你都要持之以恒地相信，这只是黎明前短暂的黑暗而已。不要惶恐眼前的难关迈不过去，不要担心你的正义和坚强没人支持，全世界就一个独一无二的你，你想要的，岁月都会给你。

有人说当下雨的夜晚仰望星空时，如果你看见有一颗流星划过，那就是思念你的人在哭泣。想你的时候我仰望天空，我看见了自己的眼泪，不知道远方的你是否看见流星划过你的窗前。

你我的爱情向来都是一条平行线，无论再怎么延伸，都不会相交。我曾经，无数次在黎明前的黑暗里默默等待，只因看到你婉转的笑容。

Love you

柳韵

无奈夹杂着彷徨，在黑暗中跌跌撞撞，希冀能够在黎明前奏响乐曲，让这夜，不那么悲凉。

孟挺松流泪了。这就是爱情的力量！他看到了希望。

转眼三个月过去。新兵接回来了。三营营部里迎来了团政委王露宸。

“政委，我想让你给我一个兵！”三营教导员张雨泽说。

“这几十个新兵都在你手中，向我要兵！开玩笑吧。”政委操着浓重的山东德州口音说。

“这是一个特殊的兵，带兵的兵，我们想让他担任新兵连指导员。”

“呵呵！你要小孟，对吧?”政委不假思索地说了出来。

“对！你们政治处藏龙卧虎，我就喜欢从你们那里出来的兵。”教导员期盼地看着政委。

“你不怕他不听你指挥吗?”政委开始调侃了。

“我不怕！就怕你让我转业，让孟挺松越级接替我。”教导员知道政委同意了，会心地笑了。

天晴得像一张蓝纸，几片薄薄的白云，像被阳光晒化了似的，随风缓缓浮游着。太阳公公把一切都镀上了金黄色。

孟挺松走马上任了。

第八章　初露锋芒

军都山是北京市主要山脉，属燕山山脉，处于燕山山脉和太行山山脉的接合部位，东以古北口与燕山相邻，西界为居庸关同太行山相对峙。著名的万里长城在北京的主要部位都在军都山系中。

中国政法大学昌平校区就坐落在军都山风景区下。

在学校里，有一个法律援助中心。但是并没有一个通常意义上的室内援助中心，实际上是同学们组织的一个学生社团，平常就是在校门口接待当事人，虽然“接待处”有些简陋，但慕名而来的求助者可不少。

社团每个成员每周必须去校门口值班一次，都是利用午休时间，每次值班至少会有两三个当事人，多的时候有五六个。这些人有的是被法院推荐而来，有的是被之前曾接受过援助的当事人推荐而来。而同学们提供的主要服务就是普及法律知识，帮他们写起诉书。

这天中午，柳韵吃过饭，和同学们刚走到校园门口，就碰到了一个求助的男子。

这位男子年纪四十七八岁，一头短发，乱蓬蓬的，穿着一身工作服，工作服上有好多尘土，还有几处沾着烟灰，左胳膊的袖子卷着半截，右手提着个塑料袋，塑料袋里装着一沓材料。看样子是昨晚上睡在地道里了。

“师傅，您是哪里的？需要帮什么忙？”柳韵的声音如泉水般美妙，沁人心脾。

看到这位从大学校园内走出的身材苗条、大眼睛、皮肤如雪、一头乌发的姑娘，求助人眼前豁然一亮。

“我叫姚转运，河阳市的。”

“啊！”柳韵听着是河阳的口音，美丽的大眼睛射出了光芒，“河阳哪个乡？”她追问道。

“沟桥村！”

“叔叔，我是店上村的，咱是邻居啊。”

“你是柳跃杰的姑娘柳韵吧，光知道你考上了名牌大学，想不到在这里碰到了。”姚转运说着，眼泪唰地从眼眶里掉落出来，工作服上湿润了一片。

“叔叔，咱到学校说。”柳韵把姚转运领到学校餐厅就餐后，到婚姻法广场上找了个条凳坐下。

“我家里两个老人年迈体弱，妻子身体不好，孩子正在上学。就我一个劳动力，东拼西凑45万元买了一辆大货车，做运输生意。一个月前拉了一车钢管到黄粱。正卸车时，被吊起的钢管突然掉下来，砸死了正在卸车的工人。事故发生后，死者家属先是来我家闹，我给了他们3万元后，他们又跑到黄粱，堵住了工地大门，建筑公司给他们60万元后，把我的车扣住不放，说是不给他们60万元，休想把车开走。我去哪里凑60万元啊？这不是把俺家逼上死路吗？无奈之下，我出1000元请律师写了一份起诉状，递到了法院，法院让我七日内准备10100元，你看这事咋办?”

柳韵接过《民事起诉状》，看到诉讼请求是：1. 责令被告立即把我的车辆放行；2. 责令被告先赔偿扣押我车辆 31 天的损失 77500 元；3. 诉讼费由被告承担。

“管辖、诉讼主体、诉讼时效和诉讼请求都没有问题，吊车是谁雇的?”本案的关键是搞清吊车的雇主。

“是公司雇的!”

“好的！事故的责任方就在公司，必须承担全部责任!”柳韵迅速作出了判断，“事故责任和扣车损失公司必须全部赔偿!”语气是斩钉截铁的。

“姑娘，这事咋办?”

“叔叔，诉讼费先从我这里拿，你立即交上去。填写《政府信息公开申请表》进行维权!”

从她眼神中流露出来的那种公正、公平的力量，让姚转运看到了希望，心情变得阳光，变得灿烂。从她眼神中流动着的鼓励和肯定，像一股暖流，温暖滋润着姚转运的心灵。她转的 10100 元让姚转运热泪盈眶。

柳韵当即让姚转运填了一张《政府信息公开申请表》，内容为“请向我提供某某公司在黄粱未来科技城发生死亡事故的事故报告”，让他立即用单挂号形式邮寄到黄粱安全生产监督管理局，信封左下角一定要写上“内装政府信息公开申请表”。

“我们是在北京进行民事诉讼，往湖北发能行吗?”姚转运不解地问。

“这叫围魏救赵！我国《生产安全事故报告和调查处理条例》规定：事故发生后 1 小时内，事故单位必须向县级以上安全生产监督管理部门报告，迟报、漏报或者故意破坏现场的，要对单位主要负责人处以一年年收入 40%至 100%的罚款，可以对单位处以 100 万元以上 500 万元以下罚款。我们就是要看看公司上报事故没有，如果没有报，让他吃不了兜着走!”

“能来得及吗?”

“《政府信息公开条例》规定，被申请人接到申请后的15个工作日内必须答复。法院立案后的审查期限是7天，还要送达，答辩期是15天。开庭时间正常在立案后的一个月左右。咱们的邮件到达后，安监局会立即进行查处，估计被告会慌。他们应该主动找咱们协商放车、赔偿。这样就不需要打官司了，咱们撤诉就行。”

“有这样神吗，小姑娘?”

“《政府信息公开条例》是国务院给老百姓的一把金钥匙，什么样的门都可以打开。”

姚转运按照柳韵教给的方法，写好信封，进行复印，去邮局邮寄，然后把邮局的收据贴到复印过的信封上交给了柳韵，随后去法院交诉讼费。

第四天，柳韵从邮件查询系统查到了黄粱安监局收到了《政府信息公开申请表》。

第五天上午，姚转运接到了某某公司黄粱未来科技城项目部的电话。

“姚转运同志，接公司通知，请您尽快把车开走，同时支付您77500元。此外，为了加快速度，请您今晚赶到郑州接款!”

“为什么要这么急呢?”

“因为您同时要写出法院的撤诉申请和安监局的撤回政府信息公开申请!”

“这不是做梦吧?”姚转运立即向北京的柳韵请示。得到的回答是“去吧，我们胜利了”。

奇迹就这样发生了!

“太厉害了，我付出了4.8元邮寄费得到了77500元，不仅退回我5050元的诉讼费，还能把车开回来，这简直是我梦中的神话啊!”

风清了，云淡了，阳光洒在他疲惫的脸上。怀着透心的暖，他把“泽流及远　千里思源”的锦旗敲锣打鼓送到柳跃杰家后，又带着“大爱世界　名扬天下”的锦旗赶往北京。

6月20日上午8点，中国政法大学法学院毕业典礼暨学位授予仪式于昌平校区礼堂顺利举行，2000多名应届毕业生参加了典礼。随着主持人宣布毕业典礼正式开始，庄严的音乐响起，全体起立，奏唱国歌。主持人介绍完嘉宾后，学校党委书记宣读法学院优秀毕业生名单。

柳韵坐在事先给她准备好的前排中间位置上。她早几天已经接到毕业典礼的通知，因为是从东交民巷往学校赶路，所以稍微来晚一点儿，她到达会场时，同学们大都已经来了。

“柳韵！”随着党委书记的话音，一双双天使般的眼睛齐刷刷地投向柳韵，充满了羡慕，充满了爱恋，充满了崇敬。这些眼神里包含了万语千言。

“柳韵利用《政府信息公开条例》帮助百姓维权的事震动了全校，真是天才啊！”“人家在最高人民法院实习，毕业后肯定留在北京了。”“担任了三年的学生会副主席，说不定留校了。”同学们小声议论着。

“下面，请柳韵同学发言！”

尊敬的各位领导、老师，亲爱的同学们：

非常荣幸能作为毕业生代表，站在这里发言。首先请允许我代表全体同学感谢我们的母校和老师，感谢你们这四年来的悉心教导和精心栽培！

此情此景，令我不禁想到入学开学典礼时座无虚席的礼堂，一张张稚气未脱的脸庞，神色拘谨而不安。现如今，器宇轩昂，将头发梳成大人模样；女孩儿落落大方，美丽的眼睛更加迷人。

四年来，师长的嘱托难以忘怀，挥别的骊歌久不散去，黑色的学士服落在了双肩，入学的誓词再一次响彻礼堂，一种归属感从心底冉冉升起。

我们不会忘记勤恳无私的师长，不会忘记模拟法庭赛场上的针尖对麦芒，不会忘记挑灯夜战时老师的陪伴和鼓励。

法渊阁图书馆的獬豸，是几千年来被每一代中国人敬奉并流传的“法神”。从商鞅大刑的河西岸上，到军都山下的深灯书楼，千年的岁月时空，带走了江河山川，带走了帝王将相，但没有带走利目锋爪的獬豸和它所守护的公明和道义。

亲爱的同学们，今日与君一别，不知何日才能相见。让我们再一次轻唤室友的昵称，再一次挽起闺密的手臂，再一次拥抱社团的老友，再一次在微信群回复“收到”，再一次牵起他的手去婚姻法广场散散步。

我们深知改革创新的道路难免荆棘密布，愿我们永远葆有在法大收获的理性与善良，明辨是非，抵制诱惑，守住真诚与正义的底线。

再见了法大，再见了四年，再见了曾经迷茫的青春，再见了亲爱的你我他。

让我们再一次骄傲而温暖地诵读：“我是法大人，我来自中国政法大学。”

祝福母校，祝福师长，祝福每一个法大人！

柳韵的发言字正腔圆，声音甜脆，兴奋和激动如同决了堤的洪水，浩浩荡荡、哗啦啦地从她的心里倾泻出来，连日光也听得入了迷，偷偷地从窗口钻进了礼堂，落在了主席台和观众席上，久久不愿离开……

“不管走到哪里，不管在什么岗位，都要继续填写好人生的履历表，交出事业的优秀答卷，为母校的旗帜增辉添彩！”肖老师在鼓励。

“我们相逢在陌生时，我们分手在熟悉后。明天，我们要到生活的星图上去寻找自己的新位置，让我们用闪烁的星光相互问讯、表情达意。”最高人民法院立案庭的同志们在告别。

“杨柳依依，雨雪霏霏”，柳韵心里有一种“蝴蝶梦中家万里”的思念。父母的身影在她的脑子里越发清晰起来，她好像闻到了妈妈烧的菜香，她真的想家了，想念汶水河畔的一草一木。

坐飞机走！柳韵有点儿迫不及待。

清晨，淡蓝色的天空飘浮着朵朵白云，微风吹拂着路旁的树叶，小鸟在树上叽叽喳喳来回地蹦跳着，仿佛在告诉人们新的一天开始了。

头一次坐飞机，刚好挨窗，她心里很高兴。看着窗外不断变幻的白云，心情也随之激荡兴奋起来。太阳在头顶，虽被机身挡住看不见，光彩却照得眼前一片明亮。飞机好似飞行在海洋上，远处云雾如船、如山，近处水波微漾。偶尔有飞机飞过，就像电脑上的玩具飞机。身边时而有云轻轻飘过，一切都显得那么宁静而迷离。忽然风起波卷，浪潮奔涌，千帆竞过，百舸争流。

飞机从黄河上空飞过。她正以母亲的情怀迎接女儿的归来。当空中小姐告诉乘客要系好安全带准备着陆时，柳韵无比兴奋。飞机在洛阳的上空盘旋着徐徐降落，地上的景观越来越明显了。飞机的轮子终于亲上了机场的跑道。是啊！外边的世界再精彩也没有回家的感觉这般美好！

“我一定要为美丽的家乡增添光彩！”一个小时的路程，柳韵又一次跨过黄河，回到了店上村。

“妈妈！”柳韵一下子扑进了在门口迎接她的母亲的怀里。

母亲身边站着一位姑娘。这位姑娘给柳韵最深刻的印象是她眉宇之间有种超越了她年龄的惊人的美丽，淡淡的柳眉分明仔细地修饰过，长长的睫毛忽闪忽闪的，像两把小刷子，亮得让人觉得刺目的一双漂亮的大眼睛，异常灵动有神。

看到柳韵来了，便来迎接：“柳姐姐，您好！”她的声音低微，断断续续，好像有点儿怕，但又有欢迎的意思，令柳韵琢磨不透。

“她叫幻珊，家住沟桥村，她交了4.5万元在城里一家眼镜店给弟弟看眼睛，一年了没有任何好转，眼镜店拒不退款。听说你今天回来，这不，早早在等着你。”柳妈妈介绍道。

小姑娘的嘴唇全无血色，像两片柳叶那样微微地颤动着，好像有话说不出的样子。

“没事儿，小妹妹，有我呢!”小幻珊激动地走到柳韵面前握住了柳韵的双手。

“走，咱回家说。”柳妈妈招呼着。

踏上台阶，柳韵看到了迎门竹子秀丽的身影，情不自禁地闻了闻沁人心脾的香气。小路顶头的两朵月季花在枝头耀眼地开放着，紫红色的嫩叶挂满了枝头。

“小妹妹，你维权没？都通过什么方式向哪些单位请求帮助了?”

“我向工商局消费者协会投诉过，因为眼镜店老板和他们有关系，拒不处理，让我去法院起诉。我亲眼看到老板和工商局一个工作人员一起吃饭。去过信访办，他们说信访办只是传达、督促，没有权力处理，又把我推到工商局。因为眼镜店没给我出具发票，我举报到税务局，他们说不够立案条件，一推了之。”

“他们除了配眼镜，还用什么方法治疗?”

“他们配有药，有吃的、有滴的。药非常贵，这4.5万元大部分都是药钱。”

“你还有药的包装吗?”

“没有，老板把药给我们以后，把外包装都收走了。”

“看来眼镜店没有药品注册证书和药品生产许可证，他们兜售的是假药!”柳韵下了定论。

向食品药品监督管理局控告！控告信随即用单挂号从邮局发出。

第三天，柳韵从网站上查到了该局收到了控告信。

“姐姐，食品药品监督管理局没有动静啊！”第十天，小幻珊跑来问了。

“现在应该走第二步程序，向他们发《政府信息公开申请表》，内容为‘请向我提供对眼镜店兜售假药的立案、调查、处理情况’。”

“姐姐，为什么要用单挂号邮寄啊？用特快专递不但快还有回执啊？”

“用单挂号邮寄照样知道他们收到邮件的信息，你看这是邮局查询单，精确到几分几秒收到。速度基本是一样的！”

“我明白了！”小幻珊决心在柳韵的指导下继续维权。

“幻珊，您的《政府信息公开申请表》收到了，经查眼镜店销售的药品涉嫌假药，我们已经移送公安机关进一步处理，感谢您对我局政府信息公开的支持！”《政府信息公开申请表》发走的第六天，食品药品监督管理局将告知书邮寄给了小幻珊。

“向公安机关发《政府信息公开申请表》，内容为：贵局已经收到了食品药品监督管理局的案件移送材料，请告诉我对眼镜店兜售假药的立案、调查、处理情况！”

小幻珊立即填写了《政府信息公开申请表》并邮寄出去。

“幻珊，贾之桃涉嫌销售假药案，我局认为该案符合刑事案件立案标准，现立案侦查，特此告知。”公安局答复了。

答复的第十天，幻珊忍不住向公安局了解一下，给的答复是找不到人。“不可能啊！她每天都在店里。”再打听，她把营业执照负责人换了，但是她每天还带着她那条狗在里屋，也算是早进晚出。

说起那条狗，才有意思呢。

这是条大公狗。乌黑的毛皮，长长的耳朵，一双水汪汪的眼睛，一个乌黑乌黑的鼻子，平常不吼不叫，像一个很有身份的武士，威严、老练。

晚上它和女主人睡在一张床上。

幻珊没有维权的时候，它和女主人贾之桃玩得特别好，在大家面前，它比谁都温柔可亲：一会儿直接跳到贾之桃身上，用头蹭着她的腿；一会儿把身子反躺过来，要贾之桃给它挠痒痒；有时候直接蹦到桌子上，踩印几朵小梅花。

贾之桃经常喊："儿子，来妈妈这里！"到底是母子关系还是情人关系，鬼才知道。

小幻珊开始维权后，贾之桃躲在里屋不出来，这条狗就一动不动地蹲坐在店内的门旁，不停地向四处张望，好像在警惕着什么，每当陌生人来时就会闻闻来人的鞋子。

"贾之桃和她的狗形影不离，狗在，她就在！请你们尽快采取措施！"幻珊肯定地向公安局报告说。

"那好吧！你去看看，如果她在，你立即打电话告诉我们！"

夜空中，星光稀疏，整个大地似乎都在沉睡。街道像一条波平如镜的河流，蜿蜒在浓密的树影里，只有那些因微风沙沙作响的树叶，似在回忆着白天的热闹和繁忙。

幻珊开着一辆小车和弟弟停在眼镜店门前不远的树下，等待着店内的动静。看不到贾之桃，看不到那条狗，看不到她的汽车，只看到一位服务员在店里坐着。

"姐姐，我要小便！"说着，小弟弟跳下车到路边撒尿去了。

这时，还不到晚上9点，也许是贾之桃回家时间变了，也许是店门前的不正常停车引起了贾之桃的警觉，也许是车门的响声惊动了店内，只见贾之桃带着那条狗匆匆忙忙坐上服务员那辆老年代步车走了。

"跑了和尚跑不了庙！"第二天，幻珊依旧开着车去蹲点。这次她吸取了昨天的教训，停在公路的对面。

今天的月亮与往常不同，刚一出现就显得格外明亮，给大地披上了一层银纱，给人们增添了快乐。月亮又大又圆，像一个大月饼，让人馋得就想马上去咬一口。月亮挂在夜空中，照亮了深蓝色的夜空。

“姐姐，快看，那条狗出现了!”弟弟将小脸蛋靠近姐姐的耳朵，小心翼翼地说了声，感觉到他的心脏在剧烈跳动。

“嘀呜嘀呜……嘀呜嘀呜!”一辆警车带路，两辆私家车随后。四名警察堵住了眼镜店大门。

“我们是公安局的！贾之桃呢?”民警向服务员出具了工作证。

服务员低头不语。

谁知那条望风的狗夹着尾巴向里屋跑去，它只知道去报信，却不知道它的行为给警察提供了线索。

“贾之桃，出来!”民警对藏在床底下的贾之桃大喝道。

只见一个面色蜡黄、蓬头垢面、衣衫不整、身上沾满了尘灰、连鞋也没有穿的女人从床底下爬了出来。她一改过去的骄横和傲慢，汗水一滴一滴从脸颊上落下，打在有些苍白的嘴唇上。衣服也被挂了个口子，好狼狈啊!

“走！到公安局去!”贾之桃被押上了警车。

警车呼啸而去，那条被称为“儿子”的狗看着“妈妈”被带走，向前跟了几步，被服务员吆喝回去了。

第二天，幻珊从警察手中接过了4.5万元。

霎时间，一道艳丽的彩虹悄悄地显现出来了，从北部的太行山弯到了南面的黄河边。

“这不是‘政府信息公开’为我们架起的大桥吗?”

幻珊笑了！她的脸好像绽开的白兰花，嘴角上出现美丽的弧度，笑意写在她的脸上，洋溢着满足的愉悦……

第九章　入职法院

汶水河缓缓流淌着，到处是一片凉爽怡人的景象。树叶渐渐变黄，从树上飘落，秋姑娘把火红的衣服披在了树上。凉爽的秋天显然没有夏天般炎热，小河里的水也变得有点儿冰凉了。

柳韵来到河边散步，像在思考着什么。一会儿她弯下腰，把河水捧了起来，又起身把水放掉。

柳韵看着流动的河水，有点儿伤感。她的脑际出现了孟挺松的影子。

Dear①：

不知不觉我们已经分开几年了。我时常会想起我们在汶水河边的点点滴滴，你的可爱，你的调皮，你的温柔……你在我心里有无数种模样，每一种都那么让我

① 译为：亲爱的。

着迷。

你突破传统观念，到我家照顾我多病的父母，赢得了乡亲们一片赞誉声。没过门的姑娘不容易啊！

你毕业前后，利用《政府信息公开条例》“围魏救赵”、“借刀杀人”的战术，帮助百姓维权成功，为你今后的发展开辟了一条道路，在此，我向你表示衷心的祝贺！

我下连担任副政治指导员已经四个多月了，比较顺利吧，你尽管放心！

不要问我爱你有多深，我真的说不出来。想你已经成为我生活中的一种习惯，不可或缺的习惯，每天，可以不吃饭、不睡觉，却无法不想你……

你说你要实现你的法官梦。面试快要到来了，竞争一定非常激烈。你在战略上藐视它、在战术上重视它就行了。相信你的实力，你是最棒的！加油！

Baby，I always love you. You are the only one I love of my life.①

松松

“柳姐！”小幻珊站在了小河对面喊了她一声，把她从思恋中惊醒。

“幻珊，你怎么在这里？”

“我去‘汶水人家’看看，走到汶水桥上，看到你在河边散步，就下来了！”

幻珊家就在店上村东边的沟桥村西边，早上散步也要到河边转转，呼吸新鲜空气。

“走吧，姐姐！”幻珊像一片轻柔的云飘在了柳韵面前，她

① 译为：宝贝，我永远爱你，你是我一生中唯一的爱人。

凤眉如月，琼鼻挺秀，一双美眸含情脉脉，一头波浪般的秀发随风飞舞，清丽秀雅的脸上荡漾着春天般美丽的笑容，两片薄薄的嘴唇在笑，长长的眼睛也在笑。

说着，小幻珊就挎住了柳韵的左臂。

两人沿着大皂角树沟下面的河水旁，走过汶水河大桥的桥墩，走了 500 米就到了“汶水人家”。

举目望去，玻璃滑漂、玻璃栈道、跨沟索道、七彩滑道横跨东西，把店上、湾村、顺涧和莫沟连在一起。平视远眺，水陆坦克、水上艇船、田园风光、林荫小道等多个游乐项目尽收眼底。两人骑、三人骑、四人骑的环湖自行车来回穿梭。来自四面八方的游人，在这里尽情地放飞自我，体验快乐。

她们来到了湖边。湖水是柔美的、妖娆的、宁静的。平静的湖面像一面不曾打磨的镜子，在阳光照耀下金光闪闪，像是白娘子裙子上的金粉在飘扬，释放出耀眼的光芒。碧蓝的湖水与天空浑然一体，似乎感觉不出哪是天，哪是水。时不时有微风吹过，路边的树叶纷纷飘落在湖面上。

“看！野鸭子！”幻珊兴奋地尖叫起来。只见鸭子排着队，在水中觅食，看到她俩，好像是在欢迎客人一样，兴奋地拍打着翅膀，溅起朵朵浪花。

湖面上还有几十只黑白天鹅，时不时会从嘴里发出“嘎——嘎——”的叫声。

“鹅鹅鹅，曲项向天歌。白毛浮绿水，红掌拨清波。”小幻珊顺口背诵了骆宾王的一首诗，赞美天鹅。

“中丞秉钺赋东征，鸭绿秋潮饮马行。”柳韵说出了明朝王稚登的两句诗。

“姐姐，你怎么想起这首诗了？”

“哈哈！这两句诗里也有‘鸭’字啊！”

“你们法律人就会偷梁换柱！狡辩！”幻珊拉着柳韵的衣角撒娇了。

横卧在湖水中间的大坝上摆放着一排水上游艇，她俩兴致勃勃地登上了一条小船。柳韵和幻珊坐在了第一排。

“开船了！”白云低视湖心，悠然地在移动，游艇像一只迎风展翅的天鹅，平稳地在水面上滑行。粼粼水波，光滑嫩绿。两岸的峰峦和村庄倒立在湖里，一色青青，情意缱绻地伴送着她们两个。游艇的马达声惊起了群群水鸟，它们张开双翅，成群地掠过水面，然后向远处飞去。

柳韵不时用手触摸一下冰凉清爽的湖水，幻珊索性把脚放进水里。清凉的水，一直凉到心底，多么惬意啊！

“咱到上边看看吧？”下船之后，她们两个兴致更高，拾级而上。

这里的房屋都是在黄土坡上开凿的，一家一院很有特色。被人们遗弃的拆了门拆了窗的破旧窑洞，像是没了牙的老人，张着豁口大嘴，惊讶地看着从它那里走出的儿孙们。院落是明清时期建造的，因年久失修，已经不能居住。窑洞前的古树在阳光下舒展着千年不变的枝条，述说着曾经的辉煌。

“老苗书馆”修旧如旧，保留了北方窑洞的传统风格，万余册图书可供读者挑选。这个充满书香的窑洞书馆冬暖夏凉、古色古香，为读者提供了“在休息中读书”的闲适环境。

再往上走，整齐的新建房排列在青石板路的两旁，有客栈、小吃摊、特产铺子、茶楼、饭馆，热闹非凡。坐在环村小火车上，更有一番情趣。

“姐姐，咱走一趟玻璃桥吧？那里可刺激了。”幻珊兴致勃勃地再次邀请。

横跨湖面上空 30 米的玻璃大桥上挤满了人，大桥一摇一晃的，你如果用脚踩那块玻璃，那块玻璃就会“咔嚓咔嚓”地响，让人一直提心吊胆，生怕掉下去。

为了让游客透过玻璃桥看到美丽的风景，上桥的游客均被要求穿上防滑的鞋套，以保持玻璃桥的透明和干净。玻璃桥给人带来的刺激震撼感，可与美国大峡谷玻璃走廊相媲美。

“幻珊，你走玻璃桥，有什么感受?”

“玻璃桥让人在战战兢兢之余，更有一种踏云而行的快感。引申一点儿，凡事都要大胆尝试。恐惧就像弹簧，你弱它就强！姐姐，你有什么感受啊?”

“玻璃桥增强了我的勇气。走在生活的路上，要大胆地面对一切，不怕万人阻挡，就怕自己投降，逃避是解决不了问题的。”

尽情拍照吧！柳韵和幻珊逮住了一位姑娘。姑娘说“一、二、三”咔嚓咔嚓拍了好几张。

“幻珊，我明天就要去河阳市人民法院面试了，如果成功，我就能坐在庄严的法庭上惩恶扬善了!”

“姐姐，要狠狠惩罚贪官污吏和贾之桃这样的黑心老板!”

秋天是个丰收的季节，景色宜人。大雁南飞，苹果红了，梨也熟了。太阳公公的脾气变得温和起来，它把温暖的阳光照到人们的身上，舒服极了。

柳韵上身穿一件黑色西装，内穿一件绿色衬衣，胸前别一朵猩红色的胸花，下穿一条牛仔裤，早早地等候在法院门口。

面试大厅里，椭圆形的会议桌前端坐着组织部、纪检委、法院的五位考官。

“下一位，柳韵!”

柳韵走进了面试大厅，向主考官们恭敬地鞠了一躬。

会场非常安静，连一根针落在地上都能听见。窗外的阳光洒进来，照到会议室的地面上，光线明媚，身影悠然，暖暖的、亮亮的、透明的，好像一切都隐住了声音。

“请你做一下自我介绍。”主考官吩咐道。

“尊敬的各位考官，你们好！我叫柳韵，毕业于中国政法大学。下面我做一下自我介绍。

“能够劈波斩浪，从无数应聘者中脱颖而出进入面试，自信心让我感觉到离成功的距离又近了一步！坦率地说，如果我为自己的理想奋斗了，即使是失败，我也不会后悔，因为我收获了！

“我生于农村，父母勤劳善良的品德的熏陶、学校老师的教育，使我对法官产生了一股羡慕与敬仰之情。高考时，我毫不犹豫地选择了中国政法大学，四年的大学生涯，培养了我理性、执着、坚强的处世态度。

“我系统地学习了法理学、中国法制史、宪法、行政法与行政诉讼法、民法、商法、知识产权法、经济法、刑法、民事诉讼法、刑事诉讼法、国际法、国际私法、国际经济法等，掌握法学基本理论和基本知识，了解和掌握国家的主要法律法规，理解和把握法律规则背后的法律精神和法律价值，并能运用法学理论、方法和思维分析问题、解决问题。

“在思想上，我也积极向党组织靠拢，以党员的标准严格要求自己。大二时被同学们推选为学生会副主席。大三的时候光荣地加入了中国共产党，并在一年后顺利转正。

“在校期间，我曾到最高人民法院实习，看到过很多来自全国各地申诉上访的人。这里面有衣着整齐的律师、彬彬有礼的教授，还有感念法官公正、想跪下磕头的百姓；有善良憨厚的普通人，还有装疯卖傻的痴心人；有情绪激动的狂人，还有认死理折腾了大半辈子的倔人；有要求法官立即给个说法的人，还有想给法官点儿好处的人。他们有的坐在路边的地上，有的带着铺盖卷直接睡在路边。

“当时我想这么多上访的人会出现在这里，就是因为没有把矛盾解决在基层。因此，我放弃了继续读研究生的机会和条件，毅然选择了回到家乡、回到基层，我要为河阳市的法治建设献出全部的光和热！”

柳韵话音刚落，大厅内响起了一阵掌声，把她的介绍打断了。这掌声热烈而持久，好似一团火焰，在她心中猛烈地燃烧着。

“在我毕业前后，我利用《政府信息公开条例》帮助百姓维权成功，减少了百姓的诉累，节省了人民法院的司法资源，促进了社会和谐安定。其中一个案例，还收集在国务院公报上！

“我性格开朗、大方，有较强的沟通组织能力和实际动手能力，善于人际交往。掌握了良好的礼仪知识和接待工作经验，头脑灵活、反应敏捷，能够妥善处理工作中的突发事件。

“作为大学生，我还很稚嫩，但我明白：一个青年人，可以通过不断的学习来完善自己，在实践中证明自己。我相信，良好的自学能力和不懈的钻研精神一定能使我很快胜任我的工作！

“尊敬的考官，难与青松比碧翠，愿做梅花傲雪霜。给我一次机会，我会用实际行动来证明给你们看！

“谢谢！”

掌声。又一次热烈的掌声。在这种庄严的场合，谁不希望自己的自我介绍得到喝彩呢？而掌声就是喝彩，是尊重，是鼓励，也是肯定。

这种场面是少见的，也是唯一的！

面试考官提问开始。根据书面审查、考试和考核，柳韵的业务素质是没有任何问题的。他们五人耳语一下，从生活问题下手了。

甲面试官用激怒法问：“你没有读研究生，仅仅是本科学历，咋适应工作？”

“比尔·盖茨18岁考入哈佛大学，一年后从哈佛退学，但他仍然是微软公司的创始人和董事长、CEO和首席软件设计师。”柳韵微笑着说。

乙面试官不按常理出牌，问：“家庭和事业你觉得哪个更重要？”

“我会结婚，但我认为女人最重要的是能够保持自己的活力，工作对现代女性来说尤为重要。”柳韵毫不示弱。

丙面试官身体略往前倾，继续追问：“婚后你是否计划在近期内生育?”

“我可以这么说：我很重视自己的事业，因此我的决定以不影响我的工作和单位的利益为前提，会理智地处理好这个问题。我相信我的丈夫是个明理的人，他一定会理解和支持我的!”柳韵美丽的眼神中没有一丝杂质，她的声音很平静，平静得没有一丝声线的颤抖。

“如果单位派你到外地出差，你的男友不同意，你该怎么办?”一个30岁左右、浓眉大眼、潇洒帅气、穿着法院制服的面试官痴情地望着柳韵说。

柳韵看了看众考官，轻启嘴唇：“单位安排我出差，是工作上的需要，我和我的男友都是热爱工作和事业的人，相信我的男友会支持我。如果他不同意，我也会说服他。”

柳韵澄澈的双眼像两道电光疾驰到这位法官的眼里，让他不禁打了个寒战，眉眼之中一点儿温度都找不到了。

面试顺利地结束了，柳韵清晰的头脑、标准的谈吐、优雅的举止征服了在场的所有考官。

不久，她接到了录取通知书。

已是九月底了。汶水河睁着碧澄澄的眼睛，凝望着美好的天色。一对小白鹅侧着脑袋欣赏自己映在水里的影子。半空中，排着“人”字形的雁群，高兴地唱着歌，告别人们，向天边慢慢飞去。

柳韵被法院唐主任领进了院长办公室。

“啊！这不是那天面试的法官吗?”柳韵看到面前这位相貌堂堂的年轻法官感到惊讶。

“这是我们的副院长。”唐主任介绍后退了出去。

“我叫华畅，以后可少不了你这位从中国法律最高学府归来的高才生的指点啊!”他的表情和声音与他的容颜形成了强烈的反差，好像在阅兵典礼时发出立正口令那样严肃。

“能在您的手下工作，天天能得到这么多的鼓励和赞美，流再多的汗也无怨无悔。”柳韵微笑着，瞥了他一眼说。

她感到这位副院长令人捉摸不透，面试时他的发问离题太远，见了面又这么冷酷无情，莫非是想给她个下马威？

“最近要开一个关于交通事故赔偿的行政案件庭，我担任审判长，你也参加，担任主审，再请一位陪审员。你到书记员那里熟悉一下案子。”华畅布置了任务。

“华副院长，我初来乍到，这样不合适吧？”柳韵坐在华畅办公桌的对面，仿佛想提出什么问题，却欲言又止。

“我是副院长，我说了算，无非是把审判员名字变一变。当事人又不敢说。大胆地办吧！争取开门红！”华畅那深锁的眉毛和被利刃似的寒风吹过的脸没有一丝表情。

“谢谢华副院长信任，这样太冒险了！”柳韵感觉面前这个人有些奇怪，对这种严重违反法定程序的案件他竟敢这样办，但是她不得不服从。

柳韵立即到书记员那里取来了卷宗，开始审阅。为了弄清事实，她通知了案件的原告。

“请您把案件事实再给我讲一遍。”

“我儿子在某某公司买了一辆小轿车，开走后，三天两头出问题，修理不下20次了，还是不能正常行驶。有一天儿子开车去找该公司理论。谁知道该公司老板和交警队队长有关系，他们经常在一起吃喝玩乐。当我儿子开车到该公司门口时，他们把我儿子按在地上往嘴里灌酒，继而制造了交通事故，把我儿子逮捕并吊销了驾驶证。我请了当地的一位律师代理案件，找出了很多破绽，谁知道当这位律师在律师证年审时，律师证被扣押了。无奈之下，我们跑到北京，找到了李菱律师，她毕业于中国政法大学。”

开庭的日子到了，柳韵跟着华畅进门，她看到了坐在原告代理人位置上的漂亮姑娘，她穿着一身律师袍，美丽的眼睛炯炯有神，好像荆棘丛中的一团火。

看到柳韵进来，李菱惊呆了。这不是政法大学的学生会副主席柳韵吗？想不到在这里见面了。

柳韵和李菱目光对视了一下，信任、鼓励、期待的眼神碰在了一起。

华畅坐在审判位中间，柳韵与陪审员分坐两边。

“报告审判长，庭审准备就绪，请开庭！”书记员报告说。

“现在开庭！”华畅“嗒”的一声敲响了法槌。这声音，柳韵在学校时，不止一次听到过，但是模拟法庭和正式开庭是不一样的。

那一声掷地有声的碰撞，一下子就打破了成千上万个不真实。只允许真相与现实存在，不允许虚假和欺骗横行。

当听到审判长用铿锵有力的声音宣读庭审纪律和要求时，柳韵挺起了身子，似乎有一种无形的力量驱使着她。

“首先由原告简要叙述诉讼请求、事实和理由。”柳韵发声了。

李菱说道：“诉讼请求：1. 确认被告扣车行为违法；2. 责令被告立即赔偿我家的车辆各项损失 56234.1 元；3. 诉讼费由被告承担。事实和理由：被告以所谓的交通事故为由，在没有出具扣押车辆凭证、没有检验鉴定的情况下，将我家的车辆非法扣押 4 年，造成经济价值损失 56234.1 元。为了维护法律的尊严和我们的合法权益，特提起诉讼，请求依法判决。”

“原告诉讼请求有没有变更？”

“没有。”

“现在由被告答辩，首先由交警队答辩。”

交警队代理人说道：“1. 原告起诉我队不作为的事实不存在；2. 领取车辆通知书，由于原告不配合才一波三折；3. 原告要求赔偿没有事实根据。”

“现在由公安局答辩！”

公安局代理人说道："1. 我们同意交警队的答辩意见；2. 我们复议的程序和决定是合法的。"

"现在归纳本案争议焦点：1. 被告扣车的依据是什么？2. 被告的强制措施凭证和领取车辆通知书是否送达给原告？3. 原告的赔偿请求是否有事实根据和法律依据？双方对争议焦点有异议没有？需要不需要补充？现在围绕争议焦点开始举证。首先由原告举证。"

李菱出示了《机动车鉴定评估报告书》，证明被扣车辆评估基准日的估价价值为42601.32元，贬值损失为22841.48元。

"现在由被告质证。"

交警队代理人说道："这是原告单方委托鉴定，我们不承认其合法性。"

公安局代理人说道："同意交警队质证意见。"

"现在由被告出示证据。"

交警队代理人出示了刑事侦查卷宗，证明交警队履行了义务。

"请原告对被告出示的证据进行质证。"

李菱说道："有异议！一是刑事侦查卷宗与本案没有关联性。《交通事故案卷文书》规定了交通事故案卷文书的种类、格式、归档及制作要求，可被告却没有这样的卷宗。二是不真实。根据相关规定，被告提供的卷宗是个大杂烩，是个破烂儿卷……总之，这些材料反映不出被告扣车之后进行了检验、鉴定，不能证明被告将强制措施凭证和领取车辆通知书送达给原告。"

"原被告双方是否还有证据向法庭提供？"

双方均答："没有。"

"现在开始法庭辩论，首先由原告发表辩论意见。"

李菱说道："审判长、审判员，通过法庭调查，本案的事实已经非常清楚地摆在了大家面前。我说四句话，请合议庭引起足够重视：一是被告扣车不是为了检验、鉴定不容置疑；二是被告扣车之后没有检验鉴定不容置疑；三是被告没有将扣押车辆的强制措施凭证和领取车辆通知书送达给当事人的事实不容置疑；四是原告出示的《机动车鉴定评估报告书》，在被告没有提出重新鉴定申请的情况下，应当作为认定事实的依据。”

“现在由被告发表辩论意见。”

被告代理人说道：“请法庭支持我方的答辩意见。”

李菱在法庭上所向披靡的论辩和被告代理人理屈词穷的表现形成鲜明的对比。这不仅仅是专业的对抗，也是正义的力量！

“这次开庭到此结束，休庭！”华畅又一次敲响了法槌。

合议庭在当事人签字后首先退出法庭。李菱签过字后，径直走出法院。

为了避嫌，李菱默默地离开了，离开了河阳，飞向了北京。

李菱和柳韵的交流仅仅是开庭的一瞬间、一个眼神，此时无情却有情。这是法律的残酷吗？不！这就是两位法学精英崇高的职业素养。

经过庭审的激辩，被告预感到败诉无疑，自愿赔偿 50000 元经济损失，请求法院说服原告撤诉。

在赔偿款到位后，河阳市人民法院下达了准予原告撤诉的行政裁定书，此案顺利结束。

虽然没有下达判决书，但是却让柳韵出了一身冷汗。

在冬日的阳光底下，柳韵的脸上显现出陶醉的样子，眉毛忽然拉长，忽然缩短，两只黑闪闪的眼珠上下左右不停地转动，整个身子好像一棵小树享受着微风的吹拂，颤巍巍地抖动着。她的这种仪态，使人一眼看去，就可以感觉到她的心房里正在荡漾着喜气洋洋的纤细的波纹。

第十章　虎将流泪了

春天是温柔的。

清明过后，她来了，她跋山涉水、千里迢迢，用很快的速度跑来了。但她不像江南和河阳市姐妹那样提前和及时。也正是因为她来迟的缘故吧，她那么羞涩，不肯揭开面纱，使人们难以看清她的姿容。

然而羞涩却难以遮住她那开朗的性格。几阵春风，很快拂去她的面纱，在草原，在山岭，在平川，人们处处都能看见她那温柔的倩影。嫩绿的草尖从枯黄的草根下悄悄探出头来四下张望着；大青山的皱褶里添上了一抹儿淡绿色，像沉睡了一冬的巨龙换上了新装，开始蠕动那横空出世的身躯。

干涩的平川也变得湿润起来，散发出泥土的清香；杨柳的枝条泛着青色，在春风中摇曳……只需一场春雨，即使仅仅湿透了一层地皮，也会为这里的山川点缀上无尽的绿色，使万物沉浸在绿的怀抱之中。

王露宸政委的办公室里，坐着团干部股李博超股长、程弘文干事。孟挺松在向老首长道别。

“小孟，你带的新兵很有特色，营、团首长都舍不得你离开部队呀!”政委期待的眼神送给孟挺松春天般的温暖，一股强大的热流传遍全身。

“这一切都是首长培养教育的结果，我会把部队的光荣传统带到地方发扬光大。”

“阳春白雪，和者必寡，名声是大于实际才能的。千万要夹着尾巴做人!”李股长既严厉又温和，像一个慈爱的哥哥。他是在提醒孟挺松要圆滑，不要太耿直。

“你中国政法大学的女朋友早把你魂儿牵跑了吧！到家后别忘了代我向你父母问好啊！呵呵!”老组长程弘文干事调侃道。

程干事对孟挺松太了解了，两个人虽然仅仅在一起工作生活一年，但是他担任的副政治指导员，是在大礼堂附近的团指挥连。两个人经常见面，如亲兄弟一般。

“千里相送，必有一别，走吧，外边还有人等着副指导员呢!”司机小孔进门催着。

“孟叔叔，我们来送你了。”袁静快步迎了上来，一下子挎住了孟挺松的胳膊，靠在了孟挺松的胸前。阳光照在她的脸上，原本微蹙的眉头渐渐松开，瞬间，她扬起一抹明媚的微笑，感人至深。

“谢谢乡亲们！你们咋知道我要走啊?”孟挺松不解地问。

“昨天，李圣杰叔叔、何风华叔叔、刘波叔叔去我们村看望乡亲们了，听他们说的。”小袁静仰着笑脸，看着孟挺松，说话干净利落，噼噼啪啪，像是炒花生米一样。

袁妈妈把一摞关于内蒙古草编的书送给了孟挺松。她后边的乡亲们有的提着卓资山熏鸡，有的提着绿色山宝蘑菇。

“叔叔，我此刻就想多看你几眼，我想铭记你一辈子，把你深深地刻印在我的脑海里和心里，你说好吗?”袁静拉着孟挺松的手来回摇晃，舍不得丢开。

“小静静，好好学习，长大当一名科学家报效祖国！”看着这位可爱的小姑娘，孟挺松深吸一口气，双手卡住袁静的腰部，左脚向前跨了一步，一下子把她举过头顶。

袁妈妈笑了，乡亲们笑了，大家高兴地鼓起掌来。

“呵呵！老组长，你想溜了！”李圣杰上来就是一拳，然后紧紧地拥抱了孟挺松。何风华、刘波紧跟在后边。

看到生离死别的战友，孟挺松不知是想哭，还是想笑。相聚与离别似乎是人生中永远不停息的音符，好像品尝一壶咖啡，苦涩留在口中，而甘醇的香味伴随着岁月的沉淀，永远留在记忆里。

千里搭长棚，没有不散的宴席。朝夕相处四年的战友就在这一瞬间分别了。

汽车发动了，听着汽车的启动声，孟挺松心里更加难过了。他饱含深情地最后看了一眼大礼堂和政治处营房，忽然间发现它们是那么可爱。眼泪把脸全弄湿了，眼睛也越来越看不清了。

汽车离开了营房，越过了边家沟，向着火车站驶去。

“小孟，欢迎你来到康庄乡担任党委秘书！”原党委秘书吴伟泽已经被提拔为城关镇党委副书记，他热情地接待了孟挺松，把他领到乡党委书记张煜城那里。

“张书记，我的入伍通知书还是您给我填写的，我现在还保存着呢。”

“全市11个党委秘书，你最年轻，好好工作啊！”

张煜城书记在共青团河阳市委工作过，他是接替孟挺松的姐姐担任了团市委书记，彼此非常了解，这就为以后的工作打好了基础。

上任不到三个月，张书记告诉孟挺松让他到党政干部专修班全脱产学习两年。在这两年里，孟挺松比较系统地学习了政治经济学、哲学、逻辑学、法学、中国经济地理、国民经济管理概论、文学概论、中国古代史纲、中国现代史纲，毕业后被分配到河阳市质量技术监督局担任稽查队长。

河阳市质量技术监督局办公楼坐落在全市中心位置、柏君大道的中段，坐北向南。棱角分明的钢架横跨大门上方，暗红色的门卫室外墙呈圆柱形，“中国技术监督”六个大字在墙上闪耀着金色的光芒。迎面是一个五米长、三米宽的大花坛，花坛中种着石榴树、牡丹、刺玫等多种花草，绕过花坛就是办公大楼。

质量技术监督局局长冯静绿是团市委书记出身，他是接替张煜城书记担任团市委书记的。他一直在党政机关工作，与各种领导相处过，是一位严肃而不孤僻、活泼而不放荡、稳重而不呆板、热情而不轻狂、随和而不盲从，天大事情发生都能坐得住的人。

冯局长与孟挺松亲如兄弟，性格互补，工作顺心顺手。

质量技术监督局的工作职责是负责产品质量和计量工作，稽查大队的工作就是打假治劣。时间不长，全局的工作就打开了局面，得到了政府的认可和百姓的支持。

一大批优秀的稽查干部相继出现，孟挺松被尊称为“虎将”。但大多数人因为他工作时总是冲锋在前都叫他“黑豹”。他身边不乏优秀人才，刘书阳因为有群胆没有孤胆被称为“野狼”，李飞之因为只知道拉套不知道松套被称为“野驴”，赵灵蕊是篮球队员出身，因为个子高被称为“巨人”，候冷海因为脑子转得快被称为“猴精”……同行单位都知道，质量技术监督局有一群“动物”在活动，搞不好就被咬住或踢到。

黄昏，一抹云霞受了夜的嘱托，悬挂在天穹，也可能是温馨夜降临的前幕，但是无论怎样，黄昏都是那么迷人。夕阳已渐渐走远，工作了一天的孟挺松从大楼里走出来，在花坛边伸了伸懒腰。

“松松！”电话铃响了，是柳韵的声音，“今天是星期五，

‘汶水人家’有水上文艺表演，咱们一起去看看吧。放松一下心情，去那里把快乐拥抱，把生活的烦恼忘掉，有时间吗?”她的声音如泉水般美妙，沁人心扉。

河阳市法院在长乐路中段，离质量技术监督局大约有1000米，可是他们俩一星期没顾得上见一面。

“你在哪里啊?是不是在想我啊?要不我的耳朵怎么老是发烧呢。我可是真想你了，你的耳朵是不是感觉到了温暖?不回复就是承认了哦。呵呵!”孟挺松的声音充满磁性。

孟挺松打开车门，一步跨上自己心爱的小轿车，他的心一下子飞到了汶水河边柳韵的身旁。

“质量技术监督局的孟队长吧?在我们这里查到了一批假冒‘六个核桃’的饮料，数量很大。是你们河阳市先锋饮料厂生产的，今天有两辆货车去拉货，大约凌晨1点赶到，请你们协助调查。谢谢!”邻市质量技术监督局的张队长打来了电话，声音急促。

先锋饮料厂离县城五公里，坐落在柳湾镇政府西边，坐西向东，北面是一个饲料厂，西面、南面都是空地。该厂造假的手段非常隐蔽，经常是白天休息，晚上造假。厂长张汇是一位“老游击队员”了。曾经去抓过几次，但收获不大。

今晚是个好机会，一定不让他跑掉！孟挺松下了决心，可是柳韵在等着啊!

孟挺松有点儿犹豫，走下爱车，踌躇不定地在花坛旁来回走动。见柳韵吧，影响了打假；去工作吧，又伤了柳韵的心。同志们都辛苦一周了，咋好意思再让他们回来呢?他的心里满是矛盾，很是为难，仿佛有两只争斗的鸡，互不相让。

“一旦下定决心，就应该果断行动。”孟挺松想起了这句名言。当组织利益与个人利益发生冲突的时候，无条件服从组织利益，这是共产党员应当遵守的基本原则。

冯静绿局长的电话通了，王映风副局长的电话通了，稽查大队所有同志们的电话都通了。

质量技术监督局办公大楼前，同志们整齐地站在那里。

“同志们，今天晚上咱们去执行一项重要打假任务，请你们队长具体安排。”王副局长说完，就和冯局长站到了一边。

“根据邻市质量技术监督局的通报，我市先锋饮料厂向邻市销售了大量假冒‘六个核桃’饮料。凌晨1点左右有两辆车来拉货，我们今天必须就窝按兔。具体安排如下：刘书阳、李飞之带领稽查一组到工厂南面监视外墙，防止张汇翻墙逃跑；王依烟、候冷海带领稽查二组到工厂西面，截住从后门出去的工人，说服他们讲清真实情况；赵灵蕊、马寻文、张丝和我一起行动，看到车辆进厂跟随进去，做好现场摄像、现场勘验、现场检查笔录。一切都要隐蔽行动！”

“我补充一句，所有参加人员手机一律关闭或者设为静音！”冯静绿局长强调。

乡村的夜晚，不仅静得出奇，也黑得出奇。除了天上一些零零碎碎的星光外，几乎都是黑漆漆的一片。早晨在天空中飞翔的鸟儿，也不见了踪影。白天金光闪闪的玉米地，现在也变得黯淡无光。

来了！两辆汽车发射出暗黄色的四束光亮，小心翼翼地开进了工厂大门。孟挺松带着队员迅速冲进了工厂。

“队长，我们在仓库发现了五箱假冒食品标签！”赵灵蕊报告。

“队长，我们在张汇的抽屉里发现了他与邻市签订的销售合同！”马寻文报告。

“立即写好《查封通知书》，让张汇在所有法律文书上签字！告知他明天上午8点半到局里接受调查！”

大地舒舒服服地从沉睡中醒来了。与其一道醒来的，有咧着嘴笑的绚丽鲜花，有大声啁啾鸣唱的欢跃小鸟儿，有狂欢喧哗的奔腾小河儿，还有抖着满头莹莹露珠轻摇的树木。空旷寂寥了一夜的大街小巷，开始有车和行人出现了……啊哈，崭新又充满希望的一天开始啦！

“咋回事啊？一晚上干啥去了，电话打不通！让叔叔阿姨好着急！”柳韵气呼呼地坐在孟挺松家里。

“呵呵！我完成了一项重要任务。”孟挺松说着就躺在沙发上长长地出了一口气。

“就知道任务、任务。发个信息，打个电话也没时间吗？”她狠狠地瞪了一眼闭上眼睛的孟挺松走了出去。当她拿着包子、鸡蛋和豆浆再回来时，孟挺松不见了，车子不在了。

“唉！”我愿化作一缕阳光，照亮你前进的方向；我愿化作一滴水珠，滋润你干渴的心房；我愿化作一朵小花，给你的生命带来芳香；我愿化作丝丝情意，和你一起幸福绵长。亲爱的，你为什么不等我一下呢？

柳韵知道孟挺松又去局里了，她流下了爱恋的眼泪。

技术监督局稽查大队办公室在办公大楼的二楼北边，两间宽阔的房间里靠着窗户摆放着两张办公桌、一排文件和档案柜。孟挺松的办公桌上放着一盆君子兰，傲然怒放；对面桌子上放着一盆文竹，姿态潇洒；迎门右拐靠文件柜的地方屹立着一盆鸭脚木，层次分明；两张办公桌之间的花架上放着一盆虎眼万年青，鳞茎碧绿，秀丽雅致，虎视眈眈。

马寻文背对孟挺松在另一张办公桌上看资料。

“你回去吧，按照调查笔录上你的承诺，三天之内把你们厂的会计记账凭证、会计账簿和近三个月的财务会计报告拿过来。”孟挺松向张汇强调道。

“伯伯，我要去吉祥公园坐游艇！”赵代荷拉着妈妈赵灵蕊走了。

孟挺松也感到跟他工作真不容易，为了打假，星期天、节假日他们付出太多了。

“孟队长，这是一份材料，请您过目。”张汇看了一眼档案柜前的马寻文，把一个信封放在了办公桌上就走。

“松松，车在楼下，咱走吧!”柳韵在办公室门口，凝神注视着孟挺松，目光中隐含着期待和探询之意。

“This is really tired, but a happy day!”（这真是劳累，但是开心的一天!）孟挺松笑呵呵地拉着柳韵的手离开了办公室。

10000 元！星期一的早晨，孟挺松第一个走进办公室，打开办公桌上的信封。“不行，这是对我人格的侮辱!”他拿上钱，出办公室左拐到财务室把钱交给了局会计李怀萍。

“队长，这咋回事?”李怀萍不解地问。

“你给我开一张发票就行了。”

“事由呢?”李怀萍追问。

“不写!”孟挺松斩钉截铁。

丁零零！丁零零！大约中午 11 点半，电话里传来冯静绿局长的声音：“你立即到市纪检委去一趟，看看马寻文是咋回事。”

“马寻文是局里的老同志，政治立场坚定，思想作风过硬，咋让纪检委叫走了?”孟挺松不由分说，驱车急切地奔向纪检委。

纪检委办公室在市委三楼中间位置，孟挺松敲了三下门，直接闯了进去。

冷清的办公室沙发上，马寻文神情呆滞，一个人坐在那里。

“老马，咋回事?”

“因为先锋饮料厂的事，他们不让我走，非让我承认你收他们 10000 元不可，我真不知道啊!”

“岂有此理，胆子不小，你走吧，我来处理!”孟挺松眼睛里闪烁着一股无法抑制的怒火，这种怒火通常只有赌台旁边的赌徒才有，真像一只愤怒的随时准备扑上去咬人的美洲豹。

马寻文下楼了，孟挺松在三楼阳台上望着他，他回头看了看给他解围目送他离开的队长，不知心里想着什么。

“孟队长，久违了。”一个身材细长、个子高大、眼圈发红、常常带着一种病态的人出现在孟挺松面前。

“张仗！”他穿着一身黑色西装，别着一枚小小的纯银领夹，胸前佩戴着一条黑色的真丝领带，似乎拥有最华贵的气质，“这不是张汇的表弟吗？别看你是纪检委副书记，对我来这一套，休想！”孟挺松对一切都清楚了。

“凭什么扣住马寻文，有什么事情你们冲我来！”孟挺松犀利的眼神就像两把锋利的剑直视对方，迫使对手让步。

“没什么，不过您也知道先锋饮料厂的事，请您高抬贵手。先谢谢！”他的脸上露出皮笑肉不笑的奸笑。

“对不起，没什么事我就走了！”孟挺松头也不回地离开了。

“都说外号叫黑豹的孟挺松像只老虎，没人敢惹。今天我领教了。走着瞧，看谁厉害！”张仗看到孟挺松大步离开，咬着牙说了一句。

天渐渐地转凉了，百年庭院大槐树上的叶子像一只只美丽的黄蝴蝶，纷纷离开了大树妈妈温暖的怀抱，轻轻地从树上飘落下来，飞落到草地上。

“松松，快起床，韵韵在外边等你一起上班呢。”妈妈的喊声把孟挺松从睡梦中惊醒。听说是柳韵在等，他翻身起床，穿上衣服就往外跑。

“刚刚7点，半个小时赶到城里，不耽误上班。”柳韵在车边站着说，边说边把早餐放在车上。她直接坐在前排副驾驶位置，为的是可以亲手喂孟挺松吃早餐。

“你的车呢？”

“爸爸今天出去办事，他开走了。”

柳韵坐上孟挺松的小轿车，穿过汶水河大桥，左拐路过“汶水人家”。一条新修的绿荫笼罩的柏油马路展现在面前。

啊！多么宽阔的路面，两边是公路，中间是花坛，总共有四五十米宽。汽车像进入无人之境，飞快地向城里驶去。

“喂！是孟班长吗？我是席海亦。”席海亦是孟挺松和柳韵高中时的同学，比柳韵高一年级。他性格活泼，为人低调，当过教师，现在是市委组织部的科长。多少年了，还延续上高中时的称呼。

“我是孟挺松，有话请讲。”孟挺松开着车，柳韵直接接电话了。

席海亦一听是女人声音，知道是柳韵，欲言又止。

“席海亦，你这个家伙，一向谈吐幽默，心直口快，今天怎么卡壳了。呵呵！”因为都是同学，柳韵与孟挺松的关系已经不是什么秘密，柳韵就直接让他讲。

“先锋饮料厂的张汇纠结几个企业到纪检委告状，现在纪检委通知暂停他的工作。让老班长做好思想准备！”

“小小环球，有几只苍蝇碰壁！”孟挺松听到了所有对话，不在乎地说了一句。他不相信凭着张汇和张仗的关系，就能把他怎么着。

“你去吧，多保重，有情况随时告诉我。”汽车在长乐路中段法院门口停下。柳韵不舍离去，她睁大眼睛看着孟挺松的眼睛，俯下身子凑近孟挺松的脸迅速吻了一下。

“你来我这里一下。”办公室主任苏天蓝拦住了孟挺松，向他说明情况，告诉他冯局长已经到市委了。

“李书记，如果你们查到孟挺松有不廉洁的任何行为，怎么处理都行！否则，我冯静绿要陪着孟挺松下乡住队！”一向沉稳的冯静绿这时恼了，他“啪”的一声把10000元发票放在了李书记案头。

李书记惊呆了。原来是这样啊！在当今社会不可思议。

“现在的主要任务是抓好经济，整天这样去企业乱查、乱罚，全市的经济能搞上去吗？你把企业搞垮了，全市的税收从哪里来，要服从大局。”李书记转移了话题。

官大压死人，组织纪律性极强的冯静绿只有服从了。

黄昏，孟挺松和柳韵沿着汶水河边的小路默默地走着。平静的汶水河像一块无瑕的翡翠，闪烁着美丽的光泽。一弯新月悄悄升起，在它的周围，还有几颗星星发出微弱的光亮。

孟挺松抬头望望星空，希望能将快要涌出的泪光倒进瞳孔的后面。他努力着，不想让柳韵看到，不想让悲伤蔓延，却无法压制住心疼的冲击，眼里的泪水越积越多，随时都会决堤而出。他已经彻底被悲伤占据，突然低下头，双手捂着脸，颤抖着双肩，无声地散发着他的悲愤和无奈……

“对于世界而言，你是一个人，但是对于我而言，你是我的整个世界。无论你生活得多么艰难，我永远是心甘情愿与你傻傻相伴的人！”

听着柳韵发自肺腑的倾吐，孟挺松的心碎了。

人生的捷径，可以是遵循前人经验的平顺之道，也可以是严守古人处世原则的中庸之道。有的人为了一己私欲，走损人利己的卑鄙之道。古往今来，不同的人选择了不同的道路，他们在历史上留下了不同的印记。

“我年龄不大，却两起两落，我的道路在哪里呢？”孟挺松迷茫了。

一群大雁从北方飞来，飞过汶水河上空，又向南方飞去。它们排列着整齐的队伍，变换着阵容在空中飞翔，一会儿排列成“一”字，一会儿排列成“人”字……

第十一章　农坛路上下跪的老奶奶

星期天的早晨，柳韵陪着孟挺松在汶水河边散步。

东方天际那血红的霞光还没有消逝，太阳公公就射出了耀眼的光芒，挥动神笔将赤、橙、黄、绿、青、蓝、紫融为一体，把它染在了汶水河上。清清的河水立刻回映出朝霞般的色彩，借着凉风淙淙地流着，汇成一条绚丽的锦缎回馈太阳！

尽管在冯静绿局长的力争下没有让孟挺松下乡，但是他暂时离开了稽查大队。他的心情好似槁木死灰，极度消沉。

他低头看了看河边腐烂的树叶，那些清新嫩绿早已埋葬在时间刻度的前段，唯有铺天盖地的腐烂气味留在时间刻度的尾部。

“挫折是难免的，低潮是必然的，孤独与寂寞是如影随形的。总有被人误解的时候，总有寄人篱下的时候，总有遭人诽谤与暗算的时候，这些时候，要知道潮涨潮落、波谷波峰的道理，只要你能够耐心等待，受得了折磨，守得住底线，一切都会证明，生活不会抛弃你，命运不会舍弃你。岁寒，然后知松柏之后凋也。”柳韵在鼓励着他，她的声音清脆悠扬，娓娓动听。

“呵呵！两人在说悄悄话呢！”富有磁性的声音慢条斯理。

远远地，一个男子施然而来。此人中等身材，步伐不疾不徐，自有一股轻松惬意的气度，额下眉角如棱，鼻梁立峰，架一副金边眼镜，双目炯炯有神，嘴角轻扬，似带着一抹淡然的笑容。

“党青柏老师！中国政法大学毕业，省检察官学院的教授。我们是在向阳市场检查时认识的。”孟挺松边向柳韵介绍边迎了上去。

“党老师，您今天怎么有时间来玩啊？”

“孟队长，北京给了我一个‘城市管理现状’的课题，正好赶上河阳市创建文明城市，你对市场比较熟悉，我明天到农坛路暗访，想让你配合我，不知你有没有时间？”党青柏那双明亮的眼睛是那么坦然，给人一种异常俊美潇洒的感觉。

“局里还没有安排你干什么，你就跟党老师去吧，也好看看人家城管局是如何执法的。”柳韵面带微笑，神情自然，眼神中充满着甜蜜的怜惜和疼爱，充满着无限的期盼，似乎在为孟挺松加油，似乎在促使他奋进，那眼神给他一种跃跃欲试的动力。

孟挺松抬头看了柳韵一眼，她那充满魅力的眼神还在久久望着他，只不过她的微笑更加明显了。

“这样吧，明天我邀请一位河阳市人民法院退休的法官一起暗访。”

“太好了，有行政人员，还有法学专家。谢谢你，孟队长！”党青柏老师笑了。

晨曦徐徐拉开了帷幕，又是一个绚丽多彩的早晨。孟挺松心情不好，柳韵不想让他开车上班。她一大早就来到孟家等候。

“从今天开始，车钥匙由我保管，上下班我接你！”她的眼角带些泪痕，目光也没有先前那样精神了。

“好吧!”孟挺松极力避开柳韵的视线，孩子似的眼里射出悲喜，好像在饥渴中寻求着慈爱的母亲。

农坛路到了，孟挺松老远就看到张语海和孟忆安在一起站着。孟忆安是从河阳市人民法院退休的，已经85岁了，精神矍铄。

“你下车吧，今天只许观看，不许发言，再不顺心的事，一定要忍住!”柳韵反复叮咛。

“放心！老把我当成小孩儿。”孟挺松诡异地给了柳韵一个笑脸。他是在安慰柳韵，当然也是让她放心。

农坛路北起柏君大道，南至静一大街，全段长587米，为南北向道路。农坛路南段属于老旧街道，道路两侧均为居民住宅。路不宽，人很多，沿街摆满了各种卖蔬菜、水果和土特产的摊子，有水灵灵的黄瓜、又白又嫩的豇豆、穿紫衣的茄子、又大又红的西红柿、胖乎乎的青椒，还有绿油油的韭菜。

走在这条街上，仿佛置身在欢腾的旋涡之中，年过半百的老爷爷、老奶奶挎着篮子在悠闲地精挑细选着，还有一些行色匆匆的年轻姑娘、小伙子、中年妇女，好像是上班一族。人们脸上都洋溢着笑容。

“才哥!”看到孟忆安，孟挺松喊了一声他的乳名。

“我早上锻炼身体回来，到这里碰上语海，听说你来，就随你看看热闹吧。哈哈!”孟忆安大笑起来。

“传播文明知识，颂扬文明典型，评议不文明现象，提升市民素质，培育文明道德风尚和助人为乐的社会新风!”一辆城管宣传文明的车辆停在了路口。

“城管来了!”“快跑啊!”

繁华的农坛路一下子乱了。人们心急火燎地收着幌子，小贩们手忙脚乱地收拾摊子；女人与男人的吵闹声不绝于耳；车子行人横冲直撞，流浪的小狗小猫慌不择路……

一会儿工夫，街上的幌子、小摊、行人仿佛都被风卷走了，只剩下满地被踩碎的瓜果、蔬菜，还有零星的树叶随风飘荡……

只见一个穿着城管服装、面圆耳大、留着光头、满脸横肉、身长八尺的人，双手叉腰站在汽车旁。在他身后还有几个年轻人，有的戴着墨镜，有的叼着纸烟卷，个个压着一只腿，藐视着逃跑的人群。

"那个光头叫野恨天，是财政局长的侄子，现在是城管局的小头目，我听说过这个人。"张语海介绍道。

"看他像水浒里山林大王鲁智深，哪有一点儿公务员的形象?"孟忆安说得太形象了。

孟挺松看到这些，一句话不说，静静地听着，因为柳韵的嘱咐在他耳边回响，生怕犯规再挨训。

看到这一切，两边的树木愣住了，几只欢快的小鸟也被这突如其来的乱象吓呆了。除了微风轻轻地吹和一两声流浪狗的吠叫，显得格外冷清。

西南角有一位40岁左右的修鞋师傅，因为从小得了小儿麻痹症，一条腿长一条腿短，走路不方便，没来得及逃走，被城管逮住了。

"把他的修鞋工具装上车!"光头下了命令。几个协管员丢下烟卷，一窝蜂地跑过去就抬修鞋工具。

"我有残疾证啊，能不能饶我这一次?"修鞋师傅用颤抖的手从兜里掏出了一本蓝色的《中华人民共和国残疾人证》向他们哀求。

"少来这一套!"那个光头抢过这本证书扔在地上一脚踩上去，拧了又拧。

"他一生未婚，还有70多岁的老母亲等着他养活，你们给他点儿生活出路吧!"旁边一位刚修过鞋的老大爷上来求情。

"可怜之人必有可恨之处。任何人都没有权利在这条大街上乱做生意。这是市长交代的。有本事找市长去!"光头狠狠地瞪着眼睛说。

车旁边，几个协管员在抢工具，修鞋师傅拖着残疾的腿死不丢下。这是他生活的保障啊！

“你们这么笨，几个人抢不过一个瘸腿？”光头一边训着几个协管员，一边走上前去“啪、啪”给了修鞋师傅两个耳光，打得修鞋师傅鼻嘴冒血。

“这帮家伙，还是人吗？要在我们山东，我拿刀子捅了他们。”从静一大街西边开车过来的一位师傅愤愤不平地说。

“救命啊！救命啊！”修鞋师傅寡不敌众，无奈地松了手。

沉沉的云，暗暗的天，压抑得让人们窒息。修鞋师傅躺在地上无力地喘息着，失去了挣扎的勇气……

工具被抬上了宣传文明的汽车，他再也无力去保护了。

目睹这一切，孟挺松的心情更加忧郁。天空乌云滚滚，他的心里仿佛被一块沉重的石头填充着。

唉！又是一个伤心的日子，让我的心情怎么好啊？

城管的宣传车继续往北走。

“别让她跑掉，死老太婆！”光头喊了一声，几个城管协管员冲上前去。

只见一位老奶奶，右胳膊挎着个篮子，左手扯着一个约三岁的小男孩儿吃力地跑着。汗水一滴一滴从脸颊上落下，打在干涸、有些苍白的嘴唇上。衣服有些不整齐。但她已经顾不了那么多了，向前跑，向前跑，她的潜意识不断告诉自己，一定要离开这里，一定要离开这个鬼地方！

“奶奶！我跑不动了！”小男孩儿拉着奶奶的手，跑一步跌倒了，爬起来又跑，又跌倒了，他再次爬起来。

老奶奶非常害怕，眉毛把汗搅在了一起。渐渐地，她跑不动了，只能疾步走着，脸色极其苍白。远处，传来了追赶她的城管的声音……

“哎呀！”她叫了一声，一屁股坐在道牙旁边，一只手扶住树，一只手保护住篮子里的黄瓜。小男孩儿站在她旁边，吓得两腿像弹棉花似的不住地打战。

“跑什么跑，能跑出我们的手心吗？”戴墨镜的城管协管员吼叫着。

“站起来！看你往哪里跑。”光头使劲喊了一声。

祖孙两个的心一阵一阵地紧缩，好像冰凉的蛇爬上了脊背。老奶奶战战兢兢地扶着树站了起来。

旁边站满了围观的群众。

“现在开始城管调查！录像开始！”光头下了命令，一个胖乎乎的城管协管员用手机开始录像。

“人家是代表政府执法。”

“看这祖孙两个多可怜。”

“哎！卖几根黄瓜犯啥法了？”

“你叫什么名字？”光头开始询问。手机镜头对准了光头。

“张李氏。”老奶奶战战兢兢地说。手机镜头对准了老奶奶。

“啥年代了，还有这姓名。身份证拿出来让我看看！”光头龇着满嘴黄牙冷笑着说。

“今天早上着急出来忘带了。”老奶奶蒙了，就连平时看来很温暖的东西现在好像也变成了魔鬼，狞笑着。

“罚款200元！”一个尖嘴猴腮的城管协管员从兜里掏出了一本收据。

“别慌，不到罚款程序！”光头瞪了他一眼。

哈哈！小巫见大巫了！光头还说他不知道程序呢！

老奶奶脑中一片空白。紧张与恐惧占据了她整个脑海，两条哆哩哆嗦的弯腿几乎站不稳，像弱不禁风的干树枝。她两腿微屈，不敢绷直，一绷直就会不停地发抖，整个身体就像泄了气的皮球，没有力气来支撑。

小孙子手里拿着半块夹肉烧饼，望着凶神恶煞的城管员，紧张得张开了嘴巴，呆呆地立在那儿，手脚钻心地冷。刚吃过的烧饼似乎已经消化掉了，在心脏有节奏的跳动下，随着肠道慢慢下滑。如果时间允许，他多想立即跑掉啊……

突然，一条大狼狗跑到光头跟前，这条狗全身的毛分成两种颜色，背部是黑的，颈、腹部都是黄的，一对三角形的耳朵直挺挺竖着，圆溜溜的眼珠转个不停，鼻子湿漉漉的，又黑又亮，舌头红红的，一伸一缩。

“芳芳！你咋来了?”光头顾不上城管调查了，摸着狼狗的头一直摸到尾巴根。狼狗一边舔着他的手，一边摇着尾巴，然后扑到他身上想让他抱。

“听话，快回去，我正在进行城管调查。”光头温柔地说。

“家里都有什么人?”城管调查在光头的主持下继续进行。

“儿子在部队当兵，媳妇今天上班去了。”

“军人家属，这么不遵纪守法，把政府形象丢完了！快说你家在哪里!”他大声吆喝，毫无亲善之意，凶神恶煞的眼神吓坏了对面的小男孩儿。

“哇”的一声，小男孩儿哭了，撕心裂肺地哭，眼泪源源不断地落下来，像断不了的线一样，随风而飞，手里的烧饼掉在了地上。

大狼狗听着光头的吆喝，狗仗人势地狂吠起来。附近的流浪狗看到地上的夹肉烧饼，争抢起来，没有抢到的和狼狗并排站着“汪汪”叫。

城管文明宣传的喇叭声、在狼狗带领下一群野狗的狂吠声、城管光头一伙儿的训斥声、小男孩儿的哭啼声，还有周围群众对城管的责骂声，形成一片黑色的海洋。

“城管调查结束，看你怪可怜的，少罚点儿，根据《道路交通安全法》相关规定，交50元罚款算了。把收据拿来!”一个协管员说。

“什么也不懂，你是协管员能说罚款、开罚款收据吗?什么也不懂！丢城管人的脸。”光头边训斥那个协管员边开收据。

“我今天卖了2.5斤黄瓜，就有5块钱啊!”“扑通”一声，老奶奶跪下了。

看着身边痛哭的孙子，看着还有几根黄瓜的篮子，老奶奶给城管跪下了。

在天安门前站岗的小儿子可能想不到妈妈在下跪。

墨色的浓云挤压着天空，掩去了刚刚的满眼猩红，沉沉地要坠下来，压抑得整个世界都静悄悄的。淡漠的风凌厉地穿梭着，将人的惊讶抛在身后。柔弱的小花小草早已战栗地折服于地。正是山雨欲来风满楼！

跪天跪地跪老人，老人今天向穿着城管制服的年轻人跪下了。

老奶奶用颤抖的手从怀里掏出了一把钱，有一元的，有五角的，还有一把钢镚。她跪着捧给光头。

“打发要饭的吗?”光头“啪”的一声把老奶奶的钱打落在地。

“你还算人吗？是不是你爹娘生的!”人群中走出一个50岁左右的人，他再也看不下去了，冲上前去指着光头就要打，被周围的人拦住了。

“少管闲事!”光头还嘴硬。

“你再纠缠这老太婆，我跟你拼了!”他充满激情的一句话，仿佛一把锋利的匕首指向光头，发泄了他对这种行政执法行为的强烈愤恨。他的眼睛变得血红，浑身充满肃杀之气。

漫天是破空的风声，光头被凌厉的杀气和痛恨包围着。一双双闪电般的眼睛直逼光头，那些城管协管员后退了，先前在他跟前咋呼的一群狗不知啥时候也溜走了。

一位姑娘扶起了跪在地上的老奶奶，帮她捡起了被打落在地的零钱。

宣传建设文明城市的城管车行驶到农坛路中间十字路口，城管协管员看到一家卖馒头的小店门前放着一辆自行车，装上就走。

"哎！哎！"一位中年妇女顾不上拿馒头了，喊着追着。

"带200元罚款到平静园接受处理！"光头坐在汽车前座扭头喊了一声扬长而去。

汽车到柏君大道右拐直接把修鞋工具和自行车拉走了。光头和几个城管协管员下车左拐西行。

党青柏、孟挺松、张语海、孟忆安跟了过去。这四个人被光头的行为震撼了。

柏君大道是河阳市的景观道路，与长乐路交叉口为界分为四个办事处。红河明珠雕塑竖立在道路中段，红河明珠的右侧往东有五家灯具店。

看到光头一伙儿人站在中间那家灯具店前，孟挺松一行赶了过来，离他们有两米远。

"老板，出来！"光头双手叉腰喝道。

只见一位中年妇女从屋里走了出来。她身穿一条牛仔裤，随便搭配一件蓝色上衣。她的皮肤灰暗，常年累积下的风霜在她脸上留下深深的痕迹，一双眼睛满是经历风霜后的沧桑和无奈，仿佛早已习惯了苦难。

"老板没在家，去办营业执照了。"她胆怯地低着头，不敢看光头那张阴云密布的脸。

"没有营业执照就营业，不知道是非法经营吗？非法经营就是非法建筑。通知你们拆除阳台的装修部分是三天时间，今天已经到期，必须无条件拆除！"光头蛮不讲理，不可理喻。

"俺家是农村的，没有土地了。来城时间不长，没有关系，刚装修成，俺也不懂法。不知道该咋办。"说着她打了几个寒战。

"你们是屎壳郎专拣软的拱。地税局、汽车站还有那么多银行都是新装的阳台，为什么不是非法建筑？"一个中年男子气势汹汹地走来，看样子他就是老板了。

"哟！程咬金来了。我今天来个杀鸡给猴看，不把你拆掉，其他四家都这样。"他拿起电话打起来，"来人，把车开过来，带上两把锤子！”

“算了，咱不和他们争执了。”中年妇女把男子往一边拉。

“你们拆不拆？不拆我可要下手了！”说着就把锤子往男子手中递。

“你敢！”男子真的发怒了，他的脸涨得通红，额上青筋突起，眼睛瞪得圆圆的，牙齿也咬得嘎吱嘎吱响……他接过锤子，冷笑一声，洒脱地用手把帽檐往后一扭，横着锤把子站在了门口。

“你竟敢妨碍公务，砸！”光头的声音没有落地，只听“咣”的一声，戴墨镜的协管员，一锤下去了。玻璃哗啦啦落地了。抡锤子的手被玻璃碰烂了条口子，血流不止。

“妨碍执行公务，给我们执法人员造成伤害，必须赔偿。否则马上把你们屋里的灯具全部拉走！我说到做到！不放空炮！”光头咬着牙说。

“人家代表政府，咱抗不过。既然砸了，消消气算了。”隔壁的几个卖灯具、电料的劝说该男子。

中年男子拼命忍住愤怒，冷汗把额头、鬓发都湿透了，紧闭着双唇，眼泪涌了上来，亮晶晶地挤在眼圈边上，一会儿工夫两颗大泪珠离开眼睛，慢慢地顺着两颊流了下来，以致瑟瑟抖动的长睫毛像在水里浸泡着一样，他紧紧咬着下唇渗出一缕血痕……

“拿来 1000 元作为人身损害赔偿！如果是轻伤，我们让公安机关来抓你，还有什么来着？”光头摸了摸闪光的脑袋继续说，“对，我想起来了，数罪并罚，数罪并罚！就是妨碍公务罪和故意伤害罪合到一起判刑。”

中年妇女从里屋拿出了 1000 元交给光头。在她的脸上只有深深的怨恨。她的眼窝里流出了一滴亮晶晶的东西。突然，她双手捂着脸蹲下去，那纤细的脊背，猛烈地抽搐起来，泪水顺着指缝无声地流下。

“这是赔偿钱，不开收据了。今天我再次告诉你，立即全部拆除干净，如果再让我看到，罚款10000元，这可是《省行政执法条例》规定的！”

“农村人，不学法、不懂法，做什么生意。”一旁的协管员为光头助威。

光头一伙儿人似乎没有把任何人放在眼里，他们嘴角上挂着冷笑离开了。

天色十分昏黑，片片乌云仿佛要压下来一样，黑压压的。还不时有震耳欲聋的雷声和刺眼的闪电，调皮的风四处流窜着，幸灾乐祸地看着人们的狼狈。柏君大道两边的树木无奈地摇着头。

“我要考取法律职业资格证，为百姓维权，为普法作贡献！”

在回家的汽车上，孟挺松向柳韵发出了自己的誓言。

第十二章　愿做飞蛾去扑火

晨曦徐徐拉开了帷幕，又一个绚丽的早晨带着清新降临在人间。小鸟在枝头上放开娇柔的歌喉，叽叽喳喳地叫着；小花也睡醒了，展开了灿烂的笑脸；晨风呼呼地吹来，小树摆动着枝叶，好像对大家说："快乐的一天开始了！"

河阳市文化公园的广场上，有许多退休的老人，有的在跳舞，有的在练剑，有的在散步，有的在跑步，还有太极拳队和扇子舞队。

公园东门前，城市管理局那位光头小头目野恨天望了望公园东南角，咬着牙说："哈哈！在河阳没有人敢跟我过不去，一切绊脚石都必须毁灭。我没有头发，不去求你。我老婆孩子去你那里理发还要钱。哼！看我咋收拾你！"想到这儿，他的眼里浮现出一种阴狠、决绝，一个罪恶的计划迅速产生。

长乐路横卧在河阳市南北中轴线上。两边的槐树枝繁叶茂，仿佛撑开了一把把绿色的大伞，搭成一个连绵不断的遮阳棚，使行人走在林荫道上舒适凉爽。

长乐路西侧、公园东南角有一个面向东方的发廊。七根黄色的圆柱好似齐天大圣的金箍棒在龙宫中稳稳竖立，象征着威严和不屈；透过圆柱间的钢化玻璃可以看到整齐的座椅和金黄色的镜台，凸显着美满和富贵；两棵屹立在发廊两侧不同品种的发财树，青翠欲滴，枝繁叶茂。“顶点造型”几个魏碑大字在晨光下闪耀着银白色的光芒。金碧辉煌的发廊欢迎着来自四面八方的客人。

一位肌肤胜雪的少女从中央花园走出来。那少女浓密的波浪长发随意地披在肩头，小巧的嘴角微微翘起，一双黑溜溜的大眼睛楚楚动人，脸蛋清秀可爱，一笑右边有个酒窝。她穿一款轻纱白衣，搭配一条黑色天鹅绒齐膝裙，腰间用软烟罗系成一个大大的蝴蝶结，外披一件橘黄色长大衣，笑吟吟地站到了发廊门前。

她叫黎菲，家中姊妹三个，在家排行老大，下面还有一个妹妹、一个弟弟。十年前为了黄河小浪底工程建设，响应祖国号召随父母从新安县移民过来。为了减轻父母的生活负担，也为了让可爱的妹妹和弟弟上学，她初中毕业后放弃学业，帮助父母料理家务和农活儿。两年后她外出打工，选择的职业是理发。

刚开始做学徒的两年，因为年龄较小，老板不给她发工资，生活上对她十分苛刻。一块钱可以买五个馒头，也可以买三个烧饼。她多么想尝一下烧饼的芝麻香啊！可是老板就是不给买，硬是让她吃馒头。一起做学徒的伙伴们不约而同地先后离开，她咬着牙坚持学完了一整套的理发技术。

学成之后，她东拼西凑，在长乐路办起了属于自己的发廊。富丽堂皇的装修完全是她自己设计的。她的性格特点是执着坚强，从不服输；她处世的原则是正视现实，不为打翻的牛奶哭泣。

生活的历练荡涤去了她羞涩的性格和自卑的尘埃，留下了洞察世情后不动声色的冰雪聪明，造就了她成熟的风韵。从容优雅的举止中，不经意地散发出和她年龄不相符的成熟女人特有的芬芳，这是一种由内到外散发的芬芳，从心灵深处源源溢出。

她会根据客人的身材特点以及脸部特点帮客人设计发型。她的理发技术登峰造极，造型技术炉火纯青。

有人说，她是心灵的收割者、灵魂的耕耘师、风度和仪表的铸造者；有人夸她，办世上头等大事，理人间万缕青丝。虽只是毫末技艺，却是顶上功夫。

只见她用白玉般的纤手把镶嵌着金边的钢化玻璃门打开，转身站在门口。

太阳慢慢升起，像挑着担子似的，艰难地向上攀爬。每向上爬一步，天边的朝霞就更红一分。那朵朵祥云，真像姑娘碎花裙上的小花，小花像裙子主人一样可爱、一尘不染。

“阿姨，我来理发了!”一个三岁左右的小男孩儿来到了店门前。这个小男孩儿有一张胖乎乎的脸蛋，两串弯弯的眉毛，一对炯炯有神的大眼睛，一个小巧的鼻子，一对菩萨耳，一张肉嘟嘟的小嘴巴，嘴巴下面还有一个圆鼓鼓的双下巴。他双手胖乎乎的，十指又短又粗，真可爱，后边跟着一位老奶奶。

“奶奶，你看这屋子里有金箍棒!”小男孩儿踏上三个台阶，跑进屋子喊了起来。

“哪有啊?”奶奶不解地问。

“这不是吗?”他拉着奶奶的手从南向北数着。

“呵呵！加上你手里拿的一根，共有八根，在你头上拔下七根头发，变成七个孙悟空，就不怕妖魔鬼怪了!”奶奶知道孙子最爱看电视剧《西游记》，只要该剧一开播，全家人只好跟着他看热闹了。

“小朋友，你给阿姨变个孙悟空吧。”黎菲笑着说。

“阿姨，我先给你背一首孙悟空的歌谣吧。”

“好啊！孙悟空手执金箍棒，上九天，探龙宫，闹地府，降妖除魔，直杀得百鬼哀愁，威风凛凛。阿姨也喜欢孙悟空。”

黎菲说着，店里的小员工盼盼、鹏鹏、鑫鑫、洋洋也先后到了，大家都聚精会神地看着小男孩儿。

“唐生取经咚里咚，后面跟着孙悟空；孙悟空跑得快，后面跟着猪八戒；猪八戒爬得慢，后面跟着沙和尚；沙和尚敲着锣，后面跟着老妖魔。老妖魔真是坏，骗了唐僧和八戒，唐僧八戒真糊涂，是人是妖分不清。上了当，多亏孙悟空眼睛亮。眼睛亮，闪金光，高高举起金箍棒！金箍棒有力量，妖魔鬼怪消灭光！”

“好！好！好！”大家不约而同地鼓起了掌。

大家正高兴时，一辆城管车停在了道牙旁。那个光头带着一伙儿协管员闯进了店内。

“谁是老板？出来说事！”光头进屋就大喊起来。他那凶狠的眼神，射到谁的脸上，谁脸上的笑容立即就会消失。

他想不到会在这里碰到老奶奶，想到局领导找他谈话的情景，他心里咯噔一下。

“你又来这里骚扰了！今天老婆子跟你拼了！”

老奶奶一看是前天在农坛路上欺负自己的光头，气不打一处来，从孙子手里拿过金箍棒就要打光头。那天受欺负之后，她跑到信访办见过市里领导，领导告诉她一定要调查处理。她也咨询了律师，律师告诉他这个城管局的人没有一个有法律职业资格证书，懂法的人很少，只要吓唬他们一下，他们就不敢了。况且欺负她那天，拔刀相助的那位好心人也是要揍他，把他吓跑了。

“你仗着你叔叔是财政局长来欺负百姓，小心拔出萝卜带出泥，把你叔叔揪出来，赶快滚蛋！”

“你这是妨碍执行公务，我们可以喊来公安把你抓走！”

“你喊吧！我等着你喊！看着！我的棍子上可没长眼睛！”老奶奶越说越气愤，做出要打光头的架势。

黎菲一看要出事，拦住了老奶奶。

“限你们三天时间把临街建筑全部拆除，否则用推土机把它们推倒、砸碎！”光头一看进行不下去，把一张纸放在了吧台上灰溜溜地跑了。

黎菲看到那张纸是《河阳市城市管理局责令（限期）改正通知书》：经调查，你（单位）存在下列违法事实：你处擅自在柏君大道与长乐路交叉口南100米店外扩建。根据《江州市市容和环境卫生管理条例》第18条规定，现责令你（单位）改正违法行为。改正内容和要求如下：限你处6月2日16时前自行拆除，逾期强制拆除。

“我是租别人的房子，五年前经房东同意我才装修。《租赁合同》上写着‘合同到期或者解除合同，装修的财产属于出租人所有’，我怎么违法了？”

带着疑问，她走进了律师事务所，一位律师接待了她。

律师告诉她这份通知书有问题：“第一，被处罚主体不对。根据《城市房屋租赁管理办法》和《合同法》规定，你的装修行为必须经过出租人同意，出租人对装修是否合法承担责任，与你没有关系。第二，他们限期三天拆除是违法的。你是理发店，如果拆除，直接影响了你的经营活动，属于停产停业。在这种情况下，他们必须告诉你听证程序。这份通知书直接通知你拆除，显然违法。第三，送达程序错误。看着似乎是留置程序，但是没有人大或者社区的见证人在场，留置不能成立。还有邮寄、公告送达程序。看他们如何操作吧。总之，凭这份通知书，他们不能强拆。但是，现在社会上的城管，我也说不了啥。”

听着律师前边的解释，黎菲感到有希望，可是最后一句话，又感到迷茫。想到前几天城管强制拆除灯具店的行为，她还真有点儿不寒而栗。

转眼6月2日到了。光头带着一伙儿协管员开着车，直接堵住了店门，车上的高音喇叭不停地播放着“做文明人、建设文明城市、文明执法”的宣传口号。

“野队长，我可以问你几句话吗？”黎菲丝毫没有慌张的样子，眼神仿佛一把利剑，直射光头的心灵。因为她听过律师的指点，心里有点儿底，她决心要依法维权。

“可以。这是你的申辩权，你说！”光头满不在乎。

“这房子是我租的，你们不应该对我直接进行处罚吧？再说‘顶点造型’是广告，不是我发廊的名称。”

“把你营业执照拿来看看，我们纠正。”光头也感到对着广告下发通知书不对。

“你们上次来时，让‘顶点造型’三天内自行拆除，至少应该给三天时间吧？”

“没错，我就是这样安排的。”光头得意地回答。

“你们是 5 月 31 日下的通知，从 5 月 31 日往后数三天，应该是 6 月 4 日前才对吧？”黎菲不慌不忙地拿出通知书让光头看。

光头看了一眼，的确是写错了。“你们这些家伙，一点儿不懂法、不谨慎、不认真！不知道应该从发通知次日起计算三天吗？”光头狠狠地训了协管员一顿。

“野队长，有话慢慢说，不要发脾气，他们是一帮孩子，和我一样不懂法，都要向你学习！呵呵。”黎菲微微笑着，略带讽刺的口气让光头飘飘然。

“走！走！走！要虚心听取群众意见，依法行政。够天数再来！”

看到城管的车开走了，附近的商户指着车骂道：“门前三包是他们定的，不让乱停车，他们可以停。他们还可以放噪声扰民，这是只许州官放火，不许百姓点灯！”

第二回合，黎菲轻而易举地战胜了光头，她目睹了光头欺软怕硬的性格，也尝到了柔能克刚和依法维权的甜头。想到灯具店被强拆的情况，她会心地笑了。

夕阳西下，暮色降临。一轮明月冉冉升起，带来了繁星灿烂的夜空。一群眨着慵懒眼睛的星星散落在明月四周。轻纱般的云霭在天空中飘浮不定，好似隐藏着殿阁宫阙的缥缈仙境。远方的天空与大地相连，形成了天地合一的美丽景象。

晚上，黎菲来到滨河公园的小桥边，抬头看着夜晚的星空，那一片黑蓝黑蓝的天空就像一张纸，而那些一闪一闪的星星就像一朵朵美丽的花儿，又像一盏盏亮晶晶的灯，静静地躺在这张黑蓝黑蓝的纸上。

真美啊！夜空、那皎洁的月亮和那一闪一闪的星星给她带来无限的想象。

光头不会放过她，这是肯定的。全市1100家临街一层阳台装修，在光头的淫威下拆了1000家，还有100家没拆，都是找人、请客送礼在挺着。送礼不是她的处世方法，她想到了飞蛾扑火的典故。

“飞蛾”被更多地用来表现对恋人苦苦追寻、吃到苦果仍不言放弃的情愫，是一曲悲壮的赞歌，赞扬人们为了理想和追求而付出的义无反顾、不畏牺牲的大无畏精神。

“我何不学习飞蛾，为依法维权开辟一条道路!”黎菲暗暗下定了决心。

第二天上午，发廊来了一位男子，这男子年纪大约40岁，蓄着一头短发，白衬衫的领口微微敞开，衬衫袖口卷到手臂中间，露出小麦色的皮肤，眼睛深邃有神，高挺的鼻梁上架着一副眼镜，儒气文雅，彬彬有礼。顶点造型发廊的老顾客董春雁来了。

董春雁在市委机关事务管理局任局长，政治觉悟、思想文化修养都很高，接触的人较多。黎菲迎上前去，向他述说了城市管理局处理发廊的情况。

“我给你打个电话，向他们领导反映一下。”说着他拨通了电话。

“全市拆除不少了，如果不拆，我们怎么向拆过的交代？既然董局长介入了，可以考虑暂时放一放，都冷静一下。”那边说话很温和，但是没有放弃的意思。

“看来，光头只是炮灰，他的后面有人支持!”黎菲脱口而出。

“能不能别让你们队长开车堵门放高音喇叭!”董局长继续说，口气有点儿严厉。

“还有这种事？必须纠正!”那边很吃惊，答应也很坚决。

听了这句话，黎菲心里轻松了许多，堵门、放高音喇叭太难受了，虽然不大影响生意，但是心里特烦。

“姑娘，看来人情解决不了此事，必须走法律渠道!”董局长也感到为难。

“法律渠道，是打官司吗？古人道饿死不做贼，屈死不告状，法院的门不好进。再说和政府打官司，能行吗?”黎菲有点儿不解。

“呵呵！我给你介绍个人。这个人在质量技术监督局上班，对行政管理、行政执法有很深的造诣。他就在我妻子娘家楼下住，我对他非常了解。”董局长滔滔不绝地说着。

“呵呵，董局长也在这里啊。”正说着，孟挺松笑呵呵地走进发廊。

“我今天忙里偷闲，把头发理一下。哪阵风把你吹到这里了?”董局长接过了话茬儿。

“世界可以乱，发型不能乱；人靠衣装发型，佛靠西天取经。”孟挺松幽默地说。

黑亮垂直的头发，浓密斜飞的剑眉，蕴藏着锐利的黑眸，厚重轻抿的嘴唇，棱角分明的轮廓，个子修长却不粗犷的身材，让黎菲着迷了。

“他就是董局长介绍的质量技术监督局的虎将孟挺松吗?”

孟挺松站在发廊里，宛若黑夜中的鹰，冷傲孤清却又盛气逼人，孑然独立间散发的是傲视天地的强势。

黎菲清爽的头发、清秀的脸庞、清澈的眼眸，还有那由内而外散发出的清新自然的气息，宛如一朵含苞待放的牡丹花，美而不妖，艳而不俗，千娇百媚，无与伦比。

孟挺松看到她刘海下的容貌，也看见她两边脸颊连同后面修长白皙的脖颈整个都红了，嫣红透白的，煞是好看，一颦一笑之间流露出一种说不出的风韵。

孟挺松马上把那一对迷恋的眼睛紧紧地闭住，挤得只留下一丝黑线。

“你就是我上天入地、漂洋过海、历经百世轮转要寻找的人，答应我至少今生今世，不要离开我好吗?”柳韵的声音仿佛在他耳旁响起。

“孟队长，小黎这里与城管有点儿麻烦事，我是周郎才尽了，你这位行政专家能帮助她一下吗?”

孟挺松从董局长手里接过了通知书。

“行政相对人错误，没有鉴定结论，适用标准错误，适用法律错误，办案程序错误，送达程序错误。简直是胡闹!”孟挺松目光闪闪，锐利有神，威风凛凛地盯着这张通知书，像要一口把它吃掉。

第一份往城市管理局的《政府信息公开申请表》用单挂号形式从邮局寄出了，内容为：“请向我提供河阳市的建（构）筑物容貌标准和经河阳市政府批准的文件。”

“能行吗?”董局长和黎菲都有点儿疑问。

“《江州市城市市容和环境卫生管理条例》规定：城市主要道路和重点区域的范围、建（构）筑物的容貌标准，由县（市）市容环境卫生主管部门会同城乡规划、住房和城乡建设等部门确定，经同级人民政府批准后公布实施。每个城市的情况都不一样，河阳市必须制定出自己的标准，不能用江州市的标准来规范河阳。”

“我知道河阳市没有这样的标准啊!”董局长肯定地说。

“呵呵！这就叫抱着公鸡让它下蛋，越是没有越要向他要，让他自己承认自己错了。自我纠正多好啊!”

20个工作日过去了，城市管理局没有任何答复。于是，河阳市人民政府对城市管理局进行行政复议的程序开始了。

内容为：“我向被申请人邮寄了《政府信息公开申请表》，被申请人拒收。后来，被申请人再次拒收后，信件被邮递员转退，这种行为是违法的。请求确认：1. 确认被申请人拒收《政府信息公开申请表》违法；2. 责令被申请人履行政府信息公开义务。”

城市管理局接到人民政府的《行政复议申请书》副本后答复：“由于当时工作任务重，单位只有一名工作人员值班，还经常外出领取市委、市政府的文件通知，值班人员让邮递员送办公室主任签收，邮递员怕麻烦，做了退件处理。”他们把责任推给了邮递员。

河阳市人民政府根据事实和法律，下达了《行政复议决定书》，确认城市管理局拒收《政府信息公开申请表》违法，责令城市管理局在收到决定书之日起 15 日内向申请人做出答复。

接到《行政复议决定书》，黎菲笑得两个眼睛变成两弯月牙儿，嘴角上翘化为优美的弧线，深深的酒窝盛满了她的快乐，爽朗的笑声银铃一般传入周围人的耳朵，惹得盼盼、鹏鹏、鑫鑫、洋洋也不禁跟着她一起笑起来。

她立即把这个消息告诉了孟挺松。

孟挺松并没有轻松的感觉。身上的担子，只有他自己清楚。因为短短的几年中，他走过崎岖的山路，攀缘过陡峭的崖壁，他忍受过心头淌血的痛苦。

他和黎菲一样不愿把痛苦和忧愁带给别人。他知道这个案子远远没有结束。

为了维权，黎菲决心像飞蛾一样去扑火。

第十三章　阴谋

晨曦徐徐拉开了帷幕，又一个绚丽的早晨，带着清新降临人间。柳韵随着早起的人们，信步走进店上学校校园，应邀参加母校的“法制进校园”活动。

只见周围是那么宁静，薄薄的晨雾，如轻纱笼罩着校园，她深深地吸了一口气，顿觉一阵清新。

漫步校园，熟悉的泥土气息，不断地扑鼻而来。旁边的小花上缀满了晶莹的露珠，如同一颗颗发亮的钻石。树上的小鸟亮开了歌喉，奏起了一首首娓娓动听的乐曲。

渐渐地，学校里的人越来越多，校园越来越热闹，几乎随处都可以看到同学们在玩耍、活动。

“沿着校园熟悉小路，清晨来到树下读书，初升的太阳照在脸上，也照着身旁这棵小树，亲爱的伙伴，亲爱的小树，和我共享阳光雨露，请我们记住这美好时光，直到长成参天大树。”

听着这熟悉的校园歌曲，看着操场上欢笑的学生，16 年前和孟挺松在一起读书、一起游戏、一起领奖状的情景像电影一样在脑际回放。

南瓜里拉屎的事件被罢官，部队的偷盗事件被罢官，质量技术监督局打假又一次被罢官，他大大小小被罢了三次官，这么多委屈怎么老发生在他一人身上？

唉！骨子里的东西，很难轻易改变啊！柳韵心里笼上一层愁云，袭过一阵揪心的疼痛。

她定了下神，看了看庄严、肃穆、秩序井然的会场。阳光在会场上洒下炫目的光辉，照亮着一张张快乐、兴奋的脸，每张脸都像一朵花。

面对庄严的国旗，同学们坐得笔直，从他们的目光中可以看出他们对祖国的热爱和对法律的渴望。

“柳法官，请您入座。”赵诗青校长站到了她的面前。

柳韵用她美丽的双眼扫了一下会场，她的目光带着同学们穿越四季的喧嚣走向永不褪色的眷恋。

“同学们，今天，很高兴能和大家在一起共同进行一次法制学习。我今天给大家讲三个小故事。

“第一个故事：不要和陌生人说话。

“一天，学生小丽放学以后，正在校门口等她母亲来接她回家。这时，一名陌生男子骑着自行车到小丽身边，说：‘你在等你妈妈接你回家是吗？’小丽点点头。那名男子接着说：‘你妈妈在单位里开会，让我接你回家。’小丽听这人说得有板有眼的，没有半点儿犹豫，就跨上了自行车。但是，当车子骑出去不远，小丽发现不对了——回家可不是这条路！啊！她知道上当了，大声地哭道：‘放我下车，我要回家！’喊声惊动了行人。行人围拢过来，问明了情况，将骑车人扭送到派出所。原来，此人是专门拐卖儿童的罪犯。

“现在社会上有骗子、坏人，他们抓住小学生年纪小、单纯、容易上当的特点，用一点儿小恩小惠，叫你干坏事，或把你带到外地拐卖了，或骗到幽静的地方侮辱你，或作为人质敲诈钱财。这样，小朋友的身心受到伤害，甚至会危及生命，给家长带来痛苦，使学校老师担心。

“我们小学生一定要学会自我保护，遇事动脑不上当受骗，不要让坏人得逞。对来路不明的陌生人，要多问几个为什么，不听信花言巧语，不轻易行动。遇事可请老师、家长帮忙。我们在外面时随时可能遇到坏人，在家时也不能放松警惕，遇到陌生人多长个心眼，因为坏人是无孔不入的。

“第二个故事：不要去网吧。

“有一个叫小明的学生，他的家庭很富有。爸爸妈妈每天都要给他 20 元的零花钱，而他也很大方，经常请一些小哥们儿吃东西，时间一长，他的这种行为不知怎么被高年级的大哥哥知道了，就刻意接近他。很快，他们就成了很要好的朋友，有钱一块儿花，有事一起扛，而且还经常在校外打群架。

“就这样过了一段时间后，一天深夜，这位高年级的大哥哥带着小明跑进了学生不该进的地方——网吧。大哥哥教他玩了一个网络游戏后，小明感到十分好玩，就同大哥哥一直玩到天亮。

“第二天上学的时候，小明每一节课都在浑浑噩噩中度过。在班主任的反复询问下，小明终于承认自己上网了。上午放学后，老师请来了小明的妈妈。妈妈了解后，想与小明沟通，但小明始终不肯。深夜又一次来临，小明无视老师与家长的劝说，又与大哥哥走进了网吧，一玩又是一个通宵。妈妈发现他一下子把零花钱都花光了，就决定不再给他零花钱。可小明为了玩游戏竟然什么都不顾了，等爸爸妈妈睡熟后，偷偷地拿走妈妈的钱，但那些钱只能让小明和那位大哥哥玩两个月。

“两个月后，小明已身无分文，没有办法，就只好到处去偷。他看见一个阿姨正在服装店里看衣服，但包放在了椅子上，小明就一把抓住跑了出去。这让小明很高兴，因为他有钱了，又可以到网吧去玩了。就这样，小明一边偷一边玩，最终警察找到了小明，可是这时他的爸爸妈妈还蒙在鼓里。小明被关进了少年犯管教所。这就是一个典型的例子，小明就是因为交友不慎，而后又沉迷于网络，所以才不好好学习，整夜泡在网吧里。久而久之，事态逐渐恶化，钱少了就开始用偷、抢、拐、骗之类的手段，也就走向了犯罪之路。

“第三个故事：女孩儿要保护好自己。

“为了让6岁的菲菲得到更好的教育和培养，爸爸大明决定把女儿送到负有盛名的‘才子之乡’抚州临川上学。菲菲的妈妈因此也来到抚州租店经营服装，同时负责女儿的起居生活。仍在丰城某中学教书的大明，则经常往返于丰城与临川。一个秋天的假日，大明到抚州看女儿，这次女儿不再像过去那样和他说她的喜人成绩，而是泪汪汪地向他告状：‘爸爸，有个男的关我，把我关到房间，我好怕。’做爸爸的以为是女儿班上哪个小男孩儿调皮，搞恶作剧，没引起重视，反而教育女儿：‘人家和你玩呢，你是大姑娘了，不要怕。’不久，当大明又来到抚州时，女儿又向他哭诉：‘爸爸，还是那个人抓我，拦住我，欺负我。’粗心的爸爸妈妈仍以为还是那个同班的小男生欺负人，所以又一次教育女儿不要太娇气，说得菲菲泪流不止。同年11月中旬当大明再次来到抚州时，女儿泪如泉涌，哭得更厉害了。她对爸爸妈妈说：‘我这些时间已经查清了，把我关进房间，亲我、抓我、欺负我，弄得我好疼的那个人叫杨勇。爸爸你去公安局叫警察叔叔抓他，他是个大坏蛋！’这一次，爸爸妈妈吓得脸都白了，赶紧仔细询问情况，才得知女儿被一个十六七岁的校外男青年在学校内操场的杂物间三次猥亵并被强暴。

“总之，作为一个学生，我们要遵守学校纪律，尊重老师，关爱身边的同学，同时要依法律己，自己不违法犯罪，要依法维护自身的合法权益。要与法律做朋友，与犯罪做斗争。我们要知法、懂法、用法，学会利用法律保护自己，才能健康成长，走好人生的每一步！

“谢谢同学们！”

柳韵话音刚落，台下的掌声如潮水一般久久没有停歇。

每一次掌声响起，留给她的都是不一样的感受；每一次获得成功，掌声是最好的礼物；每一次跨上新的阶梯，她也会给自己一阵掌声。生活中处处有掌声，掌声是一种真挚热情的鼓励。

第二天，柳韵按时到法院上班。

“柳法官，副院长找你。”办公室主任走进她的办公室说。

华畅的办公室在法院西侧。进门右侧是一对单人沙发，中间有一个茶几。靠北边的墙边是一排长沙发，前边有一个茶几，茶几上放着茶具。他的办公桌迎门靠西边。南边有个书柜，书柜里摆放着书籍，书柜东边有个门，进去是他的卧室。

华畅中等个子，面部略黑，浓浓的眉毛下边嵌着一对大眼睛，睫毛并不长，但既密又黑，眼睛好像围着云雾一般，朦朦胧胧的，显得深不可测。

他原来是一个乡的通讯员，后来被提拔为乡党委秘书，乡党委书记调到市委组织部担任副部长之后，把他安排到人民法院。他能写会唱，多才多艺。因此，身边也有些粉丝。他的为人就像他的名字一样——华畅（花肠）。

他在办公室嗑瓜子。柳韵轻轻地敲了三下门，走进了他的办公室。

办公室是那样零乱，一切仿佛添上了灰暗的色调。她的目光停在写字台中间的瓜子皮上。不知什么原因，进入法院之后，华畅的一言一行、一举一动，柳韵都看不入眼，心里感到腻歪。

“华副院长，您找我有事吗?”柳韵恭敬地站在办公室门口。

“来，坐下，嗑点儿瓜子。”看到柳韵进门，他那没精打采的眼睛忽然发光了。

“我正在处理一个案件，想尽快安排开庭。”她焦急地望着华畅，急切地等着他说话。

“有一起案件涉及温州，需要调查，我安排你和我一起去，你收拾一下，明天出发。”华畅眼底深处是绝对的肃杀和冷酷，眉眼之中一点儿温度都没有。

“不方便吧。”柳韵矛盾的心情像一条毒蛇，在啮咬她的脏腑，她不安的心向外膨胀，大脑里充满了恐惧，感到这事是那么可怕。

“温州历史悠久，是中国民营经济发展的先发地区与改革开放的前沿阵地。温州旅游景区集山、江、海、湖、岛、泉之大成，自然景观与人文景观交相辉映……”华畅滔滔不绝地介绍。

“去几天啊?”她低下头，摸着西装上的扣子。

“工作、旅游两不误，尽兴就回来。”华畅看到柳韵同意了，摇晃着脑袋，撇着嘴，似笑非笑，一脸的满不在乎与得意。

“那好吧。不过，我需要告诉家人。”看到华畅那副得意忘形、摇头摆尾的样子，柳韵真感到恶心。她想推辞。

汶水河边夜晚的景色真美啊！白玉盘般的月亮挂在天空，倒映在水中，更加明亮，大地铺满了银光。草丛中，蟋蟀在弹琴，青蛙在敲鼓，不知名的小虫子在唱歌，汇成了美妙的大自然交响曲。

柳韵和孟挺松悠闲地在河边走着。

“松松，我感觉不太合适！你说我去不去?”她的眼神无辜得像个孩子，在默默地求助。

“他不是不知道咱俩的关系，去吧!”孟挺松凑近柳韵的脸，睁大了眼珠注视着她的眼睛，仿佛往她心里灌输一种使她无畏的力量。

“我好像有一种恐惧感!”在她浓黑的眉毛下，眼神如青烟一般惆怅……

“兵来将挡，水来土掩。一位堂堂的中国政法大学毕业生，还处理不了这件小事吗?”孟挺松在鼓励她。

“那好吧。世上那么多人，总有人抓到一手烂牌。”柳韵说完了，呆呆地看着汶水河大桥，像是下定决心一样自言自语。

第一次和异性一起坐飞机出差，柳韵的心里忐忑不安。

他们提前到达机场。然而，当他们刚到机场的时候，却突然接到通知，说是温州那边下大雨，飞机无法起飞，12 点的飞机只能改成晚上 7 点起飞。大家有些惊讶，但很快就平静了下来，毕竟是坐飞机，安全自然是最重要的，于是，看书的看书，聊天的聊天。

飞机穿过黑夜，在高空中平稳地向前飞行。上飞机时的喧闹一下子消失了，机舱里安静了下来。渐渐地，大家的脸上露出了疲倦，睡意也悄悄地爬上每个人的眼睛。柳韵一点儿睡意也没有，她也不想和华畅说话。旁边正好有一盏灯，于是，她打开了那本散文集，又一次读起《挥手之间》。这篇散文她不知读了多少遍，每次读，她都会被作者的文字所折服，觉得几十年前的事仿佛就发生在眼前，让人感动不已。那位伟人恐怕是第一次坐飞机吧，他是去重庆谈判，他想到更多的是民族的命运。我呢？好像是去赴鸿门宴，想到这里，她不禁打了一阵寒战。

到达温州时，已经是晚上 9 点。他俩坐上出租车，直奔酒店。

酒店位于商业中心，有着舒适的客房和设备齐全的宴会厅，一到三层可以轻松购物，在 25 楼“空中一号”旋转餐厅，可以一面享用自助餐，一面俯瞰温州城市的景色，也可以品尝纯正的粤菜、特色菜。

华畅在前台约好后，到十层行政楼层看房间。

行政楼层房间采用现代设计，色调和谐，办公配置合理，床垫是进口的，卫生间配备淋浴房和照明化妆刮胡镜，整体优雅舒适。分大床房和双床房，每晚 980 元。

“太贵了，我们的住宿补助费只有 100 元啊！”柳韵说。

“你不要考虑这些！一切由我安排。”华畅很得意。

“那我住九层标准小单人房吧！有卧室和客厅，有免费使用的保险箱、高速宽带网络和两台高清液晶电视，还有免费咖啡、茶和矿泉水，每晚 530 元。你报销 100 元，剩下的我自己出。”

“呵呵！就这样定了，吃饭去。”华畅的眼睛神神秘秘。

“春风得意马蹄疾，一眼看尽温州景。”在 25 楼“空中一号”旋转餐厅，华畅深深呼吸了一下雨后的空气，说了一句。

在旋转餐厅，华畅要了“公主的诱惑”和“藤桥熏鸡”两个菜，还要了六瓶鸡尾酒。

“来，为我们顺利到达温州干杯!”华畅打开两瓶鸡尾酒，递给柳韵一瓶说。

“不！不！我真的不敢喝，稍微有点儿酒精，我就过敏，耽误明天的工作咋办?”柳韵推辞，坚决不喝。

“你不喝我自己喝。”华畅说着咕咚咕咚两瓶鸡尾酒下肚了。

饭后，他们分别回到了自己的房间。

柳韵翻开了韩愈的《御史台上论天旱人饥状》仔细品味。

这篇文章是唐代文学家韩愈于贞元十九年（803 年）上书皇上期望减免百姓赋税的状。文章先是描写严重的灾情，然后将皇帝的仁德与百姓的苦难交织在一起叙写。作者认为造成这一严重情况的原因，是地方官吏横征暴敛。

“一千多年前的御史大夫就知道忧国忧民，可和我一起来的副院长怎么这样铺张浪费呢？两个人一晚上花 1500 多元，是百姓一亩地一年的收入啊!”

柳韵看着镜子中的自己，冲一杯清茶，伫立窗前，凝望着黑夜，灯光和黑夜连成一片，死寂和心伤混在一起，待一缕风过，好似有人用刀切割灵魂般疼痛。

丁零零！房间电话铃响了。

“到我房间来一趟，咱俩商量一下思路和调查提纲!”是华畅的电话。

柳韵脑子里翻转昏旋，耳朵里发着幽灵之音，面前仿佛站着一个如尘烟一般的朦胧鬼影，满屋充满惶惶不安的气氛，好像地球末日就要来临了。

“我已经躺下了，明天一早再说好吗?”柳韵婉转地说。

“还不到10点，过来一下！”华畅催得很坚决。

“那好吧。”柳韵嘴里像含着一个热鸡蛋，说话慢吞吞的。

她对周围的一切都视而不见，一脸茫然地走上了楼梯，来到华畅的房门前，轻轻地敲了三下门。

房门虚掩着。柳韵右手推门，左脚向前跨了一步。

“你来了。”只见华畅穿着一身睡衣，邪恶的脸上带着一抹放荡不羁的笑，声音冷冽，犹如千年寒冰。

“副院长，您穿好衣服，小心感冒！”柳韵说着退了出来。

华畅站在窗前，把解开的睡衣扣子又扣上，望着街道上五光十色的霓虹灯，心里焦急得如热锅上的蚂蚁。他无法平息自己，只有一阵阵徘徊不定的脚步，燃烧的欲火，像快要胀满的一团团热热的气流。烦躁、焦急一起涌上心来，他不停地看表，盯着那慢慢移动的秒针，焦躁不安，急不可耐。

“咚、咚、咚！”柳韵敲了三下门。她的心怦怦直跳，怀里像揣了只蹦来蹦去的小兔子，感觉有个灾难之鸟在空中飞来飞去，随时都有可能砸到她的头上。周围的一切仿佛都要把她吞噬掉，她的头也嗡嗡地响起来，腿也有点儿哆嗦了。

门仍然是虚掩着。柳韵向前走了一步，只觉得像走进了地狱。这时候华畅“咚”的一声关上了门，像脱缰的马一般扑向了她。她被挤到了桌子前。

“副院长，你看墙上趴着个壁虎！”柳韵喊了一声。

在华畅扭头的一瞬间，柳韵用力把他推出一米多远，顺手从桌子上拿起一个水杯，朝着华畅的头上狠狠地扔过去。

“哎呀！哎呀！”华畅双手捂着头龟缩在墙角，只见从他的手指缝里流出了鲜血。

看到这种情况，柳韵惊讶得像头顶炸了个响雷。她不敢相信自己的眼睛。报警，不行！两个人都将被毁掉。不报警，自己受了这么大的侮辱。

“服务员，快请你们医务室医生来一趟，我们副院长喝酒喝多了，不小心摔倒了，把头碰破了！”柳韵边把华畅扶到椅子上，边拨通了服务台电话。她选择了更文明、更有效的办法。

“没事儿，小创伤。”医生包扎完毕就走了。

“对不起，我喝酒喝多了！”华畅“咚”的一声跪在了柳韵的面前。

柳韵连忙把他扶起来。华畅吃力地睁开眼睛，可怜兮兮地望着柳韵，像夏日里一条疲惫的狗，瘫在沙发上。

柳韵转身离开了华畅的房间，面带泪痕回到了自己的房间。她的头过分地迷昏，心脏像落进污水沟似的。她的腿软了，她要回去，要躺在松松的怀抱去痛哭一场。

“柳韵，你是我手中的一块泥巴，只要你不顺从我，我会让你从高空坠落，跌得稀巴烂！”十楼的房间里，华畅把牙齿咬得咯咯响。

突然，一阵大风吹来，一片乌云从天边急涌而来，还伴着一道道闪电、一阵阵雷声，刹那间狂风大作。乌云布满了天空，紧接着豆大的雨点从天空中落下来，打得窗户啪啪直响，一时间雨点连成了线，“哗”的一声，大雨就像天塌了似的铺天盖地从天空中倾泻下来……

第十四章　秀才遇到了大兵

春天来了。汶水河的水好清好清，水草摆动着它们麦绿的腰肢在水中舞蹈。活泼可爱的小鱼儿们也加入了这个“大舞台”，它们有的在“水草迷宫”中钻来钻去，有的三五成群地在一起追逐嬉闹，有的则到处寻食，快乐无比。

汶水河畔的农家小院旧貌换新颜。

建于清代同治年间的饲养棚不见了。一幢具有乡村风情的精致瓦房坐落在院子中央，下方上尖的门厅向北舒展。52 平方米大客厅的窗户南北通透，迎门的洛阳牡丹画露出灿烂的笑容，客厅中央的乒乓球台结交着五湖四海的朋友。

老槐树、石榴树不见了，前院的樱花、桂花、玉兰花，还有前厅两边的竹子郁郁葱葱。

前院东北角那棵椿树，从东边观察像一只凤凰。绿色的“大鸟”翱翔于半空之中，高昂的头颅、挺拔的身躯、炫丽的尾羽、完美的体态，无不彰显着它“鸟中之王”的威仪。

后院百年椿树的叶子由嫩绿变成深绿，从稠密的枝叶缝隙里露出浅黄的小花。这新绿叶子中淡雅的黄花香飘袭人。远远望去，百年椿树像一把大伞高高地竖立着，保护着百年庭院。

庭院掩映在苍翠树木之中。室内室外对称而凸显沉稳，经典而不落时尚，文雅精巧不乏舒适，置身其中恍如远离了都市尘嚣。

更引人瞩目的是高深的院墙被钢制大栅栏所代替，四米多高的不锈钢架从三面把48棵蔷薇树高高举起。

“玉女翠帷薰，香粉开妆面；不是占春迟，羞被群花见；纤手折柔枝，绛雪飞千片。”敦厚与宁静，从容与淡定，洁白与美丽，坚韧与崇高。所有的花儿都争艳去了，只有这蔷薇花姗姗来迟，在院子边默默地绽放自己的美丽。

蔷薇花一簇一簇地盛开着，在层层叠叠的花瓣间，嗡嗡的蜜蜂钻进钻出，美丽的蝴蝶飞来飞去，像是一幅淡淡的水粉画。好一场蝶与花的痴恋，就连回旋的风，都变得十分斑斓。

客厅里，河阳市作家协会的老师们回味着欣赏蔷薇花后的快乐。一场别开生面的即兴赛诗会即将开始。

“大家好！今天我有幸邀请各位来到汶水河畔观赏美丽的蔷薇花。请敞开您的心扉，释放您的激情，品味诗歌带给我们的欢乐，享受文字带给我们的感动。老师们说好不好？”孟挺松说了开场白。

“好！”孟挺松话音刚落，客厅里立即响起热烈的掌声。这掌声如阳光雨露，滋润着每一朵蔷薇花。

“一书红鲤请奴来，天女散花扮福宅；只道疯春弃艳去，满院嫉妒又盈怀。”王灵珊老师轻轻地笑了笑，这首诗像一抹淡淡的霞光从她嘴角飘了出来。

“王老师，好一个红鲤，我早就拜读过您的大作，是您的忠实粉丝，睡梦里经常与您这位美女诗歌大家相思啊，看来您也思念我了。哈哈哈！”孟挺松开始调侃了。

这不经意的一句话，引起了黎菲的不快。她的笑是淡淡的，像轻云一样。

“你们去做梦相思吧，我来一首《汶水钟灵》。哈哈哈！”兴奋和激动如同决了堤的洪水，浩浩荡荡、哗哗啦啦地从何听枫老师的心里倾泻了出来，“那群千年的狐曾辟谷一洞修仙，贪欲大清尘世，不小心碰到了蒲公的书钉，迁怒了狼毫，惊鸿四散。斗转诉说给星移，那群精灵凭着修来的‘悟’调整统一波段，四百年后，又相聚在静静的汶水河畔。本应狂欢在老店坡的狐夜，却倒转乾坤、颠倒日月，落轿在日出东南，白日施法请来了慈颜观音，搬来了王母花园，架一道彩虹，食湘秀山珍，游海市蜃楼，亦梦亦幻亦坦然，墙外画眉校琴音，堂前琵琶碎玉盘……”

“横生变化亦多图，妖幻从来莫过狐。何老师把你们这群美女描写成有爱有情的狐仙了！”摄影家张老师一步跨到乒乓球台前，面向作家们，挥舞着手臂。老师们的注意力都被他吸引住了，睁大眼睛看着他。

“风流才子自古风流，浪荡阔少至今浪荡。你们这群美丽的狐狸精可别缠住我哥哥孟挺松啊！哈哈哈！”在一旁观看的毛雨文抢先一步接着张老师的话调侃。

“老师们都看到‘光荣之家’的牌子了吧？从这里走出的每个人都是志向高远、清风满袖。孟挺松是我的好朋友，他可是坐怀不乱的真君子，他的心不好打动。呵呵！”村支部委员李秋寒说话了，在嘴角带着满足、喜悦的微笑。

“我们高攀不了孟挺松，缘分让我们和他相遇。我来一首《相遇》吧！”候如彤老师站了起来，似乎早有准备，“五百年的回眸，就为今生不经意间的相遇，汶水阁下，相对无语，轻弹一曲高山流水，伴你妩媚，雪白、浅紫、柔粉，你就像一幅脱俗的宋画，慢慢渲染，墨洒纤尘。”候老师微笑着，她那闪耀着青春光芒的笑容，像一朵在夏雨之后悄然展开的睡莲，含着晶莹的露珠，靓丽而优雅。

“红鲤、狐狸精、相遇都与爱情有关?”黎菲坐在一旁默默地听着。在她的心里潜伏着一个深渊，她多想扔下巨石让深渊里发出声音；在她的心里有一面墙，推开就能看见天堂，但她不敢去推，因为孟挺松身边有德才兼备的柳韵。

黎菲在与滥用职权的行为搏斗时无所畏惧。她是那样潇洒，那样自信，就像前厅两边挺拔、秀丽的翠竹，亭亭玉立，婀娜多姿，凌霜傲雨，清丽俊逸。孟挺松两眼注视着黎菲，出神似的凝想着……

“今天，黎菲姑娘就在我们面前，请蔷薇花的主人为她献上一首诗歌好吗?”田芷云老师从座位上站起来，好似象牙雕成的、洁白无瑕的右手伸在了孟挺松面前，一双像秋日天空一样明澈的眼睛直瞧着孟挺松的脸。

“谢谢田老师！谢谢各位老师!”孟挺松恭敬、胸有成竹地站了起来。他看了一眼含情脉脉的黎菲。

“黎菲，你从九皋山走过，鹤鸣峡哺育了你不屈的性格；你从曲水河走来，为文公家乡增添了光彩。面对城市管理的恶魔，你愿做飞蛾去扑火，奉献人间一束光。1100家被拆迁户1000家屈服于城管的淫威，只有顶点造型为100家驱赶走了螳螂。先天下之忧而忧，后天下之乐而乐，范仲淹高尚的思想道德情操在你身上永存!”

他的声音有温度，诗歌内容有情感、有故事。听着让人着迷，每分每秒都想向他的声音靠近。

“不愧是广播员出身!”在场的作家老师们不约而同脱口而出。

“孟老师。”黎菲走到孟挺松面前，绝美的脸庞显露出一丝难为情。

“又是城管的事吧?”孟挺松预感到了什么，他的眼睛在眉毛下面炯炯发光，正像荆棘丛中的一堆火。

黎菲点点头。看到孟挺松的眼睛，她觉得有了靠山，焦急的心突然平静了，心中堵着的沉甸甸的东西，仿佛给取出来了。

“各位老师，城管局的光头带着一帮协管员又来骚扰发廊了，我和黎菲要立即前往处理!”孟挺松的模样活像一只愤怒的随时准备扑上去咬人的美洲豹。

“孟老师，我们一起去吧，现场采采风。”王灵珊老师说着就站了起来。

“呵呵，这叫吃香喝辣。刚闻了蔷薇花的芳香，再尝尝城管局的辣椒!”何听枫老师“嘿嘿”一笑，表情是那样滑稽，又是那样神秘，他拿起摄像机首先走出了客厅。

4 月 27 日，春天已经步入了末期。渐渐地，不像春天，只消两场春雨，便将百花摧残，将春天打得半身不遂。春天太脆弱了，匆匆地带走了古今多少眼泪和悲悯?

黎菲的奥迪轿车在前面带路，王灵珊等老师的两辆车紧跟在后面，沿着柏君大道风驰电掣地向城里驶去。

孟挺松在黎菲的副驾驶位置静悄悄地坐着。路旁一片桃树林吸引了他的目光，看着它们，孟挺松不禁有些伤感。它们本该像美丽的姑娘一样昂首挺胸地怒放，可无情的季节，非要让它们支离破碎，让它们本就瘦弱的身体痛苦不堪。他对黎菲产生了无限的同情。

15 分钟，12.5 公里的路程，三辆汽车就飞驰到城里，停到了文化广场东门。

作家们先后下了汽车，跟在黎菲后边往发廊走去。

顶点造型发廊门口的台阶下南北横停着一辆城管的厢式货车。货车驾驶室顶上放着一排警报器和高音喇叭。

由于发廊前面就是繁华的长乐路，各类车辆川流不息，有风驰电掣的小轿车，有疾速飞奔的摩托车，有轻捷方便的电动车，还有悠然自得的自行车，路上人流如潮。

人们看到城管的汽车堵着门播放高音喇叭，就三个一伙儿五个一群地停在了路边看热闹，把便道堵得水泄不通。人们都知道城管中的极个别人无法无天，胡作非为，但是发廊里发生了什么事，大家搞不清。

高音喇叭里反复播放着："停车要规范，停在停车线内；车头停放一致，一律车头向外；车身两侧确保留有足够供人上下的空间；严禁车辆停人行道，严禁堵塞、占用停车场行车通道。"

"他们的车这样停在店门口，不影响三包，不影响市容吗？知法犯法，不是一帮好家伙！"人们在议论着。

城管大队长站在发廊的台阶上，葫芦瓢一般的光头，在阳光下闪闪发亮。

看到这么多人在围着看，他要表演一番，让全河阳人都认识他。他双手叉在腰间，那双充血且浑浊的眼睛，像死人般停滞不动，谁看到这双眼睛就会不自觉地和他保持一段距离。

"我说城管同志，你们又堵门又放高音喇叭，路可以绕着走，可高音喇叭这样放着，我们真受不了！"中央花园的门卫大叔拨开人群，挤到光头面前说。

"上次你不是去环保局、公安局告状了吗？胆子不小！"他瞪了门卫大叔一眼，眼神让人不寒而栗。

"求你们把喇叭关了吧，我们在店里做不成生意！"发廊右侧经营电脑配件的业主也来了。

"这样吧，我们是人民的城管，要虚心听取群众建议。协管员，把喇叭关上，我来做城市文明宣传！"光头下了命令。

"老乡们，大家看到了吗？顶点造型是违章建筑。这是市长交代的，必须拆除。可是我们下达通知书之后，他们置之不理。所以，要给他们点儿颜色看看！"他怒不可遏地吼叫着，像地狱的恶鬼咆哮。

正说着，作家们挤到了他的面前。随行的摄像机"咔嚓咔嚓"闪起光亮。

"请问队长同志，是哪位市长交代你们顶点造型是违章建筑？"王灵珊老师首先发问。

“这是个人隐私，我不作回答！”光头玩起了外交辞令。

“请问队长同志，你们采取堵门、放高音喇叭逼着拆除，是哪位市长交代的？”何听枫老师进一步发问。

“你回去学学法律吧！顶点造型软磨硬抗、拒不拆除，只有这种方法才能保护国家利益，堵门、放喇叭宣传叫正当防卫！”光头挺胸抬头，嘴角上翘，手舞足蹈，格外得意。

“哎呀，咱真不懂法，堵门、放喇叭叫正当防卫，怪不得城管这样硬。赶快拆了吧！”看热闹的老百姓在一旁窃窃私语。

“听他胡说八道，哪有这样的正当防卫！根据《刑法》规定，为使国家、公共利益、本人或者他人的人身、财产和其他权利免受正在进行中的不法侵害，而采取的制止不法侵害的行为，对不法侵害人造成损害的，属于正当防卫，不负刑事责任。”站在一旁的范凌文律师微笑着和大家解释。

“这个光头，手电筒光照别人不照自己，原来他在忽悠大家！”“选择这样的人来做行政执法工作，把政府形象都丢完了。”“你看他耀武扬威，往枯井里扔死孩子，不知道丢人深浅！”周围的百姓议论纷纷，给光头以鄙夷的目光。

“野队长，您今天找我有什么新的指示？”黎菲走到了光头面前，她的眼睛里透出与众不同的平静与坚定。

“给你一份告知书，顺便找你做城管调查！”光头让协管员拿出了告知书。

“您不是给过一份告知书了吗？”黎菲有点儿不解。

“这是行政决定，给你你就接。签字！”光头没有解释的意思。

“野队长，请您把车开过去，到屋里签字吧。”孟挺松走了过来，顺手交给光头一份授权委托书。

“她承认自行拆除了，我们把车开过去；如果不承认拆除，我每天来堵她的门！”光头威胁道。

“你堵着门她就不签字、不接受调查，你随便吧！”孟挺松的语气更加坚定。

光头知道孟挺松是质量技术监督局的稽查队长，刚刚通过法律职业资格考试，人称“虎将”，不好惹。

“看咱俩是同行的面子上，放她一马！”光头让协管员把车开到了一边。

“有行政执法证的进屋，没有行政执法证的请退出现场！”孟挺松站在金碧辉煌的发廊台阶上朝着十几个城管协管员大喝一声。他右手一挥，动作威严而有杀气，眼光犀利，让人敬畏。十几个协管员一扫在柏君大道的威风，不情愿地退到屋外。

接着，孟挺松请河阳作家协会的老师们进屋坐在了金黄色圆柱中间的长条凳子上。

“请出示你的行政执法证。”孟挺松对光头说。他的狠劲自然地流露出来，带着一种冷睨天下的张扬气势。

“今天我没带！”光头不情愿地说。

“去取！再来一位行政执法人员，不然你们统统退出执法现场！”孟挺松更加严厉。

光头拿起电话呼喊着，一会儿一位姓丁的城管员拿着两个行政执法证来到发廊。

“请出示行政执法证经过年审的证明。”孟挺松又说道。

“你的身份证也需要年审吗?”姓丁的城管员反问一句。

“是啊！没听说过身份证也要年审啊！”现场的人惊呆了。

“这位姓丁的也是在胡说八道！《省行政执法条例实施办法》规定，行政执法证由县级以上人民政府法制机构分级进行年度审验。”范凌文律师向作家老师们做了解释。

“《居民身份证法》规定：十六周岁以上公民的居民身份证的有效期为十年、二十年、长期。十六周岁至二十五周岁的，发给有效期十年的居民身份证；二十六周岁至四十五周岁的，发给有效期二十年的居民身份证；四十六周岁以上的，发给长期有效的居民身份证。没有一年一审的规定。”在现场的退休法官张语海进一步做了解释。

“白痴、法盲！”孟挺松看到这两位城管执法人员，怒不可遏，拿起手机对着光头录起像来。

“啪”的一声，光头把孟挺松的手机打落在地上。

“啪！”孟挺松给光头一个有力的回击。

“你赔我！”看到手机屏幕坏了，光头吆喝着要赔。

“我警告你，野恨天！你今年年审考试不及格，根据《省行政执法条例实施办法》规定，你没有资格来到执法现场。对于你的违法行为还要追究你们领导的责任，你的手机坏了应由你们单位赔偿！”孟挺松义正词严地给光头上课。

“你不仅仅是妨碍公务，还影响了我市文明建设，我要告你！”光头面向孟挺松举起了拳头，他想报复，但是看到现场作家、律师、退休法官犀利的目光，他就把拳头收回去了。

“走！”光头和姓丁的所谓的城管执法人员带着一帮城管协管员离开了现场。

质量技术监督局三楼办公室里，新上任的侯冷之局长在考虑稽查队长的人选。虽然因为假饮料事件，孟挺松被暂停工作，但是他清正廉洁、无私无畏、有勇有谋懂法律，让他担任稽查队长最合适。

“侯局长吗？你们局的孟大队长怎么把城管大队长的手机打坏了，人家告到我们这里了，要追究他毁坏公私财物的法律责任。”公安局长的电话打来了。

“侯局长吗？你们局里的孟大队长在长乐路顶点造型发廊阻碍城管执法，你们要管管啊！”市政府办公室的电话打来了。

侯局长的脸一下子拉了下来，像刷了层糨糊般地紧绷着。他心里像有七八十个辘轳在旋转，和颜悦色的面孔一下子变得十分严肃，简直像生铁铸成的。他背着手，低着头，在办公室转来转去，那神情好像在思索全人类的前途和命运。

"山雨欲来风满楼，孟挺松的职位不好定了。唉！这个犟脾气怎么就改不掉！"侯局长左右为难。

他拨通了孟挺松的电话。

孟挺松驾驶的汽车憋足劲儿在北环路上奔驰，一会儿就到了质量技术监督局门口。

"嘀、嘀、嘀！嘀、嘀、嘀！"连着按喇叭，门卫好像没听到似的。

"张主任说了，外来车辆不准进入。你的车要进入必须到办公室登记。"门卫把玻璃窗推开个小口，看到是孟挺松就是不开门。

孟挺松暂时没有上班，现在竟成了外人。今天他是奉局长召唤而来，办公室主任张规子是他以前带的兵，门卫又不是没见过，怎么会出现这种情况？但是他为这件事不愿意给他们打电话。

"你听着，质量技术监督局大楼的每一块瓷砖都有我孟挺松的汗水，包括你现在的值班室，竟敢把我挡在大门之外！"孟挺松的血液中奔涌的是怒不可遏，这声音像沉雷一样滚动着，传得很远很远。

"师傅，这是我们局原来的稽查队长，请让他的车进去吧！"原来质检所的同事韩元彤赶来对门卫说了一句，然后告诉孟挺松，"以后谁敢拦你，你就把车堵在大门口。"韩元彤非常了解办公室主任的为人。

孟挺松把车放好，然后上楼，走到二楼，碰到张规子。

"我的车还需要登记吗？"他瞥了张规子一眼。

"公事公办！"张规子傲慢地吐出四个字。

这位张规子是凭着他岳父的关系调进质检所的。刚进所时，有人提醒过孟挺松，这个人需要你的时候会阿谀奉承，没事的时候就把你扔到一边。孟挺松当时还不相信，对他特别关照。张规子的摩托车坏了，孟挺松背着其他同志将车修好报销；逢年过节，给他的奖励总是多些。但是当孟挺松停止工作之后，他一改常态，对孟挺松冷眼相看。有一次孟挺松上四楼打乒乓球，他竟然把四楼门锁换掉。更为不讲人情的是在一次早晨点名时，不顾领导照顾孟挺松休息的情况，不顾他自己搞特殊不签到的事实，蛮横地说："不管你有多大功劳，上班必须签到。"孟挺松走到办公室门口，把公布没签到名单的黑板摘下来，朝着中间狠狠一脚，把黑板踩碎，吓得张规子再也不敢不签到了。就这样，他记恨住了孟挺松。

孟挺松没搭理他，直接上了三楼局长办公室。

"你这下捅了老虎屁股了。野恨天的叔叔是财政局局长，掌握着全市的财政大权。他们到处活动，说什么你涉嫌毁坏公私财物罪、妨碍公务罪，够得上吗?"侯局长愤愤不平。

"一是妨碍公务罪不成立。极少数国家机关工作人员，在执行公务过程中滥用职权，发生了抵制，只要没有威胁性语言和类似暴力的推搡、拉扯行为，都构不上这个罪名。二是故意毁坏公私财物罪不成立。涉嫌故意造成公私财物损失五千元以上的行为，该罪名才成立。一个手机屏构成犯罪是不可能的，况且是他首先把我的手机打落在地，周围百姓都有录像。"孟挺松胸有成竹地解释着。

"他们要求把你调离执法岗位，去计量所定称。"侯局长盯着壁画看了几眼，好像是在稳定情绪，然后他转过身，抛给孟挺松一个深邃的眼神，他要看看孟挺松的反应。

"欲加之罪，何患无辞。天无绝人之路！我决不放过城市管理中滥用职权的行为!"孟挺松的呼吸平静而冷漠，握紧的拳头将要幻化成伤口，他的唇角形成一抹淡淡的笑意，眼神决绝而顽强，他的目光远远地飞翔而去，直达那残阳如血的云海尽头，他再清楚不过自己所追求的是什么。

"我等着去计量所报到的通知!"说完，孟挺松走到侯局长面前，两双手紧紧地握在一起。

侯局长陪着孟挺松走到楼下，深情地目送他的汽车缓缓驶出大门。那留恋的眼神，难道不是期待他归来的航灯吗？

汽车在汶水河大桥桥头停下。孟挺松沿着沟坡下到汶水河边。

一阵微风吹过，镜子一般的水面波动起来。鱼儿成群结队地游到水面，鼓着鳃呼吸着新鲜空气。偶尔也有跃出水面的鱼儿，翻个身又落入水中，激起一圈圈波纹，使水中的倒影晃成一片。

“空气太沉闷了，我也要跳起来！”孟挺松看着鱼儿的雀跃，联想到自己的遭遇，深深感到理想与现实相差太远了。

“当你遭遇严重打击，甚至身败名裂的时候，不必看你周围的人，因为那些眼光里有嘲笑、有辱骂，只会对你造成更大的伤害。但也别停下脚步，因为四周的人会借机一拥而上修理你。你只需盯着眼前的路，朝你心中的山头勇往直前。渐渐地，骂你的人被你抛在身后，当你从高处俯视他们，那些鄙视的眼神就成了仰望。”

柳韵的话随着微风在他的耳边轻轻飘荡。

第十五章　花儿凋零

汶水河的水绿绿的，一年四季都在静静流淌着，好像一个文静的小姑娘。一阵微风吹过，不时泛起一阵阵细小的波纹。鱼儿们摆动着双手，与同伴们嬉戏玩闹着。它们亲吻着水面，那双充满好奇的眼睛仿佛想看看陆地上的世界。它们在蒲草下乘凉，在听蜻蜓讲故事，在与舞伴们踏着轻快的舞步……

孟挺松和柳韵五一放假期间在河边散步。

看到水中相依相恋的鱼儿，柳韵想到了温州出差的那一幕。她要避开华畅，将那一幕永远埋在心底，更不想告诉孟挺松和其他人。

“松松，你看看这个。”柳韵拿出手机，翻开一条信息。

亲爱的同学：

山海可以阻隔彼此，却阻隔不了我们的思念；距离可以拉开你我，却拉不开真挚的情谊；时间可以淡忘过去，却忘不了永远的朋友。5 月 2 日，中国政法大学的同学相约母校，期待我们再度重逢！

法学院同学聚会筹备委员会

“青青水中蒲，下有一双鱼。君今上陇去，我在与谁居？”看完柳韵的同学聚会通知书，孟挺松顺口咏出了韩愈的一首爱情诗，舍不得柳韵离去，因为就几天假期啊！

“青青水中蒲，长在水中居。寄语浮萍草，相随我不如。”柳韵随即对上了下两句，“你在部队的几年，我们不也是这样过的吗？同学聚会几天工夫，你就承受不了了？”

“韵韵，说实话，有时候，你的一句话可以让我回味几天。有时候，你的一句话也可以让我失望几天。这就是在乎。感情，其实没什么，只是对你奋不顾身而已。爱一个人久了，心会醉。恨一个人久了，心会碎。牵挂一个人久了，心会累。我一天也舍不得你离开！”

说着，孟挺松悄悄地伸出手臂，把柳韵搂进自己怀里，低头看着她，眼睛亮得恍若夜空中闪烁着的星辰。

“我想亲你。”孟挺松不知道柳韵在温州受的委屈，他温暖的目光如钟，似塔，像秋水。

柳韵顿觉脸上一阵燥热，心脏不可抑制地狂跳起来，想逃开却发现自己早已被他牢牢抱住，还没开口，温热的唇已经贴了上来。

这是青梅竹马的恋人第一次接吻。当嘴唇碰到一起时，像棉花糖一样柔软，更像巧克力那样在嘴里慢慢地融化。柳韵没有拒绝，只是一动不动，脸上不知是惭愧还是冷漠。

孟挺松浅浅地轻轻地吻着柳韵的唇，天空瞬间变成他们两个人的乐园！

北京五月的天空，像是一个最温柔的笑，既没有刚入春时的料峭之寒，也没有盛夏时的浮躁慵懒。天空沉静，草木欣然。

5 月 1 日，柳韵和同学们来到了中国政法大学附近的一家酒店。5 月 2 日中午 12 点，在酒店一楼集体用餐。

华丽的水晶灯投下淡淡的光，使整个餐厅显得优雅而静谧。柔和的萨克斯曲充溢着整个餐厅，如一股无形的烟雾在蔓延着；栀子花、绣球花、茉莉花散发出阵阵幽香，使大家的心情格外平静；雍容大雅的同学们，不时地小声说笑。

聚会由柳韵宣读开场白。她今天穿着黑色西装，里面穿着白衬衫，红色的领带十分夺目。领口微敞，露出一小截漂亮的锁骨。

一阵热烈的掌声响起来。兴奋和激动如同决了堤的洪水，浩浩荡荡、哗哗啦啦地从柳韵的心里倾泻了出来："同学们，大家好！迎着五月的阳光，沐浴着五月的和风，倾听着五月的春雨，重温同窗时的真挚友谊，共忆埋藏在心底的美好记忆。让我们在热烈的碰杯中，祝福美好的明天！"

欢乐的午餐在《朋友》、《友谊地久天长》、《同桌的你》等校园歌曲中开始了。

今天的餐桌上摆放着清一色的桑干红葡萄酒。大盘的美味佳肴摆上了桌子。柳韵和原团委书记等学生干部端起红葡萄酒，走到每一个餐桌旁向同学们祝福。

转了一圈后，柳韵和学生干部们回到了自己的座位。

"身后堆金拄北斗，不如生前一樽酒。我代表同学们敬你一杯。"法学院团委书记笑着向柳韵举起了酒杯。

柳韵的目光在团委书记的脸上转了转，有点儿犹豫不决，似乎在寻找什么答案。她知道，只要这杯酒下肚，接二连三的敬酒就不会断了。

"关于红酒，还有一个优美动人的故事。在古代波斯，有一个失宠的妃子欲寻短见，她把发酵的葡萄汁误当作毒药喝了下去，结果人并没有死去，反而变得更加美艳动人，这美妙的结局使得妃子再度受到恩宠。柳主席喝下这杯红酒，你的那位就更宠你了！呵呵！”团委书记说完，发出朗朗的笑声。

团委书记提起的那位，柳韵当然知道是指孟挺松。她没有拒绝，只见她面带笑容端着酒杯，微微仰头，一饮而尽，然后向大家致意。

“激动的心，颤抖的手，我给领导倒杯酒，领导不喝就是嫌我丑。”活化石张铭奎走到柳韵面前向她敬酒。

松松啊！你在哪里？我是多么不想应付这种场面！你快来啊！柳韵想起了孟挺松。

柳韵一会儿想往前走，一会儿想往后退；一会人充满了兴奋，一会儿充满了恐惧。她不想再喝了。

“享受尊贵人生，从一杯至醇的红酒开始，柳法官，我先干为敬！”同一寝室的孙静怡说话的同时一饮而尽。

“推手遽止之，湿衣泪滂滂。”柳韵说出了韩愈的两句诗，不想再喝。

“我来替你喝！”只见华畅西装革履地出现在了他们面前，他那微黑的脸上透露着一种严肃，又不缺乏和蔼的表情，显得非常自信。

“你，华副院长？”柳韵一脸疑虑，她那两道细细的眉毛一下子惊讶地跳起来，大眼睛跟着鼓起来，瞪成了两个大圆圈，一张小嘴张得大大的，像中了定身法一样站在那里。

“他乡遇故知了！来！咱们共同举杯！”孙静怡再次举起了酒杯。

华畅也举起了酒杯。他环顾了一下四周，双眼射出寒光，嘴角闪出一丝不让人察觉的微笑，没有人看见他那隐藏在眼底的杀意。

“那好吧！咱们一起举杯！”柳韵真不想喝了，尤其是华畅出现后。她想：生命中有许多你不想做却不能不做的事，这就是委屈；生命中有许多你想做却不能做的事，这就是命运。在这种情况下，只得喝了。

柳韵闭上眼睛一口气喝了下去，她想把这一切统统抛给黑夜，期待明天有个最精彩的自己。她万万没想到华畅为她设置了新的陷阱，她第二次摔了进去。

“华副院长，你怎么来了？”柳韵不解地问。

“你执笔的一篇法律论文计划在《人民法院报》上发表，我请中央党校的王教授给我过目，王教授趁着五一假期让我来了，你参加最好不过了！”华畅的眼光像酒醉似的旋转又旋转。

“我们聚会还没有结束呢。”柳韵的眼光怯怯的，活像受到惊吓的小田鼠。

“就今天下午，不耽误你明天的活动。”华畅的眼神锐利，有些瘆人。

柳韵眼睛一瞥，不说一句话。

“走吧！车在外边。”华畅看着柳韵，来回踱步打转转，急得像热锅上的蚂蚁。

“那好吧。”柳韵很无奈，也许这是她人生中最后悔的决定。

汽车奔驰近一个小时，到达离中央党校不远的一家酒店。

“怎么来这里了？”柳韵的眼睛里流露出怯懦、推拒的神色。

“这里离中央党校一公里的路程。王教授下午 4 点见咱们，先在这里休息一会儿。”华畅满不在乎地说了一句，目光在柳韵身上打转。

这是一个浓缩版五星级酒店。豪华的家庭房间里放着一张 1.2 米宽的小床和一张 1.8 米宽的大床。床的左边黄色圆形茶几上放着各种饮料和茶具，一个椭圆形的座椅和一个浅绿色四人沙发围在茶几旁，遮光自动窗帘严严实实地把太阳挡在窗外。

柳韵坐在了椭圆形的座椅上。

一会儿，她感到头晕目眩。往常那双灵动的眼睛此时也迷离缥缈，似一潭深不可见的泉水，让人看不透。白皙的脸颊微微染上红晕，原本整整齐齐的发丝也零零散散地飘落，褪去了原先一尘不染的气质。

华畅走到座椅旁，痴情地看着柳韵。柳韵的胸部随着粗重的呼吸上下起伏着，浅浅的乳沟让华畅一下子深深地陷了进去，一股股微香带甜的气息几乎可以扑到他的脸上。华畅猛地来一个公主抱，把柳韵抱到大床上。

华畅试探性地叫了一声："嘿，柳韵。你没事吧?"

柳韵却只是嘟哝了一声，依然闭着眼睛。

华畅大着胆子小心翼翼地脱去柳韵的西装，缓缓取下领带。她白衣置体，修长的玉颈下，一片酥胸如凝脂白玉，遮羞的内裤被扯了下来……

房间里异常安静，空气凝结，视乎在等待着被打碎一般。柳韵睡得那么柔美，她的身材玲珑有致，娇小可人。她素净的脸白里透红，皮肤细腻得像个出生的婴儿，原本充满灵性的双眼此时闭合着，又翘又长的睫毛微微颤动。

"你不总是躲着我吗？今天你跑不掉了!"华畅的眼睛锁定在柳韵的"高地"，射出狠辣的光芒，嘴角扯出一丝残忍的弧度，他像饿狼一样朝柳韵扑去……

"没想到还是个处女，真是便宜我了。柳韵，你让我感受到了这人世间的销魂，你待我不错啊!"华畅露出了得意而狰狞的笑容。

突然，一道闪电，天空被撕裂了，一片惨白，紧接着是一串闷雷，闷雷过后，铜钱大的雨点，铺天盖地似的洒下来。

柳韵被惊醒了。她感觉身体如羽毛般飘荡在空中，她看看熟悉得不能再熟悉的身体已是狼藉不堪，细美大腿上的猩红血液，把床单染湿一大片。

她知道发生了什么，她对不起孟挺松啊!

"滚开，滚……"柳韵大声地喊着。

"咚"的一声，华畅跪在了地板上。"我错了，柳韵。"他说着“啪！啪！啪！”打起了自己的耳光。

“柳韵，从看到你的那一刻起，我的心就告诉我你是我今生等待的人。爱你一万年，是我的追求；恋你一千年，是我的渴望；吻你一次，则是我一生中最快乐的时光。答应我，嫁给我吧！你不答应，我就不起来了！”华畅的眼睛里闪着泪花。

柳韵细软的脖颈歪向一旁，露出一张清丽的面孔。她眉头紧锁，嘴唇紧紧地抿着，面色苍白到近乎透明，眼眶微微泛青，但身体依然温热，她浅浅地呼吸着。

清晨，微弱的光线将明亮洒进屋里。如同一只受伤的小鸟把恨揣入心底，她梳理了一下自己的羽毛，忍受着剧痛飞回了汶水河边。

汶水河，好像一个熟睡的老人，听到柳韵和孟挺松的脚步声睁了睁眼睛，然后又闭上了，沉重的眼皮合拢得更紧了。

“韵韵，你怎么了？”孟挺松的眼睛里满是温暖。

“我们分手吧！”柳韵猛地转过身，背对着孟挺松，冷不丁说了一句。她的眼角带着泪痕，眼神里藏着忧伤，眼光也没有先前那样精神了。

“为什么？为什么？”孟挺松一把扭过柳韵的身体，眉头紧蹙，视线聚焦在柳韵的脸上。

“松松，有你真好！我非常珍惜咱俩在一起的美好时光。和你在一起使我懂了很多，谢谢！我过去可能做过很多错事，惹你不开心，在这里向你道歉！以后要照顾好自己，早上起来注意先喝一杯温开水；晚上千万不要再熬夜；你吃鸡蛋不节制，会增加胆固醇的；我给你做了你最爱吃的红烧肉送到了你家，放在小餐厅；和朋友在一起就餐时注意点儿，不要让衣服沾上油污；我早就给你准备了一套西服，放在你车子的副驾驶位置上。今后在生活上我们可能不会有任何的交集，可你毕竟是我深爱的恋人，所以我真心希望你以后过得更好！真的！”

柳韵的眼泪一粒一粒地从眼眶里掉落出来，她不愿擦干，很快，前襟湿润了一片。

“你胡说什么？怎么从北京聚会回来变成这样了？”孟挺松一头雾水，张着口怔怔地站着，直挺挺地看着柳韵。

“华畅追到北京欺负了我。我本想离开这个世界，但是又舍不得年迈的父母，更不能让你忍受这种羞辱！”柳韵的眼光射向四处，像无助的孩子那样寻求着母亲的慈爱。

“这个王八蛋，竟敢欺负到我的头上！”孟挺松立刻瞪起眼睛，双眉拧成疙瘩，眉毛一根根竖起来。他的脸憋得通红，他的右手紧紧握着拳头，指关节微微发白，就连胳膊上的青筋都看得清清楚楚，显然是着急了。

柳韵没有再说什么，她目不斜视地离开了汶水河畔……

山雨欲来风满楼，雨点未到风先至。雷声突然响起，一声咆哮，惊天动地！大雨毫不迟疑地落地，激起了一串串水花。

孟挺松呆呆地站在汶水河畔，毫无理智地嘶喊，希望喊回柳韵——陪伴自己一生的依靠！

“我再也不敢奢求什么了。我还能够说些什么？我还能够做些什么？我好希望你会听见，因为爱你我离开了你……”回家的路上，柳韵无能为力地走着，她哭了。

“柳韵，你是受害者，我不嫌弃你啊！你为什么要舍我而去？你走了，带着对我全部的爱走了，我忍着眼泪看着你的背影，好想最后再抱你一次，好想再对你说一次‘我爱你’！”孟挺松停止了呐喊，湿淋淋地站在汶水河边，静静地望着远去的柳韵，人影越来越小，视线越来越模糊……

第十六章　暴风雨中的诀别

今天是孟挺松到计量所报到的日子。

东方，太阳一点点地出来，它已经露出了眼睛，这是神奇的眼睛。目光扫射之处，楼房树木仿佛铺上了一层金沙。太阳不停往上升，最后露出像红鸡蛋似的全身。颜色红得可爱，刹那间光彩夺目。孟挺松站在庭院前厅，抬头看着天空，看着看着，天空似乎离他很近了，仿佛伸手就会触到云的清凉。

他抬头看看碧绿的蔷薇花。蔷薇花凋零了。虽然它不能和月季一样，月月飘香，但是它仍然是花中君子，满身长着针刺，时时刻刻用这样的铠甲捍卫着自己的尊严，彰显着自己的品格，使觊觎者对它望而生畏。

“松松哥！走吧，上班去！”黎菲站到了他的面前。她那一双晶亮的眸子，明净清澈，眼睛弯得像月牙儿一样，仿佛那灵韵也溢了出来。她的身后停着她心爱的奥迪轿车。

“你怎么来了？”孟挺松像在梦中被惊醒似的，目光仿佛刚从遥远的地方摸索回来。

“是柳姐让我来的！她不让你开车，怕你心事重重，路上开车容易出事。”黎菲的声音很平静，平静得没有一丝声线的颤抖。她是在安慰孟挺松。

“那就走吧。”孟挺松看着黎菲如此温柔的脸庞，一股爱流涌上心房。

黑色的奥迪轿车启动了。黎菲开着车目不转睛地注视着远方，欲言又止，右嘴角绽出的那个小酒窝，像花一样美丽。孟挺松坐在副驾驶位置上不说话，面对有着大爱心肠的小姑娘，他不知道说什么。

河阳市静一大街，街道两旁商店林立，那一个个精心布置的橱窗就像一幅幅美丽的图画展现在人们面前。

计量所是质量技术监督局的下属单位，坐落在静一大街中段。在这里，孟挺松曾无数次做过不愿到这里工作的同志的思想工作；在这里，孟挺松曾多次考察所领导的业绩；在这里，孟挺松曾无数次给职工讲授法律知识。可是，今天他要成为这里的员工。

“到了，松松哥，下车吧。”黎菲唤醒了沉思中的孟挺松。她的眼里充满了泪水，像掉线的珠子往下跌落。

“妹妹，你流泪的表情也好看。呵呵，放心吧！”孟挺松散发出一种威震天下的王者之气。

黎菲深情地看了看孟挺松镇静自若的表情，擦去了眼泪，恋恋不舍地上了轿车。

奥迪轿车又一次启动了，拐过弯150米就是顶点造型发廊。孟挺松目送着小轿车前行拐弯，然后大步走向了计量所。

“孟队长，欢迎您！”计量所所长迎了上来。他的眼神里充满同情和信任。

“不敢这样称呼，喊我老孟就行了。”孟挺松眼里有闪闪的亮光，刹那间，他扬起一抹明媚的微笑。

“这里的工作你很清楚。有刨杆、包头、安装、钻眼、定星、打磨、冲洗、上光验收八道程序。”计量所所长如数家珍。

孟挺松认真地听着，等着所长分配工作。

“不过，你的任务是协助我工作，不必去车间。这里我说了算。”计量所长眼光里充满了愤世嫉俗。

“那可不行，我不能连累你！”孟挺松的目光坚定。

“全局都知道你受了委屈，我咋忍心让他们欺负你。不过，去车间做做样子也可以。你任意选择，权当你来体验生活。呵呵。”计量所长顺从了。

孟挺松穿上工作服，走进了做秤车间。车间里刨杆、打磨的磨擦声，包头、安装、钻眼、定星的敲打声与冲洗的流水声汇成一片。在这混杂的响声里还夹杂着石灰、硫酸的气味。

“孟队长，你坐那里看看就行了，这里不好待。”定秤师傅郝坚劝说着。

“不行，我要当一名好徒弟。”说着孟挺松就拿起了锤子，他选择了技术含量不是太高的包头活儿。

“当、当、当！”孟挺松敲打起来。

“哎呀！”他一不小心，锤子敲到了指头上，鲜血一下子冒了出来。

听到孟挺松的喊声，郝师傅立即停下手中的活儿，用手使劲捏住他的伤口，然后启动汽车，一起到诊所进行包扎后又回到了办公室。

孟挺松躺在办公室的长沙发上，静静地凝望着天花板。

“我在现实面前不得不把爱情降低到了曾经拥有，难道天长地久的爱情已经成了遥不可及的梦？你知道那种思念到极致的感觉吗？”他想起了柳韵。

“思念一个人的滋味，就像是喝了一杯冰冷的水，然后一滴一滴地凝成热泪。曾经每天早晚都给她发问候信息，曾经不止一次从梦中惊醒，可是打开手机看看什么也没有，难道思念入骨髓的爱，连梦境都不给我了吗？

“我想你了，可我……真的不敢对你说，我知道你倔强的个性，怕说了对你也是一种折磨，可我爱你爱得发疯，你就这样将我一甩而过？我不能这样去纵容你！如果你回到我的身边，我会百般包容你，想你所想，爱你所爱，为你我会放弃我的一切，因为你就是我的全部。

“不行，我要见她，也许错过了，就永远没有机会重来……”

孟挺松几乎失去了理智，忘记了疼痛。他，要去找他的韵韵，在他心里至高无上、雍容华贵的女神，哪怕一辈子拜倒在她的石榴裙下也心甘情愿！

秋日的阳光，和颜悦色，弥勒佛般笑着，俏皮时眨两下眼睛，将金光忽闪着拂过长乐路上的洋槐、野桃树和黄杨，然后羞涩地躲藏到浮云背后。

下班的时间到了。审判员、书记员先后走出了法院的大门。

“松松哥哥，离开你我很寂寞，但是我不在乎。你若安好，便是晴天！每天每夜，我可以不吃饭不睡觉，却不能不想你！想你是我的幸福！可是……这样苍白地思念，一味地坚持，只能让彼此伤痕累累啊。

“岁月如白驹过隙，匆匆而去。虽然和你分手了，可是你知道吗，有一种感觉比分手还要痛苦？我已经受到伤害，决不能让你再受到伤害。我忍受着痛苦，并且在痛苦中越陷越深。

“这样的结局我是不愿意看到的。千万个思念，在空气中凝结，扬起风吹向你，松松哥哥，我好爱你！”

柳韵坐在人民法院行政庭的办公室里。玻璃窗已经打开，她认为即便一层透明的玻璃，也会阻挡阳光的纯洁。她在思念着孟挺松。她的眼里噙着泪水。

“我不愿让松松为我这样的残败之躯付出他的所有，让过往的青春，像泡沫一样沉浸在静静的汶水河里吧……”

柳韵决定不再想了，她颤颤地收拾着办公桌上的卷宗。刚要把笔放回公文包里，孟挺松出现了。

他额头上晶莹的汗水如同雨水般不停地滴落，打湿了他的前胸和后背，显然他是一路跑过来的。还没等柳韵回过神来，他立即扑上来紧紧地抱住她，迫不及待地将嘴唇凑了上去，四瓣红唇紧贴在一起。他们仿佛停止了呼吸，微软的舌滑入口中，贪婪地攫取着属于他们的气息。这一瞬间的悸动，使彼此忘记了周围的一切。

这时柳韵微微睁开双眼，孟挺松忘情地吻着。她明白不能和他这样，不行，一定要断！

她一把推开孟挺松，孟挺松又贴了上去，好像是着了魔，一定要缠着她。

柳韵不想任由孟挺松这样放纵自己，必须制止他！只听“啪”的一记耳光，打在了孟挺松的脸上。

“我说过了，我们分手了，以后不要再联系！”柳韵想打痛他的心。

“不可能，你在说谎，在欺骗自己！你心里一直有我！要不你哭什么？”孟挺松并不甘心。

柳韵不愿和他多谈，提起了公文包，准备要走，又被孟挺松拦住。

“韵韵，今天晚上我们一起去汶水河边说个清楚好不好？求你了！”孟挺松怔怔地站着，直勾勾地看着柳韵。他的眼睛里藏着过多的忧伤。

柳韵的脸白得不成样子，紧闭的双眼已满含泪水，以致抖动的长睫毛像在水里浸泡了一样，紧紧咬着的嘴唇也已渗出一缕血痕。她极力避开孟挺松的视线，只是匆匆一瞥，张皇得似乎要破窗飞去。她不回答一句话，抱住公文包就要出门。

“你不说话就是默认。你一定会去，对不对？见不到你，我会一直等在那里，别忘了，这是我们的‘君子协定’。”孟挺松追着说了一句。

终于，柳韵的泪水夺眶而出，那一滴滴眼泪流过她的面颊，越来越亮，越来越清，渐渐地，好像水晶，最后如同钻石一般，闪着金光！

“黎菲要送你回家，你去吧！”柳韵竭力地制止着抽泣，大大的眼睛失去了动人的神韵。

天渐渐黑了，孟挺松看了看表，已经晚上 8 点。六七月的天，正是炎热的季节，仿佛一点儿火星都会爆炸似的。大地像个蒸笼，热得让人喘不过气，没有一丝风。河水就像死水一潭，纹丝不动。小鸟也不知道躲到哪里去了，草木都低着头，知了不住地在枝头发出令人烦躁的叫声，像是不满这种死气沉沉的气氛。昔日美丽的汶水河畔被这沉闷的季节裹上了层层外衣，让人快要窒息……

“韵韵、韵韵，你在哪里，你忘了我们的约定了吗?”孟挺松望着那平坦如布的河水，急不可耐地呼喊着。没有人回应他，只是山涧里一遍又一遍响起呐喊声。河水在草丛里微微低语，远处不时传来一两只小鸭的扑翅声，使月夜的河面显得孤寂和冷清。孟挺松挽起了裤腿，轻坐河边，低吟着从小和韵韵一起唱的歌。他脸上如河水一样皎洁，白白净净的。他坚信，他的韵韵一定会来的！

这时候的天说变就变，墨色浓云挤压着天空，沉沉的，仿佛要坠下来。刹那间，狂风大作，乌云布满了天空，紧接着豆大的雨点从天空中落下来，又是一个霹雳，震耳欲聋，霎时间雨点连成了线，只听“哗”的一声，大雨就像塌了天似的，铺天盖地！一阵风吹来，这密如瀑布的雨被风吹得如烟，如雾，如尘。河面上的绿萍像一个个受惊的小孩儿，蜷缩在某个角落里。河水随着风剧烈地搅动着，河面上起伏不停，让人心惊胆战！

“山无陵，江水为竭，冬雷震震，夏雨雪，天地合，乃敢与君绝。”孟挺松吟咏着汉乐府民歌《上邪》，他要对柳韵做最后一次表白和挽留。

孟挺松坐在河床边的岩石上，瑟瑟发抖，他浑身被大雨淋湿，就像刚被一大盆水从头上浇了下来，湿透的衣裤以非常不适的姿态紧紧地贴在身上。雨水混着泪水，伤感地从他脸颊滑落，额前的几缕头发荡在眉间。雨水顺着他颀长的脖颈流进衣服里，湿透了衣衫，冷落了世界……他两眼直勾勾地盯着他和柳韵来汶水河的那条路，那是必经之路。他渴望见到柳韵，渴望她的出现……

“来了！来了！她来了！”孤独的柳韵没有打伞，缓慢地行走在大雨中的小路上。在雨的哀曲里，消散了她的芬芳，留下的只有丁香般的惆怅。雨雾模糊了她的视线。她浑身湿透了，发丝裹着雨点，好像无家可归的孩童，看起来让人怜悯。

孟挺松的眸子瞬间有了光泽，此时的他像充满气的气球，恨不得马上投入到柳韵的怀抱。只见他腾跃而起，准备飞奔到柳韵面前，不料地面软得像海绵，踏上去就拔不出来，“啪”地一下，孟挺松重重地摔在了地上。

此时的柳韵已到了孟挺松的面前……

利箭似的大雨模糊了他们的视线，冲刷着灰暗的天空。

几个月来，柳韵沉浸在爱与不爱、等待与放弃的煎熬里。她跌跌撞撞地站在大雨滂沱的黑夜里，就是要把心中所有的悲伤和怨恨都释放出来。她不希望她的松松从此抬不起头来。

“我千百次地保护着自己，可到最后还是……唉！”柳韵泪水直流，她又一次强烈地体验到她一直想忘掉却无法忘掉的痛苦。

衣衫不整、浑身是泥的孟挺松要上前抱住柳韵，却被她一把给推开了。孟挺松怔怔地愣在那里，他看着她，任由雨点落下。她站在他的面前，一头墨色乌发无力地垂落。孟挺松看到她表情淡淡、衣衫湿透、头发凌乱。

是柳韵吗？眼前这个狼狈的女孩儿真的是她吗？她为什么要把我推开呢？为什么会变成这样呢？难道……他不敢往下想。

两人对视已久，不是柳韵还会是谁呢？就是她！

“韵韵，好韵韵，我就知道你一定会来，忘掉以前那些不愉快的事吧，我会……”还是孟挺松忍不住先开了口。

“孟挺松，你清醒一点儿吧，我今天是来跟你说清楚的！你不要再纠缠我了！”柳韵声嘶力竭地打断了孟挺松的话。

“你胡说！这不是你的心里话！谁也休想把你抢走！”孟挺松的声音更大。

看着被雨水淋湿的柳韵，孟挺松心里既疼又爱！他二话不说，把她抱了起来。

可是，柳韵强行挣脱开了。

“韵韵，你永远是我心里那洁白无瑕的公主，高高在上的女神！你没有错，不需要去忏悔什么。不管以前发生了什么事，我都不在乎，我只在乎你啊！你一定要坚强起来！做我的新娘好不好？”孟挺松苦苦哀求着。他要老天还他以前那个自信可爱、落落大方的韵韵。

“我是不会嫁给你的，我一定要嫁给他！我要折磨他，看着他身败名裂！”柳韵决绝地撒开手，显然已经释怀了。

“他是谁，那个王八蛋吗？你是怎么了？我从来没有后悔我们之间的感情，绝对没有想到你不爱我啊！你明知道我离不开你，你还这样气我！不要再犯傻了！你知道你在干什么吗？你这样就是玩火自焚，自掘坟墓。你把我堵死了，呛死了，急死了！高兴的只有那个王八蛋！你要这样做，还不如直接开一辆叉车过来，把我碾碎算了！”孟挺松用力地抓住柳韵的肩膀，头发炸起，两眼瞪得像铜铃，一股热血眼看就要冲出头颅喷射出来。

“我今天比任何时候都要清醒，我一定要和你分手，就是要嫁给那个王八蛋！”柳韵的话斩钉截铁。

“啪”，孟挺松打了柳韵一个耳光。他真的受不了了，愤怒的脸扭曲成暴怒的狮子，温文尔雅的面庞燃起火来格外恐怖，如同优雅的猫忽然尖叫着露出尖利的牙。

“你是纯洁的、干净的！你这样是在作死！你真是个大傻子，我是不会同意你嫁给他的，我就是死了，你也不能嫁给他！”孟挺松气得浑身发抖，一双深邃的眼睛，像一对珠子一样，直盯着柳韵。

“我已经脏了，没有资格再说‘干净’二字。这个世界本不属于我，也许死才是最终的归宿！”柳韵站在孟挺松的面前，像一只无助的羚羊被猎物包围着。

“啊……”柳韵崩溃了，大叫一声。说时迟，那时快，她像离弦的箭，往河里跑。

下着暴雨的河面，像狂怒的烈马，孟挺松即使在河边长大，但要在这河里游泳，也会觅路艰难！

孟挺松一把拖住了她，两人同时摔在地上。孟挺松为了保护她，腿被岩石划了一道口子，鲜血直流。

“不要啊，韵韵，不要做傻事好不好？求你不要再这样折磨我好不好？你知道我离不开你啊，韵韵！”孟挺松几乎跪着哀求。

“那你说，是分手，还是逼我去死！你自己选择，我现在就要！”柳韵指着那汹涌的河水，愤愤地说道。她还是不依不饶，没有半点儿心疼孟挺松，她知道心疼就意味着妥协。

此时的孟挺松抽搐着，两眼直直地望着柳韵。

此时的柳韵心剧烈疼痛着。

孟挺松搂着柳韵的腿死不放开，他知道一旦松了手就是一辈子，他不忍心，更舍不得啊！他扬起了头，张大嘴巴让雨水倒灌。

柳韵瘫软了，她有气无力地倒在了孟挺松的肩上。

他俩头挨着头，手扣着手，不是紧张，不是沉重，也不是平静，而是将要离别的依恋。过去的一幕幕浮现在他俩眼前。孟挺松没有放开柳韵的手，因为他在幻想柳韵跟着他幸福的脚步；柳韵也不放开孟挺松的手，她依稀看见她的爱人将要一步步走向高峰。现在与未来的憧憬犹如顺流而下的汶水河的河水，一去不回。

雨越下越大，雷公不时敲响大鼓，闪电娘娘将地面照得一亮一亮的，让人预感到下一阵更大的雷声即将来临。

第十七章　哽咽的河水

黎明初晓，微露柔光。10 月 1 日的清晨，秋风徐徐，爬起来的阳光早已投向房间的边角，空气中弥漫着淡淡的味道。柳家阿姨推开窗，天际的浑云渐渐散去，晨曦露出一双明媚的眼，缤纷朝霞缓缓渲染开，慢慢地一圈又一圈……

今天是柳韵的新婚之日。

柳家的院子里面站满了亲戚，屋子里全是女人，并没有男人进来。屋子很空，正对着门口靠墙摆着一张桌子，上面错落摆放了一些红色、粉色的皱纹纸和花，右边放着一个四人沙发。

东边卧室里，靠南边窗户是一张桌子，北边窗户边放着一张硬板床。柳韵要出门了。她穿着一件长袖带毛边的白色婚纱，静静地坐在那里。她的身边围着四个漂亮的伴娘，她们胸前戴着花，不停地窃窃私语。

大约 11 点钟，由远及近地传来了阵阵鞭炮声。一会儿，只见十几辆拴着红气球的小车徐徐停在了柳家门前和西边的路上，打头的一辆白色车上被彩带和红花装扮得非常漂亮。

在门口，震耳欲聋的炮声足足响了五分钟。这时，柳韵自家的侄子、侄女慌忙躲进柳韵的房间，紧紧地顶住屋门，准备要“门缝钱”。

柳韵的眼神里没有喜悦，没有抱怨。虽然她一声不响，了解她的人都知道，在她的心里隐藏着忧伤，充满了遗憾，甚至是绝望。

车门开了，华畅从车里走出来。他穿着笔挺的西装、锃亮的皮鞋，胸前戴着一朵鲜艳的红花，花下面的红绸带上写着“新郎”二字。

“把红绸别上吧，姑娘！”伴娘在催促着。

柳韵望着窗外，在发呆。她回忆起那种不知该铭记还是该遗忘的过往，心中隐隐作痛。本以为自己很坚强，下决心今天不再轻易掉一滴酸涩的泪，可是婚纱上的水又是什么？

屋门被打开了，华畅在围观人羡慕的眼神和喝彩声中，在一行人的簇拥下，进屋把柳韵抱出去。他几乎一路奔跑，把柳韵放进彩车里。

新娘子的彩车在前，其余车辆在后，十几分钟就走出了村庄，看到了汶水河大桥。

“噼里啪啦！噼里啪啦！”如星的红点在汶水桥头一颗颗炸裂开来，像是油锅里的红豆子。路边的人们捂着双耳，纷纷闪避。

汶水桥下，孟挺松孤独地走着。鞭炮的响声让他的内心产生一阵阵绞痛。

是他，这个无耻的华畅，让柳韵承受了如此巨大的痛苦。然而柳韵却毅然决然地离开了我，留给我一脸的茫然……

柳韵啊！你曾经的承诺，是那么真实。我突然发现自己真的好无力。如果我们没有开始，就不会有伤心的雨季。一切都源于过去。

我，是不是该争取回来？还是……呵呵！可笑的决定，我们应该不可能在一起了吧。

但是脑海里依然抹不掉你。你那清晰的模样、明亮的眼睛、俊俏的脸庞，依然在我脑海中漂浮不定。可是我要怎样才可以忘掉你呢？毕竟在一个村里住着，在一个县城上班。

要重新开始吗？答案是什么呢？难道我的青春，就要在华畅手上葬送吗？

柳韵，我决定放弃你！变得坚强点儿……我应该重新开始，把一切的悲哀都埋在心里的最深处。我要让你永远不能原谅自己，让你自己为自己做的决定感到愧疚。

华畅让我认识了这个世界的黑暗。从现在开始，从这一秒开始，我决定要向黑暗宣战！哈，是不是可笑的决定？可是这是真实的。

苍天让我认识了黎菲。是她，让我知道女孩儿创业不需要色相诱人；是她，让我看到了一个农村女孩儿照样可以创业成功；是她，向我提供了展示《政府信息公开条例》的威力的战场。我要学习黎菲的性格和策略，将那些伤害女孩儿的贪官污吏一个个整垮。

我的想法是不是越来越狠毒了？

华畅，你等着吧！夺妻之仇，我不会不报！

迎亲的车队早已驶向了城里。汶水河边只有孟挺松在孤独地来回走动。

在这个到处都是黄澄澄的景象中，青草失去了光泽，各种小花似乎也睡着了，个个低着脑袋，耷拉着两片早已失去光彩的“双手”，默默地一声不吭地等待着遥远春天的到来。

10 月 5 日，是柳韵回娘家的日子。

晴空万里，云霞满天，太阳公公把大地都镀上了一层金黄色。一群群美丽的小鸟在绿树枝头欢蹦乱跳，叽叽喳喳地唱歌。空气清新凉爽，而且散发着一种难以形容的芳香，每吸一口都令人振奋。

华畅开着车沿着美丽的柏君大道向前行驶。快车道上汽车不多。望望路边，偶尔有人骑着电动车经过，没有噪声，公路上显得有些宁静。

柳韵穿着一身浅黑色的西装，庄重而简洁，白皙的小脸娇媚却冷淡，一双美眸清澈如水。轻抿的薄唇，粉嫩晶莹，清冷而优雅。她望着窗外，瞳孔中却没有任何风景，一颗冷却的心在飘浮着……

“孟挺松通过了法律职业资格考试，前途无量！我很羡慕啊！”华畅看了看沉思中的柳韵，打破了车中的宁静。

“人早晚要成为泥土，何必嫉妒别人的陵墓枝叶繁茂呢?”柳韵蔑视地看了华畅一眼。

“听说他被安排到计量所定秤了，这下他没戏可唱了！”华畅用藐视的眼光看了柳韵一眼，显得很自信。

“我给你讲个故事吧。很久很久以前，谎言和真实在河边洗澡。谎言先洗好，穿了真实的衣服离开，真实却不肯穿谎言的衣服。后来在人们的眼里，只有穿着真实衣服的谎言，却很难接受赤裸裸的真实。孟挺松是真实的，他的遭遇只是暂时的，他绝对不会被社会淘汰。”柳韵看着公路两旁被甩在车后的一排排树木，巧妙地反驳道。

“孟挺松那么有才，可有点儿不识时务，总是自己吃亏。”华畅的眼神有点儿惋惜。

“孟挺松的眼睛里只有百姓，他恨的是贪官污吏！他和别人不一样！当今社会啊，吃货的眼睛到处看见食物，奸商的眼睛到处看见愚民，帅哥的眼睛到处看见美女，美女的眼睛到处看见钻戒，老板的眼睛到处看见钞票，贫民的眼睛到处看见阴暗，但孟挺松不会随波逐流！”

“孟挺松帮助顶点造型发廊维权，那个黎菲姑娘可是闭月羞花，沉鱼落雁，天生丽质，国色天香，如花似玉。”华畅好像有一种甜丝丝的感觉，嘴角含笑。

只要自身正直，品行端正，与一切邪恶的人和事无染，就能抵制各种邪恶的侵蚀。黎菲与我频繁接触，我太了解她的为人了。孟挺松风流而不下流。孟挺松喜欢黎菲是正常的，但是绝不像你那样丑陋！”柳韵的目光如炬，疾言厉色。

汽车行驶了15分钟左右，“汶水河大桥”几个字映入眼帘。

“时间还早，下来看看河水再去吧?”华畅把汽车停在了大桥的北边、村前的花池旁。他不想去柳韵家，早上起来还和柳韵吵了一架，不好意思面对总是冷若冰霜的岳父和岳母。

“那好吧！”柳韵有点儿不情愿，但是为了不惹父母生气，她顺从了华畅。

清晨的微光荡漾在桥上。北面的丘陵翠绿清幽，南边的黄河滩一望无际，隔岸的蟒山岭王相尽显。他俩沿着沟东沿的汽车道走下去，来到河边。

“汶水河是顺涧湖下边的山泉汇集而成，绵延五公里汇入黄河，流入大海。”柳韵向华畅解释。她不想站在汶水河边，因为这里有她太多的故事。但是今天不来不行，姑娘出门三天和女婿一起回娘家是风俗习惯。

“九曲黄河万里沙，浪淘风簸自天涯。如今直上银河去，同到牵牛织女家。今天可是去织女家啊，我实在有点儿胆怯。”华畅还是不想去。

“条山苍，河水黄。浪波沄沄去，松柏在山冈。你不去，我们照样过！想走你就走吧！”柳韵随即说出了唐代韩愈的《条山苍》，她想留住华畅，想不到华畅真的走了。

河水静悄悄地流淌，闪动着粼粼的水光，就好似闪动着明亮的眼波，凝视着这两岸的秀色。远处不时传来一两只小鸭的扑翅声，使早晨的河面更显得孤寂和冷清。

大桥南边汶水河流出了沟汊，开始步入黄河。孟挺松呆呆地站在古老的汶水河石桥旁，他在回忆过去的岁月。

汶水桥是由青石砌成的，共有五个孔洞，中间一个大而高，两边分别是两个小孔洞。桥面十分平整，桥的两旁是抚摩光滑了的小石柱护体，小桥两边离水面很近，一伸手就可触摸水面。河底历历可数的卵石，小虾在石间嬉戏，鱼儿在石上休憩。卵石旁绿油油的丝草在水波中荡漾，与倒映在水中的柳影相互辉映。

石桥给孟挺松有趣的童年染上了瑰丽的色彩。上小学、高中时都是从这里路过的。曾记得有一天，他和一群嘻嘻哈哈的小孩儿在河里游泳，突然一个男人裸体骑着自行车在桥上转悠，毫无羞耻感，还哈哈大笑。

“停下！赶快穿上衣服!”孟钢不知从什么地方冒出来狠狠地训斥了那个男人。那么多大人、小孩儿在看热闹，唯有孟钢站出来阻止这丑恶的行为。这一幕，孟挺松铭记在心中，影响了他的性格形成。

上高中时，柳韵总是骑着自行车去东头接他，每次都是他带着柳韵从汶水桥上路过。星期天的一个黄昏，骑到汶水桥头，柳韵突然说：“松松停车。”下车之后，她拿出一个大苹果让孟挺松吃，谁也不舍得吃第一口，柳韵拿着苹果让孟挺松先吃一口，她再吃一口，这样翻来覆去地吃。

吃完之后，柳韵把苹果核埋在河边的土里，说：“我要让它发芽、生根、结果!”每次路过，她都要下车看看苹果发芽没有。后来，真的发芽了。

柳韵只要路过，就用手从汶水河里捧点儿水滴到根部，嘴里讷讷地说：“我种了一棵小苹果树，给小鸟们实惠，给孩子们开心，给游客们高兴，让孟挺松青春。”

高中毕业时，苹果树已经两岁了，它开不出花，只能看着别的树开着满满的花，散发出阵阵清香。远处开了花的树都挂了果，果子一天天变大，鸟儿们落在挂了果的树枝上愉快地歌唱。

“松松，你参军要离开家乡了，请你放心，我会用心呵护它，让它开花结果，等着你回来。”这是孟挺松入伍前他俩又一次山盟海誓的地方。

小苹果树非常孤独，清凌凌的河水唱着歌儿理也不理地从它脚下走过，周围只有小草、野花与它做伴。

孟挺松还在发呆。

“如今，因为打假的事，工作被停了；因为城管的事，官被罢了；恋人柳韵离开了！

“打假打错了吗？不就是打到纪检委副书记表哥的头上了吗？城管的事管错了吗？不就是管到财政局长侄子的身上了吗？千不该万不该，柳韵不该离我而去，我没有嫌弃你啊？

“这些贪官污吏，拿出一副地主老财和资本家的嘴脸，安排我去定秤，把我当成一个犯科入监的囚徒，让我去劳动改造！

“这些奴才似封建帝王一般的派头，厚颜无耻地拿着鸡毛当令箭，说我不识时务、专横跋扈、助民造反、妨碍公务。我只是学习鲁迅的精神，为百姓呐喊！”

面对被打压的现实，他坚持着！孟挺松在孤独和寂寞中度过了艰难的五个月，他时常被包围在扼杀快乐的气息中。

“我要撕扯下一道道现实之门，抛开一句句劝阻我的言语！直至撕扯到生命的尽头！还这个世界一片光明！”

孟挺松的脸像蜡一样黄，嘴唇都发白了，两道剑眉一颤一颤的，全身都在瑟瑟发抖。一双炯炯有神的眼睛，像一对珠子一样，直盯着这棵小苹果树。

“小苹果树啊！你见证了爱情，今天我要让你见证毁灭！”孟挺松越想越生气，愤怒的心在胸中燃烧着。他一皱眉，一股怒火不由得从两肋蹿了上来。

他一步一步地靠近小苹果树。靠近了！靠近了！他弓着腰，双手握住了小苹果树的根部，用尽全身力气，连根把小苹果树拔了出来。“咚”的一声，他重重地坐在了草地上，两手渗出了鲜红的血液。

太阳不忍心看到这一幕，躲进了云层，再也没出来。那云朵紧接着像是变了脸，顿时乌云沉沉……

“天哪！天哪！”孟挺松拿着小苹果树挥舞着，向着新的汶水河大桥方向跑去，朝着柳韵离开的反方向跑去。

西沟沿的皂角树下，站满了同情的乡亲们，都为孟挺松的遭遇而掉泪。

柏玫坐在凳子上，哭瞎了双眼，如果没有人搀扶她自己是不能行走的。人们围着她，生怕出意外。

“妈妈，我给你洗洗脚吧?”孟挺松在童年时经常给妈妈洗脚。

“妈妈，我给你剪指甲吧?”除了入伍不在她身边外，妈妈的指甲都是孟挺松修剪的。

“妈妈，我给你捶捶背吧?”无论是童年时天真的小拳头还是成年之后孝敬的大拳头，都是一样温馨。

有一年夏天，孟挺松下地干活儿回来，把弄脏的衣服放到水盆里洗，想到别人家的孩子都是几身衣服轮换着穿，而自己总是这一身，心里特难受，冲着妈妈说：“我越干越不值!”听到这话，妈妈伤心地背过身捂住脸，眼泪从指缝里流了下来。

“妈妈，我不要衣服了！我再也不说再也不敢了!”从此，妈妈做什么衣服，孟挺松就穿什么衣服，从来不说买衣服。

从部队回来后，他把自己的军大衣穿在了爸爸的身上，把唯一的军用蚊帐挂在了妈妈的床上。有一次在康庄乡的大会上，大姑妈看到担任乡党委秘书的侄子穿着绿军装在主席台上坐着，伤心地说：“侄子怎么老是这一身衣服呢?”

柳韵，是孟挺松妈妈心中最好的姑娘。孟挺松当兵那几年，从村东头到村西头也就是500米左右，可为了照顾她，柳韵走的路够得上万里长征了!

“阿姨，这是我为松松做的红烧肉，他回来后你热热再让他吃，不能让他吃凉的!”“阿姨，我给松松买的西装放在他的车上了，你要提醒他！”

不知道为什么，自己心仪的姑娘成了别人的新娘。

红烧肉在冰箱里放着，西装端端正正地放在柳韵来家时经常坐的沙发旁。孟挺松说：“任何人不许动！”

“妈妈！妈妈！你在哪里？”孟挺松在汶水河边撕心裂肺地喊着。

“世上只有妈妈好，有妈的孩子像块宝……”孟挺松又唱起来了。

突然，一辆奥迪轿车停在了庭院门口。从车上下来了一位漂亮的小姑娘。是黎菲，她为城管的事来找孟挺松了。看到皂角树下的人群，她匆忙赶来。

“阿姨，孟律师呢？”黎菲走到柏玫跟前问道。

柏玫向汶水河边指了指，没有说话，泪水如断线的珠子掉落下来。

只见孟挺松左手拿着那棵苹果树，右手把枝上的叶子一片一片地摘下来，然后往空中一抛，嘴里说一句：“没了，没了，呵呵！”他拿着树枝翻来覆去地念着，“没了，呵呵，没了，呵呵！”突然，他大笑着跳进河里。河水不深，他站在水里乱舞着……

黎菲见状，抛下柏玫，不顾一切地向沟下的河边冲去。她恨不得背上能长出翅膀，脚上能踩上风火轮。

下沟的路只有一米左右宽，还要拐好几道弯。路边不规则地长着酸枣树、构树、榆树等小树。小枣树挂住了衣服她也全然不顾。由于坡陡路滑，小草把她绊倒了，腿上破了好大一块，血都流了出来。她那娇嫩的身体在地上滑行了一段，她坚强地从地上爬起来再跑。

“孟律师，孟律师！”到了河边，她不顾自己腿上的伤，不顾自己是一个姑娘，“扑通”一声跳进水里，使劲往河边拉孟挺松，可由于岸边湿滑，根本拉不动。她本能地抱住孟挺松，僵持在水中。

墨色的浓云挤压着天空，沉沉的，仿佛要坠下来，压抑得仿佛整个世界都静悄悄的。鱼儿小心翼翼地在水里游着，睁着眼睛不停地掉泪，它们的泪唯有水知道。几只小麻雀轻轻地停在不远的树枝上，一动不动地注视着河里的动静。

地上的人们迎来的是阴沉压抑。大桥上、皂角树下来来往往的人都在驻足观看。

“孟挺松好像疯了，他和屈原一样，‘举世皆浊我独清，众人皆醉我独醒’。”一个人这样说。

柳韵奋不顾身地越过北面的拦水大坝，冲过大桥下面的桥墩，向孟挺松和黎菲僵持的水面狂奔。

天变得越来越黑，乌云翻滚着，笼罩着田野，电鞭划破了长空，风肆虐地刮着，雷公大声地吼叫着，狂风刮断树枝，巨雷震耳欲聋，骤然间暴雨如注，闪电在天上舞绸子。“噼啪噼啪”，雨越下越大，像泼，像倒，从天空倾泻而下。附近的花儿们都被吓得发抖。一朵朵娇嫩的花，被无情地刮走了。

“我的好哥哥，请允许我这样称呼你一次吧！你为什么要这样呢？野恨天报复的心理还在膨胀，城管中的滥用职权还在继续，河阳市的百姓敢怒不敢言，明净的蓝天要靠您这样的法律人去支撑和谏言！

“我很幸运，在茫茫人海中，上天安排与你相识。遇到你是我一生的眷恋。一次偶然，你闯进了我的世界，我感谢上天赐给我这么一个值得珍惜的帅男。

“我曾仰望星空，看划过的流星，便对它许下愿望，希望能与你白头偕老。可是，柳姐的存在使我不敢冒险。如今，柳姐已经花落他家，多想对您一吐忠言。

“我的生命中因为出现了你而显得更加绚丽，因为你的出现让我有了一种期待的美好！我的心每天都在憧憬，忆起和你与城管针锋相对的场景，还有咱们相识相知的一幕幕画面，既感慨又刺激，既温馨又快乐。有你的陪伴，天空的色彩永远都不会改变，永远都是淡蓝色。我多想与你肩并肩面对人世间的风雨，我多想与你手挽手共度生命中的沧桑。让永恒的星辰为我们见证，白发苍苍是我的祈望。

“我仰望天空，那里面全是你的影子，我愿意为你守住那片纯净的土地。你说我们世界的天空永远是蔚蓝，今天他们把你折磨成这个样子，无论你病到什么程度，我都会一直陪伴在你身边。

“哥哥啊！你醒醒吧！阿姨需要你照顾，家人需要你陪伴！”黎菲的眼泪不停地流着，每个毛孔都在无声地哭泣。一种缥缈的幻灭性的悲哀袭击着她的心灵，像刚熬过的一服中药，翻滚出一股不可名状的苦味。

“妹妹，我来了！”柳韵像黎菲一样，顾不得脱掉衣服，“扑通”一声跳进水里，牢牢地控制住了孟挺松。

看到孟挺松挥舞双手在水中不停地乱喊乱叫，她俩脑子里只有一个念头：拉！拖也要把他拖上去！她俩拼尽全身力气，一人拉一只胳膊，孟挺松挣扎了几下，还是被拖到了岸上。

雨停了，汶水桥上出现了晨练的人们。空气湿湿的，甜甜的。柳韵和黎菲穿着被水浸泡过的衣服，无力地坐在河边。他们深深地吸了一口气，多想让可心的香气钻到鼻子里，在心肺之间游走，给身心来个彻底的大清洗。

孟挺松身体靠在柳韵的腿上，头部枕着柳韵的右胳膊，闭着眼睛，一句话也没说。他太累了。

“松松，我对不起你！”柳韵抱着孟挺松毫无知觉的身体，只感到万念俱灰，眼泪唰唰地往下掉，在孟挺松的脸上形成一道道白皙的痕迹……

“松松啊！我离开你已经五个月了，但是我已经几百次地梦见你，几乎每个夜晚你的身影都会入我梦里。我比任何时候都更强烈地想念你。我只有祈求上苍赐给我忍耐力！我和他是同床异梦啊！

“松松，你知道吗？你的身影从没有离开我的视线，我的眼中充满了你那坚强、执着的身影。爱情，不是一颗心去敲打另一颗心，而是两颗心共同撞击的火花。我是幸福的，幸福的是我曾经接受过你的爱；我是痛苦的，痛苦的是我嫁给了一个我不喜欢的男人！

“走在我们曾经无数次走过的小河边，闭起眼睛依然能够想起你的眼神、你的音容笑貌。真的很希望，在我走到汶水桥头的时候，能够看到你站在那里等我，然后我投入你温暖的怀抱，重新给我燃起那份热情。

“我们曾经带着真诚，怀着希冀，揣着梦想，走过风雨中的汶水桥，走过艳阳下的汶水桥，旋转的生活车轮带走了我们的童年和无邪。

“我真不该舍你而去。从五一分手到十一婚庆，我曾有几百次祈祷，每个祈祷中都有你。莫名的悲伤，莫名的苦痛，让我无法控制！只好让自己在这个莫名的世上寻找莫名的感觉！我期待着你的莫名！

“我们从汶水河畔到西湖岸边，曾经有一份真诚的爱情放在我面前，但我没有珍惜。等失去的时候我才后悔莫及，人世间最痛苦的事莫过于此。你的剑在我的咽喉上割下去吧！

“我相信你不会病倒，不会沉沦！如果你爱上了一个人或者一个人爱你，请你一定要负责地呵护她，像爱我一样加倍珍惜！”

说着，她看了看处于悲伤中的黎菲，两个人紧紧地抱在了一起。拥抱是轻柔的，像清风拂面，带着两个人身上的疲惫；拥抱也是有力的，像生活的发动机给予对方前进的力量。

爱到深处是落寞，情到浓时是离殇，拾起满地落花，又散落在尘埃里，是遇见，是过往，还是记忆，又是谁不畏艰难地涉渡彼岸，却错过了花期？

冷清的汶水桥下流淌着谁的相思泪？迷蒙的天空下着谁的倾城雨？流年里那一首老歌还在吟唱，依旧荡涤着透彻心扉的韵律，歌声中渗透着抹不去的点点滴滴。

第十八章　精神病院里

墨色的乌云互相挤压着，灰色的云朵大片大片地掠过，天空被压得很低，几乎触手可及。柳树像病人似的，耷拉着软弱的枝条。鸟儿无力地鸣叫着，低沉而缓慢。小草无精打采地趴在地面上，任凭他人的践踏。蜘蛛赶着修补它那精美的八卦大网，等待新的收获。蚂蚁慌慌张张地进出洞穴，储备着精美可口的食物。

孟挺松安静了，他好像抛开了悲伤，扔掉了郁闷，撵走了忧愁，像一具木乃伊，静静地躺在汶水河边。

他也许在想，一直睡着，要等到某个人的到来，那人像童话里的小公主一样把他吻醒。

他也许在构想一幅蓝图，做一粒冰冻的种子，迈过风尘，走到山穷水尽，走过凄风冷雨，慢慢地凋零。

“松松啊！我的好儿子，你醒醒吧！”孟钢在呼唤着，老泪纵横。

听着老人悲伤的话语，看着老人满脸的泪水，大家默默地替老人擦干眼泪。除了劝老人别着急外，真的不知道怎么安慰。

致远来了！青槐来了！小孬来了！傲之来了！红军来了！若南来了！皂角树下童年时的伙伴和后辈们都来了！大家一起下沟走到汶水河边。

孟挺松若无其事地躺着。

“怎么办?”看到刚才还活蹦乱跳而现在却面无表情的童年伙伴，致远着急了。

“精神出了问题，是不是到精神病院看看?”小孬提示一下。

“他休息一下会好的，不需要去。”黎菲弯弯的眉毛皱起来了，眼睛呆呆地望着孟钢，晶莹的泪珠顺着眼角滚落下来，目光里充满了忧伤。

“不能送往那里!”柳韵明亮、澄净的眼睛，变得寒光闪闪，每一闪动，就像一道道闪电，仿佛带着唰唰的声音。

孟钢注视着柳韵明亮而坚决的眼睛，从她的眼底读出了她对孟挺松深深的情谊，但是还有点儿不解。他渐渐地放低了自己的头，直至垂眸，目光又躲闪开来。

“叔叔，去检查一下吧？没有什么，我们再回来。”致远、小孬向孟钢建议。

“行吧。”孟钢疑惑的目光扫了柳韵和黎菲片刻，然后从众人的脸上一掠而过，下了决心。

“黎菲，赶快走，去我家换衣服!”看到孟钢要把孟挺松往医院送，柳韵拉起黎菲就往柳韵家跑。

对于法律，柳韵有很深的造诣。但是在医学方面，尤其是精神病方面，她是门外人。她认为孟挺松虽然有失态行为，但是不会那么严重，不应该往精神病院送。但是因为自己在婚姻方面的选择，给孟挺松及其家人造成了巨大创伤，她不好意思反对，一旦有误，她会受到第二次谴责。因此，她选择了顺从孟钢。

“孟家对我太好了！对于我婚姻的选择，门口人的唾液要把我淹死，孟家人对我还一如既往，没有一点儿恨意。两家老人还常来常往，这不是百年庭院的奇迹吗？我要报答！我要救他！我要把自己的压箱钱拿出来为松松看病！”

柳韵和黎菲不顾一切地往村里跑着。她俩什么都不想，坚持着一个简单的信念：奔跑，向前奔跑！

她们跑上了汶水河大桥，跑过了国道。

“闺女，你俩咋成这样了？”柳妈妈心疼地看着两个姑娘。虽然她知道汶水桥边发生的一切，但是为了招待三天回门的闺女，她还是没有去河边观望。

“妈妈，我们要去洛阳，赶快拿出两身衣服。”柳韵催促着妈妈。

“韵韵，华畅呢？他没来吗？”柳妈妈追问着。

“早走了！为了我回门，昨晚生了一夜气。今天早上勉强开车来了，在汶水桥边磨叽不来，我说了他一句，他扬长而去了。”柳韵解释着。

“他不来也好！我真不想看到他！”柳妈妈用发红的眼睛看了看柳韵，她眼圈肿胀，眼眶里含着泪水，眼角有泪滴滑落。

“阿姨，您多保重！”黎菲扶着柳妈妈坐下。

“姑娘，你韵姐姐给我讲了很多你的故事。你是一个执着的好姑娘。松松是个好孩子，你和你韵姐姐这次一定要照顾他康复。”柳妈妈提起孟挺松就显得和蔼可亲，面孔也变得年轻，湿润的眼睛流露出特别温暖的光芒。

“阿姨放心，我们会做到的！”黎菲看着柳妈妈。

“韵韵，你带点儿钱，可能用得上。”柳妈妈嘱咐着。

“放心吧！妈妈，我已经从箱底拿出来了！”柳韵走到妈妈面前，右手搭着妈妈的肩膀看着妈妈。那双眼睛充满了镇定，充满了安慰。那是一双天使般的眼睛，那是一双充满了爱的眼睛。

“你们快去吧！”柳妈妈催促着。

汶水河边，大家迅速给孟挺松换好了衣服，还是那身黑色的春秋夹克和高腰宽松的休闲裤。

孟挺松不语不动，对周围的一切毫无反应。

“我背着叔叔上去！”红军说着就蹲下来。其他人帮着把孟挺松扶起来，放到了红军的背上。孟挺松两个胳膊耷拉在红军的胸前，脑袋歪在红军脑袋的右边，其他人尾随上坡。

从汶水河边到皂角树下也就是 30 米的距离，全部是土路，要拐三道弯。红军负重上了一个弯就上气不接下气，汗如雨下。若南、小二轮换着将孟挺松背上了沟坡。

面包车在皂角树下停着。柳韵推开中间的车门，大家把孟挺松放在了车上，黎菲接着上去，把孟挺松挤在她俩中间。孟钢坐在前排副驾驶位置上。

汽车发动机发出了微弱的叹息，生怕惊醒熟睡的孟挺松。春节期间孟挺松和伙伴们一起挂的灯笼，失去了应有的鲜红。百年皂角树的树干上渗出了几滴黄水，似乎在给受委屈的孟挺松送行。

“儿子啊！这是我哪辈子造的孽啊，把你折磨成这样！”柏玫哭着喊着扑向了面包车。一旁的乡邻立即上前扶住她，生怕再出什么意外。

柏玫紧贴着面包车车门，她看不到两个姑娘的脸，更看不到两个姑娘内心的焦虑和忧愁。一个是曾经梦想的儿媳妇，一个是新进入大家视线的小姑娘，她们不顾冷嘲热讽来保护自己的儿子，心里好不是滋味啊！

“韵韵，你下车吧！你过门才刚刚三天啊！你怎么向你婆家交代！菲菲，你别去了！你将来怎么办啊！”柏玫哭着劝说着。

“阿姨，别难过！不要管我们，哥哥很快会好的！”柳韵和黎菲在劝说着。她俩清丽的眼眸盯在孟挺松的身上，或许是在回忆与孟挺松过去的爱恋吧。

汽车开动了，缓缓地路过百年庭院。蔷薇花默默地注视，越过花墙的玉兰花不解地观看，两棵滴水观音真的流下了泪水，凤凰般的椿树难过地闭上了双眼。被孟挺松喂过的喜鹊哭了，八哥哭了，麻雀哭了……

孟挺松依旧昏睡着……

20 多分钟后，汽车到达了洛阳市精神病医院。

一堆医生七手八脚地从面包车上抬下昏睡的孟挺松，将其放到推车上推到了急诊室，更换了衣服。

急诊室里，穿着白大褂的医生坐在桌子前，被接连而来的病人及其家属团团围着；穿着蓝色制服的护士则不停地准备各种药品，核对着看病单据，还不时地回答病人的问题。

申医生吩咐大家让孟挺松仰躺在病床上，简单问诊后，就让他去做体格检查和精神检查。

一会儿化验单出来了，申医生把化验单拿在手中说："患者属于精神分裂症，需要住院治疗，你们先交两万元押金，然后办理住院手续！"

"只要能治好就行。"孟钢救子心切，他的眼睛黯然失色，眼神忧郁，眸底掠过一抹隐隐的心疼。

"这么帅的小伙子，不抓紧治疗一辈子就完了！"申医生双眼微眯，一双细长的眼睛里泛着棕黄色的光泽。

"请让我们看一下化验单吧。"柳韵看着申医生说。

"暂时不要看，对患者不好。"申医生回避着。

"大夫，我今天带的钱不够啊！"孟钢把提兜打开让申医生看了看，只有 5000 元。

"我们接受一次心理咨询还收 300 至 1000 元呢，你们要是不住院交 1000 元走吧！"

"我们用银行卡转账可以吧？"柳韵说着走到了申医生面前，嘴角扬起丝丝缕缕的嘲讽，眼角流露出凛冽的寒光，像匕首一般。

"你去收费室办理吧！"申医生开了一张临时收据，指了指收费室方向。

柳韵迅速到收费室缴了费。

“再打一针镇静剂，安排好床位！”申医生向护士吩咐着，脸上露出了得意的笑容。

“大夫，允许陪护吗？”黎菲问道。

“不允许！按照精神病护理规则，一星期后你们可以探视。再说一个房间四个患者，怎么陪护？我破个例。你们明天早上可以探视。”申医生有点儿不耐烦。

接着，护士们把昏睡的孟挺松推向了一号病房166床位。柳韵、黎菲和孟钢跟着走到房间门口。

房间干净、整洁，有独立的卫生间。有四张单人床，床头对面的墙上挂着32寸的电视机。每个床头放着一个床头柜，可以放碗筷、茶杯之类的生活用品。

“姐姐，你们留步！”一位小护士拦住了柳韵和黎菲，把她俩引到就近的办公室。

“有事吗，小妹妹？”柳韵眼神里充满着疑问。

“你们，你们，你们是什么关系？”小护士吞吞吐吐地说。她细长的眼睛是那样天真、那样纯洁。

“怎么了，小妹妹？”柳韵眼神中像埋藏着“十万个为什么”一样，疑惑不解。

“孟挺松的病没有那么严重！他属于心因性精神障碍，其表现形式是在强烈的精神刺激下突然发病，兴奋时伴有无目的的动作，然后转为呆若木鸡、不语不动、不吃不喝，对外界刺激毫无反应，这样的状态持续时间一般较短，几小时后恢复正常转为兴奋。”

“啊！”黎菲大声地喊了起来。小护士连忙用手捂住了她的嘴，示意不要声张。

“如果刚才不打那一针镇静剂，说不定孟挺松就恢复正常了，开点儿药吃吃就好了！”小护士眼睛里充满着怜悯和愤恨。

“这又是为什么呢？”柳韵继续追问。

“这是医院的内部规定，揽一个病号，按收费的30%抽成！”

小护士说出了住院的缘由。

“简直是愚弄百姓、无法无天，我们去退费!”柳韵说着就要去退费。

“姐姐，千万不要去。如果你们去了，我的饭碗就没有了。我给你们出个主意。明天早上，院里组织几个专家、主治大夫给患者讲故事，如果答对了，就可以院外治疗。明天走不成，孟挺松的一切由我负责。”小护士两只明亮的眼睛里隐藏着无穷的心事，微微上翘的长睫毛上下跳动，但是没有丝毫的胆怯。

“好吧，我们马上离开，明早8点赶到这里。”说完，柳韵和黎菲走到孟挺松的房间，看他还在熟睡，就告别了小护士。

夜幕降临，幽蓝幽蓝的天空中点缀着无数的小星星，一闪一闪的，仿佛邀请人们到广阔的太空去遨游。皎洁的月亮像一只银色的小舟在深蓝色的大海中航行。

“这是什么地方？我怎么会到这里呢?”孟挺松醒来了，他抬头看了看房间说了一句。

“哈哈，这位兄弟醒了！大家要好好照顾照顾他。”一个人奸笑了一声。

“弟兄们，先让他喝点儿茶叶水吧!”一个人拿着水杯，他们三个不约而同地朝着孟挺松走来。

孟挺松从早上出来到现在，滴水未进，又累又饿，口干舌燥。他也顾不上考虑这是什么地方了，双手接过了水杯。

“谢谢大家!”孟挺松正要喝，感觉有股尿臊味，犹豫了一下。

这时候，那三个家伙一下子扑了过来。孟挺松吓得不知道怎么处理，手心、额头全部是冷汗。他咬着牙齿，死命用手挡着，可是怎么做都是徒劳。

他用尽全身力气翻滚到床下，跪着说：“我不喝！我不喝!”

这三个家伙好像没听到似的，一个搂住他的头，一个摁着他的手，一个拿起水杯往他嘴里灌，剩下的尿液涂了他一脸。

孟挺松的眼前已经一片漆黑，他坐在地上，没用；他一手撑地跪在地上，没用；他趴在地上，还是没用。全身的寒冷开始蔓延，胃里的东西要翻滚出来。他开始呕吐，把昨天的饭、水吐了一地。有股酸臭味，好像是酸奶，好像是胃酸。

痛苦还在持续着，悄无声息地持续着。他在不断地吐，不停地吐。没有人会想象到他是多么痛苦。

“干什么呢?”小护士听到病房的异常动静冲了进来，通知了其他医生、护士，把闹事的三个患者一人打了一针镇静剂，那三个家伙不动了。

“孟大哥，对不起，我来迟了!”小护士扶起了孟挺松。只见他身材伟岸，肤色古铜，五官轮廓分明，犹如古希腊的雕塑。他立体的五官刀刻般俊美，整个人散发出一种威震天下的王者之气。

“姑娘，谢谢你!”只见姑娘穿着蓝色的护士服，如蚕丝般的头发在蓝帽下轻轻地飞扬着，那双明亮的眼睛是那么动人，细密的眼帘让人觉得连睁眼、闭眼的间隙都是喜人的，白净的皮肤如雪般嫩滑，世界上竟有这么美丽的护士。

“孟大哥，请跟我出来!”小护士把孟挺松领到护士站办公室，让他漱口、洗脸，然后送给他两块面包和一包牛奶，又给他倒了一杯水就出去了。

孟挺松狼吞虎咽地吃下了面包，喝了牛奶，静静地等待着。他不知道自己做了什么，也不知道为什么来到这个地方。美丽小护士的身影在他脑际回旋。

不一会儿，小护士进来了，把他领进了三楼318房间。这个房间只有孟挺松一个人。

“孟大哥，现在已经7点半了，您需要什么服务吗?”小护士那双闪着纯真热情的眼睛，让人不能不被她感动。

“小姑娘，这是咋回事?我怎么到这个地方了?”孟挺松忘记了今天发生的一切。他目光呆滞，神情沮丧。他的身影，他的眼神，都让人强烈地感受到他令人战栗的哀伤。

“孟大哥，您一定是遇到了什么困难和挫折，受到了委屈和打击。您要坚强地站起来!”小护士的眼睛，像一潭清水，清澈明亮，她的眼神透露着关爱的光芒。

“是这样的，今天你家人把你送来的时候，你仍然在昏睡中。狠心的医生为了挣钱，夸大病情，给你打了镇静剂。两个姐姐临走时千叮咛万嘱咐让我照顾好你。想不到我刚离开病房，就发生了刚才的一幕。对不起!”小护士向孟挺松介绍了事情经过。她一双柔顺的眼睛里，似乎隐藏着无穷的心事。

“现在怎么办?”孟挺松一双机警的眼睛灵活地转动着，好像在搜寻着什么。

“我已经安排好了，明天早上 9 点院里要组织一个故事会，听问答决定是否能够出院或者院外治疗，您也参加。结束之后您就可以跟着两个姐姐走了。”小护士那双充满魅力的眼睛就像一潭拥有神奇力量的湖水，美丽而又宁静，包含着智慧的力量。

“好吧！听你安排!”孟挺松望着小护士的眼睛，刹那间觉得他的心和小护士的心贴近了许多。

随后，小护士帮助孟挺松吃了几片药就走了。

第二天清晨，几只小鸟儿在窗边清脆地鸣叫着，那叫声唤醒了孟挺松。他轻轻地推开了窗户，一股新鲜而又芳香的空气扑面而来。他深深地吸了一口气。啊！这就是生命的味道。

医院技能教室宽敞明亮，讲台上有黑板和教学投影仪。院长和几位主治大夫坐在前排位置上。

需要进行康复检验的患者都到了。故事会马上就要开始。这时候小护士带着孟挺松一起进来了。院长感到惊讶，但是也没说什么。她和孟挺松坐在了后排。

院长走上讲台说：“你们想回家吗?”

“想!”十几个人异口同声地回答。

接着院长让护士们抬上一幅画着门的画。

“你们谁能把这个门打开就可以回家了。”

台下的人一听，便一拥而上，把那幅画围了起来，争着要出去。

院长觉得很失望，这时他发现有一个患者还坐在后排的位置没动，就上前问道："你为什么不去开门？"

"因为那是一幅画！"孟挺松脱口而出。

这准确的出人意料的回答让所有人都目瞪口呆，大家你看我我看你，好像还没明白过来这是怎么回事。

"松松！"这声音非常熟悉。

"是柳韵！"孟挺松再也按捺不住自己激动的心情，站起来，大步地向柳韵和黎菲走去，三双手紧紧地握在了一起。

他们不再放声大哭或者放声大笑，只是点到为止。如果可以狠狠流出眼泪，就说明心没有干涸。现在明明感觉到痛，却再也无法畅快地流泪。

"小妹妹，我们衷心地感谢你！"柳韵走到小护士跟前，紧紧地握住了她柔软的小手。一瞬间，见证了人间真情。

"姐姐，孟大哥的病压根儿就没什么，但是回去之后还要坚持服药，我过几天去看你们。"小护士的眼里夹杂着恐惧的光，她极力避开柳韵的视线。

"小妹妹，别害怕，有我们呢！"柳韵的目光像三月的细雨，洒向小护士的心田，让她善良的幼苗成长，让她对工作和生活充满希望。

"我不会放过这个黑心医生！"孟挺松坚决果断地说。

太阳追赶乌云，照亮了大地。小护士拉开了教室的门，一阵花的清香迎面扑来。

离别了，带着满满的情意踏上归途，再回首，至少还有值得回忆的故事，把它慢慢咀嚼，会发现酸甜苦辣咸具备，是一道多么丰富的菜肴啊！

不要说珍重，不要说再见，就这样，默默地离开。但愿，在金色的秋季，友谊之树将垂下丰硕的果子。

第十九章　救人要救活

大地已经沉睡了，微风轻轻地吹着，除了偶尔一两声狗的吠叫，冷落的街道是寂静无声的。

孟挺松躺在床上，想着两天来惊心动魄的一幕幕，感到不寒而栗，如果不是柳韵、黎菲的鼎力帮助，如果不是小护士的冒险救护，自己的一切也可能就此结束了。

柳韵啊！命运让我们走到同一片天空下，一起追逐，一起成长，一起欢笑。无数个纵情欢乐的白天，无数个推心置腹的夜晚，无数个绚烂而单纯的时刻，我们一起创造，一起经历，一起看着我们走过的一切，可熟悉的汶水河，却变成了永久的痛苦回忆。

我们相识相依相爱近 20 年，你忍辱受侵后，我不介意，我原谅你，你不是没听到啊！可你还是选择了分手。汶水河边承诺的感情像一片秋天的叶子，在风中枯萎、飘零，渐渐化为尘土。

老天造就了我的悲剧。我们的爱情之花枯萎了，我孤寂的旅途没人陪伴了，剩下我一个人蹒跚地走着。爱过、恨过之后我只能独自去面对。

但是，在我最困难、最无助的时候，你却不顾一切地帮助我，使我逃过一劫，这是我想不到也不敢想的。感谢天，感谢地，感谢你救了我。我多想对你说："我还爱着你！"我不会把心画在沙滩，因为海浪会卷走；我不会把心画在天空，因为风会刮走；我不会把心画在春天，因为时间会带走。我要把我的心画在你的心中，让你的生命和我一起走。

我不会消沉，我要奋起！

漆黑的夜晚，除了闹钟的嘀嗒声和树枝的摇摆声，周围一片寂静。黑夜让孤独变得深邃，孤独在黑夜里升华，绽放演绎着黑色的美丽。没有星星的夜里，孟挺松燃烧了新的希望，他选择闭上了眼睛。

清晨，孟挺松迫不及待地打开窗户，想看一看百年庭院鸟儿们开的"演唱会"。蔷薇花树上的鸟儿们唱着低音"啁啁啾啾、啁啁啾啾"，玉兰花树上的鸟儿们唱着中音"嘀哩嘀哩、嘀哩嘀哩"，桂花树上的鸟儿唱着高音"叽叽喳喳、叽叽喳喳"。鸟儿们的"歌声"悦耳，比人们唱得还好听。

半个小时后，鸟儿们都盘旋在天空中，一边唱着，一边从这棵树飞到那棵树。慢慢地，清脆悦耳的鸟叫声渐渐小了，鸟儿们各自回家了。

孟挺松穿好衣服，拉开暗红色的屋门，站在前厅欣赏着百年庭院的美景。

"叔叔，你起得好早啊！"红军站在门口喊了一声。他的问候像一股暖风吹进耳膜，然后包围了心窝。

红军天真地看着孟挺松。他很机灵，光洁白皙的脸庞透着冷峻，一笑就出现两个酒窝；乌黑深邃的眼眸，流转着捉摸不透的幽光，给人一种阳光的感觉。

红军和孟挺松一样，小时候算得上是调皮的孩子，是个娃娃头儿，偷鸡拔白菜的事儿没少干。长大后“脱胎换骨”了。大学毕业，他看准了店上村南邻黄河滩养鱼户多的特点，在村东头开了个修理部，为老乡们修理水泵。由于他服务热情，技术高超，收费低廉，很受大家欢迎。酒香不怕巷子深，找他的人络绎不绝。

孟挺松突然犯病那天，是红军第一个背着他上沟坡的。

“叔叔，你那天把我们吓死了！”红军盯着孟挺松的眼睛，觉得他那双笑眯眯的眼睛和夜空一样深邃、神秘。

“这不很好吗！明年咱们还要一起在汶水河畔录制小鸟的歌声，拍摄蔷薇花的美景呢！呵呵！”孟挺松笑了，他的眼睛里射出一种永不熄灭的快乐的光芒。

“松松哥，那天是哪路神仙缠住你了。全东头的人都围住你转。柳韵也来了，本来我想暴揍她一顿，看着她抱住你哭时伤心的模样，没舍得下手。还有，下河救你的还有个小姑娘，长得特别美。她是谁啊？我咋没听说过也没见过？是不是未来的嫂子啊？哈哈！”说话的是若南，他眨巴着大眼睛，向远处看了一眼，给了孟挺松一个调皮的笑脸。

“别胡说！我可没有那福分。”听到若南提到那位姑娘，他知道指的是黎菲，眼睛里马上失去了灵气，仿佛里面藏着过多的忧伤。

“走，和我一起到汶水河边钓鱼去！”若南向着汶水河方向眨了眨眼睛，微笑着说。

古往今来，无数钓鱼爱好者陶醉于这项活动之中，他们怀着对大自然的热爱，对生活的激情，走向河边、湖畔，享受生机盎然的野外生活情趣，领略赏心悦目的湖光山色。只要一竿在手，性情暴躁的小伙子也会“静如处子”……

孟挺松多么希望享受这种悠闲自得的田园生活，让田园的清风吹走城市的喧嚣，让钓竿的颤动带给他童子般的欢乐。

若南在“汶水人家”开小火车，今天换班。

“走！今天跟着兄弟休闲。”孟挺松答应了。

河水静静地流着，几片黄树叶、红树叶从水面上漂过，贴着小河的脸，抒写着秋的诗句。

全义村的王千风、顺涧村的崔友灵等好几位同学在河边坐着，看到孟挺松来了，都热情地打招呼。人与自然形成了一幅和谐的画面。

若南带了两个马扎和好几副鱼竿。水面波光粼粼，像一块碧绿的翡翠，若南把鱼竿拉长后，把鱼漂整理了一下，调好鱼食，放在鱼钩上，一抛，就落在水里，静静地等着鱼上钩。

“临水一长啸，忽思十年初。三登甲乙第，一入承明庐。浮生多变化，外事有盈虚。今来伴江叟，沙头坐钓鱼。”孟挺松想起了唐代白居易的《垂钓》。

孟挺松想着参加工作以来的风云变幻和生活中的不如意，还是有点儿烦躁。

“我来！我来！”孟挺松心急了，大声嚷道。

“不要大声嚷嚷，会惊动鱼的。”若南小声说。

然后，他把鱼竿小心翼翼地给了孟挺松，孟挺松拿了一会儿，不耐烦了，一提起鱼竿，鱼食已经被鱼吃完了。

“钓鱼是钓你的耐心，你越着急，鱼儿就越没反应，只要我们按兵不动，鱼儿以为没人，会自动偷吃我们的鱼饵。我让你来就是让你从烦恼中解脱出来，一心一意钓鱼。”若南说。

孟挺松谦虚地点点头，然后静下心来开始钓鱼。

突然，鱼竿往下坠，孟挺松大吃一惊，用力抓住鱼竿，紧张得汗都冒出来了。

“鱼上钩了！”若南笑着说，然后用力把鱼钓了上来装进桶里。

“这条鱼足有三斤重，今天中午我们吃红烧鲤鱼！”他们两个开心地笑了！

“哥哥，你好！”黎菲站到了小河边。她长长的睫毛上滚动着点点晶莹的泪珠，原本妩媚灵动的眼睛此刻黯然失色，眼神是那样空洞，那样犹豫，就如一朵泪水化作的娇嫩花朵，让人无限怜惜。

“菲菲！”看到黎菲，孟挺松站了起来，心潮腾涌，好像水平如镜的汶水河泛起层层微波，心里都是感激和喜悦。

“松松哥，要不是这位美女，你早成了‘潜水英雄’了！今天中午我去做红烧鲤鱼，招待你的大恩人。”若南两只玻璃珠似的大眼睛里闪动着青春、热情的光芒。

“谢谢哥哥夸奖！”黎菲那双若有所思的梦幻般的眼睛瞧着若南。

“好姑娘啊！松松哥就是有桃花运。古人云，美女爱英雄。在汶水河畔俩美女救英雄！奇迹奇迹！松松哥，你们去河边转转吧，我再钓一条，祝你们好事成双，两全其美。哈哈！”若南向他俩递过一个羡慕的眼神。他的眼神显得深邃而动人，好像它的焦点，并没有落在孟挺松和黎菲身上，而是落在更远一点儿的地方。

“咱们来欣赏汶水河畔的美景吧？”孟挺松说着站了起来，右手向黄河滩方向指了指，示意黎菲向古老的汶水河石桥方向走。

“这是我小时候学游泳的地方，好像是我十岁时，事情发生在 7 月的一个下午，妈妈让我去外婆家取钱交学费。路过汶水河时，看到河水特别清爽，我就下河游了起来。漂浮，也就是仰泳，就是在这里自学的。游了一下午，忘了去外婆家，回到家里，我老老实实说了，被妈妈狠狠批评了一顿，吓得我再也不敢私自去游泳了。”孟挺松的表情有点儿得意和满足。

“说起交学费，我还有故事呢！”黎菲黑莓似的眼睛里弥漫着从内心荡漾出来的亮晶晶的光彩。

“我从小就有经济头脑。上小学的时候，学费应该是每学期 150 元。为了减轻家长负担，放暑假时，我选择去捉蝎子卖钱，当时一只蝎子5毛钱，我一算，300只蝎子就够我学费了。我准备了塑料袋和钳子，就去山里捉蝎子。有一次，我捉蝎子到家后，用手去摸摸塑料袋，不料蝎子隔着塑料袋把我蜇了一下，疼得我在院子里来回跑。妈妈非常心疼，再也不让我去了。我没有听妈妈的话，偷偷地跑去，有时候还带着盼盼小妹妹一起去。我连续捉了10多天，每天平均可以捉30只左右。终于捉到300多只，一下子凑足了学费。”黎菲那双眼顾盼生辉，美丽极了。

“还有呢，有一次我们几个小伙伴在山边捉蝎子，突然发现一只黄色的小长虫趴在草丛中仰着头看我们，几个男孩儿吓得扭头就跑，被我拦住了，我说长虫是龙，它是在看我们谁勇敢，如果你跑了就干不成大事业。说着我拉着他们站到离长虫不远的地方说，小龙儿，保佑我们女孩儿成凤，保佑他们男孩儿成龙。哥哥，不瞒你说，和我一起长大的伙伴，还真的不如我呢，呵呵!”黎菲那双像熟透了的葡萄一样又黑又大的眼珠，机灵地扫视着周围，好像怕人听到似的。

“怪不得你事业成功，执着、勇敢你全占了。”孟挺松那双炯炯有神的眼睛，充满了情感。

“我是一个农村姑娘，出生在普通而平凡的家庭，家庭的处境让我比同龄孩子懂事许多。都说穷人家的孩子早当家，但我认为穷人家孩子不是早当家，而是早面对现实。初中毕业时我刚刚16岁，我首先从自己的定位入手构建我的职业理想。凭我的文化程度，高端职业我处于下风，我又不爱听别人摆布，因此就选择了理发专业。学徒需要两年，两年内不但不发工资，还要交500元押金。妈妈直言不讳地对我说，剃头匠属于下九流，我们黎家祖宗八代也没人干过这一行！根本不让我学，更不要说给我钱了。我认为社会上只有分工不同，没有职业贵贱，一个人只有靠自己的双手去自食其力，生活才有意义。为了凑钱，我就去饭店打工，在饭店期间，不管是刷盘子还是洗碗，我总是认认真真，毫无怨言。三个月挣了600元。我向理发店交了500元，开始了理发的学徒生涯。”

黎菲那双美丽的眼睛稍稍鼓起，和眼眶构成平面，眼神显得强硬。

“后来呢?”孟挺松明澈的眼睛注视着黎菲，目光中始终透着对她的自信的欣赏。

“在学徒的过程中，除了‘模仿+吸收+发挥’外，我还认真读了《头皮生理学》、《毛发生理学》、《烫发原理》、《染发原理》等好多书籍，掌握了一整套技术，加上我服务态度好，我的回头客特别多。不到两年，我就产生了自己开门店的设想。呵呵!”黎菲笑得那样甜，笑得像花儿开了一样。

“你这么美丽，刚踏入社会时还存在着世风日下、物欲横流、纸醉金迷、伤风败俗，尤其是好多发廊名声不好，你是如何处理的?”孟挺松注视着黎菲，他的眼睛敏锐而细致。

“呵呵！蓬生麻中，一定不扶而直；白沙在涅，未必会与之俱黑。无蜜不招彩蝶蜂，打铁还需自身硬。只要你洁身自好，即便是遭遇到诋毁，也能够身正不怕影子斜。说实话，我在发廊，包括我独自另立门面这么多年，还真没有人敢对我怎么样!”黎菲的眼睛就像挂在苍穹的一颗星，折射出一种纯净的光辉。

“创业艰难百战多，你是如何走到今天的?”孟挺松用无比羡慕和尊敬的目光看着黎菲。

“开店需要场所啊。我选择了河阳市当时最繁华的静一大街中段将要竣工的新楼房。售楼小姐告诉我，交五万元定金就可以租房。五万元对我这个刚出道的小姑娘来说不是个小数目，因为我手里只有打工三年积攒的两万元。因此，我只好向爸爸妈妈要。爸爸妈妈看我态度坚决，根据我在理发店打工的情况，知道我能够应对社会的一切，对我放心了，就给了我三万元。我清楚记得，我凑够五万元的那天是交款的最后一天，那天下着大雪。街上行人很少，我一步一跌跑到售楼部交钱，他们给我开了定金票后，售楼小姐说，这两间房的房价是 68 万元，你先交 25 万元，然后我们帮助你按揭贷款，你把房子买下吧。买下你就可以出租，每年房租五万元，几年投资款就回来了。另外，房子还要涨价，买了就能赚钱。这样把我的心说动了，我咬着牙答应了她。可是出门之后，我确实发愁了，25 万元对于我来说是一个天文数字啊。但是一想到房子是自己的，每年可以收房租，我又有了信心。在爸爸妈妈和亲戚朋友的支持下，我凑够了 25 万元，签订了《商品房买卖合同》。从此我有了自己的房子。签订合同当天，就有人来租我的房子，两间房子七万元房租立即打到了我的账户上。”说到这里，黎菲把身体转向汶水河，轻轻地笑了，她的微笑像一抹淡淡的霞光从嘴角上飘了过去，碧波般清澈的眼神，洋溢着淡淡的温馨，嘴角的弧度似月牙般完美。

“呵呵，未出阁的小姑娘有了自己的产业！”孟挺松把嘴一抿，脸上显出一种赞许的笑容。

“手中有了七万元压底，我决心以房养房，选中了长乐路文化广场附近的房屋。谈好了价格，去签合同交房租那天正好下大雨，我打着电话往房东那里跑。可当我跑到时，房东的老婆说我来迟了，她毁了约定。我没有灰心，就在她房子的附近租了两间。有意思的是，就在那个房东老婆毁约后没几天，那个房东得了脑血栓，不会走路了。”黎菲张着口怔怔地站着，两眼里弥漫着稚气和好奇的光泽。

“呵呵！这是老天报应！我不信神不信鬼，就信报应！不讲良心、不讲信用的人就没有好下场！”说完孟挺松两眼注视着空中，出神地凝想着。

“我经营的地段相对比较繁华，开始装修，因为面积不大，我以保持干净清爽为原则。白天工人装修，晚上我和小妹妹盼盼就住在没有装修好的房子里。有一次，小妹妹的手机放在桌子上，我上街买东西，回来发现手机不见了。其间，就一个工人进来。说起来那时候也傻，不知道用我的手机振一下，也没有打 110，只是顺便对着装修工人说了几句，那个人的脸一下子红到脖子上。”黎菲抬头的一瞬间，眼角的余光瞥见孟挺松在笑。

“哈哈！我也干过这样的傻事。有一天，我和江州中级人民法院的党凌柏庭长从江州坐公交车回来。到河阳市边界时，我突然发现手机不见了，我们两个不顾一切追下车的人，问他们捡到手机没有，人家说没有就了事了，也不知道用手机振一下。”

黎菲听到这儿，“扑哧”一声笑了，就像石子投进池水里，掀起圈圈涟漪。

“紧锣密鼓装修完，我和小妹妹就开始了工作。由于我在理发店打工时的人缘非常好，新老顾客一起涌来，生意火爆，因此又招来了几个员工一起干。人多了显得地方小，为了扩大使用面积，经房主同意，我对阳台进行了封闭。这是第二次装修，封闭和室内装修同时进行。装修色彩搭配上采用金黄色的基调，宽敞高大的玻璃门镶着金边，光滑透明的外围玻璃用七根黄色的圆柱支撑着，12 个座椅前边的镜台也是金边。冷绿色座椅，白色的地板砖以及褐色的壁纸，高雅有韵味的色彩搭配，在温馨的气氛中透着开朗的风格，让空间拥有更好的想象力。功能区域划分明显，接待区、顾客休息区、烫染区、修剪区、洗发区、产品展示区一应齐全。突出了设计品位和个性，注重人性化的设计，给顾客一个舒适的环境。”黎菲如数家珍。她笑了，笑得那么快活，右腮帮上那个浅浅的小酒窝，真像一朵绽开的红山茶。

“你的发廊不就成了金銮殿了吗？配有发财树吧？”孟挺松的目光好像开荒的铁犁，默默地耕耘着一方漆黑的沃土。

“当然有了，一米八高的发财树像一个大姑娘那样亭亭玉立！”黎菲脸蛋绯红，羞答答地垂着头微笑，好像出水的芙蓉。

“一个从农村走出来的小姑娘，有住房，有门面房，还有自己的事业，身价超百万，让我羡慕、嫉妒。呵呵！”孟挺松会心地笑了，他的脸好像哪位艺术大师为他涂抹上了一层深深的玫瑰色。

“人的生活方式有两种：第一种方式是像草一样地活着，你尽管活着，每年还在成长，但是你毕竟是一根草，你吸收雨露阳光，但是你长不大。人们可以踩到你，但不会因为你的痛苦而产生痛苦，不会因为你被踩了而来怜悯你，因为人们本身就没有看到你。第二种方式是像树一样成长。我们现在什么也不是，但是只要你有树的种子，即使你被踩到泥土中遥远的地方，人们也能看到你。走近你，你能给人一片绿色或者美丽的风景，死了仍然是栋梁之材，活着死了都有用，这就是我做人和成长的标准。”说完，黎菲静静地站在那里，她那令人羡慕的白皙皮肤，嫩嫩的，像是风一吹就会被刮破；长长密密的睫毛微微上卷，覆盖在一双明亮而又深邃的眼眸上；淡定的目光给人力量，显示出她王者的风范。

“城管局那个野恨天又去店里骚扰了吗?”孟挺松浓密的睫毛下闪耀着光芒的眼睛亲切地盯在黎菲的脸上，好像他在辨认黎菲一样。

“自己拆是死！他们强拆也是死！还不如用法律和他们拼!”黎菲看着孟挺松，眼神里充满着期待。

“救人要救活！我陪着你走!”孟挺松的眼神在严肃中传递着爱意，在安静中透着温和，蕴满了兄妹般的慈爱。

孟挺松和黎菲在汶水河边走着走着，渐渐把目光转到荷叶上。荷花高高地散在水面，像亭亭舞女的裙。河水心甘情愿地躺在荷花下，将荷花映衬得更加姣美。

第二十章　种在心田的火花

黎菲安排好了发廊的工作，应朋友邀请和小妹妹盼盼来到了内蒙古大草原观光旅游。

黎菲姊妹两个摆脱了城管的骚扰，开始放飞心情、放飞理想！

大草原真绿啊，绿得仿佛是一块闪闪发光的绿宝石；大草原真静啊，静得可以让你听到牛羊的叫声；大草原真大啊，大得让你找不到边际。

“姐姐，我的腿有点儿痒。”盼盼俨如天鹅般的眼眸，偶一流盼，如此甜美；柔丝般的、弓样的眉睫，遮掩着盈盈的双瞳。

野花野草铺在脚下，其中有许多不知名的昆虫从中跳蹿出来，有些还带着“咔嚓咔嚓”的声响。长长的野草似乎在用它们“锋利”的草片刺扎着不速之客的腿脚，微微有些痒的感觉。野草堆中不时有些晒干的马牛粪便，有时不留神踩在上面，硬硬的。

“妹妹，我好像进入了一个神秘的世界。”黎菲两眼注视空中。

极目远眺，一片连绵起伏的高山，望不到边。这些山与天相连，犹如一幅水墨画。白蘑菇般的蒙古包点缀在绿茵如毯的草原上，格外醒目，成群的牛羊像朵朵棉花镶嵌在草地上。一幅自然和谐的美丽风景画，令人陶醉。

“姐姐，我好想吃棉花糖！呵呵！”盼盼那两汪清水似的凤眼，淡淡地看着黎菲。

仰视，几朵白云缓缓地飘过蔚蓝的天空。白云有的像马儿在天上奔跑着，有的像鸟儿在天上自由飞翔着，有的像棉花糖似乎在故意吊着姊妹俩的胃口。而那些分散开来的几朵小云则像几只与羊群分散的小羊，盲目地追随着其他羊群。

“妹妹，我已陶醉于大自然之美中。我太喜欢美丽的蓝天白云、宽广的绿色草原和洁白的羊群，我已经成为大自然的一员了！”黎菲说着张开双臂，闭目，贪婪地深吸一口气。

姊妹两个已置身于花海之中，各种花香扑鼻而来。蜜蜂仍在辛勤地采蜜。

叮当叮当！传来驼铃声，原来是骆驼来了。

“姐姐，骆驼来迎接我们了！”盼盼的眼睛像月牙儿一样，仿佛那灵韵也溢了出来。

“我们骑骆驼去！”黎菲深情的眼睛里闪耀着晨曦露珠一样的亮光。

许多骆驼排列在一起，蹲在地上，每只骆驼都有两个驼峰，等到姊妹俩都坐上，骆驼才站起来。

“姐姐，我有点儿怕。”盼盼向前后左右望了望，脸上露出惊恐的神色，心里渐渐打起小鼓来。

“怕什么！你看那么多人在骑骆驼。别人能干的事我们也能干，别人不能干的事，我们也要干！”黎菲扬起脸，睁大眼睛看着妹妹，从她内心射出一种永不熄灭的快乐的光芒。

骆驼排成一队开始行走了，黎菲在前，盼盼在后。

走了些路，盼盼的胆子就大起来了，也就不害怕了，她坐在骆驼上看着路边的风景。

骆驼负重千斤，步伐却依旧稳健有力。高悬在天空的烈日，喷射着灼热的火焰，但骆驼依旧执着无怨无悔地向前迈进。

面对这样壮观感人的场景，黎菲觉得自己很渺小、很脆弱，此时此刻，她除了反复吟咏屈原的“路漫漫其修远兮，吾将上下而求索”外，便是不停地喝水解渴。而坚韧不拔的骆驼，依旧默默地顽强地走向苍茫的远方。

下了驼背，黎菲还在想：“如果一个人能像骆驼一样坚韧不拔，不遗余力，奋力向前，那么他面前就不会有无法跨越的‘死亡之海’。就可以蔑视面前的困难和不利的环境，潜心积蓄自身的力量与勇气，也许成功，也许是惨不忍睹的失败，但那沉甸甸的壮丽的旅程，足以使他感叹自己拥有着无悔的人生。”

“像骆驼一样躬身前行，是我矢志不渝的人生座右铭。我要依法维权，决不能放过无法无天的城管!”黎菲好像看到了野根天狰狞的面容。

“姐姐，我想骑马!”盼盼的眼睛像一双小燕子，在滟滟的春水上打着圈儿。

“呵呵，那还不容易!”黎菲答应了小妹妹。

黎菲在一名工作人员的帮助下，骑上了一匹枣红色的高头大马。骑在马上，她自豪极了，左顾右盼，感到自己就是草原英雄了。马儿开始小跑了，她抓住缰绳，双腿夹住马肚子，耳边一阵阵风吹来，清香扑鼻，望望远处的风车，看看蓝天白云、五颜六色的野花，她真的陶醉了。

盼盼选中了一匹白色的马。马威猛高大，有两个小孩儿那么高，一坐到马上，她就特别兴奋，她两脚使劲蹬了一下马肚子，喊道：“驾!”这下好了，马儿好像听懂话一般，开始走起来了。她骑马走在绿茵茵的草地上，好像一个将军，真是太爽了！她终于体会到了那种策马扬鞭的乐趣……

下了马，黎菲没有妹妹那么兴奋。她看着草原，想起了白居易的古诗《草》：“离离原上草，一岁一枯荣。野火烧不尽，春风吹又生。远芳侵古道，晴翠接荒城。又送王孙去，萋萋满别情。”

“野恨天不会善罢甘休，我要像小草那样顽强地抗争！我心中的火种要燃烧起来，把一切贪官污吏烧成灰烬！”

“咩——”，一只长着漂亮长角的羊突然抬起头来，神气地对着天空叫了一声，之后又在原地兴奋地转了好几圈。其他羊见它叫得这么欢，也不甘示弱，纷纷效仿，就连还在喝奶的小羊羔也稚声稚气地叫了几声。顿时，羊群的叫声划破蓝天，回荡在草原上，就连在远处觅食的鸟儿也受到惊吓，拍着翅膀“扑棱棱”地飞上云端。

黎菲不放心她的发廊，她的心飞到了河阳。

河阳，天阴沉沉的，乌云没有一丝空隙是白的，整个天空是一片乌青色。志鹏拿着从新华书店刚买的《省行政执法条例》和《江州市城市市容和环境卫生管理条例》快速向发廊走去。

志鹏是顶点造型发廊的员工。他长着一副精雕细琢般的面庞，拥有英挺秀美的鼻子。他嘴唇的弧角相当完美，随时都带着笑容。略显清癯的脸上，长着一对机灵的大眼睛。那两颗像黑宝石似的眼珠只要一转，鬼点子就来了。最引人注目的是那层次分明的黄色头发，据说他家祖孙三代都是这种头发。

店里就剩他和明鑫两个人。明鑫年龄太小，有些顾客他应付不了，更不要说那个野恨天了。

志鹏小跑起来，没走多远，就下起雨了。他加快脚步跑到了发廊，纹丝不动地站在台阶上，抬头看看天空，天空似乎离他更近了，仿佛伸手就会触到云的清凉。

他凝视着长乐路，看到两排槐树上已经枯黄残缺，那一张张飘落的树叶，比起昔日的茂密与嫩绿，倒觉得此时的它们更为美丽。

黎菲出去时交代过，对付城管局野恨天这些人，一定要有理、有利、有节，依法行使权利，千万不能莽撞行事。

志鹏双手叉在腰部站在发廊台阶上，眉毛微微皱着，目光深沉，似是幽潭一般。野恨天5月份以来的恐吓让他陷入沉思，是什么让道德缺失，是什么让人性倒退，是什么让他无法无天？今天要逗逗野恨天。

突然，野恨天带着一帮协管员开着车过来了。

汽车停在人行道上。野恨天首先下了车。

“老板在吗？”野恨天瞪着眼睛，眉毛一根根竖起，愤怒地盯着志鹏。

“老板去内蒙古出差了。”志鹏神态自若，丝毫没有慌张的样子。

“你们为啥还不拆？”野恨天发出一种受伤的狮子般的怒吼声。

“你们不是说好等老板回来拆吗？”志鹏从容镇定，因为姐姐临出差时告诉他，与野恨天这样的人进行周旋时，所需要的不仅仅是才智，还要有勇气和镇定。

“市长从这里路过，发现你们没拆，命令你们三天之内必须拆除！”野恨天勃然大怒，眼珠瞪得拳头大，活像一只愤怒的随时准备扑上去咬人的美洲豹。

“是哪位市长命令的？法大还是市长大？”志鹏依然气定神闲。

“这是国家秘密、个人隐私，你懂吗？你简直是个法盲！”野恨天牙齿咬着嘴唇，凶狠的脸扭曲得皱皱巴巴，眉毛抖动得像是发出了声音，两眼喷射出吓人的凶光。

“怎么了，鹏哥？”只见一个大男孩儿慢悠悠地推开金黄色的大门，走了出来。他戴着一副平光镜，右边裤兜里露着一把菜刀。

他叫明鑫，刚过16岁生日。他这个年龄，正是上学的时候。他不想上学，经多方打听，了解到顶点造型发廊的大姐姐品行端正、技艺超群，就选择到这里学习。

他虽然还不是成年人，但个子有一米七。圆圆的脑袋，胖乎乎的脸，一双水汪汪的眼睛，不时滴溜溜转动着，显示出不一般的机灵和淘气劲儿。

他站在发廊台阶上，摸了摸裤兜里的菜刀，眼珠挺神气地转来转去，好奇地看着眼前的野恨天和围观的群众。

“快撤！他们要行凶！”野恨天看着明鑫裤兜里的菜刀，惊得目瞪口呆，嘴巴大张，简直可以丢颗汤圆进去。

野恨天的喊叫声像一场突来的暴风雪，令人猝不及防。协管员们也都看到了菜刀，感觉有个灾难大鸟从空中飞过来了，一场血腥的厮杀将要发生。他们纷纷后退，一个比一个跑得快！

“110吗？我们是城管局的，这里有人阻碍公务，带着刀要行凶杀人！”野恨天吓得跑到匝道上，脚下不停地踱步，焦躁不安、急不可耐地打电话向公安求助。

“你们在什么位置？”110值班室回答。

“河阳市长乐路中段，文、文、文化广场，东、东、东南角，顶、顶、顶点造型发廊。”野恨天急得满脸通红，汗珠直往下掉，连说话都结巴了。

不到十分钟，民警就赶到了现场。

“谁是报警人？咋回事？”民警问道。

“我叫野恨天，城管局的稽查大队长。”野恨天答道。他的眼睛死死盯着明鑫裤兜里的菜刀，好像明鑫一下子会把他的光头砍掉。

看到110来了，中央小区的门卫出来了，附近做生意的出来了，路过的行人更多了，都在看热闹。

志鹏看到野恨天这个样子，故意从明鑫裤兜里抽出了菜刀，在野恨天的眼前晃了晃，吓得野恨天又后退了几步。

这时候，志鹏像变魔术似的，把“菜刀”来回翻了几下，让大家看了看，然后从容地把“菜刀”交给了民警。原来是一个手机的装饰品。

“看清了吗？看把你吓的，像个公务员吗？你这是谎报警情！下次注意啊！”民警说完，让野恨天在出警记录上签个字就离开了。

“野恨天作恶多端，做贼心虚，看把他吓的。哈哈！”一个围观的人说。

“像野恨天这样的败类，就该杀了他！”另一个人说。

志鹏随机应变，假戏真做，戏演完了，他哈哈地笑了。顶点造型发廊南边第一足浴店的小伙子看了之后，马上仰天大笑，笑得震耳欲聋。邻居卖电脑的小姑娘一边笑一边捂住嘴，因为她知道明鑫有一把“菜刀”。门卫大叔笑得已经站不稳了，走路也歪歪扭扭的，像喝醉了酒似的。还有一个小姑娘，刚入口的饼干都差点儿喷到别人的身上。

志鹏笑得前仰后合，回头看了看明鑫，明鑫正在傻傻地笑呢。

说实话，小家伙真不知道一个小小的玩具竟给大家带来这么多快乐。

愁云密布可以苦笑，杞人忧天可以傻笑，掩耳盗铃可以偷笑，名落孙山可以嘲笑，洞房花烛可以欢笑，金榜题名可以畅笑。野恨天也笑了，不过他的笑比哭还难看。

“给你们两份听证告知书，在上面签个字。”野恨天稍微收敛了一下笑脸，把两张纸递给志鹏。

“让我给老板打个电话告诉她一声。”志鹏说着拿起手机就拨号。

“你的事真多！”野恨天嘴巴一噘，眉毛忽地皱了起来，眼神中透露着明显的不耐烦，左手不客气地叉着腰，右手摇晃着那两张纸。

“老板是法定代表人，她不在家，你们两个就是代表人。你们拒收，我们就使用留置送达程序。听清没有？”野恨天说着把那两张纸放在了吧台上，扬长而去。

“你以为自己是太阳呀，别人都得围着你转。你要知道宇宙之中也就一个地球，不可能让你的气焰烤爆了。”看着野根天远去，志鹏轻蔑地说了一声，随即拨通了黎菲的电话。

“我明天就到河阳，你把文书交给孟律师，我们申请听证！”黎菲毫不犹豫，斩钉截铁。

天灰蒙蒙的，已经有点儿凉，汶水河畔的百年庭院里，小草低下了头，树枝弯弯曲曲，孟挺松站在前厅台阶上抬起头，发现乌云密布，没想到雨已经悄悄地下了起来。他痴痴地望着已经凋零的蔷薇花，悲伤在他心里悄悄地落了根。一个人蜷缩在角落里，被寂寞吞噬着。想着熙熙攘攘的社会，感觉是那么陌生，那么格格不入。他沉浸在自己的灰色世界里。他一直在思索活着的理由，泪水在眼眶打转，他不是不想振作，不是不想努力，可是社会为什么总是跟他过不去呢？

“哥哥，人的一生中，奔波与劳碌如影相随，痛苦与寂寞挥之不去！再好的东西都有失去的一天，再深的记忆也有淡忘的一天，再爱的人也有远走的一天，再美的梦也有惊醒的一天，该放弃的决不挽留，该珍惜的决不放手。我永远在你身边！”柳韵的话在他耳边响起。

“哥哥，当医护车把安详的您推到病房的那一刻，我已经感觉到您是一位文人雅士。工作是做不完的，身体可是累得垮的，健康是生命的本钱，忙碌的日子要好好照顾自己啊！”小护士的祝福他记忆犹新。

“哥哥，我不是因你而来到这个世界，却是因为你而更加眷恋这个世界！如果能和你一起与城管拼斗，我会对这个世界满怀感激。感谢上天让我与你相遇！”黎菲的话语气坚定，好像就在他耳边。

柳韵是坚定不负爱恋意，小护士绵绵细雨情谊深，黎菲是不达目的不罢休。这几只美丽可爱的小鸟不知会把他带到什么地方去啊！但是孟挺松明白，对事业的追求永远不能停止。

从洛阳精神病院回来之后，柳韵几乎每天都来看望他，鼓励他振作起来；小护士千叮咛万嘱咐要他调整好心态；黎菲汶水河畔一别，去内蒙古观光旅游已经几天了，每天都给他发来她在草原的美人照。

“孟律师，您好！城管局那个光头来了，留下两份听证告知书，我给您送过去吧？”志鹏打来了电话。

“不用了，我20分钟赶到。”孟挺松听到这话，精神就来了，他驾驶着汽车，风驰电掣般地赶到城里。

“听证告知书，三天的申请时间，决胜的机会到了！”孟挺松望着长乐路上的大槐树，犀利的目光像一把闪耀着光芒的钢刀。

孟挺松让志鹏拿来笔和纸。那支笔在他两根手指间像孙悟空的金箍棒一般，神气地转了几圈。他开始写了，写得十分认真，一撇一捺都规规矩矩的，力求完美，写出来的字既端正又精神，像一排排穿戴整齐的士兵在站岗。

河阳市城市管理局：

为了协助贵局依法行政，纠正贵局极个别人员滥用职权的行为，提高城市管理人员在人民群众中的执法形象，加快国家对城市管理的立法进程，促进河阳市的城市文明建设，特申请对河阳城管《行政处罚听证告知书》和《行政处罚事先告知书》听证。

谢谢！

申请人：黎菲

附：《告知书》2份（听证时提供）

整篇听证申请书没有怨气，没有仇恨，没有涉及自己的权益，充满着对国家法治建设的关心，充满着对提高政府形象的渴望。

“志鹏，让黎菲过目后用单挂号发走!”孟挺松向志鹏做了交代后，驱车返回到汶水河畔。

银白的月光洒在地上，百年庭院传来了蟋蟀凄切的叫声。夜的香气弥漫在空中，织成了一张柔软的网，把所有的景物都罩在里面。眼睛所接触到的都是罩上这张柔软的网的东西，即便是一草一木，也不像在白天里那样真实了，它们都有着模糊、空幻的色彩，使人有一种如梦如幻的感觉。

孟挺松如释重负地进入了甜蜜的梦乡。

第二十一章　狼狈为奸

6月24日上午，太阳好像负着重荷似的一步一步，慢慢地努力上升，到了最后，终于冲破了云霞，完全跳出了地平线，颜色红得非常可爱。一刹那，这个深红的圆东西，忽然发出了夺目的亮光，射得人眼睛发痛。

因为城管局借用了河阳市人力资源和社会保障局的仲裁庭作为听证的地方，所以孟挺松和党青柏教授早早等候在该局门口，他俩是作为黎菲的委托代理人参加听证的。同时，孟挺松还邀请了质量技术监督局退休的老同志马寻文和部分小摊贩来参加听证活动。

黎菲对孟挺松和党教授的实力非常了解，所以就不参加了。

人社局三楼仲裁庭布置得庄严肃穆。

城管局法制室主任张庆贺和两位听证员穿着浅蓝色的短袖上衣和正面无褶的黑色西装裤，端坐在听证主席台上。他们英俊的脸上，透露着一种严肃，但是又不缺乏亲切和蔼。他们直挺着腰板，目视着台下的一切。从他们炯炯有神的眼光里，可以看出他们身经百战。

听证席前边是书记员位置。城管局办公室主任行从丹担任书记员。行主任有着娇艳俏丽的容貌和妩媚得体的举止，她说话的声音非常甜美，像春风从耳边吹拂，如清泉在心田流过，给人一种真正的精神享受。

张庆贺从部队转业回来已经20多年了。面对占道经营人员的游击战术，他会不厌其烦地宣传法律法规；面对满街泛滥的牛皮癣广告，他和同志们一道夜以继日地耐心清除；面对尘土飞扬、脏乱恶臭的垃圾，他和同志们不怕脏不怕累地认真清理；面对群众的误会、冷眼和嘲笑，他依然能够保持冷静，报以宽容。一次次的苦口婆心，让河阳百姓心服口服。一句句文明的言语，凝聚了他无数的心血。他的思想修养、人格品质得到领导和同志们的赞扬，深受百姓的欢迎。

在城管同志们的辛勤管理下，河阳市的道路变宽了，道路畅通了，路面整洁了，空气清新了，树木更绿了，花儿更红了，华灯更亮了……大街小巷无不呈现出应有的亮丽和整洁，每一个人随时随地都能亲身感受到城市管理所带来的整洁有序、优美文明的环境。河阳市城管局，不愧是城市容貌的美容师，不愧是城市文明的守护神。

“听证会开始！”张主任的声音显得很稳重，给人一种安全感，但又显示出一种震撼力。

孟挺松和党教授稳稳地坐在申请人席上。他们知道在这几个小时之内将要和野恨天、丁问旋针锋相对。

野恨天和丁问旋两位行政执法人员坐在被申请人席上。野恨天低着脑袋，眼睛不望人，怯生生的，像是暴露在老鹰面前的雏鸡。

申请人介绍完身份后，野恨天也开始做自我介绍。他看了看听证主席台上的三位听证员，嘴里就像含了一串冰糖葫芦，呜呜啦啦半天才说了出来，大街上的无理和傲慢不知道哪里去了。

“我是协助野恨天工作。”丁问旋介绍完之后，这样补充了一句。因为他知道，黎菲不会放过野恨天用汽车堵门店、威胁顶点造型发廊拆除封闭阳台的行为。他不想让这样的行为摊到自己身上。

“哈哈！行政执法人员有主次之分吗?”孟挺松在心里暗暗发笑，丁问旋是在推脱责任。

“请申请人宣读听证申请。”张主任目光投向了孟挺松和党教授。

党青柏教授开始宣读：

请求事项：

1. 依法撤销贵局的三次《责令限期改正通知书》。

2. 停止行政处罚。

事实和理由：

贵局向我下达的三次《责令限期改正通知书》已经严重违法，请求予以撤销。

贵局混淆了行政执法决定、行政行为和行政处罚的概念。

首先，贵局的《责令限期改正通知书》是具体行政行为。如果让我拆除，会严重影响我的生产和生活。根据《省行政机关执法条例实施办法》，贵局应该备案，没有备案显然不正确。

其次，贵局三次下达《责令限期改正通知书》，明显违法。行政执法文书是非常严谨的，可是贵局三次下达的行政执法文书中行政相对人不一样、决定内容不一样、适用法律条款不一样。贵局对这种行为应该引起重视。

最后，野恨天的行为严重影响了贵局的形象。野恨天作为一个行政执法人员，多次一人到执法现场，不出示行政执法证，不依法使用执法记录仪，而是带几个协管员用手机乱拍照、乱录像。更有甚者，当要求他出示行政执法证或者当我们申辩时，他一句话“把车开来堵住门”，然后几个协管员开车把店门堵住，放高音喇叭。这种行为是没有经过贵局的领导和法制部门批准的，因此他应当对他的行为负责任。

我认为，构筑物违法不违法、拆除不拆除是小事，协助贵局依法行政是件大事；我期望通过我们的交流沟通，贵局能够自我纠正。这样有利于贵局依法行政，从而重新树立贵局在人民群众中的形象。

听完党教授的宣读，野恨天的目光不安地四处游走，却又不敢接触任何人的目光，窘迫地坐在那里。

丁问旋似乎有话说不出来，他苍白的脸上泛起一阵红晕，尴尬地看着众人，眼睛躲躲闪闪好像看哪里都不对，不知如何应对眼前的情况。

“办案人答辩！”张主任盯在野恨天和丁问旋的脸上，好像要辨认他俩一样。

“孟挺松仗着干过行政执法，多次妨碍公务！”野恨天怒不可遏地吼叫一声。

“胡说什么，感情用事，听我说。”丁问旋瞪了野恨天一眼说，“我们的案件事实清楚，证据确凿，适用法律正确。”他晃着脑袋，撇着嘴，似笑非笑，显得满不在乎。

“下面由办案人举证！”张主任看了野恨天和丁问旋一眼，目光犀利而深邃。

“《责令限期改正通知书》、《立案审批表》、《现场勘验笔录》，还有现场照片，证明俺俩办案正确。”丁问旋胡诌道。

“下面由申请人质证!”张主任看了看孟挺松，他的目光似水，但比水还要清澈。

“有异议！这几份材料不真实、不合法！不真实是指抽掉了好多证据；不合法是指行政相对人不合法、实体不合法、程序不合法。整个档案没有装订、没有排列、没有编号、没有编目、没有装盒，没有有序化。”孟挺松的眼神藏锋卧锐，流露出一种机警、智慧的神采。

野恨天和丁问旋听着孟挺松讲到档案标准，简直像听天书。

“下面由申请人举证。”张主任说道。

孟挺松开始出示证据，一双明澈的眼睛注视着野恨天和丁问旋，犀利的眼神中始终透露出自信与坚强。

“证据一，《租房合同》一份，证明顶点造型房屋的所有权人是李太平；证据二，《答复书》两份，证明贵局承认自己没有确定违法、违章建筑的资格；证据三，照片两张，证明野恨天擅自命令城市协管员堵住门店，胁迫拆除；证据四，最高人民法院行政裁定书一份，证明贵局确认的行政相对人错误，违反法定程序。”

“下面由办案人员质证!”张主任瞥了野恨天和丁问旋一眼。

“有异议!”野恨天举起了右手。

“请讲!”张主任有点儿好奇，这家伙突然敢说话了。

“孟挺松在侮辱我，堵门是丁问旋出的主意，他想推脱责任。”野恨天充血的眼睛像死人般地盯住孟挺松。

“堵门的事我不知道，是野恨天带着一群协管员干的。”丁问旋无精打采的眼睛突然睁开了。

“呵呵！两名行政执法人员开始龙争虎斗了，好不热闹啊!”看着这种场面，孟挺松心里像灌了一瓶蜜，眉角含笑，四方的紫糖脸上也隐隐约约泛起了红光。

“办案人员不要再说了，双方还有证据提供吗?”张主任嘴巴一噘，眉毛皱了起来，眼神中透露着明显的焦急与不耐烦。

当听到双方没有证据后，张主任宣布开始辩论。

“首先由申请人发表辩论意见。”张主任目光里闪耀着渴望的光泽。

孟挺松环顾了一下四周，习惯地喝了一口水，讲了六条辩论意见，重点讲了第六条：“一、贵局认定的案由不正确。二、贵局《行政处罚决定书》认定的行政相对人错误、被处罚主体错误。三、贵局没有确认违法、违章建筑的资格。四、贵局确认的违法、违章建筑没有标准。五、国家是允许封闭阳台的。六、贵局的执法程序不严谨。1. 没有对阳台所有人进行确认，没有进行公告、催告等法定程序；2. 行政决定下了三次，每次都不一样；3. 野恨天一句话就让协管员把店门堵住，播放高音喇叭；4. 不带行政执法证，不带执法记录仪，让协管员进入执法现场，拿着手机乱拍照；5. ‘你的身份证也需要一年一审吗?’成为贵局丁问旋的经典语录；6. 出示的公文，不是逻辑思维错误就是适用法律错误，还拒不认错、拒不改正；7. 行政相对人稍微一抗辩，野恨天就说是妨碍公务；8. 送达法律文书没有按照法律规定的程序送达。野恨天和丁问旋根本就不懂得留置送达的程序，所以贵局三次的《责令拆除通知书》文书等于没有送达。”

孟挺松的辩论论点、论据、论证结论，层次分明，逻辑缜密，如同决了堤的洪水，浩浩荡荡、哗哗啦啦地倾泻了出来。

“我们没有什么辩论意见，不要听孟挺松胡诌。”野恨天张着口怔怔地坐着，直着眼睛看张主任。

“又在胡说。”丁问旋瞪了野恨天一眼。

“听证会结束，双方核对笔录，签字退场。”张主任说罢，陪着两位听证员离开了。

天气十分闷热，孟挺松和党青柏并排走出了人社局大门，走到了树荫下，但这树荫下，没有一丝风，失去了“大树好乘凉”的作用，还是不停地冒汗。

听证会结束了，孟挺松的心并不平静。他在质量技术监督局工作时走过这样的程序，做律师工作时在工商局也走过这样的程序，全是走过场。这次城管的听证效果很好，但是成功率不高。

“老天爷啊，赶快乌云滚滚、电闪雷鸣吧！一场倾盆大雨下起来，或许会暂时洗去这夏日的燥热。”党青柏教授文质彬彬地说了一句。

“党老师，您看，乌云压过来了！”孟挺松朝着西北方向指了指。

天黑沉沉的，像玉帝打翻了墨汁瓶。突然，轰隆隆的雷声响起来，紧接着，一道闪电划破了天空。不一会儿，黄豆大的雨点从天而降，打在地上噼里啪啦直响，狂暴的大自然似乎要把整个人间毁灭。

“李局长，大事不好，孟挺松和那位教授在听证会上把咱的行政行为驳得一无是处。”听证会结束后，野恨天就跑到了城管局长李辉的办公室里向他求救。

“急什么！等我听完张主任的汇报再说。”李辉笑了笑。他心里非常清楚，城管局的挑战者是有着多年行政工作经验和法律工作实践的孟挺松，这个案件不可掉以轻心。

“李局长，你让我堵住顶点造型门面一个月，丁问旋推到我一个人身上，孟挺松盯住不放，我真怕饭碗难保。”野恨天摸不清李辉葫芦里卖的什么药，忐忑不安地看着他的脸。

“你叔叔野疏同掌握着全市财政大权，怕什么？马上联系你叔叔，让他通知市法制办主任刘永利、法院副院长华畅，今晚酒店见面。按以前的方法行动！孟挺松想跟我过不去，休想！”李辉的一双眼睛冷冷地闪着寒光，似乎是白森森的剑影。

夜幕降临了，迷人的夜空使人陶醉。夜的存在给人们带来了无限的寂静，它使疲惫不堪的城市恢复平静。

夜静了下来。李辉、野疏同、刘永利、华畅几乎同时到达酒店门前。

野疏同不停地挪换着脚步，显得急不可耐；刘永利望着酒店五光十色的霓虹灯，像热锅上的蚂蚁；华畅兴奋异常。

“弟兄们，不要着急，我安排好了美味大餐供大家品尝。”李辉指了指酒店华丽的餐厅。

“耽误时间，免了吧！到对面小餐馆吃碗快餐就行。”华畅红红的眼睛好像烧焦了。

“哈哈，和柳韵几天没有亲密了吧?”刘永利调侃道。

“自从她在汶水河边救助孟挺松后，我和她就同床异梦了。”华畅的眼睛里含着恨意。

“院长官大，恭敬不如从命，走！过路那边。”说着，他们四个像四头健壮的野驴，大步流星走向路对面，吃碗驴肉烩面就返回了酒店。

“一人一个房间，进去泡吧。泡完澡按一下电铃，每人一位小姐做全身按摩。记住，玩到尽兴为止。”李辉吩咐着。

华畅进去不到五分钟，就按响了电铃，一位亭亭玉立的少女推门而入……

少女用挑逗的口吻对华畅说：“想不想让我赶快脱下裙子?”

“想啊!”华畅早已垂涎三尺。

华畅走出浴池，伸手将少女裙子往下扯了扯，想要扯到膝盖处，扯了几下，心里一急，还是没有扯掉。

“君子动口不动手啊!”少女这时故意扭动了一下身体，摆动了一下美腿。

“今天我可不是君子，我是色狼!”华畅回答得轻佻。

少女用她轻巧而灵活的手脱下了裙子，羊脂美玉一般的肌肤呈现在了华畅面前，他一个公主抱就把她抱进了浴池……

“这是我的名片。”风雨激荡之后，华畅和少女静静地躺在床上，他拿出了自己的名片交给了少女。

“啊！法院副院长。”少女先是怔了一下，继而皱起眉头似乎在思索什么，转瞬睁大了双眼，张大了嘴，好像突然明白了什么似的。她一转身，趴在了华畅的身上，紧紧地抱住他，生怕他跑掉。

咚咚咚！服务员敲门三声，华畅依依不舍地离开了房间。

城市是没有黑夜的，凌晨两点了，天上的月亮大致只有圆满时的一半，暗淡的光辉和地面上霓虹散发出的光遥相呼应，互诉着天上宫阙的寂寞和人世间的繁华。

“孟挺松，你等着吧！有你好看的！”野恨天坐在车上，透过车窗，向远处的公路望去，霓虹一闪一闪的。一阵风吹来，他看到李辉、野疏同、刘永利、华畅喜气洋洋地从酒店出来，他露出了得意的笑容。

“李局长，把你送到哪里？”过了黄河桥，野恨天怯怯地试探，因为他知道李辉有时候去宾馆，有时候回家。

“今晚不回去，在办公室休息一下就行了。”李辉像是喝了清醇的酒，嘴角也露出了笑。他昨晚向老婆撒了谎，说是在机关加班。

下午 3 点，明光大街西段的马路上发着白光，水泥路被晒得滚烫滚烫的，几棵老树像病了似的，叶子在枝上打着卷，枝条一动也不动，无精打采地低垂着。小摊贩不敢吆喝，生怕城管来骚扰，几家商店门口的有机玻璃招牌也似乎给晒化了。

丹凤路出事了，几位协管员进商店把汽车修理工具抢走了，一位老大娘在屋外等着；小游园出事了，一位协管员到鲜花店乱拍照，被百姓围堵了；钟鼓楼出事了，野恨天把卖西瓜的商贩的电子秤砸坏了……

李辉一觉睡到下午，醒来后伸了伸懒腰，拉开了屋门。几位副局长和中层干部鱼贯地进了他的办公室。

野恨天望了望这个始终保护自己、给自己带来财富的李辉，只见他脸上非常平静，嘴上叼着一根烟。坐在沙发上的副局长和中层干部双眼紧紧盯着李辉的脸色，生怕自己哪里做得不到位，让他找上茬儿，那就不好了。

李辉熄灭了自己嘴上的中华烟，喝了口水，正准备讲话。突然，“扑”的一声响，不知道哪位同志肚子不好，放了一个闷屁。俗话说，臭屁不响，响屁不臭。这个同志的屁确实臭得厉害，一下子就把李辉想要讲话的兴趣给打消了。

“屁是一只虎，出来没人堵，三千人马来捉屁，一屁嘣死两千五，还有五百没嘣死，嘣他鼻眼都是土，洗洗擦擦一上午。”

“呵呵。”不知道谁神经过敏，竟然在这个时候笑出了声。这一笑倒好，几个跟着副局长来汇报的中层干部也都笑了起来。李辉一看这个阵势，也放下了紧绷着的脸皮，随着大家笑了笑。他一笑大家都轻松了很多。

这个屁横扫了沉闷的室内空气。几个副局长和中层干部都为这个屁暗喜。反正他们都是个摆设，被套上一个紧箍咒，他们能高兴吗？他们觉得某人这个屁放得太是时候了，刚好可以把这个独断专行的李辉戏弄一下。

“那个谁，把窗户开一下，让屋子里面透透气。”办公室主任对着靠近窗户的野根天说。

“你凭啥指挥我？”野根天认为，不是自己放的屁，自己又是李辉身边的红人，办公室主任不该指挥他。

屋子里面出现了短暂的平静，静得出奇。办公室主任被这个局面搞得有点儿尴尬。他发出的指令野根天竟然不去执行，他的脸色立马变得十分难看。

在座的副局长和中层干部心里面都乐了，这个主任平时就喜欢在李辉面前出风头，可现在，野根天不吃这一套。大家似乎都出了一口恶气。好像人都是这样，见不得别人出风头，但是自己出风头的时候，却永远不顾及别人的感受。

“那个野队长，你动一下，开开窗户，透透风。”就在大家都看着办公室主任出丑的时候，李辉立刻对着坐在窗户边的野根天说道。

野根天听到一把手李辉这么一说，似乎回过神来。他一边受宠若惊地站了起来，一边快速走到窗子旁边，打开了窗户和排气扇。

“李局长，通过对顶点造型发廊的听证会，我感觉我们的执法行为有问题，是不是不予处罚?”法制室张主任开始说话了。

“李局长，全市1100家这样的情况，逼着拆了1000家，还有100家没拆，群众意见很大，是不是暂停一下?”主管城管大队的副局长跟着说。

“什么执法有问题，现在的百姓就是吃软不吃硬，保住了顶点造型发廊，拆过的1000家咋办?我怎么向他们交代?”李辉怒吼着，冷眼瞧着坐在沙发上的副局长和中层干部。

“大家都认为这个案件无论从行政相对人的认定上，还是确认违章建筑的资格上都不符合法律规定，都不同意继续进行。”张主任继续陈述。

“放屁！立即下达行政处罚！到哪里我也不怕。什么法律不法律，法律靠人来操作，我说了算。”李辉更加愤怒。

屋子里鸦雀无声。大家不约而同地看看窗外，感觉沉闷闷的，好像被什么压得喘不过气来。灰色的云朵大片大片地掠过，天空被压得很低，几乎触手可及。

窗外变成了灰蒙蒙的一片，渐渐地又变成纯纯的浓黑，似一道浓墨泼洒在大街上。

第二十二章　提起行政诉讼

秋天的清晨，太阳还没有升起来，东边的天际是灰暗的，渐渐变成暗红了。天边的云连接着，重叠着。一会儿阳光从云彩的缝隙，一束束，一缕缕，射向天际，又映红了大地。

黎菲推开房门，一股凉爽便扑面而来。她走下楼梯，手和脸猛然被这种凉爽包围了，心也清爽了，睡意顿时无影无踪。她忍不住舒舒服服地伸了个腰，深深地吸口气，那股凉爽便真切地进入了五脏六腑，进入了血液，进入了每一根神经。

多年来在发廊工作，因为客人有时来得很晚，他们又不好意思拒绝，常常加班加点到深夜 12 点甚至更晚，使她养成了晚上熬夜的习惯。但是只要她躺下，马上就进入梦乡。由于她睡得香甜，所以她的面容没有黑眼圈、没有疲惫，让人感觉她的相貌总是那么娇美，别说中原腹地罕有如此佳丽，即使江南也极为少有。

“听证会已经过去两个月了，城管没有任何动静，是不是他们发现了自己的错误自我纠正了，还是隐藏着更大的阴谋？也许是孟挺松预料的‘于无声处’吧！”黎菲在思考着。

人生就像一场长途旅行，在这场旅行中，会遇到很多人和事，会遇到美丽的风景，会遇到很多想要或者不想要的东西，比如鲜花、美酒、掌声，比如沮丧、抑郁、绝望。贪心的人总想把所有的东西都据为已有，不会想东西太多自己是否能拿得动。豁达的人总是选择自己最需要的东西，简单快乐才是好滋味。

多年来，她一直生活在那个单纯的自己营造的发廊里，不去想太多，只想着自己的工作。然而，岁月是一把无情的刀，野根天的所作所为，剖开了血淋淋的现实，打乱了她的生活和工作节奏，使她不得不面对。

黎菲不会打麻将，不会打扑克，不去咖啡馆，不去歌舞厅，不知道瑜伽馆在哪里。她喜欢爬山越野，但没有时间。因此散步是她最轻松的选择，在散步过程中，看到美丽的风景，她会拿起手机，屏住呼吸，捕捉稍纵即逝的美丽。听到她喜爱的歌曲，她会让心情化作一抹阳光，忘掉不必要的惆怅，潇潇洒洒地把理想捧上天堂。

趁着员工还没上班，到外边转转。黎菲轻盈地转过身，她转身的动作很优美，手随着身体往后轻轻一摆，然后径直往前迈起轻便的步伐，头发随着微风在空中飘摇着，慢慢地向文化广场走去，她要去蹬蹬腿，舒展一下筋骨。

“河山只在我梦萦，祖国已多年未亲近，可是不管怎样也改变不了我的中国心……”

一支老年合唱团在广场上放声歌唱。

她凝神静听。歌声飘起，动人的旋律变成一道道绚丽的朝霞，欢快的音符幻化成一只只小鸟，飞向远方，然后又飞回来，栖息在她的心巢之中。

我们的祖国是美丽的，是令人神往的。我们生存在这里，是它给予了我们生活的环境。

是啊，祖国这个名字是多么威严神圣，我们为之欢喜，为之哭泣，也为之感到光荣！为了祖国一切都可以放下，无论怎样也改变不了那颗爱国炙热之心！

美妙激昂的旋律又一次萦绕在黎菲耳畔。这是个神圣不可侵犯的民族，我要为它贡献出我的余热……黎菲下定决心！

沉睡的小草和泥土经过一夜的洗礼，给明朗的清晨增添少许翠绿和芳菲。黎菲像只轻盈的蝴蝶，曼舞在花丛和林荫的小路上，如痴如醉。

渐渐地，天色暗沉下来，也不知道什么时候飘过来一片乌云，像黑山老妖似的大军压境，原本妩媚多姿、繁花似锦的天空，一瞬间云迷雾罩，气氛阴森。

明光大街上，四个穿着城管服装的人戴着酷酷的墨镜，骑着两辆摩托车，一前一后向东奔驰着。

这时，一只在路边玩耍的小狗突然被他们撞到了，小狗嘴里流出了殷红的鲜血。一位姑娘跑了过去，想看看它伤得怎么样。可是小狗好像很怕她，汪汪地叫个不停，身体一个劲儿地往后缩，眼睛充满敌意地望着她。小狗受到了惊吓，它害怕了。看着小狗痛苦的样子，姑娘哇哇大哭，泪水止不住地从她眼睛里流出来。

"姐姐，城管局的人又来了！"电话里传来了小妹妹盼盼的声音。

"过去两个月了，又来干什么?"黎菲扭身向发廊方向看了一下。

"丁零零"的自行车铃声清脆悦耳，"突突突"的摩托发动机声雄浑厚重，"嘀嘀嘀"的汽车车笛声激昂跳跃。看到穿着城管服装的人站在发廊门前，人们感到这里一定发生了什么，纷纷驻足观看。

长乐路忽然热闹起来了，西边的人行道上聚集了一大群人，层层密密地围成了一个大圈子。人群密密麻麻，像是无数蚂蚁在动。

“闪开闪开，老板来了！”丁问旋吼叫着。

人群中闪开了一条道，大家不约而同地向北面望去。

黎菲来了，她轻盈得像一只蝴蝶。她穿了一身黑色裙子，轻裹着她那纤柔的身躯，如水波般从身上流淌。

黑色是深邃的，无论任何色彩的加入，它全都吸收。它是珍贵的象征，黑珍珠、黑玫瑰就是最好的证明。黑，是最纯净的色彩，它象征着黎明的到来。

黎菲的步态袅娜，如风摆杨柳，好像一位美丽的仙子从天而降。从她那双又大又亮的眼睛里，可以捕捉到她的宁静、她的热烈、她的聪颖、她的敏感。

是啊！黎菲成熟、干练、冷静、沉着。她的一举一动，无不流露出高贵淡雅的气质，再大的困难，也不会改变她的性格。她就像一座逶迤的大山，不论狂风暴雨怎样折腾，山还是山，风雨过后更显得风采。

“走，到店里说去！”黎菲看了一眼丁问旋。她的声音很平静，平静得没有一丝声线的颤抖。

“这位城管同志，野恨天不来，你们不敢堵门了吧？”人群中一位长者用讥讽的口气喊了一句。

“他今天有事，我是代替他工作的。”丁问旋干咳一声，他的白眼球大黑眼球小，两颗瞳仁像锥子，锐刺刺的。

“野队长今天没有来，改天我免费给他种种头发！他的光头刺得我睁不开眼啊。”店里的洋洋说了一句。他俊美的五官，给他的阳光帅气加入了一丝不羁。

“你这个小屁孩儿，胡说八道什么？种不种头发是你管的事？”丁问旋的嘴巴一会儿鼓，一会儿瘪，有节奏地吹着气。

“人家会不会去种头发了，听说种一个头得两三万块钱呢，咱老百姓的头可没有那么金贵啊！”人群中有个小伙子撑着额头眯着眼凝视着丁问旋笑了起来。

“哎呀！种啥哩，野恨天的脑袋可比黄河明珠亮多了……”

人们七嘴八舌，一起哄就收不住闸了，一个个笑得前仰后合，有的人因为笑得太厉害，捂着肚子蹲到地上去了。整个场面就像无法控制的水龙头。

丁问旋气得鼓起腮帮子，脸像阴了的天，灰蒙蒙、黑沉沉的，无可奈何地进店里去了。

发廊宽阔整洁，前厅南边的发财树巍然屹立，绿得是那么新鲜，就像一把张开的小伞。靠着展台前边的翠竹超凡脱俗，挺着油绿的身板，贪婪地吮吸着变化万千的空气。吧台上的小竹子也青翠欲滴。

黎菲庄重地站在吧台后边，长长的睫毛忽闪忽闪得像两把小刷子，一双漂亮的大眼睛异常地灵动有神。

看到眼前的黎菲，丁问旋一下子惊呆了，他浑身发热，有种被烈火灼烧的感觉，使劲地往喉咙里吞口水。

“请问，您今天有什么事吗？”黎菲的声音并不那么响亮，好似带着一丁点儿的不屑，但却令人听得清清楚楚，威严霸气，就如一位高高在上的帝王，俯瞰着一只脚下的蝼蚁。

“是李局长让我们来的。”别看丁问旋是个披着工装的大男人，看到黎菲威严的表情，他的脊梁骨就像被人抽去一样，不敢直视黎菲的目光。

“今儿个我代表李局长念行政处罚！”哈哈，还用普通话呢，地道的“本地普通话”！周围的人都用异样的眼神看着丁问旋。

“丁队长，你的‘车库门’开了！”随行的协管员看到丁问旋的裤子前拉链开了，碍于在执法现场，不方便直说，就提醒了他。

“你看见我的宝马没有？”丁问旋不解。

“没有，只看见两只破轮胎在墙壁上耷拉着。”协管员答道。

这时候，另一个协管员帮助去拉，刚拉一下，谁知道裤子下面被什么东西挡住了，怎么也拉不动。

丁问旋“唰”的一下子，脸就红到了脖子根，恨不得找个地缝钻进去。他手忙脚乱地掏掏上衣兜，摸摸裤兜，从屁股兜里掏出了一张纸。

“看你往哪里跑！你吃着百姓的饭，穿着百姓的衣，花着百姓的血汗钱，不干人事。看看把小狗撞成啥样了，你还跑呢！连条狗都不如！你们赔！”一位老大娘身边站着哭得像泪人似的小姑娘，怀中抱着小狗向丁问旋走来。

丁问旋惶恐不安地看着老大娘，嘴里就像含了一串冰糖葫芦，呜呜啦啦半天没说出什么来。

“这是局长让交给你的材料，放这里了。”他转眼看了一眼黎菲傲雪凌霜的目光，哆哆嗦嗦地在吧台上放了一张纸。

“给你200块钱，这事了结，不要再告了。”一位协管员从兜里掏出钱塞给老大娘。

突然。一道闪电划破天空，一声惊雷搅醒了大地上的生灵。雨，如根根银箭疾射而下，狂猛暴戾地射向每个角落，似乎要把上天的怒意洗净，要把人的愤懑填平。

行人们有的跑，有的快步走，骑自行车的、骑电动车的也加快了速度，顿时大街上，车铃声、喇叭声响成一片，热闹极了。也有一小部分人站在中央花园的过道里和附近商店的前檐下避雨。

四周听不到别的响声，只有震耳的雷声和大雨滂沱的噪声。风呼呼地刮着，雨哗哗地下着。近看，街道上白花花的全是水，简直成了一条流淌的河，上面争先恐后地绽放着无数水花；远看，楼房和树木都是模模糊糊的。

丁问旋带着城市协管员一伙儿在大雨中像落汤鸡似的灰溜溜地跑了。

“孟律师，党老师，你们辛苦了！”看到迎着风雨赶来的孟挺松和党青柏，黎菲非常感动，他把丁问旋放在吧台上的《行政处罚决定书》交给了孟挺松。

“还要拆除，真是往枯井里扔小孩儿，不知道丢人深浅。”孟挺松满怀霸气地把《行政处罚决定书》放在吧台上。他的声音高高地扬起，他要当这天地的主宰，没有人能够战胜他的强悍，他的容颜始终冰冷而淡定。

然而，当他看到黎菲那充满希望和信任的目光时，眼中缓缓泛出一线伤悲。似乎汶水河边她的温度还在他指尖，似乎她的笑还在他的脑中。可是，这终究成了他难忘的回忆，印在他迷惘的眼神中，他感觉自己责任重大。

“这样吧，孟律师，咱们分两步走。第一步，把城管堵门威胁拆除的行为直接起诉，给他们一个下马威；第二步，再处理这份《行政处罚决定书》，拖死他们！最后胜利还是咱们的！”党老师不愧是检察官学院的教授，义正词严，说话斩钉截铁。

“人不犯我，我不犯人；人若犯我，我必犯人！”黎菲两汪清水似的凤眼，淡淡地看着孟挺松。

“就这样办！我起草《行政起诉状》，黎菲立即去立案！”孟挺松的眼神，传递着对黎菲温馨的关怀和同情，表达出坚强的意志和力量，同时点燃了希望的火把，给黎菲无尽的动力和勇气。

回到办公地点，孟挺松一气呵成，写成了《行政起诉状》。

行政起诉状

原告：黎菲

被告：河阳市城市管理局

请求事项：

1. 依法撤销被告的《答复书》；

2. 确认被告用车堵门事实存在并违法；

3. 诉讼费由被告承担。

事实和理由：被告用车堵门的方法强迫顶点造型发廊拆除。我们每天都有监控录像。被告的行为不符合《行政强制法》的规定。为了维护我的合法权益和法律的尊严，特提起行政诉讼，请求人民法院依法判决。

此致

河阳市人民法院

具状人：黎菲

附：

证据1：《答复书》1份，证明被告不承认他们堵过门。

证据2：照片4张、U盘1个，证明被告用公车堵门的事实存在。

孟挺松的这篇行政起诉状言简意赅、匕首投枪、哀梨并剪，开始了对河阳市城管局的进攻。

一大早，黎菲走出中央花园，一股冷气迎面扑来，凉飕飕的。8点整，立案大厅的大门准时打开，立案法官们已提前在岗迎接这一天的群众。环视整个大厅，宽敞明亮、干净整洁，立案大厅将除庭审之外的可向人民群众提供的诉讼引导、立案审查、司法救助、判后答疑、诉讼保全、卷宗查询、现场缴费等所有诉讼服务项目集中于诉讼服务中心。

8点10分，办事群众陆陆续续进来，大厅顿时热闹起来。

黎菲第一个站到了立案庭长的工作台前。

“这位姑娘，你先把起诉状交给行政庭，他们审查之后，庭长签上‘同意立案’，你再过来啊。”庭长接过《行政起诉状》，往上提了提眼镜回复道。

“嗯，好。”黎菲应了一声，拿起《行政起诉状》，下了台阶，来到了法院南楼三楼的行政庭，敲开了柳韵的办公室。

“黎菲！你来了，快请坐下！”柳韵离开办公桌，和黎菲并排坐在了茶几两边的沙发上。书记员为黎菲捧上一杯热气腾腾的红茶。

“柳庭长，这是我的《行政起诉状》，请您审查一下。”黎菲双手捧给了柳韵。

柳韵一看行文格式和语句，就知道是出自孟挺松之手。孟挺松不屈不挠的形象立即浮现在她面前。

“他不是去国家行政学院出版社了吗？是开车去还是坐车去？啥时候走的？有没有人陪伴？带茶杯没有？”柳韵仔细地问道。

“他昨天下午乘坐火车走的。他说开车操心，做卧铺睡一晚上，天亮正好到北京。这次是正式签订出版合同。听孟律师说呀，编辑是咱省的人，中央党校博士研究生毕业，相当优秀呢！”黎菲了解得特别清楚。

柳韵突然陷入迷茫之中。

“韵姐，你怎么了？”因为屋里只有她们两个人，黎菲直接亲密称呼。

“哦！哦！你把《行政起诉状》放下吧。”柳韵心不在焉地说了一句。

“省高级人民法院通知，行政案件推磨式管辖，咱河阳市的行政案件由金源市人民法院管辖。”华畅突然进来，一双四处打量的眼睛，镶在干瘪瘪的眼眶里，目光挑剔，咄咄逼人。他看到柳韵和黎菲在交谈，冷冷地说了一句。

“呦，黎小姐怎么今天也大驾光临，来找我们家韵韵有何贵干啊？”只见他挑着眉，冷笑道。

黎菲站起来刚要说话，柳韵拍了拍她的肩让她坐了下来。

“文件放下吧。”柳韵严厉地瞪着华畅，那眼神像要射出火花一般。柳韵还是有分寸的。换个人，如果不是黎菲，在公众场合柳韵还是尊重华畅的。

“这样吧，你把起诉状送达机关修改为金源市人民法院就行了，去金源立案吧。”柳韵嘱咐了一句。

黎菲立即回去修改了起诉状，坐上了自己的座驾。经过多年的打拼，她有了雄厚的经济基础，如果不考虑员工的就业问题，她还真不在乎这个发廊呢。

贫穷时不寒酸，富有时不挥霍，精神上有自己的爱好和追求，经济上有自己的收入。自立、自尊、自信、自爱、自我圣洁是黎菲的真实写照。

多么漂亮的奥迪 A6 轿车呀，崭新、锃亮，黑色的车身熠熠闪光，像镜子一样能照出人影。黎菲站在车前，如同上天赠给了美女天使之翼。在温暖的阳光下，车身就像镀上了一层淡淡的光晕，美不胜收。

奥迪轿车沿着国道向金源市飞奔。此时秋风瑟瑟，扑面而来。黎菲望着不远处五光十色的霓虹灯，心里焦急得如热锅上的蚂蚁。黎菲虽然吃穿不愁，但既然干起了事业，就必须一步一个脚印，对得起每一个员工。执法人员这颗毒瘤，一定要通过法律的手段去铲除，还老百姓一片干净的沃土。想到这里，黎菲嘴角微微上扬，信心百倍。

风吹过，带走一片快要凋零的叶子。叶子在风中打着旋儿，慢慢地在风中坠落，像是折了翅的蝴蝶，失去了确保舞姿优雅的平衡。虽然飘摇但却没有伤悲，因为生命是有限的，来年春天，在同样的地方会再长出另外一片新叶，所以它在坠落的时候才非常坦然，这是等待新生的开始。

开了将近一个小时，终于到了金源市人民法院。

金源市人民法院立案大厅坐西向东。进门出示身份证进行扫描、登记，提包要经过 X 射线安检仪检查，发现可疑物品须开包检查。身上金属制品（钥匙、手表、手机）放在安检托盘里，不许带进打火机、水杯和液体饮料。最后通过安全门，辅警使用手持金属探测器进行人工复查。

所有程序走完后，黎菲松了一口气，来到了立案窗口，递上了《行政起诉状》。

“你到对面立案庭长那里审查一下吧。”窗口工作人员手里拿着手机淡淡地说。

“好吧。”黎菲接过材料到了对面。

“庭长不在，你改天再来吧。”工作人员头也没抬，淡淡地说。

“俺大老远从河阳市来一趟也不容易，您看您能不能和庭长联系一下，俺的事真的很重要。”黎菲清澈有神的眼睛里充满了无奈和恳求。

“我们也不知道庭长去哪儿了，你明天再来吧。”工作人员有点儿不耐烦地说。

“麻烦你给庭长打个电话好吗？这件事对于我来说真的很重要啊。”黎菲的眼里充满请求，像一个孩子一样天真无邪。

“我说你这人怎么这样啊，就你的事重要，你看看我手里边这么多案子，我们没有事啊？”这时候的工作人员显然更不耐烦了。

“唉，麻烦你把庭长电话给我写下来。我跟他联系好吗？”黎菲小心翼翼地苦苦哀求道。

“电话栏里有，你自己找去。”说着，工作人员把窗户给拉上了。黎菲傻愣在那里。她一向热心，干理发十几年了，她从来没有瞧不起衣衫褴褛、身无分文的顾客。她知道每一个人都不容易，帮助他人其实就是在帮助自己。她不明白也不愿去接受这样冷漠的人群。如今的社会是怎么了？怎么会是这样？

黎菲还是拨通了庭长的电话，可那边却无人接听。她又一次拨通，还是忙音。黎菲不甘心，就给孟挺松打过去。“您好，您所拨打的电话已关机。”唉，今天这是怎么了？黎菲反复拨打着手机，等待她的却是遥遥无期、苍白的回复，直至手机没电关机，黎菲欲哭无泪，才肯作罢。

黎菲懒散地坐在庭外的长椅上，感觉是如此冰凉。此刻的她，仰望着天空，顿时觉得周围一下子变成了黑灰色，花朵不再微笑，风不再温和，小鸟不再歌唱，路变得更漫长，她是那样无助……

一会儿，一位穿着制服、50岁左右的法官慢腾腾地走下了楼梯。

“这是我们的李庭长。”工作人员介绍道。

“李庭长好！”黎菲礼貌地说。看他的神色，真有点儿猝然临之而不惊的气度。

“去立案吧！”李庭长拿着起诉状，专注地看了一遍，皱着眉头思考了一下，在起诉状右上角签了“同意立案”四个字。

黎菲把起诉状交到立案窗口。

“回去等通知吧。”工作人员看也不看黎菲一眼，说了一句。

“给我一份材料收据吧！”黎菲澄净的眼睛，变得寒光闪闪，像钢铁一般。与孟挺松和柳韵接触多了，她知道立案时法院必须给收据。

“就你事多！”工作人员无可奈何地嘟囔一句，然后给了黎菲一式三联的《金源市人民法院材料清单》，让黎菲填写并签字。

黎菲走完了立案的全部程序，走出了立案大厅。

她没有如释重负，因为她清楚地知道，与行政机关打官司不是那么容易。就像天气一样，下了雨，有彩虹，高兴过后，彩虹就消失了。

第二十三章　情人之间的审判

晨曦徐徐拉开了帷幕，又是一个绚丽多彩的早晨，带着清新降临人间。

美丽的长乐路两旁，一棵棵槐树枝繁叶茂，郁郁葱葱，笔直地排成列队，就像威武的士兵，守护着河阳人民的安全。巨大的根须深深地扎入地底下，任凭狂风暴雨猛烈吹打也毫不动摇。深褐色的枝干，如狂龙巨蟒般盘旋着挣扎着，伸出幼嫩的绿叶，争先恐后地汲取阳光的滋养。

由于晚上加班，黎菲睡得正香，一场噩梦把她惊醒了，她梦见发廊门前那棵小槐树的身子被吹弯了，根也快被吹得显现出来了，枝丫全被吹断了。小槐树不愿倒下去，它想要站起来，它努力挣扎与灾难作斗争，没有一点儿要倒下的迹象。

丁零零！电话铃响了，是金源市人民法院立案庭的电话。

“根据省高院通知，取消推磨式管辖，请您把起诉材料拿回去，到河阳市人民法院立案。”

“明白!”黎菲放下了电话。

从开始立案到现在已经两个月了，转来转去又回到了起点。

“找柳韵去!”她轻轻地梳了梳头发，美丽的脸蛋还是那样坚强。

河阳市人民法院和发廊同在长乐路上，都是坐西向东，距离也就500米左右。

黎菲来到河阳市人民法院门口等待着安检。她看到法院门口的槐树比发廊前的小槐树要粗、要高、树龄要长，槐树枝上挂满了一串串翡翠珠似的槐树豆。

“秋天，是丰收的季节。我的案件到底走向哪里?”她对案件真有点儿忧心忡忡，但她还是满怀希望地走进了行政庭长的办公室。

“黎菲，知道你要来。”柳韵热情地迎过来。

“柳姐，又来给你添麻烦了。”由于办公室书记员不在，黎菲还是亲切地称呼柳韵。

“这是我的工作，不要客气。”柳韵诚恳地看着黎菲，就像一股暖流夹着柔和的风涌进黎菲的心里。

“柳姐，打官司怎么这样难啊!”黎菲目不转睛地看着柳韵。

“打官司和你创业一样，只要坚信法律，持之以恒，就一定能成功!”柳韵目光严肃，仿佛要对整个世界进行最后的审判。

办公室里静悄悄的。她们四目相遇。

她们凝望着，凝望着……在匆匆地对视中，黎菲感觉到了希望和力量，就好像是在饥饿中获得能量一样。

柳韵从黎菲手里接过起诉状，认真地看了几遍。

“你今天带《行政处罚决定书》没有?”柳韵问道。

“没有。”黎菲不解地答道。

“根据你的叙述和我了解的情况以及百姓对城管局的反映，城管局的《行政处罚决定书》可能有问题。你是否直接起诉撤销《行政处罚决定书》，不要去纠缠堵门问题了。另外，你是不是选择一下行政复议，如果复议成功，就不需要来法院诉讼了。这是我的建议，如果有代理人，请你回去后和他商量一下。”柳韵的话语和蔼可亲，眼睛里流露出特别温暖和自信的光芒，似乎世界就在她的掌握之中。

“好吧！”黎菲从柳韵手中接过了起诉材料，离开了她的办公室，驱车直接奔向汶水河畔的百年庭院。

此时的孟挺松已经辞职回乡做专职律师工作，正常情况下他不在所里办公，而是在他的老家养花种草、喂鸟赏鱼，攻读法律，著书立说。

黎菲将奥迪轿车停在蔷薇花下，踏进悬挂着“光荣之家”的黑色栅栏门，沿着曲径通幽的花岗岩小道，步入悬挂着红灯笼的前厅，走进宽敞的大客厅。

一眼望去，大客厅布置得既大方又得体，既美观又高雅，在铁树和平安树的衬托下，给人一种清雅舒适的感觉。

大客厅中间放着一张乒乓球台。

乒乓球，是一种世界流行的球类体育项目，也是我国的国球。孟挺松特别喜欢打乒乓球，所以他在家里经常召集朋友来这里玩耍。

孟挺松和几个小伙子正热火朝天地打乒乓球。看到黎菲进来，他停下来说：“黎菲，来玩一盘。”

“我打得不好。学校毕业到现在还没摸过球拍呢。”说着，她笑了起来。

“不要谦虚了，小美女，来和我比试比试！”对面的小帅哥说着把球拍递到了黎菲手中。

他叫红军，出身音乐世家，擅长书画摄影，爱好写诗，还会唱歌跳舞，是汶水河畔少有的文武全才。

黎菲从学校毕业之后，忙于事业，哪有空儿打球。孟挺松和红军的盛情邀请，激起了她运动的欲望，她接过了乒乓球拍。

“我当裁判，比赛开始！美女发球！”红军做起了裁判。

“那我就恭敬不如从命了。”黎菲走到球桌前，准备就绪，只见黎菲把球往空中一扔，然后右手拿着球拍，轻轻往前推动，那球便向孟挺松那边跳过去。

孟挺松不紧不慢地侧过球拍轻轻一挡，“嗖”的一声就把球打了回来。

黎菲立马就扣了过去，乒乓球像一道闪电射向对方球台，可是又被孟挺松挡了回来。

“哈哈，我得来个反手位，这下看他怎么接!”黎菲灵机一动，先削个短球到孟挺松反手位，让他搓一下，再拉一个弧圈球打他个猝不及防。

黎菲刚削到孟挺松的反手位，孟挺松反而搓回到黎菲的反手位，黎菲吓了一跳，赶忙搓一板回去。就这样，他们进入了搓球相持阶段。

黎菲白皙的手挥舞着球拍，步法灵活地移动，像细碎金沙一样闪着光的头发随着她优美迅速的动作摆动着，水灵灵的大眼睛专注地盯着跳动的白球，鼻尖上已经渗出细细的汗珠。上步搓球，侧身进攻，后退拉球，动作行云流水一般，充满着青春的活力。

孟挺松时而轻轻吊个“近小球”，时而来个“端线长球”，时而抢冲抢攻，时而猛扣一板。他板重力沉，打出的球好像重炮一样在对方台面上爆炸。

黎菲忽而稳削防守，忽而大板扣杀，频繁变线，声东击西。只见球在眼前忽高忽低、忽左忽右地晃，她不愧是学校乒乓球队出身。她的发球和削球像着魔一般飘飘忽忽旋转着，旋转着，球一碰她的拍子就不知飞向哪里了。

忽然，孟挺松把球搓到了黎菲的中路。黎菲立刻调动全身的肌肉，拉弧圈，球拍化成一道红光。

孟挺松防不胜防，侧身迎接。可是球却不见了，原来它蹭到天花板上了，过了很久才掉下来。

“好！好！打得真精彩！”一旁观战的几个人同时鼓起掌来。

孟挺松渐渐招架不住，一会儿便大汗直淌，连连失利。他叫了暂停。

“我是有眼不识泰山，想不到你事业成功，乒乓球也打得这么好。向您学习！”孟挺松额头满是汗水，呼吸也加速了。

“您有保留，是在让着我，有时间咱们再好好切磋球艺。”汗水在黎菲的脸上肆意地流淌，汗水完全渗透了她的衣衫。

“黎菲，请说正事。”孟挺松的眼中饱含的是深不见底的幽邃，闪烁的是让人奋进的亮光。

“柳姐看了起诉状，她建议先不打城管堵门这一诉讼，直接从《行政处罚决定书》入手，也可以先去市政府复议一下。”黎菲长长的睫毛上滚动着晶莹的汗珠，原本妩媚灵动的眼睛此刻黯然失色，眼神是那样空洞，那样忧郁，让孟挺松无限怜惜。

“你放心吧，交给我了。”孟挺松的英俊脸庞，在阳光的映照下，明暗对比强烈，洋溢着非凡的神采，又有着波澜不惊的淡然之色。

“谢谢您！再大的风浪我也不怕，即使折断翅膀我也要带着血和泪跟着您努力地飞翔！”黎菲的眼睛里充满了镇定，充满了信任，仿佛包含了万语千言，就像挂在苍穹的一颗星，折射着一种纯净的光辉。

庭院是这样幽静。庭院里，有三株桂花树，前厅两边的比碗口还粗，树冠带有弧形，如一朵顶着绿伞的蘑菇，金色的桂花正一簇簇地开着，散发着一股股浓香。地上是青草，还有落下的黄色树叶。桂花树的枝头和蔷薇花中，可爱的小鸟在歌唱。一只八哥飞来了，叫唤了几声，另一只八哥接着也从东边飞来了。过了一会儿，两只八哥一齐飞走了。

黎菲把材料交给孟挺松之后，离开了汶水河畔。

孟挺松想用邮寄的方式向市政府提起行政复议。可是又一想，市法制办主任特坏，经他手复议的案件，只要不是行政机关程序上有大的问题，凡是实体纠纷，百姓没有一个能赢。因此他撤回了行政复议，然后重新写了《行政起诉状》。

黎菲把孟挺松重新写的起诉状和证据送到了柳韵手中。审阅之后，黎菲到立案庭登记立了案。

20 天后，在河阳市人民法院正式公开开庭审理。

上午 8 点半，孟挺松、党青柏和黎菲提前到了审判庭，在原告席上落座。法庭布置得庄严肃穆。书记员席上早就有人了，而且有两个，都是年轻女同志。其中有一个正在敲键盘，另一个在一旁观看。

而后，城管局的律师和法制室主任也进场了，他们是今天关注的重点，因为今天他们是顶点造型发廊的敌人。

城管局的稽查队长野恨天也到场了，但是由于有了两个代理人，他在观众席上当了听客。

城管局的律师是过去的一位法院副院长的弟弟，据说他是炊事员出身，是他哥哥在位时给他搞的律师证。他的长相并不友善，庭审的紧张气氛与他那长相有关系。令人不解的是，自始至终他都不敢抬眼正视在场的人，好像所有人都在蔑视他，可以直接断定，此人的气度胸怀指数偏低，并且发展潜力已尽。

相反，孟挺松不时露出微笑，是那种历经百战后方能修成的笑，自信和魅力展露无遗。

9 点整，三个合议庭成员准时进来。柳韵身着法官袍，很有威严感，陪审员都是普通家常装束，和整个法庭环境极不协调。

左边是个 60 多岁的男人，是一个朴实的老农，很典型的那种。他的表情一直显得有些木然，眼神也有点儿恍惚，他是否具备基本的法律知识值得怀疑。说实话，把他放到旁听席上也还是有点儿不协调。

再看右边那个，是个 50 多岁的女士，据说是位退休的中学数学教师。让一位数学老师来决断法律问题，那真是勉为其难了。

孟挺松、柳韵在这种场合见面了。柳韵虽然高高在上，但她面对的毕竟是自己昔日的情人。孟挺松虽然满腹经纶，但他面对的毕竟是被别人抢走的恋人。

孟挺松一双墨色眸子宛若世间最为璀璨的宝石，高挺的鼻子下面薄薄的嘴唇抿起了一个淡淡的弧度，眼神中透着一股让人难以捉摸的傲岸无情，仿佛是天生的掌控者，他要将众生掌握在自己的手里。

柳韵细嫩的肌肤白里透红，粉颊上漾着淡淡红晕，明亮而又水汪汪的大眼睛忽闪忽闪的。长而微卷的睫毛，使她多了几分可爱与妖娆。高挺的鼻梁，使她显得非常冷傲，冷傲之中，高贵的气质从她身上毫无保留地散发出来。

也许后悔，也许可惜，但一切都无可挽回了！曾经的美好再也不属于他们了。

孟挺松和柳韵都陷入沉思之中。

“报告审判长，庭审准备完毕，请开庭!”书记员庄严地报告。

伴随着柳韵标准的普通话和重重的法槌声，庭审开始了。

核对完当事人身份之后，宣布了合议庭组成人员。

“现在开始法庭调查。首先由原告宣读起诉状。”柳韵看着坐在原告席上的孟挺松、党青柏和黎菲说道。

黎菲虽然是第一次上法庭，但她毫不怯场，两片薄嘴唇，似乎随时准备张开。听到审判长招呼，她双手捧起起诉状，洪亮地宣读：

请求事项：

1. 依法撤销被告的《行政处罚决定书》；

2. 诉讼费由被告承担。

事实和理由：

一、被告把顶点造型作为行政相对人进行处罚是不正确的。

我是承租人，不是房屋的所有权人。根据《城市房屋租赁管理办法》的规定，被告让我拆除出租人的房屋不但没有法律依据，还侵犯了出租人的合法权益。

二、被告没有认定违章建筑的职责。

《城乡规划法》明确规定，认定和拆除违章建筑的单位是城乡规划主管部门。被告在相同案件中也明确承认我市违法建筑的认定单位和查处是河阳市自然资源和规划局的职责。可见被告认定顶点造型属于违章建筑没有事实根据和法律依据。

三、被告认定违章建筑物、构筑物和搭建没有标准。

《江州市城市市容和环境卫生管理条例》规定："城市主要道路和重点区域的范围、建筑物的容貌标准，由市县市容环境卫生主管部门会同城乡规划、住房和城乡建设等部门确定，经同级人民政府批准后公布实施。"可是被告拒不遵守江州市的行政命令和政策，在河阳市没有重点区域的范围、建筑物的容貌标准情况下，用国家标准（和北京长安街、上海南京路一样的标准）来规范河阳市的市容，随意地确定违章范围和物体显然不正确。

四、被告不允许封闭阳台没有河阳市的规定和法律依据。

根据相关条例，允许按照规定封闭阳台，可是被告在河阳市没有阳台封闭和防盗门窗安装规定的情况下，把建筑物上的封闭阳台作为道路两侧外部装修和搭建进行认定显然不合情、不合法。

五、被告违反了法定程序。

被告没有对房屋和阳台所有人进行调查和确认，没有邀请规划部门对是否违章进行鉴定，违反了《行政处罚法》；没有进行公告，违反了《行政强制法》。

综上，被告的《行政处罚决定书》主要证据不足；适用法律法规错误；违反法定程序；超越、滥用职权，明显不当。请求人民法院根据《行政诉讼法》，依法撤销该《行政处罚决定书》。

此致

河阳市人民法院

具状人：顶点造型

经营者：黎菲

"下面由被告进行答辩。"柳韵把目光投向了城管局的律师和法制室主任。

"我局《行政处罚决定书》认定的事实清楚，适用法律正确，符合法定程序，请求人民法院依法驳回原告起诉。"被告律师没有针对原告的事实和理由进行答辩，笼统地应付了几句。

"法庭归纳的争议焦点是：被告的行政处罚该不该撤销。原被告双方对争议焦点有没有异议？"柳韵归纳了争议焦点。

"有异议！"孟挺松直接回答。

"请讲！"柳韵示意。

"这个焦点太笼统、太宽泛。尤其在被告没有针对原告事实答辩的情况下，应该把焦点归纳细致一些。"孟挺松说道。

"怎么细致？请讲。"柳韵追问。

"第一个焦点，顶点造型设计室是不是行政相对人？第二个焦点，被告是否有确认违章建筑的资格？第三个焦点，河阳市确定违章建筑的标准是什么？"孟挺松补充道。

"被告是否同意原告提出的争议焦点？"柳韵征求被告意见。

"同意。"被告代理人回答。

"现在双方围绕争议焦点进行举证。首先由被告举证。"柳韵的目光把全场扫了一遍。

“我们有现场勘验照片、《责令限期改正告知书》、《案件审批表》、《听证告知书》、《行政处罚决定书》、《送达回证》。这一切证明我们的行政处罚决定合法有效。”

“下面由原告质证。”柳韵把目光投向孟挺松。

“被告出示的材料不但不能证明其行政处罚正确，反而证明被告的行政行为是滥用职权!”孟挺松义正词严。

“下面由原告举证。”柳韵把目光又一次投向孟挺松。

孟挺松看了看党青柏教授，让他宣读证据。

党教授扶了扶眼镜，开始宣读：

证据一：河城管《行政处罚决定书》

证明：被告下达了《行政处罚决定书》。

证据二：租房合同1份

证明：顶点造型承租房屋和阳台的所有权人是李太平；被告让承租人拆除房屋所有权人封闭的阳台，不但没有法律依据，也侵犯了房屋所有权人（出租人）的合法权益。

证据三、四：答复书2份

证明：被告承认自己没有确定违法、违章建筑的职责。

证据五：最高人民法院《行政裁定书》1份

证明：对违章建筑实施强制拆迁必须针对房屋所有权人；确定建筑是否违章是国土资源规划部门的职责；说明被告确认的行政相对人错误、被处罚行政相对人错误；违反法定程序。

“下面由被告质证。”柳韵把目光又一次投向被告代理人。

“我们对这些证据的真实性没有异议，但是不能证明原告的证明指向。”被告代理人对这些活生生的事实不得不承认。

“举证完毕，下面进行法庭辩论，首先由原告方发表辩论意见。”柳韵在引导着。

“一句话，被告对原告出示的证据真实性表示认可，请求法庭予以确认，支持原告诉讼请求。”孟挺松说了一句。

“下面由被告发表辩论意见。”柳韵看了一眼被告席上的两位代理人。

“我们也是一句话，我局《行政处罚决定书》认定的事实清楚，适用法律正确，符合法定程序，请求人民法院依法驳回原告起诉。”被告代理人重复了答辩意见。

“法庭辩论结束，现在双方核对庭审记录，签字确认，休庭等候宣判！”柳韵又一次敲响了法槌。

这是一起并不复杂的行政诉讼案件，柳韵主持的审理程序基本是可以的，过程也还算顺利。应该看到被告方律师面对铁的证据是束手无策的。相比之下，孟挺松、党青柏和黎菲言简意赅，因为证据、依据过硬，表情显得轻松，让人感觉胜券在握。

“内行看门道，外行看热闹”，通过开庭，柳韵已经很清楚事实真相了。

庭审结束，孟挺松目送着柳韵和陪审员们离开了审判庭。

时至中午，天空就像蔚蓝色的大海，一碧千里。接着从远处飘来几朵白云，煞是好看。云朵还不停地飘动，它们变化多端，一会儿变成小绵羊，一会儿变成小白兔……

丰收的季节到了！

第二十四章　树上喜鹊喳喳叫

早晨是美丽的，树木笼罩在晨曦里，一缕缕轻柔的雾，在缓慢地游离，一切是那么宁静。虽然有一丝凉凉的惬意，但空气还是格外新鲜。太阳要起床了，在层层云霞的托举下，羞红了脸，一点点向树梢上蹿，终于露出了那张灿烂的笑脸。呵呵！明媚的一天到来了！

黎菲在朦胧中听到有喜鹊的鸣叫声。她睁开惺忪的睡眼，拉开窗帘，推开窗户，微风吹来，一阵清新、幽香的泥土气息迎面而来。

整日的忙碌调快了她的生活节奏，锻炼了她处理问题的能力，磨平了她桀骜不驯的棱角，培养了她困境中寻觅捷径的能力。

她很想任性地开始一段旅行，地点不必华丽，路途不必遥远，风景不必独一，只想得到内心的平静。

她走向阳台。两只喜鹊站在窗外的一棵树上摇头摆尾，“喳喳”地叫着，叫声像清脆的银铃。喜鹊长得真漂亮，棕红色的喙，粉红色的舌头，大大的眼睛像两颗星星。

“早报喜，晚报财，不早不晚报宾来，所以有喜鹊鸣叫肯定有好事要来了。”黎菲心里暗暗高兴。

金色的朝阳洒在喧闹的长乐路上，车水马龙，人来人往。轿车一辆又一辆呼啸着过去，里面乘坐着的是这座城市里略微富裕，但是依旧每天疲于奔命的中产人群，而在这个时间点，通常不会出现“上层人士”的影子。更多的是牵着孩子去幼儿园或小学的母亲、玩命似的一路狂奔的害怕迟到的公司小职员、骑着电摩打算出门办货的大叔等小角色。大家都在奔忙，忙着各自艰难的生活。

顶点造型发廊门前一批又一批去文化广场的人匆匆而过。他们走在同样的人行道上，发出同样的脚步声音，他们有同一个目的。对于他们，今天跟昨天和明天毫无区别，今年跟去年和明年也是一样。男人们步履沉稳，热情地和来往认识的人打着招呼。女人们脚步轻快，时不时地传来一阵银铃般的笑声。

时针和分针在钟表里面你追我赶，一直不停地转圈，不厌其烦地跑回原点。

早上 9 点整，盼盼、佳佳、志鹏、洋洋、增增早已等候在昨晚下班时打扮一新的顶点造型发廊里。

“洗掉万般愁容，亮出辉煌人生；剪掉千丝烦恼，烫出万种风情；吹散一生疲惫，染出五彩人生；扮靓你的发型，愉悦你的心情。”

多年来，他们跟着黎菲练就了一身本领，赢得了顾客的好评。酒香不怕巷子深，回头客不断增加。

第一位顾客来了，是位男子。他的头发很长、很浓密，如一股黑色的激流向上抛溅，又像瀑布似的悬垂于半空。

志鹏热情地迎了上去，招呼客人坐下。

志鹏的手十分灵巧，他将一张花色的“斗篷”迅速展开，披在客人身上，踩着一个柄，把椅子调高，从镜台上拿了一把电动理发器，再拿一把梳子，按住需要剪的部位，在头发突出的地方用理发器轻轻一滑，一撮头发就缓缓落下。他又拿了一把银白色的剪刀，用同样的办法，把那些细小的地方剪掉。剪完后的程序就相对简单了许多，拿出一块沾满爽身粉的小刷子来回在脖子后面刷上几下，然后把客人带到洗头间，让客人躺在一把椅子上，把头伸进缸里，倒水，用淋浴器喷上几分钟，涂上洗发液，再喷一会儿。最后客人坐回座位，志鹏用吹风机在客人头上呼呼过一遍。头发就这样剪完了。

“我的头好像轻了好几斤！觉得自己帅得想飞起！呵呵！”客人满意地走了。

发廊发展得快慢，取决于发型师是否全力以赴，发型师的价值就体现在客人的头上。顶点造型发廊就这样在黎菲的带领下为河阳的美丽增加光彩！

正在这时，两只喜鹊飞了过来，落在了发廊门前的小槐树上。它们除了肚皮和翅膀上有少许白色羽毛之外，其他的都是深浅不一的黑色。它们的眼睛黑亮，像宝石，在阳光的照耀下闪闪发光。它们“喳喳喳”地叫着，好像在唱歌，非常动听。

“这两只喜鹊头对着发廊叫得多好听！”隔壁卖电脑的姑娘好奇地说。

“登枝喜鹊苦奔波，比翼齐飞唱战歌。发廊美丽双姐妹，喜事临门恭候客。”中央花园小区的牛晓波脱口吟出了一首诗。

这时候，一位老奶奶弓着腰，手里拄着根拐杖，步履蹒跚地走来了。她小心翼翼地走着，另一只手不时地捶着腰，时而咳嗽几声。那是一张布满沧桑的脸，白花花的头发稀少而枯槁，沟壑般的皱纹彰显出岁月的流逝。

看着老奶奶要上台阶，盼盼赶忙走上前去搀扶着她进了发廊。

盼盼，黎菲的妹妹，比黎菲小五岁。她乌发如漆，肌肤如玉，中等身材，体态轻盈，端庄娴雅。

初中毕业后，盼盼跟着姐姐学习美容美发。没有进过歌舞厅，没有去过电影院，没有去过咖啡馆，两姐妹耐得住寂寞，耐得住诱惑，耐得住压力。外练一层皮，内练一口气，经历了无数磨难，取得了骄人的成功。

“老奶奶，您是来理发的吧？请您先坐下！”盼盼说着给老奶奶拉来了一把椅子。老奶奶满脸微笑，一边点头，一边连声说：“谢谢谢谢！”

“老奶奶，您怎么自己来理发了？”盼盼那双眼睛纯真而热情。

多美的一双眼睛，老奶奶望着盼盼，不禁心里赞美。她出神地凝望着盼盼那双充满爱的会说话的眼睛。

“请问黎菲在吗？”两位人民法院的工作人员走进发廊。

“我姐姐有事出去了，您有事请讲。”盼盼解释着。

“祝贺你们维权初步成功！这是人民法院的判决书，请您在《送达回证》上签字。”法院工作人员把判决书交给了盼盼后礼貌地离开了。

“你们快来看看，我们胜利了！”盼盼拿着判决书招呼着。

志鹏、洋洋、增增和佳佳听到这个消息，一窝蜂似的跑去看盼盼手中的判决书。

“伙伴们，我们不怕失业了！”志鹏看后高兴得跳了起来。

佳佳笑得合不拢嘴。

洋洋激动地把增增抱起来转了几圈。

“孩子们，你们说什么有人来捣乱？”坐在椅子上等待理发的老奶奶问了一句。

“是啊！有人要来拆发廊，开着汽车堵了店门一个月。”佳佳凑近老奶奶的耳旁大声说。

“我进了发廊，就像进了金銮殿，为什么要拆啊？”老奶奶不解地说。

“那个野恨天最坏，就因为他老婆来理发收她钱了，他公报私仇！”洋洋咬牙切齿地说。

“什么？野恨天？”老奶奶抬起了她没有神采的眼睛。

“老奶奶，您认识野恨天吗？他的名字叫野恨天，在城管局当什么队长。他家就在翠竹小区。”佳佳解释了一句。

“扒了他的皮，我也认得他的骨头。他在肚子里我就认识他。”老奶奶的脸色立刻变得白惨惨的，愤怒的目光从她眼睛里喷射出来。

“老奶奶，您是？”盼盼快步走到老奶奶身边。

“我是野恨天的妈妈！”老奶奶气得张口结舌，两只手一直颤抖，半天说不出话来。

“这个不争气的孽子，从小我娇生惯养，在学校他不好好学习，长大后凭他叔叔的面子送他到部队当了几年兵，回来后安排他到城管局工作。谁知道他这么不争气，祸害百姓！”怒火快要把老奶奶稀疏的头发燃烧完了。

“老奶奶，他在家孝顺您吧？”一旁的顾客插了一句。

“孝顺个屁，好像人人欠他似的，回家总是皱着眉头，不说一句话，连他老婆都不搭理。还有个癖好，不和我们吃一锅饭，自己做饭吃。吃鸡蛋只吃蛋白，不吃蛋黄，他把蛋黄剩下喂狗也不让我吃！”由于愤怒和绝望，老奶奶不断地喘着大气，发着抖，把拐杖捣得嗒嗒响。

“老奶奶。别生气！拆发廊也不是他一个人的事，他上面还有人。他们可以违背法律害我们、害大家，可是我们不能因此而憎恨他们。为什么？我们要保持一颗清净的心。”黎菲明亮的双眸中仿佛藏着许多智慧。

她在劝说着老奶奶。同时，她没有像员工们那么高兴，因为她知道事情并不是那么简单，因为还有二审。

发廊里人很多，吹风机呼呼地吹着，理发师手中的剪刀“嚓嚓”地响，客人们大声谈论着，显得很热闹。

小槐树上的两只喜鹊还在叫着跳着。其中一只的一双小爪子紧紧地抓住树枝，好奇地看着发廊；另一只不时地扇动黑色的翅膀，和风儿、柔软的枝条一起舞动。

星期天的早晨，华畅带着鱼竿、鱼护、小马扎、商品饵来到汶水河边钓鱼。

有人说，爱情就像钓鱼，鱼儿上钩了，就没必要浪费鱼饵了，可是，鱼就算自己受伤也要挣脱，呵，一切都是宿命而已。自从与柳韵结合，无论从工作上还是生活上，就没有高兴过一天。他对发生在酒店的行为感到不齿和愧疚，他也知道无法消除柳韵及其家人对自己的恨，也无法弥补他对柳韵的伤害，但他也曾跪到柳韵面前表示深深的自责。他不求柳韵的原谅，只求下辈子让柳韵过得幸福，可是柳韵总是对他冷若冰霜。柳韵是人在曹营心在汉，她的心就没有离开过孟挺松。

华畅在岸边小马扎上独坐着，手持一根鱼竿，看那牵动人心的鱼漂忽上忽下，他把希望全部寄托在鱼漂上了。鱼漂不动时，便开始了等待。等待什么呢？等待鱼儿咬钩时牵动鱼漂的沉浮，等待钓起鱼儿时的欣喜。而隔着水面，鱼儿和他斗智，他也在和鱼儿斗智。

咦，浮漂有点儿往下沉了，华畅屏住呼吸，欣喜若狂地把鱼竿拉了起来，一条活蹦乱跳、又大又肥的鱼展现在他眼前。他激动地站了起来，把这条拼命挣扎的鱼从鱼钩上摘了下来，把它放进鱼护，又重新坐下来继续钓鱼。可是心情无法平静下来，忍不住要看鱼护里的那条鱼。他强迫自己冷静，冷静，后面还有更大的鱼呢，他终于平静下来继续钓鱼。

“华院长，李局长着急死了。你还有心情在这里悠闲啊！”野恨天气呼呼地站到了华畅旁边。

“着急什么！我早给你安排好了。你看，河里有几根鱼竿啊！”华畅得意扬扬地瞥了一眼野恨天说。

野根天不知道华畅葫芦里卖的什么药。

在灰沉沉的天底下，忽而来一阵凉风，便下起雨来了。一阵雨过，云渐渐地卷向了西去，天晴了，太阳又露出脸来了。

一辆银色轿车疾驰过来，随着一个漂亮的刹车，车稳稳地停在汶水桥头。“咔”的一声门开了，迈出一双修长的腿。只见一位男士上身穿黑色风衣，大敞开来，露出里面褐色的休闲装。下身黑色长裤，干净笔直。身材修长，碎发散在额头上。

“华院长，我们的车停在哪里?”这位男士站在桥头面向汶水河边的华畅高喊着。

“继续往前走，看到店上村的牌楼左拐往南走，走到大坡头有个变压器，向左拐上个小坡往东走，右边一家围墙是大栅栏，全是绿色的蔷薇花绿叶，车停在他家东边就行了。”华畅解释着。

“好的！谢谢华院长!”男的说完踏上了汽车。

“这是谁呀，华院长?”野根天问道。

“江州市人民法院的张波副院长，我今天约他来钓鱼。剩下的活动你安排。”华畅不快不慢地说道，说完他脸上浮起一丝笑容。

“华院长，您真高，高家庄的高!”野根天明白了华畅的意图，竖起了大拇指。

“华副院长，我们今天来了三个人，您准备了几根鱼竿啊?呵呵!”张波副院长笑着说。

“你瞧，都给你们架起来了，一人一根。”华畅指了指鱼竿。

“这是行政庭的段存心庭长，这是行政庭的徐涛审判员。”张波一一介绍着。

“欢迎法院的伙计们来到汶水河畔，今天我要你们玩得尽兴。”华畅本来是皮笑肉不笑的，但现在也笑得很自然了。

“好啊！听从院长安排。”张波看着华畅，好像一个饥肠辘辘的人，看到了一道美味佳肴。

时间慢慢过去了，河里一点儿动静都没有，张波他们急了，急得出了一身冷汗。

华畅笑着说："别着急，别着急，钓鱼是钓你的耐心，你越着急，鱼就越没反应，只要我们按兵不动，鱼以为没人，会自动偷着吃我们的鱼饵。"

张波好像明白了什么，段存心伸长了脑袋，徐涛蹑手蹑脚，伸长脖子，密切注视河里的动静……

不一会儿，张波见鱼竿上的浮漂动了一下，接着再动了一下，他的心开始跳动起来，难道鱼真的来了？他瞄了一眼华畅，只见他一动也不动，段存心有些着急，正准备问华畅时，只听"啪"的一声，鱼真的上钩了，他们三人非常高兴，帮着张波小心翼翼地拉线……

快到中午了，钓鱼的人陆续回家了，他们有的笑容满面，满载而归，有的淡淡一笑，收获不多。

"各位领导，我们吃饭去吧！"野恨天邀请着。

"客随主便，谢谢华副院长的精心安排。"张波的脸上充满了谢意。

于是，他们收起了鱼竿，离开了汶水河。

第二十五章　美梦　噩梦

夜幕降临了。星光稀疏，整个大地似乎都沉睡过去了。忙碌了一天的人们早已卸下疲惫不堪的面具，换上缤纷华丽的彩妆，享受这狂歌热舞的时刻。

吃完午饭，张波、段存心、华畅等五人在酒店整整玩了一下午，野根天结账后走出酒店。

“张副院长，今儿玩得怎么样？这地儿还不错吧？”野根天挑着眉，看张波红光满面、精神健旺的神采，心中早已有了答案。

“真不错，这可是一好地儿啊，告诉你们哥儿几个啊，老子俗称不败将军啊，哈哈哈！”说着几个人哈哈大笑，一副意犹未尽的样子。

“张副院长，您看，咱城管局的案子怎么处理？”野根天趁着热乎劲，小心翼翼地问道。

“不行发回重审吧！”张波收回了笑容，淡淡地说道。

“不可以撤销一审判决，维持城管局的《行政处罚判决书》，驳回黎菲的诉讼请求吗?”野恨天异想天开地问道。

“那可不行，这个案件，就是随机抽取陪审员时没有通知你们城管局，以后发回重审你们审时度势嘛，我不能为这点儿小事，乌纱帽不保，你得知道。”张波肯定地说。

“柳韵会这样办吗?”野恨天不解地问。

“案件发回重审后，原来的审判员就不能审理了。依照法律规定，应该是副院长直接审理。可是，这个案子，不好办啊!”华畅接住了话茬儿，瞥了一眼野恨天。

“难为你了，华院长，我给你密切配合!”野恨天搓了搓手，脸上露出狡黠的微笑，显得放肆和诡异。

“我就不相信，你不受我的摆布!”野恨天眉头一皱，计上心来。

据说华畅和法院行政庭刚进来的一个叫成茹的书记员关系暧昧，野恨天想先会会她，看她到底咋样。因此，他以送证据为名找到了成茹。

推门进去，一眼就看到一位姑娘端坐在电脑前。应该是成茹。即使是满面疲倦和仆仆风尘，依然能看出她娇小的脸形和精致的五官；细腻白皙得像羊奶凝乳一样的皮肤，仿佛透明的水晶色的马奶提子，让野恨天不敢多看，生怕目光落实了，把她的脸蛋刺出两个洞来。

“书记员，这是城管局的材料，请您收下。”野恨天装得彬彬有礼。

“同志，这是发回重审案件。行政机关原审时已经固定证据，不能再举证了。请您收回去。”成茹知道这一点。

“这是华副院长提示的。”野恨天拉大旗作虎皮。

正说着，一位男子进门来了。这位男子戴着一副近视镜，上身穿白色T恤衫，下穿黑色商务裤，皮肤白皙，斯斯文文，典型的奶油小生。

“我正在工作，你来干什么?”成茹看到他，一脸怒气。

“书记员，我还有事，告辞了。”野恨天看这阵势知道是成茹的老公，就退了出去。

成茹的老公在银行上班，婆家条件好，本来文凭低不符合条件的她，托关系认识了华畅，给了5000元“辛苦费”，为她买了书记员一职。

她老公为人低调，每天上班朝九晚五，听说房事不行，每次两三分钟就完事，是个中看不中用的人。为此她常常埋怨，她不甘愿如花似玉的年龄早早地就守活寡。

“你明明知道自己身上的毛病，为什么还要娶我?你不是说能治好吗?你想让我这辈子守活寡吗?你能给我想要的吗?现在连个孩子都没有。你家不就是有几个臭钱吗?要不是为了你妈，为了保全你们男人的面子，老娘早就不过了。”

听到这些话，他的老公总是忍气吞声。

成茹在心底暗暗发誓，决不甘心这样的生活，不想只是当个临时工。女人真的太不容易了，趁着自己年轻还有些姿色，必须多爱自己一点儿，岁月匆匆而过，别留遗憾才是正道。

自从结识华畅，她的芳心又一次荡漾了。为此，她每天把自己打扮得花枝招展，一双迷人的眼睛时不时地挑逗着男人的底线，非常招人心魂。法院的人经常看见华畅光天化日之下搂着书记员的腰，有说有笑。

野恨天打听到这些情况，心想：我何不拿这个直捣黄龙?真是踏破铁鞋无觅处，得来全不费工夫。他眯着小眼，一副胜券在握的模样。

城管局和法院也就相隔500米远，他决定跟踪华畅，因为时间和位置都给予了他方便。

他配置了高清望远镜和摄像机，不仅能在远处观察，还能拍高清照片。

这一天，他跟踪到华畅的家。他的家在湘水湾。高高的栅栏，盘绕着妖艳的玫瑰荆棘，月光斜斜地射下来，斑驳的光影映照出了院子的奢华。拉开饰有镂空浮雕的大门，映入眼帘的是豪华的大厅，大厅中摆放着价格昂贵的沙发座椅。气派辉煌的设计，金光闪闪的装饰，更加衬出这座别墅价值不菲，可惜野恨天还没瞧个遍，保姆就将大门遥控关上了。

野恨天还不死心，拿起望远镜向窗户望去。他看见柳韵坐在电脑前打着字，华畅走过去给她披了件毛毯，被拒绝了。华畅从后面抱住她的腰去亲热，也被强行推开了。

接着往下看，他们开始了争吵，只见华畅把手机都摔了，气愤地走出柳韵的房间。不一会儿，又见三楼的灯亮了，不用说，想去亲热不行，结果被打入冷宫了。华畅双腿跷在了桌子上，一根根地抽着烟。

"色鬼，自作自受，活该!"野恨天说了句，然后开车飞也似的离开了。

接下来的几天都是如此，野恨天像是只无头的大苍蝇，不厌其烦地跟踪华畅，这一跟，跟了大半个月。

"我坚持了这么长时间，决不能半途而废，我就不信他啥事也没有。哼，等着瞧吧，还有那个小娘儿们，跟着她那软蛋老公能有几两荤腥?"野恨天进一步下定了决心。

好戏就要开始了!

星期五的下午，野恨天借着去法院看卷宗追踪华畅，看见成茹不在，知道她一定在华畅那里，他一溜烟地上了三楼华畅办公室。正准备敲门，听见有女人的说话声："你是不是和她又和好了?你知道我是多么想你、爱你!你也不想我不爱我了!呜呜……"说话的正是成茹。野恨天将耳朵贴在门上听得特别清楚。

"别哭了，没有，真没有!"华畅信誓旦旦。

"那你干吗不想我，也不给人家打电话呀?"成茹继续哭诉。

"我不是给你发微信了吗?"华畅狡辩着。

“我不管，今晚我就要你陪我，你去哪儿我就跟到哪儿。”成茹在撒娇。

“你快走吧，正上着班呢。”华畅好像不耐烦了。

“那你答应人家嘛!”成茹在逼着华畅表态。

“好好好，星期六晚上6点到黄河滩去好吗?”华畅诡秘地笑了笑。

“天气这么冷，去那里有啥意思?”成茹有点儿不解。

“去宾馆还要身份证，一旦有事不好看。咱去黄河滩，玩点儿新鲜的，到时候你就知道了。”华畅胸有成竹。

听到他俩约定好了，野恨天估计成茹要离开，他立即躲到华畅办公室旁边的厕所，然后假装刚从厕所出来，正巧碰上成茹。

“大美女向院长汇报工作了吧。我找你半天，想看看卷宗。”野恨天皮笑肉不笑地说。

“今天不行了，下星期吧!”成茹感觉到她和华畅的对话野恨天全部听到了。她满脸通红，全身发麻，恨不得找一个老鼠洞钻进去。她瞥了野恨天一眼，慌慌张张走下楼去。

“牛什么牛！明天有你好看的!”野恨天望着走下楼梯的成茹，咬着牙说了一句。

星期六晚上5点半。天气异常寒冷。西北风刀子似的刮过行人的脸，枯枝无力地吱吱作响，做着最后的挣扎。偶尔出门办事的人们用大衣将自己捂得紧紧的，瑟缩着身子在路上匆匆行走。

野恨天把车停在人民广场西北角的公路边，自己躲在一家商店南大门过道内等着成茹到来。这是成茹去法院的必经之路。

晚上5点50分，还不见成茹的影子，野恨天有点儿着急。

“来啦!”野恨天着急的心一下子放松了。

成茹身穿一件妖娆华贵的皮草大衣，胸部的肉球微微隆起，一条小小的格子中短裙，肉色的丝袜显得皮肤异常粉白，红彤彤的嘴唇，淡淡的眼影，白皙的皮肤，空灵的眼神，头发扎成贵妃模样，这和往日里穿工装的小书记员有着天壤之别。

看到成茹走进了法院大门，野恨天立即跑到法院对面可以看到院长办公楼的地方观察着。

只见华畅穿着一件黑色的毛呢大衣，脖颈处一条浅灰色的围巾，夹着公文包，坐上了奔驰轿车，成茹坐在副驾驶位置上。

汽车开出法院大门右拐，缓缓地向南驶去，丝毫未察觉有人跟踪。华畅在南关将车停下，到一家便利店买了一包烟继续行驶。野恨天的车与华畅的车保持大概 150 米的距离，此时他的手心已充满汗水，黏腻而潮湿，眼里满是阴鸷。

汽车的灯光刺破了漆黑的夜晚，野恨天的目的快要达到了。

华畅的奔驰轿车停在了最后一个滩坝上，也就是五号大坝，前边的几个大坝都停着车，越往后走，就越偏僻。这个大坝和其他几个几乎一样，都是由大块石头砌成的，又高又陡，呈椭圆形，可以鸟瞰大片黄河。进去大坝也方便停车和掉头，椭圆形的大坝四周全是紧密的芦苇荡，风呼呼地刮着，芦苇也随风作响，呼啦啦地撕扯着，很是瘆人……

这时的大坝上也就华畅一辆车，野恨天怕被发现只能把车临时停到离坝边约 100 米的路边，带上自己准备好的小型高级望远镜，快步轻轻地跑到五号坝芦苇荡里猫着。由于离得有点儿远，根本听不到车里的人说什么。野恨天正准备起身慢慢移动时，突然发现汽车灯全灭了，里边的小灯却打开了，于是他把腰弯得更低，慢慢向那辆车走去。灰暗的车内灯光里，野恨天看到了他一生中最向往的一件事。

他两眼猩红，不敢发出任何声响，拿着望远镜，这回离得近了，看得更清楚了。只见成茹就像是只饥渴的母老虎，发情到了癫狂，她三下五除二地将衣服脱个精光，然后躺在后座上，任凭华畅玩弄。奔驰轿车在黑暗的河坝上来回晃动，隐约听见里边拨弄心弦的叫声……

好一对狗男女，居然在荒郊野地里做出这种龌龊事来，望远镜里香艳的一幕幕不断地刺激着野恨天的神经，他一边看着高清图片，一边唰唰地拍了好多照片……

野恨天索性从芦苇荡里钻出来，慢慢靠近汽车。

华畅太久没亲近柳韵，此时的他就像一匹脱缰的野马，久旱逢甘雨的成茹也欲火熊熊，随着跌宕起伏的叫声，两人抵死纠缠……

就在野恨天欣赏这难得一见的春宫图时，华畅一头栽在了成茹的胸前一动不动。成茹还没有意识到什么，但是随即感觉不对劲，于是拍着华畅的脑袋。

“华畅，你怎么了？醒醒啊！”可是华畅一动不动，180多斤的身体压在了她的身上，她根本动弹不得，并开始有了窒息的感觉。这时候，求生的欲望高过一切，明知道这里不可能有人，但是她本能地拍打着车窗，艰难地发出求救的声音。

野恨天犹豫了片刻，直到快要听不见声音时，他才意识到真的有危险了。不行，快跑，野恨天赶忙把设备放进了包里。可跑了几步远，尚有一丝良心的他停住了脚步……于是上前拉开了车门。

在这荒凉的黄河滩，野恨天怎么会出现在这里？车子里，脸色苍白的成茹吓了一大跳，她赤裸裸地被华畅压在身下，不由得满脸通红，心中一阵羞怒。但是面临死神，也算是值得庆幸的事情。

野恨天看到成茹那裸露的玉体，不停地吞咽口水。

“你看什么？快点儿帮帮我。”成茹看见野恨天居然这么毫无顾忌地看着自己，心里很恼怒。

“哦，他……他怎么了？”野恨天有点儿蒙。

“我怎么知道？快点儿让我出去，压死我了。”成茹喘着粗气。

“快点儿给他拉起来啊，快点！”成茹焦急地说道。

野恨天看着拉起来的华畅，由于肥膘太多，整个人显得臃肿不堪，不由得回头看看成茹，心想，这个小娘儿们想转正都想疯了，要不是我，今天这两人非死在这儿不可……

“你看看他怎么回事。”成茹穿好衣服，慢慢地挪到华畅身边，也不敢伸手去摸华畅。野根天本想一走了之，但看到成茹哭得梨花带雨，又不忍心了。

野根天定定神，用手小心翼翼地伸到华畅的鼻子下边，感觉还有气。

“死不了，还在喘气呢。你们暖风太大，没开外循环，他还胖，应该是缺氧暂时窒息。稍等会儿就缓过来了。”野根天肯定地说。

“真的吗？华畅，华畅，醒醒啊，华畅……”成茹一边喊，一边用手拍着华畅的脸蛋。

野根天心想，这下坏了，他们的事让我知道了，自己还能有好啊。不行，为刚才救他们，肠子都悔青了，趁着华畅还没醒，得赶紧走，于是慢慢往后退，可是刚想拔腿跑时，居然被一块石头绊倒了。

“你还在那儿干什么？还不过来帮忙！”成茹对跌倒在地的野根天喊道。

不一会儿，华畅悠然地醒了过来，满眼迷茫地看着身边的人，当看到野根天时，眼睛里是不可思议的神色。他怎么会在这儿，难道他跟踪我？同时还有震惊，于是看看成茹，成茹摇摇头，示意他什么也不要说……

“那个，既然华院长醒了，那我就回去了，我是来河务局办事的，还没办完呢，我先走了！”说着一溜烟地跑了，他不断地向自己车的方向跑着，汗一滴一滴地从脸颊上落下，打在干涸、有些苍白的嘴唇上。他因摔了个跟头而显得狼狈不堪，但他已经顾不了那么多了，向前跑，向前跑，他的潜意识不断告诉自己，一定赶快离开这里，离开这个鬼地方……

野根天真怕华畅在黄河滩对他下手，杀人灭口，但是一转身又感到自己完成了一件大事，如释重负。这天晚上，他做了一场美梦。掌握了华畅这些证据，剩下的什么也不怕了。

华畅今晚做了一场噩梦，被成茹送到了酒店。他要说服柳韵，让柳韵去做黎菲撤诉的工作。

第二天，他早早就来到了法院。

柳韵的办公室在法院南楼，朴素而整洁。办公桌面向屋门，座椅后面的书柜上摆满了各种各样的法律和文学书籍。

书柜上方摆放着一盆绿意盎然的绿萝。绿萝的嫩茎打着卷儿，一条条垂下来，就像姑娘的长头发，又像一个绿色的瀑布。仔细看，它的叶子是桃心形的，刚长出来的叶子半透明，很小，很嫩，还油光发亮。头冠上的叶子呈深绿色，有半个手掌那么大。它的根扎在松软的泥土里，茎盘绕交错在一起，好像在拉着手。

她在办公室养过很多花，但总是忘记给花浇水，其他的花早就枯萎了，只剩下花盆。唯有窗台和书柜上的绿萝还在顽强地生长着。它用蓬勃的生命力净化着空气，展示着它的美丽。

柳韵提前上班，她搬过椅子，靠近苍翠欲滴的绿萝。看着如洗的绿萝，柳韵心中忽然生出淡淡的忧伤。

失去了孟挺松，拥有眼睛却看不到美好的景物，拥有双耳却听不到动听的音乐，拥有跳动的心却感受不到内心的真实，她的心钝了，感觉也钝了，很少有怦然心动的事了。

生命如那片片黄叶从指缝间不经意地划过，但绿萝还是依然坚强，用它俊美的绿色向她微笑，轻抚着她那疲惫的双眸，用它的平静如水静静地陪伴她度过忙碌的日子。望着那依然微笑、坚强的绿萝，仿佛坚强的力量瞬间漫散开来。

窗外，西北风呜呜地吼叫，在城市上空奔跑。它仿佛握着锐利的刀剑，能刺穿厚厚实实的皮袄，更别说那暴露在外面的脸。

华畅走进了柳韵的办公室，只见她正目不转睛地审阅案卷。她还是同以往一样，穿着一身黑色的法院工装，里面一件纯白的衬衣，给人一种精明干练的感觉。她深邃的目光仔细地注视案卷里的一字一句，眼神里有一种凝重的光。

她忽而紧锁眉毛，细细地品味着卷宗里让她出乎意料的当事人的陈述，露出犹豫的神情，忽而审视着让她“出乎意料”的证据，忽而又拿起笔写着属于她的判断。她仿佛沉浸在字里行间，忘记了时间，也忘记了自己……

“柳韵，你在想什么？”华畅手里提着一双优质皮手套，没打招呼就直接走进了柳韵的办公室。

“你就审理吧，根据中院的内部建议，纠正一下陪审人员就行了。”柳韵的嘴角微微上翘，展现出了她的豁达。

“我想让你做一下黎菲的工作，让她撤诉。”华畅的眼睛像死人般停滞不动。

“什么？撤诉？撤诉之后《行政处罚决定书》怎么处理？这个工作我不能去做！”柳韵十分坚决地回答。

“撤诉之后，城管局的工作我去做。”华畅显得很有把握。

“你能让城管局撤销《行政处罚决定书》吗？”柳韵逼视着华畅。

“请你转告孟挺松和黎菲，不要敬酒不吃吃罚酒！”华畅冷笑了一声。

“你这个空间垃圾小心点儿，别到时被大家给清理掉了！”柳韵瞥了华畅一眼。

“我是员额法官，也是副院长，审理发回重审案件是我的职责，也是我的权力！”华畅离柳韵不远，足以看见他的脸色唰地变了。

“世上有三种人：一是良心被狗吃了的人，二是良心没被狗吃的人，三是良心连狗都不吃的人。你算什么人？”柳韵两只锐利的大眼睛，燃烧着动荡的火焰，发出使人不可抗拒的威严。

办公室陷入一片死寂，气氛瞬间降到了冰点。

“你走着瞧！我非让孟挺松和黎菲看看什么叫中国的法律！”华畅像头被激怒的狮子，暴跳如雷地将皮手套重重地摔向门边，

“啪”的一声关上门走了出去。

窗外，寒风“呼呼”地咆哮着，用它那粗大的手指，蛮横地乱抓行人的头发，针一般地刺着行人的肌肤。行人万般无奈，只得将冬衣扣得严严实实，把手揣在衣兜里，缩着脖子，疾步前行。长乐路两旁的槐树，却精神抖擞地挺立着，傲迎风霜雨雪，激励着人们勇敢地前进。

黎菲接到了华畅的电话。她的眉毛时而紧紧地皱起，眉宇间形成一个问号，时而愉快地舒展，像个感叹号。她站到顶点造型发廊的台阶上，看着路边的小槐树畅想着……

虽然天气还是阴阴沉沉的，但她的心情却好了很多。尽管官司还在进行，但是野根天一伙儿再也不敢来堵门了。她感觉从未这样开心过。也许是她跟着孟挺松又学会了某种东西。再次看到那一片片飘落的树叶，枯黄残缺的现在，比起昔日的茂密与嫩绿，她倒觉得此时的它们更加美丽。

她今天穿着一件白色的短呢大衣，脚蹬一双小巧的半高跟黑皮鞋。黑色内衣口露出她线条优美的颈项和清晰可见的锁骨。

她要去会会华畅，看他葫芦里卖的是什么药。

她轻盈地走下台阶，动作很优美，手随着身体往前轻轻一摆，然后径直往前迈起轻盈的步伐，头发随着微风在空中飘摇着，慢慢地离开发廊，向法院走去。

华畅办公室的门虚掩着，黎菲轻轻敲了三下。

“请进！”华畅和蔼地喊了一声。

“您找我有事吗？华副院长。”黎菲投去蔑视的目光。

“自古多情空余恨，痴情反被无情伤。美女救英雄的故事在河阳可是家喻户晓啊！”华畅身体往后靠了靠，若有所思地说了一句。

“您不是为报告文学准备素材吧？如果不是，就说与案件有关的事吧！”黎菲的表情和声音异常严肃。

“据我所知，孟挺松可能到中国政法大学任教，你不要异想天开了。”华畅的眼神格外狡黠。

“你胡说什么？没有事我走了。”黎菲忽然把身体一斜，似乎拿定了走的主意。她的眼睛闪闪的，像是烧着什么东西。

华畅忍不住打一个寒战，他真没料到这个皮肤像奶油一般白嫩的姑娘生气的时候有这么可怕。

“言归正传，你撤诉吧！和政府作对你能行吗？”他的眼神让人不寒而栗。

“不撤，大不了把封闭阳台拆掉。房东放不过他们！法律放不过他们！”黎菲的双眸闪耀着犀利的光芒。

“你被孟挺松洗脑了，你不要执迷不悟！”华畅目露凶光，毫无缓和的余地。

“天无绝人之路！我的事情我做主！”黎菲那双眼睛更明亮了，每一闪动，就像一道道闪电，仿佛带着唰唰的声音。

离开了华畅的办公室，黎菲的心更加坚定了。

“黎菲，你要挺住！”孟挺松的身影在黎菲的脑海中出现。他的目光似春风，使黎菲身心愉悦；他的目光似阳光，使黎菲倍感温暖；他的目光似火炬，使黎菲充满希望。

街上的行人不多，偶尔有几辆轿车呼啸而过，只留下几串淡烟轻飘飘地散开……黎菲沿着长乐路左边的人行道慢悠悠地向发廊方向走去。

“松松哥啊，一场恶战在迎接着你，你能挺得住吗？妹妹我缺少法律知识，只能旁观！我没有别的办法，只有爱；没有别的能力，只有爱；没有别的动力，只有爱。如此深情，却难以启齿啊！”

黎菲猛一抬头，竟发现天空中出现一道天蓝色的光环，上下都被厚厚的云笼罩，却透着光亮，远处深蓝色的小山，竟貌似海市蜃楼。哼，我又在遐想了。不过真的挺美的，仿佛三月的眸子，随时就要透出光亮。

开庭的时间到了。孟挺松早早就到了法院门口。

胸存江海容乃大，腹有诗书气自华。孟挺松性烈如火又温文尔雅，他的底蕴来自丰富的学识，这样的男人就是一本书，即使一辈子你也不一定能读懂他！他的无须声张就能给人带来的震撼，他的一举一动给人带来的踏实，如持久的淡淡清香，让你品味其中，不能自拔！

黎非就站在孟挺松的身边，冷峻的脸掩饰不住她的天生丽质。脖领前露出的白色衬衣、全黑内搭的裙子、高雅的白色长款大衣，配上那双锃亮的半高跟黑皮鞋，展示出一种别样的风度，为她平添了冷傲的气质，既潇洒又富有美感。在她那双又大又亮的眼睛里，闪耀着必胜的火焰。

一辆汽车开过来了。野恨天从车子里走下来，张庆贺从车子里出来，后面紧跟着的是河阳市有名的城管局的律师，此人与孟挺松即将在十分钟后，展开一场备受瞩目的精彩博弈。

宽敞的审判庭内，华畅和两名人民陪审员各自坐在自己的位置上。

“开庭！”华畅的锤子重重敲落。

审判程序正常进行，先是例行询问了原告、被告双方和代理人事宜，然后展开法庭调查。法庭调查更加简单，只是书记员宣读了原一审时的庭审记录，双方当事人当然不会有异议，因为这是签过字的庭审记录。

“原被告双方还有什么需要补充说明的?”华畅提示一下。

“没有！”孟挺松的眼睛直逼华畅和对面的城管局的律师，将犀利的眼神发挥到极致。

“我们认为谁装修谁就是行政相对人，市政府创建文明城市的文件就是标准，把车停在发廊门前宣传就是公告。”城管局的律师抬起他没有神采的眼睛，回避着孟挺松的目光，饥渴似的寻求华畅帮助。

“汽车停在发廊门口属于公告，这简直是强盗逻辑！”黎非听后，两眼盯着这位城管局的律师，突然闪动了一下，接着燃起了不可遏制的怒火。

“原告，你要遵守法庭纪律!”华畅想用凶神恶煞的眼神吓唬住黎菲。

“这是论辩式开庭，正当的反驳是允许的!”黎菲的眼睛里闪耀着智慧的光辉，又敏锐又细致，毫不退缩。

“原告代理人还有什么要说的?”华畅把眼神投向了孟挺松。

“一句话，请被告拿出他三个观点的法律依据!”孟挺松目光炯炯地盯着华畅。

两两相望，四目相视。孟挺松的嘴角微微上翘，展示着他的乐观豁达；华畅的嘴唇全无血色，像两片柳叶那样微微颤动着，急得有话说不出。

两个情敌之间的眼神足足相持了一分钟。

外面静悄悄的，仿佛只有雪花轻轻飘落，真像是一个粉妆玉砌的银色王国。马路上像铺上了一层厚厚的地毯，踩上去发出“咯吱咯吱”的声音，留下一串深深的脚印。冰雪覆盖的世界分外妖娆。

第二十六章 我不相信没有青天

孟挺松和黎菲走出了审判大厅。他俩站在楼上观望。

风雪无情地摧残、蹂躏着地面上的一切，在地上积起雪堆，从高空舔去最后的树叶。

“雪压冬云白絮飞，万花纷谢一时稀。高天滚滚寒流急，大地微微暖气吹。独有英雄驱虎豹，更无豪杰怕熊罴。梅花欢喜漫天雪，冻死苍蝇未足奇。”孟挺松低吟了毛主席的一首诗。

“孟律师，这个案子没有希望了吗?”黎菲的眼光紧盯着孟挺松凝重的脸。

“黑云压城城欲摧啊!”在孟挺松浓黑的眉毛下，眼神如柔美的月光一样明澈。

“我想到柳姐那里坐坐。”黎菲说道。

“你去吧，和她交流一下也好!”孟挺松浓眉下面深藏着的那对炯炯的眼睛里饱含着无限的慈爱。

柳韵知道今天孟挺松和黎菲参加庭审。她的心里并不平静。

她在想着孟挺松的镇定，想着黎菲的天真，想着华畅的狰狞。

不知道从什么时候开始，柳韵也爱上了安静，喜欢上了寂寞，也许她一直认为她是一个坚强的人，但是现实中的她却没有自己想象中的坚强。如今她喜欢把泪藏在心底，不让别人看见。她要微笑着去面对每一件事，就算是笑得有点儿虚伪。有时候突然从梦中醒来，不知为何有种想哭的感觉。

“柳姐，你好！”黎菲推门进来了。她秀丽的蛾眉淡淡地蹙着，在她精致的脸蛋上留下浅浅的忧虑，让她原本美丽的容貌更添了一份我见犹怜的心动。

“庭审感觉怎么样?”柳韵明亮的眼睛里流露出对黎菲的关切之情，脸上笑盈盈的。这让黎菲放松了许多。

“感觉华畅在偏袒城管局。”黎菲低头咬着下唇，心里像打翻了五味瓶一样难受。

“妹妹啊，人和狗的区别就是，狗永远是狗，而人有时却不是人。”柳韵的眼睛里失去了灵气，仿佛里面藏着过多的忧伤，深不可测。

“姐姐指的是?”黎菲好奇地问。

“在阳光照射不到的地方，总是有阴有暗，这是自然现象，我们无法改变。我们所处的社会如同我们所处的自然界一样，在镁光灯照射不到的地方，在剥开光鲜的外衣后，我们看到的往往是黑暗、阴冷。今天你看到的庭审就是阳光照射不到的地方。要相信太阳会出来的。总有一天，你会登上胜利的高峰。”柳韵的目光像开荒的犁，默默地耕耘着一方沃土。

“姐姐，我明白了。”黎菲避开柳韵的视线，呆呆地望了窗外一眼。

黎菲抬头的一瞬间，眼角的余光瞥见了柳韵的目光，她是那样安静平和。

“妹妹，这次要作好最坏准备啊！”柳韵眼中似乎有晶莹的泪珠在滚动。

“大不了就是拆掉！”黎菲积蓄了许久的泪水终于夺眶而出，哗哗流过了她那雪白的面颊。

“姐姐时刻关注着你的案件！”柳韵的目光仿佛射出了光芒。

“谢谢姐姐！”说着黎菲走到了柳韵面前，情不自禁地握手、拥抱。

生活，让人学会了面对，学会了承担，更让人学会了拥抱。拥抱大自然，是一种心境，你会发觉这个世界更纯净、更美丽；拥抱磨难，是一种气度，你会发现苦难不过如此，幸福竟如此简单。

黎菲告别了柳韵，走出了法院的大门。

外面静悄悄的，仿佛只有雪花在轻轻飘落。长乐路像铺上了一层厚厚的地毯，踩上去发出“咯吱咯吱”的声音，留下黎菲一串深深的脚印。

从法院门口到发廊，也就500米的距离，但黎菲足足走了20分钟。

终于到了发廊门口，黎菲怎么也推不开这扇金门，像是有千斤重。她艰难地推开门走了进去，盼盼和员工们迎了上来。

“姐，你饿了吧？我给你准备了你最喜欢吃的西兰花、海带、豆腐皮、油麦菜大烩菜。”盼盼说道。

姐姐饭量小，不爱吃肉，很难和大家吃到一起，盼盼总是想法儿给姐姐买来她最喜欢吃的菜类和豆类；姐姐喜欢晚上工作到深夜，盼盼早上承担了发廊的大部分工作，让姐姐多睡一会儿；城管局的野恨天开始骚扰以来，她想方设法分担姐姐的忧愁。

“姐姐是咖啡，妹妹是杯子，姐姐永远都在妹妹心里。”这是员工们对她们姐妹俩的准确描述。

“谁要弄折了我姐姐的翅膀，我定要废了他整座天堂！”看到姐姐今天回来的表情，盼盼猜到了庭审不是很理想，于是她暗暗下定了决心。

叹息，来自顶点造型发廊后边中央花园小楼里的黎菲。

“松松哥哥，你在哪里？”黎菲手中拿着判决书，深深呼唤着孟挺松的名字。黎菲喜欢在月色弥漫的夜晚去想一个人，喜欢在寂寞的时候去想一个人，喜欢在打量自己的人生后去想一个人。她想知道，孟挺松是否感受到她想念的存在。现在她更需要孟挺松。

“孟律师性格太直，你是不是找一个会处理关系的律师融通一下？”隔壁卖电脑的郑希姑娘劝说着。

“姑娘，社会变了，和政府作对，不是鸡蛋碰石头吗！”中央花园看门的大叔劝她放弃。

“黎菲，是城管确实错了，还是其他方面出了问题？你应该多咨询几个律师！”同一个小区住的牛东方也替她想办法。

“不，我就相信孟律师，相信柳姐！”黎菲非常坚定地说。

但是，她又想，当一个人沉醉在幻想之中，也许会把这种幻想当成模糊的情味。

别人喝酒是为了求醉，她要从醉酒中清醒过来。因此，她要去考察一下律师界的情况。

“姐姐，我在这里工作，让曾佳和你一起去吧！”想到姐姐自己去有点儿孤单，盼盼说了一句。

曾佳，一个20岁的小姑娘。中等个子，身材十分苗条。蓬松的刘海儿垂挂在前额上，犹如三月的杨柳。明亮的瞳孔，弯弯的柳眉，长长的睫毛微微地颤动着，薄薄的双唇如玫瑰花瓣娇嫩欲滴。

黎菲和曾佳走进了辉煌律师事务所的小楼。这个律师事务所在柏君大道西段即将建成的法院对面。她们径直走进了一位在河阳市很有名气的律师办公室，据说这位律师是市政府的法律顾问。

“你是什么案件啊？”律师打了个哈欠，在办公桌前翘着二郎腿，吃力地睁开眼睛说了一句。

“城管局要拆长乐路旁我们租赁房屋的阳台。”黎菲闪动着两只明亮的眼睛像在搜寻着什么，没有一点儿畏缩或羞涩的样子。

“你先交7000元代理费，然后我给你推荐一位好律师，你可以咨询他。”律师没有任何伪装，让人清楚地看到他眼里那丝丝点点的冰冷和漠然。

“啊！这么多啊？”曾佳有点儿惊讶。

这哪是风度翩翩、帅气多金、令人羡慕的律师啊？

“我们回去和家人商量一下再说吧！”黎菲的眼神非常尖锐。

与闷热的夏日不同，冬日的寒风是真真实实地扎进血肉的。呼啸的疾风狂躁地卷着冰冷而来，如一把叛逆的利剑，透支着少得可怜的温暖，使放荡不羁的寒意汹涌而来。

因为是在市里，黎菲今天没有开她心爱的奥迪轿车，而是骑着一辆电动车带着曾佳。凛冽的寒风一阵一阵地吹过，路上都是缩着脖子拉紧了衣服领口急匆匆的行人。

一会儿她们到了位于市静一大街东段的一家法律服务所，走进了主任的办公室。浓烈的烟味呛得她俩咳嗽不止，眼泪直流。一个国字脸、圆圆的鼻子、咧着厚厚的嘴唇的中等个子的男人坐在宽大的办公桌后。

“你们要打官司吗？把材料拿过来让我看看。”这位主任主动开了腔。

黎菲把判决书递给了他。

她和曾佳竖起耳朵静静地等待着。

“为什么不早来啊？”他心不在焉、漫无目的地浏览一下。

“判决书刚下来，听说您水平高，就慕名而来了。”黎菲一双机警的眼睛灵活地转动着，好像在搜寻着什么。

“到中级法院我有关系。”他把头一低，抿着厚厚的嘴唇。

“啥关系啊？打官司还要关系吗？”曾佳天真地问道。

是啊，从出生开始，她就用眼睛去观察这个陌生的世界。她用她的眼睛看到了蓝天、白云、鲜花、绿树，身边的一切都令她新奇。上学了，她用她的眼睛读书、写字、学习知识，她用她的眼睛和别人交流，传递着温情。可是今天她对打官司要用关系感到新奇。

“这样吧，如果你们认为我行，明天就来！”这位主任一听曾佳这样问，不好意思了，匆忙地回答了一句。

数九寒天，冰封万里，凛冽的寒风呼啸南北，枝头上一只只小鸟蜷缩着脑袋，瑟瑟发抖。黎菲和曾佳就这样离开了法律服务所。

“姐姐，这些人怎么和松松哥说话、为人不一样啊？你不会放弃吧？”曾佳仰着头，眼角弯弯，怔怔地有些看呆了。

“就算我的那些目标都是泡沫，也没有关系，因为我只是想要好好地守护我的泡沫，不要让它破掉而已。”黎菲长长的睫毛上滚动着点点晶莹的泪珠，原本妩媚灵动的眼睛此刻黯然失色……

夜，一片寂静，黎菲躺在床上，久久不能入眠。她不敢去想未来，她只是在想，拆除阳台，我倒没什么，这几位员工怎么办呢？这是他们生活的来源啊！

第二天早上，黎菲早早地来到了文化广场。她看到许多人，男的、女的、老的、少的，有的在滑冰，有的在打雪仗、堆雪人，还有的在冰天雪地里看雪景、拍照留影。

广场西南角有三棵黄梅树。凛冽寒风中透出的幽幽花香扑鼻而来，空气里到处弥漫着梅花的气息。走到树旁，缕缕清香若有若无地浮散在风中，沁人心脾。

“红岩上红梅开，千里冰霜脚下踩，三九严寒何所惧，一片丹心向阳开……”一群中老年人在那里高唱《红梅赞》。歌声悠扬、淳朴，像谆谆的教诲，又像娓娓的谈话，一直唱到人们的心里，又从心里唱出来，弥漫整个广场。

黎菲凑近梅花一嗅，几近零距离感受那丝淡淡的清香，越闻越让她不忍离开，那股馨香，淡雅至极。

“俏也不争春，只把春来报……”她在期盼孟挺松的到来。

“待到山花烂漫时，她在丛中笑。”孟挺松真的站在了她的身边，接上了黎菲的下半句诗。

“黎菲，这是上诉状，我不相信没有青天！”孟挺松坚定地说。

行政上诉状

上诉人：河阳市顶点造型　经营者：黎菲
被上诉人：河阳市城市管理局
法定代表人：李辉

上诉人不服河阳市人民法院《行政判决书》，现依法提起上诉。

请求事项：1. 依法撤销河阳市人民法院《行政判决书》；2. 依法撤销被上诉人的《行政处罚决定书》和办法；3. 诉讼费由被上诉人承担。

事实和理由：

原审把顶点造型认定为行政相对人、认为被上诉人具有认定违章建筑的职责、认定被上诉人依据国家标准可以拆除河阳市的封闭阳台、认为被上诉人没有违反法定程序、认为被上诉人提供了法律依据是不正常的。请求中级人民法院依法纠正。

此致

江州市中级人民法院

上诉人：顶点造型
经营者：黎菲

“就这么简单啊？”黎菲缓缓抬眼。

“就看运气了。遇到好法官，他会根据咱们的上诉请求和理由，全面审查《行政处罚决定书》的合法性；遇到昏法官，写得再好，他也会把你扔到一边！所以咱们点到为止。”孟挺松的眉宇间流露出淡淡的焦躁，眼神比平时似乎阴沉了许多，眉头微皱，脸部表情有些复杂，似乎总有解不开的心结。

江州市中级人民法院的审判员办公室里，主审员额法官刘钧看着卷宗，凝重地思考着。他脸色铁青，双眉紧锁，心里如打翻了五味瓶，很不是滋味。

刘钧，40 岁左右的中年男子，一米八左右的个头儿，高大魁梧。说起话来，语句沉稳，使人觉得他富有内涵和深沉的力量。西南政法大学毕业后，被江州市中级人民法院录用。先是在办公室工作，后担任助理审判员、审判员、副庭长和庭长。他以深厚的理论功底、娴熟的审判业务技能博得了人民群众的信服。

他常说："作为法官，必须认识到'你办的不是案子，而是别人的人生'，必须带着对正义的敬畏、对人民的同情去办案，只有这样，才能做到'让人民群众在每一个司法案件中感受公平正义'。"

自从接手这个案件之后，市人大、市政府、市政法委，还有法院的领导都打招呼，为河阳市城管局说情。

"国家有独立的司法法定程序，决不能让法律沦落为权力随意摆弄的玩偶，毁坏国家宪法构筑的司法功能保障，我要履行一个法官起码的职责，实现'权为民用'的社会理念!"刘钧下定了决心。

庭审开始了。刘钧作为庭长和主审法官端坐在审判席中央。

"上诉人，孟挺松怎么没有到庭?"刘钧看看授权委托书，在核对当事人时问了一句。

"他突然感冒发烧了。医生说他是冷热相激，应该是他夏天养花时出汗过多，突然用凉水冲澡造成的。"黎菲答道。

"不可能，前几天我还看见他来开庭了。"刘钧的眼睛里夹杂着惊疑的光。他睁大眼珠儿看着黎菲，他多么想目睹学者律师的风采啊。

"那是坚持！前几天他已经开始低烧了。"黎菲眼角上带些泪痕，也没有先前那样精神了。

孟挺松没有到庭，乐坏了城管局的律师。

"被上诉人，请出示河阳市城市主要街道和市容容貌标准。"

刘钧犀利的眼神注视着城管局的律师。

“我们还没有制定这个标准。”城管局的律师满脸通红，双手不知道放到哪里，手心里冒着冷汗。

“被上诉人，请出示城管局做出行政处罚前进行过公告的证据。”刘钧的眼角有凛冽的寒光，如匕首一般。

“我们进行过催告，也就是下达《责令限期拆除告知书》。”城管局的律师仿佛被无形的大石头压住，嘴巴不停地颤抖，脑子一片空白。

“城管局的《责令限期拆除告知书》是在《行政处罚决定书》下达前还是在《行政处罚决定书》下达后?”刘钧眼睛里迸出凌厉的目光，像扑鼠之猫盯着城管局的律师。

“在《行政处罚决定书》下达后。”城管局的律师看了一眼坐在身旁的城管局副局长张充，只觉得浑身冷彻骨髓，连自己也不知是为什么。

野恨天坐在观众席上，他的血管像要裂开似的，身体的每一部分几乎都在颤抖，手脚变得像冰一样凉。他感觉整个审判大厅充满惶惶不安的气氛，好像地球末日就要到来了。

“上诉人，你有什么需要补充说明的?”刘钧的眼皮迅速翻起，晶莹的黑色瞳仁深处，饱含着同情与激励。

“他们用公用汽车堵住店门一个月。”黎菲的眼睛开始发亮，睫毛连连动了几下。

暖暖的阳光隔着窗玻璃照射进审判法庭。屋里暖了，室内亮了，就连窗帘的花纹都印在了地板上。窗框的影子，重新划分着地板的结构，方的，长的，菱形的，大手笔加大写意还有大夸张，真的很神奇。

第二十七章　决不为贪官留苗

星期天的早晨，柳韵独自来到滨河公园踏雪。

雪后初晴，真的好冷，好冷。柳韵从来没有感到这样孤独，仿佛她站在一个被世界遗弃的角落，仿佛她是一个被全世界抛弃的浪人。默然抬头，静寂的天空尽显苍茫，偶尔从树上落下的雪花，挥洒着纯洁的色彩，不知那落下的是天使眼泪的结晶，还是对世间不平事的申诉。

柳韵走到了公园广场东边的小桥上。

只见一群人围在一起，大部分是中老年人，还有凑热闹的年轻人，也有一些小朋友在一边追逐打闹。

中间摆着一台音箱。一位姑娘正在演唱《白蛇传》中的一段戏《断桥》。

她叫王露，出身于音乐世家，是一位音乐教师。清澈的瞳孔、弯弯的柳眉，长长的睫毛微微地颤动着。她的齐耳短发，给人一种乖乖女的感觉，清爽又有气质。这姑娘确实美丽异常。她属于那种性格开朗的姑娘，总是给人一种黏稠的姿态，独特的发型和身影加上挥动鞭子一样的目光控制了整个场地，同时她又是那么平静。她已经意识到了自己的吸引力，而正是用这种吸引力把戏迷们的心征服了。

“这断桥那把伞多亏了那场雨，西湖边杨柳下是咱的七夕，转眼间柳变黄雨变霜絮，哥成爹妹成娘花酿成蜜，回头来深打躬说声对不起……白蛇女你的妻，体验了人生，经历了情爱，享受了苦难，品尝了打击，无怨无悔心满意足，与君一别无所惜。”

所有人都围在戏摊子的附近，有的靠着石头桥上的柱子，瞪大了眼睛，有的就站在一边，微微地摇晃着脑袋，还有的用双手轻轻地敲着板眼。大家都在聚精会神地欣赏。

王露和着豫剧的配乐，一会儿转着圈，一会儿做出各种各样的动作，连停下来的姿势都是那样优美。还有她的眼睛，真是有神啊！

断桥，是白娘子和许仙相会的地方。断桥并不真的是断了，具体说法是，雪后天晴，由于桥是拱形的，太阳把桥上一边的雪融化了，而另一边的雪尚未融化。这样桥看起来就像断了一样。

柳韵想，她与松松哥就像在断桥两边，很难回到从前了。在他的前方就是一条开满鲜花的路、铺满幸福的路，未来的每一刻都会在幸福快乐里流淌。她一直在他的面前伪装得很好，让他放心，他把她浑身的热情全部带走了，实在没有办法再分给其他人。

雪很美，但很凉，凉到心底。雪掩盖了世界的荒芜，却掩饰不住柳韵的苍白冰冷。

柳韵向西走，走到了公园湖心的长廊上。

这个长廊是水泥结构，全用竹子外包，大约有 50 米长，像一条彩带，弯弯曲曲地漂浮在湖水上面，把公园南北恰好连接起来。长廊北边是一片腊梅，散发着清新的芳香；东边是一片竹林，阳光洒在结有冰的竹叶上，如同为竹子编织的一件金丝做的衣裳；西边是一片白雪覆盖的湖面，如一条白色的丝布静静地铺在那里，泛着柔柔的微光。

柳韵从北边步入长廊，看到一群人在唠嗑。柳韵驻足看了一下。

“说雪是精灵，是圣洁的天使，一点儿不错，雪，不仅纯洁了这个世界，也洗涤着人们的心灵。”一个年轻人望雪感叹。

“反腐风暴，更像一场及时大雪，荡涤着一切污泥浊水，使百姓感到清亮、温暖。”这位干部模样的人以雪论政。

“谚语说，瑞雪兆丰年，一点儿不错，因为雪把害虫消灭了，来年的大地肯定会丰收。”一位长者想起了他承包的农作物。

这群人，一会儿吹胡子瞪眼，一会儿哈哈大笑，好不热闹。

正在这时，一个小男孩儿拿着一把雪投向聊天的人群。人群停止了唠嗑。

这个小男孩儿约有 8 岁，矮胖的身材，黑黑的脸膛上长着一双小眯缝眼，左眼下面的胎记看着有些瘆人。他旁边站着一位 60 岁左右的妇女。

“你干什么?”一个 40 岁左右的男子朝着男孩儿喊了一声。

“怎么了?”小孩儿瞪大眼睛，望着这群人，单纯的目光里闪动着鄙视。

“你不要用雪乱砸人!”一位男子走向小孩儿，眼睛里闪着点点的碎碎的流光，尽是对这个小孩儿的讽刺。

“我爸爸是城管局长，你能把我咋样?”小男孩儿把嘴微微翘起，乌溜溜的眼睛不服气似的，直视着人群，两只小手叉在腰上，气呼呼地说。

“是不是李辉的孩子，他爹就是一个不懂法、不守法的坏家伙，揍他!”一个男人的肌肉在愤怒地颤抖着，眼睛里迸发出火一样凌厉的目光，闪烁着一股无法遏制的怒火。原来他就是柏君大道上被强拆的那个男人。

“慢着！你们那么大的人咋跟个小孩儿一般见识啊？这是公

共场合，小孩儿不能玩耍？不想挨雪球，你在家不出来就是了，真是的！”小男孩儿身旁的老太婆应该是他的奶奶，看到男子要揍他孙子，她那古铜色的脸，“唰”地变紫、变青，脸上的肌肉也在抽搐，太阳穴上青筋暴起，整个脸面化成一片黑云。

“一人当官，鸡犬升天，你还做生意，算了吧！咱惹不起还躲不起！”老师劝说着。

“唉！”男子无奈地松下了握紧的拳头，但是在他的心中蕴藏着一种隐忍的力量。

“大娘，您不该这样护着孩子，这样对他成长不好！”柳韵走上前去，对着小孩子的奶奶说了一句。

“呵！这不是法院华院长的老婆吗？你老公贪赃枉法，无恶不作。他和法院书记员的事谁不知道，早就给你‘戴上绿帽子’了，你还有资格说我们！”老太婆嘴角扬起丝丝缕缕的嘲讽。

柳韵气得说不出话，她严厉地瞪着他们祖孙，怒火快要把她黑墨墨的头发烧焦了。她用洁白的牙齿咬住薄嘴唇，过了一会儿，紧绷的面色才缓和下来，嘴唇上印着一排齐崭崭的齿痕。

柳韵抚摩着微微隆起的小腹。是的，已经快四个月了，这个孩子是我身上的肉，是一个小生命啊！我应该爱这个孩子。但是，这个孩子是一个恶人的种子！我为什么要给恶人生孩子？

是他破坏了我与孟挺松的爱恋！是他斩断了我唯一的念想！既然和他之间没有爱，没有感情，我为什么还要为老华家留苗？

今天是和医生约好的日子。眼看着跟医生约定的时间到了，柳韵拦了一辆出租车，去了医院方向。

华畅的别墅，挑高的门厅和气派的大门，圆形的拱窗和转角的石砌，尽显雍容华贵。白色灰泥墙结合浅红屋瓦，连续的拱门和回廊，大面窗的客厅，清新不落俗套，让人心神荡漾。门廊、门厅向南北舒展，客厅、卧室等设置低窗和六角形观景凸窗，室内室外情景交融。

“芳姐，已经一点多了，她怎么还不回来?”华畅在客厅来回踱着步子，烦躁不安地问着保姆。

“她早上起床就走了，怎么回事，我也不清楚。”保姆张着口怔怔地站着，直着眼睛看华畅。

“您好，您所拨打的电话正在通话中，请稍后再拨”，华畅拨打了柳韵的手机，一连打了五六个，都是如此。“到底去哪里了，肚子里还怀着孩子，可千万别出事啊！”华畅等待着，盼望着，他坐立不安，并不时地向门口张望，希望走进门的是柳韵。

“您好，请问您是华畅吗?”电话响了，华畅犹如抓住一根救命稻草。

“是的，我是。”华畅这时感到有些不对劲，他的眼睛里露出了迷惑不解的神情。

“这里是河阳市中心医院，您爱人的情况很不好，现在赶紧来医院一趟。”电话对方的声音有点儿急。

“喂，喂?”华畅喊了两声。

对方把电话挂了。

华畅绝望得像掉进了没底儿的深潭一样，万念俱灰，讲不出话来，开着车子一路疾驰到了医院。

“您爱人大出血，正在抢救呢，需要有家属签字。”大夫面色冷峻，空气里弥漫着沉重压抑的气息。

“哦，医生啊，怎么会大出血啊？她不是好好的吗？不可能吧，你们搞错了吧?”只见华畅嘴张得像箱子口那么大，一下子就愣住了，接着他就咽了两三口唾沫，好像是嗓子里发干似的。

“您爱人是叫柳韵吧，她没跟你说？上个月她来医院检查时，就不想要这个孩子。我说你身体不好，严重贫血，孩子已经三个多月了，打掉的风险极大，必须慎重考虑一下，你回去和家里人商量一下再来吧。她说已经和您商量过了。我们只能尽量劝阻，但还是要尊重她的意见。现在说什么都晚了，你赶紧签字，还有你爱人急需输血！”一大串话噼里啪啦像连珠炮似的从大夫嘴里甩出来，非常干脆地一气讲完了。

“我是O型血，来，抽我的!”华畅说着，挽起了衣袖。

“好的，赶快跟我来吧。”华畅跟着大夫进了抽血间。

医生把医用橡皮管捆住华畅的右臂，然后用碘酒消毒，再从身边拿出一个注射器。

华畅坚定的表情闪动了一下，在几秒钟内固定好绷带，然后牢牢地握住椅子扶手来稳定自己的重心。

大夫把锋利的针插进华畅的静脉里，然后抽出血来，顿时暗红的血液顺着细管缓缓流入了血液保存袋。

七八分钟后，一袋暗红的血液出现在了天平上，天平的读数定格在600毫升。

当针头从华畅的手臂处拔出时，华畅长长地舒了一口气，脸色不太好。看着自己的血液此刻流进了柳韵的血管里，看到柳韵的脸色一点点地好转，华畅如释重负。

阴冷的天空泛着丝丝红霞，霜雪弥漫的大地带着缕缕寒气，透过迷雾的间隙，千丝万缕般的光影洒落人间。

最终，柳韵的出血被止住了，孩子也被拿掉了。陪在柳韵身边的依然只有华畅。

柳韵静静地躺在病床上，一缕缕阳光懒懒地洒在她的身上，犹如冬日里的一条围巾。一股暖融融的感觉涌上她的心头，给她曾经蒙尘的心灵吹落些尘埃，让她几近冰封的世界有点儿冰雪消融了。

是啊！冬日的阳光如此灿烂，给了她温暖，给了她力量，让她沉寂的生命开始有了一些盎然生机。

可是到了晚上，柳韵突然高烧不止。医生说是她身体太虚弱导致的，因此输上了营养液。

“哎，热!”她挣扎着把被子扯向一边，华畅又赶忙盖住掖好，华畅似乎是她的守护神，寸步不离。

柳韵微微睁开双眼，眼睛像是被黏合剂粘住一样，显得沉重不堪，只能眯成一条缝隙，浑浑噩噩、蒙蒙眬眬之间仿佛看见了一个高大的身影，酷似孟挺松。她感觉孟挺松就在眼前。她浑身使足了劲，一把抓过去。

“松松哥，我想你，你可知道那天我在河边说的全是违心的话，就是为了让你退出。你如果再坚强点儿，再勇敢一点儿，我就会认输，就会妥协。”

柳韵昏昏沉沉，微闭眼睛，苍白的脸上没有一丝血色。她时而眉头微蹙，时而重重地呼吸，病痛的折磨使她迷糊了起来。

听到这些话，华畅犹如掉进了冰窟，从头顶凉到了脚尖。他的心好痛。

“柳枝黄了，还有泛绿的时候；大雁南飞，还有北归的时候；今天我救了她，难道就换不来她的一丝微笑吗？假如奈何桥不是一个传说，我愿纵身跳下忘川河，承受千年的沉浮、折磨，期待来生的另一种结果；假如三生石不是一个传说，我愿割破手腕，用鲜血把我和她的名字印刻，期待来生的相濡以沫。结婚已经三年了，我对她的付出不比孟挺松少，可是我在她的心里没有一点儿地位。这哪像夫妻，简直就是搭伙人。如何再走剩下的路？”华畅深深地叹了一口气。

“松松哥，我求你不要离开我，不要！”柳韵的手把华畅抓得更紧了。

看着病中的柳韵，华畅的睫毛上挂着几滴沉重的泪珠，视线模模糊糊的。最起码我把她从死亡线上拉回来了，没有什么比看见她活着更重要，没有她，我的一切都是灰色的。

此刻，就算是波涛汹涌的河流也会变成潺潺的溪水。华畅像只温顺的绵羊，将柳韵深深地抱在了怀里。

“韵韵，我就是你的松松哥啊，我离不开你，这辈子有你足矣，别无所求。”为了安慰柳韵，华畅违心地扮演着孟挺松的角色。

柳韵安静地睡在他的怀里，静得仿佛这个世界也昏昏欲睡。

“爱，不是占有，不能勉强。今夜就让我踏踏实实地抱抱她吧。”亮晶晶的泪珠顺着华畅的脸颊滚下来，滴在嘴角上、胸膛上、柳韵的病床上。

天渐渐破晓，大地朦朦胧胧的，如同笼罩着银灰色的轻纱。这时，万籁俱寂，突然有了一声鸟叫，划破了这寂静。一会儿，东方天际浮起一片鱼肚白，大地也渐渐地光亮了起来，一切变得生机勃勃。

柳韵睁开双眼，发现华畅在她身边，他把自己裹得那样紧。估计他刚刚把疲惫的眼闭上。即便睡着了，一双交叉的手还在紧紧地攥着她，生怕被别人抢走似的。

柳韵想挣开禁锢，这样估计他会睡得舒服一点儿。可刚要动弹，华畅醒了。他赶紧摸了摸柳韵的额头，烧退了，精神也好点儿了。他一下子坐了起来。

“你终于醒了，饿不饿？我去给你买点儿吃的。”华畅的目光像一波秋水，像一股暖风。

看到华畅殷勤的举动，柳韵的心舒展开来，她的眉毛忽然拉长，忽然缩短，两只黑闪闪的眼珠上下左右不停地转动，整个身子好像一棵小树享受到微风的吹拂，颤巍巍地抖动着。她的这种仪态，使人一眼看去，就可以感觉到她的心房里正在荡漾着喜气洋洋的波纹。

“你等着，一会儿就来。”华畅骑着一辆电动车来到了清阳路。

清阳路，是河阳市美食街之一。这里饭店多，小吃多，餐饮品种也非常齐全，真是吃货们的天下。一家连着一家的招牌，一个接着一个的特色，使得这条街那么诱人。几十家饭店，家家食客盈门。

路旁的停车位上，停满了各色各样的轿车。车上下来的人，大多是到各家饭店去吃饭的。

柳韵爱吃什么呢？今天给她买什么？对了，医生嘱咐了，只能吃点儿流食和易消化的东西。华畅皱皱眉思考着。

中西式糕点各式各样。形状有长方形，有正方形，也有圆形；颜色各异，有红的，有黄里透白的，自然少不了蓝的。这些手感很软，应该易消化，华畅买了几块。

“马来西亚飞饼。”好奇怪的名字，华畅走了过去。

卖饼的是两个中年男子，一个人捏面团，另一个人把飞饼煎起来。那个做飞饼的男子手艺非同一般。他像魔术师似的，把面团甩得薄薄的，像塑料袋似的。过了一会儿，他把飞饼往空中一抛，故意装作失手的样子。当大家感到惋惜的时候，他又一伸手把飞饼接住。大概这就是“飞饼”名称的由来吧。华畅买了一块儿。

病房里异常安静，安静得连一根针掉到地上的声音都听得见。

柳韵慢慢坐起来。这一天，这一刻，她被华畅感动了，这是从未有过的感动。

她伸手准备去拿杯子喝点儿水，听见门外护士们在议论着什么。

“你不知道，36 床的那个老公多好，听说他老婆背着他把孩子做掉了，人家不但没生气，还在紧急关头给他老婆输血。”

“600 毫升啊，都快要人命了，这是什么呀？这就是真爱呀！”

“还有啊，昨天晚上她又是吐又是发烧的，人家一遍又一遍地给她擦身体，一遍又一遍地量体温。”

“她老公是不是叫什么松松？我听她叫了一夜松松哥，多好的人啊！”

“半夜我去换药时他还没睡呢，现在又准备吃的去了，这么好的人我咋没碰到呢？”

“哎，别贫嘴了，22 床呼叫呢，快去吧！”

护士们都走了，外边恢复了宁静。此刻柳韵的身上好像还有华畅那丝丝芳菲、微风送拂的花香，她好像喜欢上了这个味道。

柳韵想，一定是发烧烧迷糊了才会胡言乱语，华畅是那么爱她，可她还留恋着以前的爱。唉！人总不能奢求太多。

“柳韵，我回来了。”华畅把买回来的食品放在了床头柜上，然后他走到床前，轻轻地搂住柳韵的双肩，将她揽在怀里，把她的头靠在他的胸前，让她聆听他的心跳。

柳韵静静地依偎在华畅的怀里，闭着双眼，她的心里还是只有孟挺松。

冬日的阳光是要用心去感受的。与冬日里的阳光对话，会感受到光明、快乐、温暖和向上的力量。即使是喁喁私语，那声音里也没有消沉和阴暗，更没有怯懦和哀伤。华畅和柳韵像两个质朴的农夫，把手指插进疏松的泥土里，各自感知着阳光温暖的语言力度。

第二十八章　我为别人买了单

春天来了，小草晃动着黄绿色的尖脑袋从地下探出头来微笑；柳树伸出千万只小手和人们打着招呼；鸟儿用清脆的嗓音来歌唱春天的美丽。经过一冬天和冰雪共舞的风，虽然疲惫不堪，它还是轻轻地来了。

天空一碧如洗。灿烂的阳光从道路两旁槐树的缝隙间射下来，形成一束束粗粗细细的光柱，把飘扬着轻纱般薄雾的长乐路照得通亮。顶点造型发廊在阳光的照射下更加金碧辉煌。

今天是星期天，黎菲轻轻地推开了金黄色的发廊大门。只见她橘黄色的大衣自然敞开，展现出黑白相间的内衫，肉色的紧身长裤衬托出修长的美腿，既潇洒又富有美感。清丽秀雅的脸上荡漾着春天般美丽的笑容。她在等待柳韵的到来。

柳韵在政法大学时，经常阅读美国著名法学家德沃金的名著《法律帝国》，喜欢“在法律铸造的帝国里，法院是法律帝国的首都，而法官是法律帝国的王侯”这段精辟之辞。曾经对崇高而威严的法官职业产生过几多神圣、几多向往。她决心成为一名法学的卑微朝圣者。

当她穿着黑色的袍服在审判席上耐心听讼的时候，她懂得了黑色的服饰是法官内在精神的表现，正如一位哲人说的“蜜蜂只会在黑暗中劳作，思想只能在沉默中孕育，德行只会在隐秘中发挥作用”。她决心用自己的辛勤跋涉，去感动法的脉动与心率，去探寻法的精神与真谛。

可是，理想与现实之间的差距太大了。“应该”与“是”之间存在冲突，应该有的没有，应该做的做不到，不应该做的常常还必须去做。她想用大学里学习的法律为百姓服务，但在办案过程中往往碰壁。她力求避免与现实中的不良因素同流合污，但是有时又不得不随波逐流。主观上想驾驭法律，实际上力不从心。她真没想到做法官竟这样难。

她想逃离这座喧嚣的城市，不想与钩心斗角之人每天抬头不见低头见，不想做不喜欢的事，不想每天因为各种神经病让自己不开心，不想每天把脾气发在老人的身上，不想看到华畅，不想……面对太多的“不想”却不能洒脱地放手。她好想好想过上陶渊明诗中的惬意生活，去自己想去的地方，不为他事忧愁，不为生活累垮自己，只为寻求自己心里的喜欢。

今天，她要把自己的头发整理一下，然后和黎菲一起到汶水河畔看一看，散散心。

“柳姐，快来！我在等着你！”黎菲嘴角上扬出美丽的弧度，笑得像一朵绽开的白兰花。

说着，盼盼就给柳韵穿上了理发的外衣。

“谢谢！谢谢！”柳韵露出一个很温馨的笑。

志鹏、洋洋、增增和佳佳都围过来看着这位美丽的女法官。

“黎菲，请接邮政快递！”邮电员刘飞兰在外边高声喊着。

是江州市中级人民法院的特快专递。黎菲签收了邮件。

盼盼拿着邮件就要打开，被黎菲拦住了。

她走到门外，站在台阶上，抬头仰望深邃的天空，一缕忧伤的情愫悄无声息地从心底蔓延开来，泛黄的记忆，化作忧伤的思绪。她要等孟挺松，因为他为此付出的太多了。

“十分钟到!”手机里传来了熟悉的声音。他的声音让人着迷，很有磁性，显得很稳重，给人一种安全感。

孟挺松来了。只见他上身穿黑色商务装，大敞开来，露出里面紫红色的衬衣。下身穿黑色长裤，干净笔直。

他从黎菲手里接过了邮件，撕开线，一点儿一点儿地往右拉。他的手是那么轻，又是那么沉，仿佛这条线有千斤重。

“我们胜利了!”他的心像沸腾的水一样，激动地要溢出，似乎他身上每一根汗毛都有跳动的欢畅。

他在发廊里跳着蹦着，然后跑过去一把从后边抱住没有丝毫准备的黎菲，转了两圈。

“哥哥，不要再转了，小心闪着腰。”佳佳在一旁笑着叫着。

孟挺松哪里顾得上这些，跑过去抱起佳佳，也转了两圈。他回头一看，不见柳韵和黎菲了。

手机里，看到柳韵转来的黎菲的信息：

> 收到喜讯。没有激动，没有兴奋，更多的是心酸。我想这种感觉是别人体会不了的那种压抑在心头又无法释放的一种酸楚。
>
> 直到今日，把这张纸放在他的面前，看到他激动兴奋的样子，我们姊妹二人觉得一切都是最好的安排!
>
> 纵然世间有多么善恶不分，我依然觉得只要有太阳的地方，就会有阳光！我坚信：只要站在太阳的身边，就会发出灿烂的光芒，把一切黑暗一扫而光。

“汶水河，她俩一定在那里!”孟挺松开足马力，向着汶水河畔奔驰而去。

天空倒映在清凌凌的河水里，小河更蓝了；白云倒映在清凌凌的河水里，小河更白了；绿树倒映在清凌凌的河水里，小河更绿了；柳韵、黎菲和孟挺松倒映在清凌凌的河水里，小河变得多姿多彩了。

在城管局的办公室里，李辉时不时地裹紧外套，不停地来回踱步，从没有过的烦躁和不安在心头撞击，似乎有块无形的巨石压着他，他嘴巴不停地哆嗦，脑子里一片空白。

“饭也吃了，酒也喝了，鱼也钓了，娱乐场所也进了，可恨的是中级法院的刘钧软不吃硬不怕，比黎菲和孟挺松还难对付!”李辉咬牙切齿。

“都是你干的好事！黎菲不好对付，你非要把她当典型，排除障碍，法院判决书下了，看你怎么收拾残局!”李辉喊来了野恨天，向他凶神恶煞地吼叫着，像地狱的恶鬼咆哮。

野恨天恐惧地畏缩着，好像拼命地想说话，可是什么也没说出来，脸上一点儿血色也没有，只有两眼不住地闪动。周围的一切仿佛都要把他吞噬掉。他双腿发软，就连平时看来很温暖的东西现在好像也变成了魔鬼狞笑着。他用恐惧的目光望着李辉，听着响在他头上的霹雳。

小鸟不知躲到什么地方去了，草木全都垂头丧气，只有那几只麻雀不住地在枝头发出叫声。

他在文化公园找到了华畅，华畅情绪更加低落。

“华院长，有人找你!”手机里传来了办公室唐炅的声音。

“是谁啊?”华畅试探性地问了一句。

“成茹，还带着那个小男孩儿，看她样子怒气冲冲的。”唐炅绘声绘色地解释。

“你告诉她我出差了，让她过几天再来!”

“她不相信，她说，她要等到死!”唐炅也无可奈何。

成茹，太让华畅头疼了，一失足成千古恨。法院给她解除劳动关系之后，她来法院闹，要小孩儿的抚养费，河阳市法院不管，她抱着小孩儿闹到江州市法院。为了保全华畅的面子，法院把华畅以借调的名义安排到河阳市人大法工委。成茹还是坚持要抚养费，为此她起诉到法院。因为华畅是河阳市法院工作人员，移送到上阳市人民法院审理，判决华畅给付抚养费。没过多久，成茹要增加抚养费，第二次提起了诉讼，判决华畅给付抚养费。两次诉讼，四次开庭，华畅都是以败诉结案。

刚刚回到法院，她又来了，让华畅选择是要柳韵还是要她。当初，她要抚养费的时候，身边的人都劝华畅要息事宁人。

命运好像在有意整华畅，一次次把他推到悬崖边沿，然而他还是不顾一切地纵身往下跳，落地的前一秒还天真地以为天上掉下了馅饼，等到重重地摔下来时，后悔当初的愚昧。

华畅来到了法院，把成茹领到了自己的办公室。

“爸爸，我们可找到你了！”小家伙一下子扑到了华畅怀里。

华畅仔细端详起小家伙。

圆圆的脑袋，胖胖的脸，浓眉如炭，一对大眼睛乌黑发亮，浑身是土，像个小土地爷。毛茸茸的小平头，衬着一张白皙的小圆脸。

“这眉毛咋看咋像野恨天！”眼睛一眨，华畅计上心来。

成茹与老公解除婚姻关系后，满心指望靠着华畅可以端个铁饭碗，谁知被解除了劳动合同，同时被华畅冷落了。

看到华畅盯着小孩儿出神，成茹在想：这个孩子是谁的呢？实在说不清。但是，目前只能拿孩子做筹码。

周围的人都知道华畅是孩子的爸爸，四份判决书都确认华畅是孩子的爸爸。孤苦伶仃的她也确实为孩子操心了。

“小领导，今天咱们去把头发做一下。”华畅看了看成茹和孩子说了一句。

看来华畅是爱上这个孩子了。成茹心里喜滋滋的，脸上带着动人的微笑，像只鸽子似的不住地点头。

他们没去顶点造型发廊，因为华畅不敢面对黎菲，而是去了位于明光大街西段的一家理发店。

这家理发店远离闹市，窗台上雪白的瓷砖没有一点儿灰尘，在阳光的照射下分外耀眼；玻璃上没有手印，如同一面镜子；地面上没有一处灰尘，可以在上面打滚。

成茹走到店门口与朋友交谈，华畅带着孩子进去了。

“小家伙，真帅！今天你可是贵客啊。”理发师说着就行动起来了。他从后脑勺慢慢推到前边，表情淡定地就把头发给推了，一点儿也不心疼，推了一次之后就停下了。

“是小家伙颜值太硬，还是技术太好，总之长得帅就是可以为所欲为啊，哈哈！”华畅调侃了一句，看来他们是认识的。

理完发之后，成茹带着孩子走了。她被华畅今天的表现感动了，女人就是这么容易满足。华畅得意地笑了。

华畅没有直接回家，向上海市一家医院写了一份《个人隐私亲子检测申请》，将他的六根头发作为检材一，把男孩儿的六根头发作为检材二，包装好邮寄给该医院医学检验中心，支付了800元检测费。

第六天，他收到了医院医学检测中心出具的《检测报告书》。检验结论是：“根据DNA遗传标记分析结果，不支持检材一是检材二的生物父亲。”

华畅一下子蒙了。抚养费出了，官被罢了，名誉毁了，朋友远离了，柳韵早就不理他了，到头儿来孩子不是自己的。白给狗娃剃个头！这叫啥事！

他来到了法院对面的法律服务所，找到了他的老乡、老同学柳下智，想让他出出主意。

“你咋这样呢？早些咋不说啊？为什么第一次不申请鉴定呢？现在生米做成熟饭了，你想到鉴定了！亏你还是法院的副院长！”柳下智毫不客气地指责着。

凤凰脱毛不如鸡啊！想当年这位老同学见自己总是点头哈腰，现在呢？有点儿小困难，就想躲着走。

“说啥也晚了，你说咋弄?”华畅有点儿哀求。

“去找成茹，让她退回抚养费，赔偿精神损失费!”柳下智鼓励华畅。

“你说的也是，听你的!”华畅计划这样做。

说来也巧，一天中午下班，有个同学请华畅去酒店吃饭。华畅中途去洗手间时，听到了一个熟悉的声音，说话的好像是野恨天。

华畅小心翼翼地透过门缝，穿过缭绕的烟雾，看见了野恨天。只见他喝得面红耳赤，眼睛瞪得像铜铃，兴致勃勃地在说些什么。华畅贴近了门缝。

“别以为那个华畅是副院长，快完蛋了!”野恨天嘿嘿一笑，拍了拍他弟兄的脑袋，抹了一下嘴上的油，打了个饱嗝。

“那年老子跟踪华畅和成茹那个小娘儿们，跟踪半个多月，终于拿到了他在黄河滩车震的把柄。”野恨天接着说道。

“再说成茹那个小娘儿们，自从她被华畅给甩了，天天去夜店，有一次喝太多，差点儿让几个流氓占了便宜，要不是我给她背到宾馆，哼哼……”野恨天眉飞色舞。

“这小娘儿们吐了一路不说，对我是又抓又挠，嘴里一直叫着华畅，嘿嘿，把我当成华畅了，哈哈!”野恨天唾沫乱飞。

“机会到了吧？哈哈!”一个家伙在加油。

“我看她穿的低胸短裙，那么性感，呵呵呵!”野恨天越说越有劲。

“野队，别乐啊，你把她怎么样了啊?”一个家伙刨根问底。

“快讲啊，野队!”身边的人跟着起哄。

“那当然就上了呗！哈哈哈!”野恨天毫不掩饰。

“自那以后她就怀孕了，这个傻娘儿们，还以为是华畅的种呢!”野恨天得意忘形。

“小家伙的眉毛特像你吧?”一个家伙挑逗地说。

“那还用说，撒什么种子开什么花啊！哈哈哈!”野恨天更加放肆。

“现在啥情况？小家伙敢跟你叫爹吗?”一个家伙深入发问。

“笨蛋！判决书认定华畅是他爹，哪有两个爹?”

“驴搭马配，真有意思！哈哈哈哈。”房间里一片笑声。

“弟兄们，车震视频有两个用处：一是成茹用它逼华畅娶她；二是举报到纪委，让他彻底完蛋。让大家看场好戏!”野恨天的阴谋彻底暴露了。

“哎呀，野哥，螳螂捕蝉，黄雀在后哦，高，实在是高啊!”旁边的兄弟们竖起大拇指，有的端起了酒杯纷纷回敬，有的递烟，野恨天一下子成了焦点人物。

烟雾弥漫了整个房间，华畅血红的双眼充满了杀气。

华畅此时真想冲进去，掐死这头猪。从头到尾都是他设的圈套，如今我混到了这步田地，都是拜他所赐。喝了一瓶白酒的华畅，已经彻底失去了理智，他在等机会下手。

一别十天过去了，成茹没有收到华畅的任何信息。

“不行，我得给他打电话，不能让他那么好过。”成茹想着，此时她不知道那天理发就是一个阴谋，更不知道 DNA 鉴定结论已经出来。

“亲爱的，这么长时间了，你也不联系我?”成茹翘起了腿，欣赏着刚做的水疗美甲，用试探的语气问道。

“你怎么想起来给我打电话了，正开会呢。”华畅没好气地挂了电话。

紧接着，手机又响了，还是成茹。那边语气顿时变得冰冷。

“今晚 6 点，在你法院大门对面的雪岛咖啡店，你若是不来，有你后悔的，你不仁，我就不义……”成茹说着就挂断了电话。

“毕竟和成茹好了那么长时间，干脆今晚就来个了断，像她这种水性杨花、放荡不羁的女人，给她几个臭钱，赶快打发了才是。”华畅这样想。

晚上下班，华畅如约来到了咖啡店，一进门，就看见了成茹。只见一件红色双面羊绒大衣包裹着她略微丰满的身材，婀娜多姿，招人眼球。自古以来英雄难过美人关，像成茹这样的美女主动搭讪，有几个男人不心动？

也许，华畅腻了，这对他而言不再是迷人，而是心烦。他爱的依旧是柳韵，特别是和成茹亲近后，更加亏欠了她许多，他发誓要加倍补偿她，即使她不爱他！

“说吧，什么事？”华畅脱掉了外套，端坐在成茹对面，直截了当地问。

“我看上了一个名牌包包，你买给我好不好呀？”成茹一双丹凤眼直勾勾地盯着华畅，带有一丝魅惑。

华畅瞪着眼睛，不说一句话。

“今晚陪陪我好不好？人家可想死你了！来亲亲。”成茹一边喝着咖啡，一边撩弄着头发，还肆意地把高跟鞋钩在华畅的腿上来回蹭。

华畅气愤地站了起来，转身要走。

“你们家世代单传，既然那个女人那么恨你、讨厌你，咱俩过如何啊？”成茹摊了底牌。

“哼，你也配和柳韵比？她才华横溢，善良大方。你连她一根头发丝都比不起。即使我和柳韵没孩子，可我爱的是她的人。她以前是喜欢孟挺松，可跟我之后，人家本本分分，从来没有干过对不起我的事，不像你那样伤风败俗！”华畅极力维护柳韵。

“哎哟哟，你在这给我怜香惜玉呢，论身材论长相，我哪点不如她？你们男人没一个好东西，提起裤子都不认账了，是不是？”成茹不依不饶，粉色的小脸泛着红晕。

“算了吧，别再说了，我今天是来和你了断的！”华畅直截了当。

“好吧，我呢，也不是个难缠的主儿，本来打算好聚好散的，你看，我一没工作，二呢又养了你的孩子，怎么也得赔个精神损失费啥的！”成茹语气坚定又带些许撒娇地说道。

“看看这个！”华畅啪的一声把《检测报告书》甩给了成茹，随后把拳头重重地捶在桌子上，引起周围人小声议论。他拿起了公文包和外套，径直而去……

生活往往是看似平静的湖面，实则暗潮涌动。

这天华畅下了班，跟往常一样，按下遥控器准备打开车门，突然一阵刺耳的喇叭声，斩断了他的思绪。他扭头看见野恨天的车，车内骤然响起低沉的男声。

“来，上车！”野恨天招呼着。

华畅上了野恨天的车，要看看他葫芦里到底卖的什么药。

“最近可好啊，你的日子过得倒挺清闲自在，可我的日子真他妈的不好过啊，给你看样东西，你瞧瞧?”野恨天说着把手机递给华畅，让他看一个视频。

华畅接过去一看，里边正是他和成茹那次车震的春宫画面。

“你真卑鄙！说吧，你要干什么?”华畅被激怒了。

“你说我要干什么?”野恨天面目更加狰狞，一副死猪不怕开水烫的阵势。

“你是不是疯了？不要欺人太甚！”华畅暴跳如雷。

“唉，华院长，你可别这样啊，要是我把这个视频放到监察委的桌上……嘿嘿。”野恨天步步紧逼。

“这样好不好，明天晚上这个时候你还在这儿等我，我给你拿 50 万元可以吗?”华畅服软了。

“你可别给我耍花样啊，你可知道这个视频的分量！”野恨天咬着牙齿说。

“兄弟息怒，和为贵，和为贵！”华畅无可奈何。

华畅下了车，他的头上直冒冷汗。

第二天一大早，野恨天开着车来到了黄河滩移民大道。本想把车停下来到黄河边散散步，可想着晚上就能拿到50万元了，别提多高兴了。看看路上没人，干脆兜风吧！车速达到了时速100公里。他高兴地哼着小曲儿，好不惬意，他不禁笑出了声。

“路障!”野恨天突然看到了障碍物。前边修路呢，他本能地踩了踩刹车。哎呀，怎么没有反应呢？刹车失灵了……

正当他紧张的时候，对面突然走出来一个散步的行人。如果不采取措施，后果不堪设想。在这生死一瞬间，野恨天猛打一圈方向盘，“嗖”的一声，汽车和行人擦肩而过。

野恨天眼前一黑，高速飞驰的汽车右侧从树边“嗖”地一下过去，汽车在外力的作用下终于停住，野恨天倒吸了一口气。突然他闻到了一股汽油味，听到了线路的“吱吱”声。他预感不妙，推开车门跑了出去。

由于外力挤压，车子线路连电，汽油箱被挤坏了，汩汩的汽油和吱吱响着的火花接轨。他跑出几米远，只听“轰”的一声，爆炸的气浪把他掀翻在地。好在他没有大碍，只是脸部被剐烂了一点儿皮。

车子快速地燃烧起来，不一会儿，就剩一堆灰烬……

野恨天看到燃烧后的汽车，表情满是悔恨，他完全愣住了，一时间没有反应过来。

过了几分钟，野恨天拦了一辆出租车。他要见成茹，要听听成茹的意见。

出租车把野恨天拉到了成茹的住所。

看到野恨天这般模样，她惊愕地睁大眼睛，脸上的表情一下子凝固了，嘴巴张成了“O”形，像个木头人一样定在那里。

“哎呀！这是咋回事?”成茹问道。

“刹车突然失灵，车子被烧毁了。约好今晚华畅给我钱。突然发生这事，是不是被他给算计了?”野恨天的眼睛像死人般停滞不动。

“你的车昨晚停在什么地方?”成茹眼睛直直地看着野恨天。

“就在家门口小巷的路边。”野恨天肯定地回答。

“华畅会做什么手脚吗?”成茹追问道。

“有可能！对了，我昨晚回来时好像华畅的车在我后边跟着。我停住后，感觉有人闪了一下走了。”野恨天挠挠头回想一下说。

“那你说，我们该怎么办?”成茹的眼睛里射出惊疑的光。

野恨天轻轻地把成茹拉到自己身边，把脸贴在成茹耳朵旁边，嘀咕着满盘的计划。

第二天，成茹带着光盘来法院找到华畅，重提离婚、结婚之事。

华畅突然觉得自己像个华丽的木偶，演尽了所有的悲欢离合，感觉背上总是有无数闪亮的银色丝线操纵着他，哪怕一举手一投足。

“野恨天拿视频威胁，成茹拿光盘威胁。原始视频在野恨天手中，一定要想办法拿回来销毁。”华畅下定决心要拿回原始视频。他决定在交给野恨天 50 万元银行卡的同时，赎回原始视频。

下班的时间到了，他左等右等，等不到野恨天。野恨天呢?出了事故之后，野恨天认为华畅给他 50 万元是假，耍他、拖延时间是真，因此就直接去喝酒了。华畅决定跟着野恨天，与他讨价还价。

此时已到了凌晨 12 点半，酒店开始打烊，客人们都已走得差不多了。这时候野恨天被几个人搀扶着，踉踉跄跄地走出酒店大门，寒暄几句后，陆续骑着电动车走了。

“朋友来了有好酒，若是色狼来了迎接他的是女色狼。”野恨天心里想着成茹，嘴里哼着歌，骑着电动车，摇摇晃晃地顺着柏君大道往西走去。他从电动车反光镜里隐隐约约好像看到有辆车在跟踪他。

越往西走，路面越宽，野恨天的车速越快，他想甩掉这辆汽车，尽快回家。

今晚有一种不祥的声音，似乎是微风与云在翻动，衬托出宁静的气息。路灯的白光微微照着一小块地方，远处是深深的黑暗。月亮在迷雾一般的云层里，朦胧地泛出诡异的光晕。偶尔几只鸟在路边的树上飞来飞去哇哇直叫，很是瘆人。

华畅也加快了速度，他想追上野恨天，赶快了结此事。只见电动车歪了一下，“嘭”的一声，电动车撞在了路边的道牙上，野恨天从电动车上翻了下去，一头磕在大树上。汽车从野恨天的电动车旁穿了过去。

华畅立即刹车，滑行痕迹长达十米。华畅将车掉头拐回来，下车走到野恨天的身旁。野恨天本能地伸出手等待求助，看见华畅就在他眼前时，眼睛里充满了愤恨和希望，他想活下去……随即就晕死过去了。

华畅看到野恨天全身是血，模糊不清，就用尽全身力气把野恨天往车上拖，可怎么也拖不上去。他急得像热锅上的蚂蚁，豆大的汗珠从额头上滚落下来，急得不知所措。他的心七上八下扑通扑通地跳个不停，好像要跳出来了。“三十六计，走为上策，反正不是我撞的。”华畅驾车离开了现场。

华畅车上的血迹和野恨天 DNA 相吻合，华畅被依法拘留。被戴上手铐的一瞬间，华畅如释重负，他从来没有像今天这样浑身自在……

第二十九章　为情敌辩护

暮色暗淡，残阳如血，柏君大道西段如镶金边的落日，此时正圆，光芒四射，刺人眼膜如梦似幻。

河阳市人民医院的走廊上人来人往，医生护士正在紧张地工作。在医院里，所有的财富、地位、权力都似乎变得微不足道，所有的希望都来自于吱吱作响的打印机打出的一张张检查单，生命就随着打印纸的移动而延续或停止。

野根天躺在医院的留诊观察室里，浓浓的消毒水味道呛入鼻腔。他在这里已经 18 个小时了，面部被利器轻剐一道，血痕刻在脸上清晰可见。肌肤上布满了青青紫紫的瘀痕，嘴角边有一丝血迹，四肢异常扭曲，头顶上一道深痕，皮裂开了，可以看到里面的肉。脸上一处鲜红格外明显，鲜血从那里流下来，触目惊心，一直蜿蜒至锁骨。

他闭着眼睛，嘴边是一成不变的一抹弧度，睫毛盖住了他所有的情绪，那抹弧度似是凝固在他嘴角，逐渐僵硬。好像有些什么，从他眼里要滑落，却终究没有。

野恨天两次和死神擦肩而过，只不过这次可没有上次那么幸运了，照顾他的只有他年迈的老娘。

老人身边放着根拐杖，背部向上拱起，像是一座小山丘，鬓发苍白如雪，干枯的双手露着青筋，如同蜈蚣一般。她的手指全是弯曲着的，里外都是茧皮，整个看像是用树枝做成的小耙子。她消瘦而憔悴，脖颈上有些很深的皱纹，腮帮上已长满了褐斑，那是长年累月的太阳光线照射所引起的良性皮肤蜕变，褐斑从她脸的两侧一直蔓延下去。

老人脸色苍白，眼中还带着好些血丝，嘴唇因长期干燥而裂出了口子。头发有些微乱的她仿佛一阵风吹就会把她那弱不禁风的身子给吹倒。

老人用那干巴巴的布满老茧的手，在认真地抚摩着儿子满是伤痕的脸。一双悲凉的眼睛无神地望着病房的天花板，天花板是灰白色的。

"宝儿啊！你可曾知道 72 岁的老母亲天天苦盼着 37 岁的孩子快快'长大'，可如今……"老人多么希望儿子睁开眼睛看她一眼。

"能再喊声娘，哪怕就一声……"老人多么想听儿子的呼唤。

"你就这样睡着也挺好的，乖啊，咱哪儿也不去啊，有娘在你就有家了啊！"老人一边抚摩着野恨天的头，一边哼着他小时候最爱听的歌，"长城外，古道边，芳草碧连天……"她希望能唤醒儿子的回忆。

看着"酣睡"的儿子，母亲哭干了眼泪，哭哑了嗓子。

过了古稀之年，按理说早就应该享儿孙之福了，可面对唯一的儿子变成了植物人，有可能永远也醒不过来，有再多的钱也没用。

一个白发苍苍的母亲，挑起了照顾瘫痪在床成了植物人的儿子的重担！

天上的乌云在舞蹈，地上的人们迎来的是天色变暗，阴沉压抑。阴天，总有种失落的感觉，心情也随之下沉；阴天，是人们静静思考的好时机；阴天，总是预示着要下雨。不一会儿，雨就从天而降，打破了这种沉闷。

转眼六个月过去，检察院以涉嫌故意伤害罪提起了对华畅的公诉。

下班了。柳韵坐在办公桌前，失神地望着公诉书。华畅无恶不作，死有余辜，但他有获得辩护的权利。

而作为华畅的妻子，与他生活了几年，总是同床异梦。挽救他有什么意义呢？两个死心的人，原本希望在一起彼此能够取暖，可是和他在一起只感觉越来越冷。

但是，在自己做人流手术大出血命悬一线的时候，是华畅输了 600 毫升血，把她从死亡线上拉了回来。

还是要救华畅一次。

她想到了孟挺松，她想让孟挺松为华畅辩护。可是为情敌辩护，他会接受吗？

她太了解孟挺松了。孟挺松一身正气，有着一副侠义心肠。他才华横溢，品行高洁，同时也为人耿直，嫉恶如仇，不愿意与官场上的蝇营狗苟之辈同流合污，因此始终受到官场的排斥。虽然仕途不佳，但是孟挺松却初心不改，他著书立说，出版了两部著作，通过了司法资格考试，被中国政法大学聘为教授。他始终用自己的力量惩恶扬善，扶危济困。

在高速公路上，一辆奥迪轿车在飞驰。

“柳姐，孟老师会接受你的委托，担任华畅的辩护人吗？”黎菲山葡萄一样的瞳仁格外黑、格外亮，像两颗浸在智慧海中的稀世黑珍珠。

“我有愧于他，也有恩于他。他是性情中人。”柳韵用黑黑的眼睛深情地望着远方。

“柳姐，中国政法大学是你的母校，你干脆也跟随孟老师去任教吧。”黎菲那双眸子虽然淡淡的，但很真诚、直率。

“学历不行啊！一个本科生咋能入此高雅的学府。”柳韵的眼中有充盈的泪光，似乎在下一秒就会滑落，然而她却只是悠悠一笑，又将泪水吞回眼眶，俊美的脸顿时舒展开来。

“孟老师不就是大专文凭吗?”黎菲微微侧着头，眼睛亮晶晶的，一个酒窝浅浅地浮在右面颊上。

“他的两部著作太厉害了，我望尘莫及啊!”柳韵泪光莹莹。

“柳姐，你很快就要见到孟老师了，好好叙叙旧，应该能感动他。”黎菲把目光停留在柳韵的脸上。

“但愿如此吧。”柳韵一双柔顺的眼睛里隐藏着无穷的心事，闪着凄楚的光。

火车站到了，黎菲把柳韵送到进站口，两人依依惜别。

车站里挤满了人，各有各的心事。月台上，熙熙攘攘的人群里，红衣绿帽，洋伞披风。急匆匆的脚步落在水泥台阶上，啪啪嗒嗒作响。

柳韵今天穿的是一身黑色的西装。利落时髦的造型，不仅打造了柳韵干练独立的形象，也显出了她内心的坚韧。穿上西装的她也同样妩媚。她左肩挎着一个公文包，上车后，径直走进了软卧车厢。

卧铺车厢有四个铺位，柳韵买的是下铺，坐下后发现对面铺位上一男一女不停地在谈论案件。

“姑娘，您是哪里人？到北京去干什么?”男旅客严肃的长方形脸上戴着一副黑框眼镜，两只不大的眼睛在镜片后面闪着亮光。

“我是河阳人，到中国政法大学找一位朋友。”柳韵的眼睛像秋日的天空一样明澈。

“你们河阳汶水河畔有个店上村。村里有一位教授名字叫孟挺松，就在中国政法大学。您认识吗?”男旅客的眼眸是那样深沉，又是那样温柔。

“您是?”柳韵好奇地问道。

“不好意思，我忘了介绍。我叫刘宏，她叫杨琴。我们都是甘肃人，孟挺松是我们俩的恩人。我们都去过河阳见过孟老师，多次在中国政法大学听他给研究生上课。我们这次就是去北京感谢他呢!”刘宏的眼睛炯炯有神，但眼角密而深的鱼尾纹却诉说着它们的饱经风霜。

“姑娘，孟老师救了我们一家，救了几十个农民工的家庭。”杨琴的语气中透露出无限的深情，眼睛里闪着亮光。

“他是怎么帮助您的?”柳韵静静地望着杨琴。

“在我们县有一个央企，欠了我 19 万元承包工程款就是不给。我请了多名律师，也找了记者。结果是律师收费不办事，记者是假的。经刘宏介绍，我找到了孟老师。孟老师了解了案情，当即寄发了《政府信息公开申请表》和举报信。回到甘肃之后，我还是使用这种方法。不过是孟老师拟定内容之后从电脑上传给我，我在甘肃发信。发了十几封信，这个企业就跟我签订了《还款协议书》，连本带利共给我 31 万元。你知道吗?最后的《还款协议书》还是孟老师修改后我才签字的。”杨琴说得津津有味，充满了感激之情。

“我是一家企业的职工，事情发生在《劳动法》颁布之前。在一次工作中意外受伤，公司给我认定了工伤。后来因为年轻好奇、搞刺激，和几位同龄人偷了公司的东西卖掉，想不到触犯了法律，受到了刑事处罚，被解除了劳动合同。刑期过后，我继续在公司上班，可是公司拒不承认我的工伤。为此我上访、信访，到处告状，无济于事。经一位访民介绍，我认识了孟老师。孟老师以我的名义发信，调出了当时的《工伤认定书》。企业不得不承认我属于工伤的事实。工伤问题终于解决了，我得到了应有的赔偿。”从刘宏的目光里可以看出孟挺松是利用《政府信息公开条例》维权成功的典范。

尽管这些都是过去的事，但是听着刘宏和杨琴的介绍，柳韵感到津津有味。自从和孟挺松分手后，接触得少多了，想不到他做了这么多鲜为人知的维权案子。

“呜呜！”随着一声长鸣，经过一晚上的奔驰，火车像一条巨蟒缓缓地驶进北京西站。火车停稳后，一个个背着大包小包的乘客鱼贯而出。不一会儿工夫，下车的乘客挤满了站台。有急匆匆向出口走去的，有停下来整理行李箱的，还有踮着脚尖在大声呼喊寻找同伴的，站台上顿时热闹非凡。

他们三个很快找到了公交车，大约 40 分钟到达了蓟门桥公交车站，没走多久就到了中国政法大学门口。

柳韵站在中国政法大学研究生院门口前注目观看，感慨万千。

“很可惜，我没有到这里读研究生啊！”柳韵流露出最悲楚的眼神。

“柳韵！”孟挺松热情地迎了上来。他的目光，是那样安静平和，使柳韵感到了温暖和甜蜜。

“对不起！打扰您了。”柳韵的脸火辣辣地热，一肚子的懊悔、伤心话不知从何说起。

“研究生公寓新 2 楼下面有个培训公寓，你们先去休息一下，然后咱们到北边餐厅吃饭。”说着，孟挺松就拨通了一个博士研究生的电话，让他去安排。

“孟老师，我们就是来看看您，就不在这里住了。”刘宏送上了康县龙王茶，杨琴送上了景泰枸杞，然后就离开了学校。

“柳韵，咱们今天去北京大学看看吧？”孟挺松的目光像洞穿千年的风霜伴随着竹露的清响，带来朝露中第一缕阳光。

“好啊！人们常说北大的空气也是养人的。这话说得不错。撇开那些被人们津津乐道的学术风气和精神气度不谈，单就北大校园本身的魅力而言，也足以滋润一代又一代北大人的气质和灵魂。”柳韵微微抬头，在她柳叶似的眉毛下，眼神如柔美的月光一样欢乐……

“毫不夸张地说，一走进北大校园，就会感到活跃的思想、浓厚的知识、开阔的视野、灵动的个性。”孟挺松那双炯炯有神的大眼睛散发着顽强的光辉，仿佛在眺望遥远的地方。

太阳升到了半空中，激情与温暖代替了过去的静谧与凄凉，风儿拂过，也是热的。

他们穿行在北京大学校园，从图书馆往北，经过一个小山坡走到未名湖。未名湖面积很大，他们先往博雅塔方向走，然后又绕着湖岸向西漫步，岸边的绿树郁郁葱葱的，只听得鸟语啁啾。

东南山丘的博雅塔，像一位饱经风霜的老人，默默地站在湖畔，目睹着百年名校的风云变幻，那一幕幕历史画卷忽然在眼前翻阅……

“柳韵，我看了关于华畅的公诉书，思绪万千，很有感触!”孟挺松那线条奔放、刚毅的鼻梁和嘴，此刻似乎格外地棱角分明。

“你不计前嫌吗?”柳韵的声音很平静，平静得没有一丝声线的颤抖。

柳韵平静地看着孟挺松，平静地注视着孟挺松，平静得不能再平静的语言从她檀口中缓缓流淌出来。

也是这张脸庞，曾经的她是如此温柔，如此温情。

“历史上有很多以德报怨的故事。秦汉时期，功成名就的韩信没有杀掉让他胯下受辱的青年，使人感激涕零，愿意终生为他效劳；三国鼎立时期，孟获的叛乱严重危害了蜀国的稳定，但诸葛亮在讨伐南中时，却一次次放走对手，最后使桀骜不驯的孟获心悦诚服，从此效忠蜀汉，听命于诸葛亮的调遣，成为蜀国巩固后防的基石。”孟挺松的眼光像是一个在荒漠里夜行的旅客所看到的远处的灯光。

“是啊，韩信的宽宏大量，诸葛亮的以德服人，还有齐桓公的不计前嫌，蔺相如的为国退让，无不让我们看到历史智者容人的肚量和仁者的博大胸怀，让我们看到人类真善美的瑰丽动人。原来用宽仁来回报伤害，用仁德来回报怨恨，可以让我们的生命呈现雨过天晴的美丽，可以让我们的世界呈现化干戈为玉帛的祥和。”柳韵趁热打铁，接着孟挺松的话茬发挥着。

“柳韵，我们接对联吧？”孟挺松的睫毛微微眨动着，像是回忆着烟云般流逝的往事。

“好啊！”柳韵的一双大眼睛像夏夜晴空中的星星那样晶莹，像秋天小溪的流水那样清澈。

“但是，你要出上联！”孟挺松的眼睛里闪耀着智慧的光辉，既敏锐又细致。

“呵呵！让我出，我就出！”柳韵的眼珠转动得生动自如，时时闪着睿智的光亮。

“开始吧！”孟挺松眼光好像能说话似的。

“以恩报怨方显境界高雅。”柳韵的眼球乌黑有光。

“用德处世才是美丽人生。”从孟挺松那双笑意盈盈的眼睛里，柳韵看到了另一个世界，一个充满喜悦、欢乐和幸福的世界。

“松松哥，你真的决定去为华畅辩护了吗？”柳韵这才切入话题。她展现出的是一双忧郁的、嫣然动人的眼睛。

“韵韵啊！夺妻之仇，我何曾不想？但是一条见人就咬的疯狗咬了你，难道你就追着咬它，才算出气吗？遇见了这样的人，难道我们就要以牙还牙地报复回去吗？还要与对方拼个鱼死网破吗？这些真的没有必要。更重要的是你的心从来就没在他身上。”孟挺松的眼睛发出炯炯的顽强的光，仿佛是两颗永远不灭的亮星。

一些美丽，只能尘封，细细品味，才能刻骨铭心；一些心事，只能珍藏，静默如花，才可闻其馨香；一些情怀，只能无言，放逐岁月，才会越加清晰。柳韵在静静地倾听自己心跳的声音，她永远珍藏着孟挺松那温婉的话语、那可爱的容颜、那一盏不眠的心灯。

柳韵在时光的流影里，习惯将所有的喜怒哀乐静静收藏。或许，一份情怀，一缕相思，蓦然回首才能够了然。相思不露，只因已入骨，倾听云的声音，挥袖间，梦逐清风，淡泪随烟，不经意间，恰恰收获的是一份宽容，一份感动。

“韵韵啊，在我病重的时候，是你背着华畅，把压箱底的钱拿过来帮我治病，还有黎菲，在我跌入汶水河的时候，跳到河里将我背起，你们陪着我走过最困难的时光。没有你们，就没有我的今天啊！”孟挺松的眼睛重得抬不起来，长长的睫毛上挂着几滴泪珠，眨了几回，晃悠悠跌落下来。

亮晶晶的泪珠在柳韵的眼睛里滚动，然后，大大的、圆圆的、闪闪发亮的泪珠顺着她的脸颊滚下来，滴在嘴角上、胸膛上、地上。

不知不觉就走到北京大学的西门，就是那个古香古色的大门。

第三十章　昏倒在法庭上的女人

汶水河畔的百年庭院里，当鸟儿歌唱家们用婉转动听的美妙歌喉深情地吐出第一个音符后，鸟儿演奏家们便用不同的乐器为它们配乐。配乐是悠扬的，让人极为舒畅。鸟儿歌唱家的歌声时高时低，但是歌声里包含着大自然中清新淳朴的气息。

孟挺松回到老家，置身于这大自然特殊的气息中，感受到了前所未有的轻松和愉悦。

华畅的案子今天就要开庭审理。他早早起来，等着黎菲来接他。

“嘀嘀！嘀嘀！”黎菲的奥迪轿车停在了蔷薇花下。

“孟老师，咱们走吧，柳姐在法院等着你。她今天身体好像有点儿不舒服。”黎菲淡静的眼睛里恍如有着海洋般深不见底的情感。

“她怎么了？在北京时，我有点儿察觉，好像她有时用右手按按肚子。”孟挺松两眼注视空中凝想着。

“没什么，没什么。”其实黎菲非常清楚柳韵的病情，她们一直瞒着孟挺松。

听到黎菲的话，孟挺松感觉自己的心像要跳出来一般，徘徊流浪却找不到出口，预感到自己将面临一项艰巨却又不得不为的重任，心突然好累……

“孟老师，您上车吧。”黎菲微笑着，眼睛亮晶晶的，右脸颊的小酒窝还是那么诱人。

“时间还早，稍等会儿。”孟挺松没上车，而是缓缓向着汶水河方向的东沟沿走去。

他站到了皂角树下。这是他和柳韵经常玩耍的地方啊！看不出他的任何表情。他，是在沉思、在回忆，还是在后悔?

这棵皂角树据说有100多年的历史了。皂角树的西边原来是生产队的饲养室，坐东向西。据老人们说都是为了阻挡来自东边毛栗沟的恶风，对店上村东头这条街有好处。

树干有十几米高，过去树冠如盖，罩住它下边一片空地。春天，高大的皂角树上开满了黄色的小花，长出嫩绿的叶儿，非常好看。人们站在树下，闭着双眼，用鼻子吸起流过身边的香味。夏天，树枝上边吊的、叶间藏的全是形如镰刀的绿色皂角。皂角可以洗衣，那时候东头的乡亲们洗衣服都是摘下皂角到汶水河边用棒槌将皂角砸烂，代替现在的洗衣粉。秋天，绿色皂角渐渐变成棕红，树叶也开始变黄，满树的美丽动人。

除了冬天，这里是东头老少爷儿们集中吃饭和乘凉的地方，更是孟挺松和小伙伴们玩耍的天堂。到了下雨天，其他的地方都淋湿了，只有皂角树下是干的，淋了一身湿的小伙伴们争先恐后地来到树下，可以看到汶水河缓缓的河水。雨声里不断传出小伙伴们欢快的笑声。饲养室的屋檐下，站了几只淋得羽毛贴在身上的鸡。它们目瞪口呆地看着雨从空中飘落，听着孩子们的笑声，抬头伸长脖子，再抬头，打量着孩子们。

有一年夏天，老少爷儿们、大闺女小媳妇都带着凉席，拿着扇子在麦场乘凉。突然下起了大雨，慌得人们赶紧拿起凉席，扯着抱着孩子往家跑。有家姓杨的一口气生了八个孩子，俗称“一个班”，丈夫是“班长”，妻子为“副班长”。到家数了一下，少一个孩子，赶快返回找孩子，结果孩子在皂角树下睡得正香。这在当时成为佳话，人们都说是皂角树保护了孩子。十几年后，这个孩子非常有经济头脑，成为一个企业家。

不幸的是，有一年，不知是谁在皂角树下放了大火，把皂角树南边的树枝烧着了，只剩下枝干与枯透的树皮，但是它的枝干仍然耸立苍穹。

现在皂角树悠悠地无声无息地轻摇着头，伤残的、扭曲的枝干稳稳地和北边的枝干站在一起，仿佛一个饱经沧桑的老人正凝眸注视着一代一代成长的后生们。

如果不是这把火，皂角树一定还会像以前那样生机勃勃；如果不是华畅，他和柳韵的生活应该是多么幸福。他是多么想枯木逢春啊！柳韵的身影在孟挺松的脑际浮现着。

“走吧，孟老师，别让柳姐等得着急!”黎菲深情的眼睛里闪着亮光，把孟挺松从沉思中拉了出来。

孟挺松扭头与黎菲对视了一眼。黎菲纯纯的眼睛，充满着青春的气息，给予他浓浓初恋的感觉，那种感觉很神奇，就好像在饥渴中获得能量一样，瞬间让他感觉到世界的美好。

汶水河畔，孟挺松曾经与柳韵海誓山盟，所以他不忍心多看黎菲。他是一个喜欢仰望星空的人，苍蓝的天空总是给他前进的勇气，而现在他喜欢深邃的夜空，愿意包容一切黑暗和隐忍，流下眼泪也不会让任何人看见。

黎菲系上了安全带，从容地发动了汽车。孟挺松表情严肃地坐在了副驾驶位置上。奥迪轿车穿过了汶水河大桥，向左拐路过“汶水人家”，然后向法院飞驰。

“你们辛苦了！谢谢你们!”柳韵在河阳市法院门口等待，她迎上来，坐到奥迪轿车的后排。由于华畅是河阳市人民法院的法官，该院必须回避，所以他们直接向文县人民法院驶去。

他们三个走进庄严的审判大厅。大厅观众席上坐满了江州市人大、政协的领导和工作人员，河阳市人大、政协的领导和工作人员，还有江州市人民法院、河阳市人民法院的领导和部分法官，河阳市和文县的部分律师和法律工作者也来旁听。

孟挺松坐在了辩护人位置。柳韵和黎菲在观众席上就坐。

成茹坐在证人席上。她直愣愣地看着法庭出神，眼神里好像藏着忧伤。

“全体起立!”

栗色大门一开，法官穿着黑色长袍，雷厉风行地走上审判席。审判席底下是书记员，书记员向法官点头，表示控方和辩方都已经就位。法官便敲了法槌：“现在开庭!”

“提被告人华畅到庭。”法官的语气庄重而严肃。

华畅被两位法警押解进来。他快速地扫视一下法庭，大部分都是他的领导和同事。过去的已经过去，没必要再去想，重要的是眼前。他垂头丧气地坐在被告席上。

“报告审判长，请把被告的戒具取掉!”孟挺松看到华畅还带着戒具，提醒了审判长。

华畅被提起公诉之后，孟挺松在看守所里见他三次。在法庭上看到衣着朴素、大方、整洁的孟挺松，没开庭就纠正法庭的细节，华畅再次投来感激的眼神。

柳韵和黎菲对孟挺松充满了肯定和信任。这种信任好比一块石子、一片树叶，在别人眼里是普通的，而其中的美妙含义只有她俩心里清楚。

坐在观众席上担任财政局长的野疏同非常了解孟挺松的过去和现在，他有点儿忐忑不安了。

“现在开始法庭调查，请公诉人宣读起诉书。”法庭进入调查程序。

河阳市人民检察院

刑事起诉状

被告人：华畅，男，汉族，大学文化程度，河阳市人民法院原副院长，因涉嫌故意伤害罪被河阳市公安局刑事拘留，经本院批准由河阳市公安局逮捕，现羁于河阳市看守所。

本案由河阳市公安局侦查终结后，以被告人华畅涉嫌故意伤害罪，向本院移送审查起诉。本院受理后，已告知被告人有权委托辩护人，依法询问了被告人华畅，审查了全部案卷材料。

经依法审查查明：

被害人野恨天从酒店出来，骑着电动车沿柏君大道回家途中，被华畅开车追赶，在大宋庄村西100米处，把野恨天撞到了路边道牙上，造成野恨天头部受伤，已经失去民事行为能力。经河阳市交警队认定，华畅应承担这次事故的主要责任。

以上事实的证据如下：1.《道路交通事故认定书》；2.《交通事故卷宗》；3.对被告人华畅的询问笔录；4.证人成茹的证言。

以上犯罪事实清楚，被告人已供认不讳，有相关证据做佐证，证据确实充分，足以认定。

本院认为：被告人华畅为了达到个人目的，采取开车撞人的方法，将野恨天撞成重伤而后逃逸，其行为触犯了相关法律规定，根据《刑事诉讼法》规定，特提起公诉，请依法惩处。

此致

文县人民法院

河阳市人民检察院

附项：1.《道路交通事故认定书》和《交通事故卷宗》；2. 对被告人华畅的询问笔录；3. 证人成茹的证言。

公诉人宣读《刑事起诉状》后，附带民事诉讼代理人宣读了《附带民事起诉状》。

“被告，你对起诉状指控的事实及罪名有无异议？可进行陈述。”审判长问。

“对罪名有异议，我没有故意撞击野恨天。我只是在后边追野恨天。看到他被撞倒之后，我连忙停车过去，把他往车上拖，在拖不动的情况下，我心里极度害怕，就离开了现场。”

“公诉人就起诉状指控的事实对被告人进行发问。”审判长提示公诉人。

“被告，野恨天是不是被你撞倒的？”两位公诉人对华畅的辩解感到突然。

“不是我撞的！”华畅回答得很干脆。

“你当初打110没有？”公诉人继续发问。

“没有！我认为他的伤与我没有关系。”华畅显示出过人的镇静。不愧为法官出身，当然与孟挺松见面后，他更有底气了。

“被告人华畅的辩护人发问。”审判长把目光投向了孟挺松。

“被告，你追赶野恨天的目的是什么？”孟挺松问道。

“就是要一份材料。”华畅没有说明，孟挺松当然知道是什么。

“你的汽车与野恨天的电动车接触没有？”孟挺松想进一步核实。

“没有，野恨天可能喝了酒，摇摇晃晃的，我看到他自己撞到了道牙上。”华畅说。

“控辩双方是否发问？”审判长看了看控辩双方。

“我需要发问。”孟挺松说道。

“公诉人，你们是否注意到华畅左肋骨的伤情？”孟挺松眼睛里迸出火焰般凌厉的目光。

“没有。交通事故卷宗中没有华畅受伤的记录。”公诉人显得很平静，他们不知道孟挺松问话的含义和目的。

“公诉人，你们是否注意到《交通事故卷宗》里没有《痕迹鉴定意见书》？”

“注意到了，但是卷宗里有DNA鉴定结论。”公诉人有点儿慌张，孟挺松的胆量和法律功底是出了名的。

“现在由控辩双方进行举证，首先请公诉方向法庭出示证据。”审判长引导进入下一程序。

“提请审判长传证人成茹出庭。”公诉人发出请求。

“成茹！”华畅脸色惨白，一动也不动地站在那儿。

“我要证明的是，华畅有伤害野恨天的故意。野恨天亲自告诉我说，华畅早有伤害他的准备。野恨天的刹车失灵以及被撞伤应该是华畅所为。”成茹的脸色陡然变成灰黄，恐惧地望着审判台。

“控辩双方，有向证人发问的请发问。”审判长提示着。

控辩双方都没有发问。

公诉人接着出示了《道路交通事故认定书》、《交通事故卷宗》和被告人华畅的询问笔录。以证明华畅触犯了道路交通事故法律法规，应该按照法律规定追究其刑事责任。

“证据交于被告辨认。”审判长示意法警交给华畅。

“被告华畅，你对这些证据有无异议？”审判长把目光投向华畅。

“第一，对我的陈述有异议，公安局在提审时，将我带到厕所，几个人拳打脚踢，把我肋骨打伤，然后把我带到审讯室，逼着我在询问笔录上按指印。第二，对《道路交通事故认定书》、《交通事故卷宗》由我的辩护人发表质证意见。”不愧是法官出身，条理非常清晰。

“把证据交给辩护人。”审判长示意法警交给孟挺松。

“对《道路交通事故认定书》、《交通事故卷宗》有异议，因为没有《痕迹鉴定意见书》，所以这两份证据不能反映发生事故的真实情况。对华畅的询问笔录有异议，不真实、不合法，是通过刑讯逼供获得证据，不能作为认定事实的根据。”

“下面由被害人的代理人对事实进行陈述。”审判长把目光投向野根天母亲委托的代理人。

这位代理人还是城管局的法律顾问，他随便说了两句，计算了赔偿项目和标准。公诉人没有发问。

“我认为，野根天的伤与华畅没有关联性，但是考虑到华畅在此次事故中也有部分过错，可以适当补偿。”孟挺松此时考虑到野根天的现状和华畅的过错，对野根天年迈的母亲产生了同情之心。

但是，孟挺松的同情心，绝不是用可怜心态布施的几万块钱，绝不是给野根天母亲特别的帮助……

“现在由被告人的辩护人向法庭举证。”审判长把目光投向了孟挺松。

“我已经申请人民法院对这次交通事故进行痕迹鉴定，请法庭出示鉴定结论就行了。”孟挺松的眼睛里闪耀着智慧的光辉。

“现在我宣读司法鉴定中心的《鉴定意见书》。”审判长用目光扫了一下全场，“根据辩护人的委托，人民法院委托司法鉴定中心对涉及本案的交通事故车辆和现场进行了道路交通事故痕迹鉴定。鉴定意见为：电动车与汽车没有接触点；路边桃树离地面99厘米处有被软组织撞击的痕迹。”

听到这段话，野根天的叔叔蒙了。他费了九牛二虎之力得到的华畅承担主要责任的《交通事故认定书》就这样被否定了。

“下面由公诉人质证。”审判长目光投向公诉席。

“没有异议。”这一鉴定结论的出现，简直让公诉人没有招架之力。

“下面由辩护人质证。”审判长把目光投向了孟挺松。

“没有异议，这份《鉴定意见书》可以证明华畅没有故意撞击野恨天的故意，也可以证明野恨天是案发当天自己撞在桃树上受伤的。请求法庭减轻对被告的刑罚。”孟挺松一双炯炯有神的大眼睛闪着自信的目光。

“下面由被告华畅质证。”审判长的目光里射出的是严厉。

“对这份《鉴定意见书》没有异议。我衷心地感谢孟挺松律师申请了道路交通事故痕迹鉴定！衷心地感谢司法鉴定中心专家们精湛的鉴定技术！请求法庭对我免于刑事处分。谢谢！”华畅情不自禁地向辩护席上的孟挺松深深地三鞠躬。

控辩双方进行了辩论。法庭让诉讼参与人进行最后陈述。

“现在休庭十分钟，由合议庭对本案进行评议。法警，请将被告人带出法庭。”审判长说完，敲响了法槌。

合议完毕，书记员入庭，依次宣请公诉人、辩护人和其他诉讼参与人入庭就坐。

“文县人民法院刑事审判庭，现在继续开庭。提被告人华畅到庭。”审判长又一次敲响了法槌。

“对被告人华畅涉嫌故意伤害罪一案，本庭在合议时充分考虑了公诉人、被害人的代理人、被告人及辩护人的意见，进行了认真的评议，并做出结论，现在宣判。”

“全体起立。”听到书记员的口令，大家都站了起来。

“本院认为：被告华畅没有伤害野恨天的故意，但是对野恨天的追赶行为、从事故现场逃逸的行为，客观上造成了野恨天伤势加重。根据《刑法》规定判决如下：被告人华畅犯过失致人重伤罪，判处有期徒刑二年。”

听到这样的宣判，柳韵强烈的感情如泰山压顶般向她袭来。她看了一眼孟挺松，他还是那样镇定自若，看不出一丝怨恨的表情。

是啊，此时法院的大门是那样庄严雄伟，象征着公正、公平。在法官椅子后面，是庄严神圣的法徽。大多数人脑中浮现的只有身穿高级灰的法官和办案人员，很少有人会留意到法徽的意义。法徽是人民法院的标志，也是法官的身份标志，体现着法官应代表国家依法行使审判权、保障全社会公平和正义的深刻喻义。

孟挺松正是利用自己的诉讼技巧进行了成功的辩护。他看了看柳韵，心里突然涌起一阵异样的感觉，是愤恨还是高兴？只觉得有一股甜滋滋清凉的风，掠过他的心头。他眼窝里出现了一滴亮晶晶的东西……

突然，柳韵双手捂着脸趴在了前排椅子的边沿，瘦弱的脊背猛烈地抽搐起来，泪水顺着指缝无声地流下。她的手脚麻木了，血液快要凝固了，心脏也要窒息了，好像有一把尖锐的刀直刺进她的心里，五脏六腑都破裂了！她什么话也没说，甚至都来不及呻吟一声，两眼一黑，就倒在了黎菲的腿上。

"韵姐！韵姐！"黎菲大声地呼唤着。只见她窘得面色通红，不知如何是好。

此时的法庭有点儿乱了，任何秩序与规则已经失去意义。人们不由自主地围住了柳韵。

柳韵细软的脖颈歪向一旁，露出一张清丽的面孔。她眉头紧锁，嘴唇紧紧地抿着，面色苍白到近乎透明，眼眶微微泛青，但身体依然温热，浅浅地呼吸着。此时的孟挺松飞奔过来，推开了围观的人，一把将柳韵揽在怀里，急切地晃动着。他脸上青筋暴起，轻轻地拍打着柳韵的脸颊："韵韵，醒醒啊，韵韵！"此刻他抱得那样贴实，就像他们小时候，因为韵韵就是他的命，他的一切，他不允许也不能让任何人抢走。

"赶快送医院吧。"人群里有人说道。

"喂，急救中心吗？请立即赶到文县人民法院刑事审判庭！这里有一位紧急病人！快，马上！"孟挺松拨通了120急救电话。

天阴沉沉的，好像有人惹怒了老天爷。五颜六色的塑料袋在天空中“翩翩起舞”，有的被挂在了树枝上，有的则被风吹向了远方，只能听天由命。“呼——呼——”狂风呼啸，大树在狂风中摇晃，一条条树枝就像一条条狂舞的皮鞭在空中抽打着。救护车风驰电掣地向医院驶去。

第三十一章　汶水河边的倾诉

夜雾袭来，仲夏的夜晚有点儿凉意。朦胧的月光下，看不到几颗星星。天空绝非纯黑，倒是黑中透出无垠的深蓝，一直伸向远处……

河阳市人民医院的病房里，刺鼻的消毒水味，伴随而来的是一股阴冷的风，无端的恐惧侵蚀着来到这里的人们。如果你的心里足够阴暗，在你看来那儿就是一个断头台，而那些穿着苍白衣服的“刽子手”会随时要了你的命。人们说医院是一个晦气的地方，布满死亡气息，绝望，悲伤，害怕，但是当它迎来一个新生命的时候，一切都那么让人感激。

经过抗休克抢救的柳韵，静静地躺在病床上。她那干净白皙的皮肤显出病态的苍白，大大的眼睛因病痛的折磨变得愈加无神，微弱的灯光下甚至可以看到她脸上细细的绒毛。

她在做梦，梦见了孟挺松。松松哥啊！你若是山野柔柔的清风，我必是因你而复苏的小草；你若是天上悠游的云朵，我必是云朵里酝酿的雨珠；你若是田间清澈的溪流，我必是溪流中畅游的鱼儿。多么想和你在一起，可我已经病入膏肓。

孟挺松独自漫步在医院的小路上，风儿吹过去，耳边呼呼声，树叶沙沙声。连树叶也在伤心吗？或是在嘲笑我？心中想哭，但却极力忍着，便抬起头，看到了那缺了一角的月亮。唉！月亮啊月亮，你为什么不圆呢？脖子酸了，他揉了揉，看到了玫瑰花，上面还有露水，也可能是雨水吧。你也在哭泣吗，花儿？

他为柳韵流下了数滴离恨的泪。在她面前他强忍着欲夺眶而洒的泪，一副寒冰冷漠的面孔似是坚强，却已经跌落在崩溃的边缘，等待着痛不欲生的结果：她已经无药可救……

花瓣只有在凋零的时候，才能显示出它的脆弱和单薄；老树只有在枯死的时候，才会有凄美的沧桑感……柳韵啊！我就要返回中国政法大学了，留下你我的心怎能平静呢？

孟挺松走进柳韵的病房。柳韵的妈妈坐在床边，静静地看着心爱的女儿。她脸色苍白，眼中还带着好些血丝，嘴唇因长期干燥而裂出了口子。头发有些微乱，仿佛一阵风就会把她那弱不禁风的身子给吹走。

“阿姨，您回去吧！今晚我照顾韵韵。”孟挺松的目光中包含了浓浓的亲情，好似冬日的棉袄，温暖着老妈妈的心。

“孩子，你还要到北京上课，你回去吧。”柳妈妈安静的眼神中传递着爱意，蕴满了慈爱。

“阿姨，黎菲的车一会儿就到。”孟挺松那亲切的目光，如一丝流淌在柳妈妈心间的暖流。

“妈妈，你走吧！”柳韵醒过来了。她的手指轻轻动了一下，缓缓地睁开双眼，说了一声。

黎菲进来了，她搀扶着柳妈妈离开了病房。

“松松哥！”柳韵喊了一声，挣扎着要起来。她那长长的睫毛上挂满了泪珠，犹如出水芙蓉般清丽。泪珠仿佛留恋那洁白的肌肤，迟迟不肯落下。

“韵韵，你饿吗？我给你带来了你最爱吃的五仁蛋糕。”孟挺松说着，扶起了柳韵，把枕头靠在她的背后，把纸巾送到了柳韵手中。

“谢谢你！感谢有你！”柳韵擦了擦手，轻轻地接过糕点，嫣然一笑，一朵红云飞上脸颊。

黑夜，宁静，悠远。疲倦的月亮躲进了云层，只留下几颗星星像是在放哨。世界都睡着了，仿佛一切都归于混沌，黑夜无光。

孟挺松握着她的手，温暖通过她的手传遍了柳韵的全身，将一丝丝念想绽放成花的模样……

柳韵浅浅地呼吸着，眼角还有未干的泪痕，她实在是太累了，现在总算又睡着了。她的眼睛安安静静地闭着，她的嘴轻轻弯起，就像以前那样，开心地笑着。她似乎梦到了什么开心的事，是啊，在梦里，她不会再忧伤。孟挺松紧紧抓着她的手，只有这样才会给她带来安全感。

就这样，柳韵躺在床上，一头乌发铺散着。孟挺松就坐在床头，他看到柳韵熟睡时仍抹不掉眉眼间拢着的云雾般的忧愁。

时针和分针，你追我赶，一直不停地转圈。不经意间，将他俩的爱恋悄悄带走。

黎明的曙光揭去夜幕的轻纱，吐出灿烂的晨光。月亮好像在那道亮光之前撤退。太阳要起床了，羞红了脸，不好意思地慢腾腾地在层层云霞的托举下，一点点向树梢上蹿，终于露出了那张灿烂的笑脸。

柳韵坚强地坐起来了。她知道孟挺松将要离开。她要和孟挺松一起享受这短暂的时光。

“松松哥，咱们到院里走一走吧。”柳韵毫无倦意，根本看不出昨天在她身上发生的一切。她快乐地微笑着，那闪着光彩的笑容，像一朵在夏雨之后悄然绽开的睡莲，含着晶莹的泪珠，羞怯而又优雅地点着头。

“松松哥，我给你出个谜语吧。”柳韵这时显得那样纯真、幼稚，像一块明净无瑕的白玉。她要考考孟挺松。

“请讲啊！”孟挺松的眼睛里弥漫出稚气和好奇的光泽。

“头尖尖来尾尖尖，吊在树上打秋千，穿着一身绿褂褂，酸甜苦涩味俱全。打一植物。”柳韵的嘴角露出一丝不易察觉的微笑，像是面上的一道涟漪，迅速划过脸部。

“橄榄！”孟挺松答对了。他转身露出一个很温馨的笑，连嘴角的弧度都那么完美。

说着，他俩走到了橄榄树前。橄榄树，像一张张巨大的伞盖，苍翠、挺拔，覆盖着一片绿地。

“橄榄是好东西。橄榄树一般生长在纬度40度地区，不过这几年我们省也开始引种了。”孟挺松明澈的眼睛始终注视着柳韵，像一个知识渊博的导游。

“松松哥，你给我讲讲橄榄枝的故事吧。”柳韵眼里充满了渴望，热切地盼望着孟挺松那没有讲完的故事。

“橄榄枝是油橄榄的树枝，橄榄枝象征和平。圣经故事中曾用它作为大地复苏的标志。追根溯源，还要从《圣经》里那个‘诺亚方舟’的神话故事说起。远古时的一天，上帝发觉除了诺亚一家之外，人类的道德意识越来越糟，几乎到了不可救药的地步。于是，决定用洪水把除诺亚之外的人类全部吞没。上帝事先通知诺亚夫妇，准备好一只方形大木船，备足干粮和饮水，并将各种动物挑选一对载于船上。接着洪水来了，世界上的生物都未能逃脱这场灾难，只有诺亚的方舟安全漂流。过了很久很久，洪水退去，远处出现了高山、岛屿、空地。诺亚夫妇十分高兴，首先将船上的一对鸽子放飞蓝天，给它们自由。但过了不久，鸽子又飞回来了，并衔着一根翠绿色的橄榄枝，这似乎是一个信息：大地恢复生机了，一切都和平了！此后，橄榄枝就成为‘和平’的代名词，鸽子也被人们称作‘和平的使者’，并被人们称为‘和平鸽’。”不愧是政法大学的教师、大名鼎鼎的演说家。孟挺松的声音时高时低，仿佛山间的清泉缓缓流过柳韵的心田。

柳韵完全被孟挺松讲的故事吸引住了，随着他脸上的表情，时而凝思，时而神采飞扬，时而频频点头，时而低首微笑。她像一朵花儿静静地感受着辛勤园丁的浇灌。

“松松哥，你知道我为什么给你引向这个话题，让你来到橄榄树下吗？”柳韵闪动着纯真的眼睛。

“为什么？”孟挺松看着柳韵的眼神。

“松松哥，我与华畅的结合一开始就是一个悲剧，几年来我在煎熬中度过。即使景色万千，因为没有你的陪伴，我实在是度日如年。

“华畅罪有应得。最让人不能理解、最伟大的是你不计前嫌。你以恩报怨，为华畅进行了成功的辩护，赢得了人们的尊敬。这应该是你讲的和平鸽、橄榄枝吧！

“令我最不能放心的是，你性格耿直。你对待你我的父母能怀橘遗亲，20多年你对待我能柔情似水，你在学校对待你的学生能诲人不倦，可是在事业上、在工作中为什么性烈如火？你被罢了两次官，你的和平鸽、橄榄枝哪里去了？

“我本想离开那个恶魔，陪你走完人生，想不到我得了这种病。一切都不在我的计划之中，真有点儿措手不及。你在我的生命中，让我难以忘怀。既然无法改变事实，唯有痛心地承受着离别的痛苦。

“每时、每刻、每秒我都想着你，你的英俊、执着和笑容映在我的脑海里，永远不会散去了。

“松松哥，感谢你来到我的生命中。感谢你给了我一段幸福美好的时光，感谢你给了我激情，感谢你让我懂得了什么是相思、什么是牵挂，请让我从你的梦中消失吧！”

柳韵的脸白得不成样子，美丽的双眼已满含泪水，以至瑟瑟抖动的长睫毛像在水里浸泡了一样，紧紧咬着的嘴唇也渗出一缕血痕。

“韵韵，你的话我铭记在心！我要把和平鸽、橄榄枝献给汶水河，献给我挚爱的人民！”孟挺松湿润的眼睛里流露出特别自信的光芒。

医院小游园中橄榄花的清芬，轻轻地吹拂着人们的面颊与头发，吹拂着人们的胸襟，犹如慈母的双手温柔地抚慰着她的儿女……

“韵韵，我明天就要回北京了，咱们到汶水河边再看看吧！一会儿黎菲的车就到了。”孟挺松的目光是那么深情、那么慈爱。他望着橄榄树，等待着柳韵肯定的答案。

“孟老师、韵姐，咱们走吧。”正说着，黎菲就到了。她的语气里洋溢着热情。

“多么漂亮的奥迪轿车啊！乌黑锃亮，像镜子一样能照出人影。”孟挺松看着轿车出神，好像在看着一件价值连城的宝物。

“松松哥，你看黎菲眉梢眼角藏秀气，声音容貌露温柔，事业上也非常成功，是位难得的好姑娘啊！”柳韵不知想到了什么，看看孟挺松，瞧瞧黎菲，流露出一副调皮的神色。

“呵呵，别夸我了，说得我都不好意思了。快上车吧。”黎菲脸上的红晕显得更鲜艳了。

汽车驶过汶水河大桥，缓缓地开到了百年庭院的蔷薇花藤下。

黎菲把车停稳，孟挺松与黎菲先后下了车，他们抬头看了看蔷薇花藤。

已经是5月末了。落花的场景令人动容，让人不由得平添几缕神伤。花瓣在风中轻颤，几番挣扎却一片一片无奈地在风中飘散，恰似迟暮美人万般无奈盈盈带泪的一回转，凄婉的眸子里满含着深深的疼痛，落寞的身影里有着风华褪尽后的幽怨凄怆。

孟挺松和柳韵都有点儿伤感。

“孟老师、柳姐，你们看，东沟沿围了那么多人。”黎菲一句话把他俩从伤感中拉了出来。他们三人一起走到东沟沿。

致远、若南、红军、小强、永峰等一群人都在皂角树下，一边看着皂角树上的喜鹊窝，一边听着毛神仙讲故事。

“这棵皂角树从我记事的时候就有，那时候大约有碗口粗。我今年86岁了，第一次看到皂角树上喜鹊筑了窝。好征兆啊！好征兆！”毛神仙虽然已经身形佝偻，可是话到动情时笑容仍然从他满是皱纹的脸上绽放。

“好征兆指的是哪方面的?”红军想探讨其中的奥秘。

“古代有个叫黎景逸的人，家门前的树上有个鹊巢，他常喂食巢里的喜鹊。时间长了，人鸟有了感情。后来，黎景逸被冤枉入狱。一天，他喂食的那只鸟停在狱窗前欢叫不停。他想，大约有好消息要来了。果然，三天后他被无罪释放，是因为喜鹊变成人假传圣旨。有这些故事印证，画鹊兆喜的风俗大为流行，如两只喜鹊面对面叫‘喜相逢’，双鹊中加一枚古钱叫‘喜在眼前’，一只獾和一只鹊在树上树下对望叫‘欢天喜地’。流传最广的，则是鹊登梅枝报喜图，又叫‘喜上眉梢’。”毛神仙说话慢悠悠的，有点儿老夫子的味道。

临近中午了，皂角树树叶间筛下的一片阳光，正好落在毛神仙老人的脸上。他那一根根银丝一般的白发清晰可见，微微下陷的眼窝里，一双深褐色的眼眸，悄悄地诉说着岁月的沧桑。

“我预见，咱东头要出大官了。”老汉脸上露出了开心的微笑。

“这个官有多大啊?”在“汶水人家”开小火车的若南有点儿不相信，悠悠一笑。

“最小是个县长。”毛神仙的目光在阳光下像潭水般深沉。

“是不是县长这个官就到头儿了?”已经是小小企业家的永峰问道。他的眼神中像埋藏着“十万个为什么”一样疑惑不解。

“应该能干到省长一级，再往上有点儿困难。”毛神仙把目光投向汶水河方向。他刚毅的鼻梁和嘴，此刻似乎格外棱角分明。

“韵韵，咱们到汶水河边走一走吧。”孟挺松有点儿湿润的眼睛里流露出特别温暖的光芒。

“呵呵，毛先生的‘官说’让我着迷了。”柳韵的眼睛里充满了神采，额头和嘴角充满了笑意。

从皂角树到汶水河边大约有 30 米的距离，从沟沿下到沟底需要走三个坡拐三道弯。

汶水河边曾经是菜园，群众种菜、施肥、挖菜都从这里路过。过去的岁月里，孟挺松和柳韵不知从这里上下多少回。

“韵韵，这道坡的右边过去是狗孬家的窑院。窑洞门的上方长满了酸枣树。有一次，你想吃酸枣，我扒着土坡上去给你摘，不小心滚了下来，把你吓得哭起来，对吧？”孟挺松好像一直都带着笑颜。

“酸枣树把你的手扎破流血了，衣服上还被剐破了一个口子，可你手中的那个酸枣却没有丢。你把酸枣送到我的手中说，妹妹我终于有了劳动成果！”柳韵的眼睛透着温和，传递着爱意。

“你没吃，反而送到我的口中。我不吃。你让我先咬一口，你说你要不吃第一口我就走了。嘿嘿，那时候，你就有爱意了，想和我接吻。”孟挺松的嘴角含着一丝令人玩味的笑容，透着点儿坏坏的味道。

“你胡说，没有的事！”随即柳韵低下了头，微笑的脸上显出一点儿拘束，脸颊蓦地红了起来。

“母鸡和小鸡娃的故事你还记得吧？”孟挺松笑眯眯地望着柳韵。

“当然记得了。有一年春天，咱俩下沟玩耍，下了第一个坡，前边一只母鸡带着一群鸡娃在草地里觅食，我看着小鸡可爱，走上前去想抓一只。这时老母鸡突然扑到我身上啄了我一下，幸亏没有啄到我的脸。看到这种情况，你随手捡了一根棍子，把老母鸡撵得鸡毛乱飞。你那时候为啥要保护我？你的目的不纯。哼！”柳韵那双水灵灵的眼睛里流露出一丝调皮的神色。

说着，笑着，调侃着，他俩走到了汶水河边。

阳光温馨而柔和，天空蔚蓝而纯净，无数绿叶哗哗啦啦地在空中飞舞，像无数只小手掌，那是生命的欢呼吧！那是生命的延伸吧！河水明亮地流动，岸边的青草更青，花儿更红，仿佛也在为孟挺松和柳韵的到来而庆幸。

“韵韵，咱们言归正传吧。我有一种疼，撕心裂肺地疼，疼得不知所措，无可奈何。心的杯子像碎了一般，或者没碎，但是少了一块儿。明天我就要返回北京了，这一块儿怎能补齐?”孟挺松神态绝望，绝望得像掉进了没底儿的深潭一样万念俱灰。

“松松哥，眼看着我离开这个世界的日子越来越近，心里不但没有了洒脱，而且多了愁绪。本以为可以释然，然而真的去面对时，心里却无比留恋和不舍。我的离去，是你的不幸，我怎能舍你而去?”柳韵呆呆地望着孟挺松，双目毫无神采，只有无限的空洞，嘴唇下意识地动了两下，却没有发出任何声音……

“韵韵，蜡烛有心还惜别，替人垂泪到天明，我真舍不得你啊!”

说着，孟挺松走上前去，一把将柳韵拉进他的怀抱。一切都继续，一切都无恙，似乎又回到了最初。

第三十二章　梦中的玫瑰花

天刚蒙蒙亮，柳韵定的闹钟还没响，她就起床了。她心里还想着手中的案件今天要合议。她在屋里不停地走着。她走进洗手间，拧开水龙头弯腰洗脸，忽然眼前一黑，双手拽住了脸盆的底架，没有摔倒。

缓过神来，她拖着疲惫的身躯回到客厅，慢慢地坐在沙发上。她神情漠然，停了一会儿，拿起手机，用颤抖的声音与主治医生交谈。

“大夫，今天这么难受，暂时不会见马克思吧?”柳韵半开玩笑地说。

“柳法官，你的病情不是太好，抓紧住院治疗，能减轻你的痛苦。现在医学这么发达，也有痊愈的可能。”大夫鼓励着柳韵。

“大夫，像我这种情况，有必要再住院吗?”

“我劝你一句，钱是别人的，生命是自己的。像你这种情况，建议马上住院。”

“这样吧，大夫，我上午讨论一个案件后，马上住院好吗?”柳韵还在讨价还价。

“你坚持站好最后一班岗很好，一定要交代一下工作。但是不要太累，有情况马上告诉我。”实际上，大夫已经向柳韵说明了。

“谢谢你！大夫。”柳韵挂了电话。她不想吃饭，匆忙地吃了两片药就往法院赶去。

进了法院大门，她就加快脚步，看不见她的腿怎样抬、怎样落，连一点儿响声都听不见，这哪是病入膏肓的女人啊?

“柳庭长，你?”正在主持会议的洪院长看到柳韵脸色苍白、嘴唇发紫，巨大的汗珠往下掉，惊讶地问了声。

“我没事，你们继续。我去倒点儿水喝。”说着，她往饮水机旁走去。她瘦削的身子向前微倾，这时候大家瞥见她的背影，不由得流下了眼泪。

柳韵啊！你的情感像春雨一样细腻，你的胸怀像海洋一样宽广。在善与恶、正与邪的较量中，你总是站成一个精确的坐标，捍卫着人间正道，留住了世间温情。在这份安宁、这份温馨中，有你的梦想，有你的追求，有你付出的每一份热忱、每一滴血汗。你把绿色奉献给大地，你把白鸽奉献给和平，你把法律奉献给人间。爱与恨、血与泪，在你身上巧妙地融合。这就是人民的法官啊!

当她伸手去接水的时候，大家注意到了她的双手。这双手曾经那么美丽，如今洁白皮肤下隐露着缕缕青筋。她的手臂这么细小，十根手指像一束枯竹枝，仿佛一折就会断似的。她的手在颤抖着。

当她接完水返回的时候，眼前突然发黑，感到天旋地转，胸部剧烈地疼痛，突然呕吐起来。这一吐仿佛把她最后的胆汁都吐了出来。她想蹲下来又怕同志们看见，不料整个身子都失去了支撑点，打了几个趔趄，摔倒在饮水机旁，水杯也甩出很远。

参加会议的院长、庭长们不约而同地围了上来。

院长拨打了120急救电话。

柳韵昏倒了，一句话也没说。但她感到自己的身体飘飘然地离开了冰凉坚硬的水泥地面，被人抱起放进一辆救护车里。

长乐路中央花园小区文化楼三楼的房间里，温暖的阳光从窗外射进来，照在人身上暖暖的。黎菲锻炼身体回来走进厨房，吃了两个鸡蛋、一穗玉米，喝了一杯牛奶。她拿出孟挺松出版的《法庭激辩》放在胸前，闭上眼睛深深地吸了一口气，脸上浮现出陶醉的表情。

现在，城管的案件结束了，不再受任何排挤和干扰了。顶点造型发廊像一颗进入正常轨道的星星，开始稳稳地运行，遨游在自己的天空，放射着亮晶晶的光芒。

丁零零！电话铃响了。黎菲一看是柳韵的电话，立即接通："喂！喂！柳姐，你说话啊！你在哪儿呢？"

"我不是柳韵，我是护士！"电话里传来了一位姑娘的声音。

"柳姐的手机怎么在你手里？她怎么了？"黎菲预感到情况不妙，心里有点儿着急。

"她突然昏厥，住进了河阳市中医院，我在她手机上发现你们两个联系频繁，就拨通了您的电话。"护士解释着。

此时是上午9点，黎菲没有去发廊，直接开着奥迪轿车奔向中医院。

柳韵醒来时，已经躺在医院的病床上。

"你终于醒来了。"护士长进来，深情地说了一句。

"我是怎么进来的？"柳韵如梦方醒地说了一句，她不知道发生了什么。

"是几位法官把你送来的。"护士长微笑着。

"他们呢？"柳韵长长的睫毛上滚动着点点晶莹的泪珠，原本妩媚灵动的眼睛此刻黯然失色。

“他们说还要开会。我见他们交完费匆匆忙忙走了。你的家属呢?”护士长问道。

“我来了，我是她的妹妹。”黎菲来到了病房，她的目光柔情似水。

“谢谢你，妹妹!”柳韵全身轻微地颤抖，眼泪不可遏制地往外流淌。

黎菲走到床前，看到柳韵苍白的脸上还挂着晶莹的泪珠，眼角滑落的泪滴已经渗透了枕头。她为柳韵盖好被子，用棉签蘸点儿水轻轻地抹在柳韵布满细小裂纹的嘴唇上。

黎菲受孟挺松的重托，来陪伴照顾柳韵。柳韵的父母年迈多病，丈夫锒铛入狱。对于重病缠身、在死亡线上挣扎的柳韵来说，她是多么需要亲人的陪伴和护理啊。

“柳姐啊，你早就应该住院休养，可是你只知道工作、工作，就是不知道爱惜自己的身体。”黎菲的泪水模糊了双眼，她的心难过到了极点。

“妹妹啊！我是一个在彷徨中走错路、在绝望中挣扎的孤独患者。悲的方向已不可逆，我想回头已经无力。命中注定上帝给了我希望，又给了我绝望。俗话说，男怕选错行，女怕嫁错郎，遇到好的机会千万不能错过啊!”柳韵看着黎菲可爱的脸庞，想着孟挺松帅气的模样。她背着脸，泪水又一次无声地落在枕头上。

晚上柳韵在输液，黎菲就一直守在她身边握着她的手。看着蜷伏在自己身边打盹儿的黎菲，柳韵流下了心酸的泪水，不由得感叹:“多好的姑娘啊!”

早上8点，黎菲在柳韵的身边睡了一会儿，查房的主治医师进来了。她突然被惊醒，猛地握了一下柳韵的手。

“做梦了吧?”柳韵微笑着问。

黎菲不好意思地摇了一下头，把柳韵的手握得更紧了。

柳韵也坐起来了，一双深情的眼睛望着可爱的黎菲。

“柳法官，你这次进来，可不能有点儿好转就想出院，一定要调理好，高高兴兴走出医院大门，重新坐在审判席上，为百姓伸张正义。你说呢?”查完房，主治医师嘱咐着。

“大夫，您不是在开玩笑吧？其实，你们不用骗我，也不要哄我，更不要忌讳。我什么都知道，心里也明白。自从得了这个病，我知道阎王爷已经给我判了死刑。我没有更多的留恋，唯一牵挂的是……”

突然，一阵疼痛袭来，黎菲连忙扶着她。柳韵开始呜咽，痛苦地呻吟。她斜躺在黎菲的怀抱中。

“对不起啊，柳法官，没想到让您的心情如此伤感。您还年轻，一定要振作起来!”

“谢谢大夫！我会的。”阵痛过后，柳韵恢复了平静。

柳韵想着孟挺松，想着自己不久将要离他而去。她用颤抖的双手打开公文包，取出了早几天从箱底取出来的珍藏十几年的笔记本，看着和孟挺松在一起的那张发黄的童年照片和彩色蝴蝶标本开始写信。

Nearest and dearest①：

这是我最后一次用这种方式表达了，因为当我写完或者你收到这封信的时候，你可能再也见不到我了。

我的面前放着咱俩童年在一起的照片和咱俩在汶水河边捉的那只小蝴蝶。二十几年如过隙白驹，我好想让小蝴蝶的新生命在汶水河边飞舞，我担心它是否在天黑前赶回家中。我希望它永远和蓝天白云为伍。

小蝴蝶已经失去了往日的风采，只剩下惨淡的颜色。它无怨无悔地待在本子里，寂寞地守候着那段时光，执着地坚守着那段日子，它的身上还有一缕汶水河

① 译为：至亲至爱。

水特有的清香。

我的梦中为什么总是一只蝴蝶寻寻觅觅？为什么现实生活中的你我始终走不到一起？蝴蝶为花碎，花却随风飞。这应该是最疼痛、最好的解释吧。我真不想看到眼前这美丽的碎片。我后悔咱们当初捉它啊！

许多个夜晚我辗转反侧，任窗外的风带着一种呜咽的悲鸣划过窗口。不久后的一天，我将离开这个世界。我会化作一只蝴蝶，天天陪伴在你身旁，夜夜飞到你的窗前，静静地凝视着你甜睡。

我真的很佩服你，佩服你的坚强，佩服你的阳光，更佩服你面对困难的勇气，我是从心底里佩服你呀！你承受了同龄人没有的痛苦，有着同龄人没有的坚强。你对法律的信仰、对正义的追求，让你经历了太多的磨难。如今，你一步一个脚印，慷慨有力地走了过来，创造了属于自己的辉煌。你付出了太多太多的代价，在为你骄傲的同时，我的心也好疼啊！

有幸的是，我亲眼看见你身边又来了一位好姑娘，一说你就知道是谁了。她那明亮的眼睛中，始终荡漾着一池清波，清波上漂荡着智慧。你可别装傻，只有她能代替我。如果姑娘有意，你可不要辜负了她的一片心啊！

我多想看着你们依偎在汶水河边，手牵手度过快乐的岁月。人说没有前世也没有来生，我也会转世的。也许以后你们两个养了一只可爱懂事的小狗或小猫，那应该是我的转世，我会给你们带来快乐和幸福！

哥哥，我走后，黎菲会把蝴蝶标本和这封信单独交给你。希望你把蝴蝶标本作为咱们两个生命中最宝贵的东西，与姑娘一起保存，作为爱情的见证。我走后，不要惊动任何人，请你和黎菲把我的骨灰撒到汶水河里，让我随着河水流入大海！拜托了！

我的泪哭干了！永别了！松松哥！

Love you always[①]

韵韵

柳韵拼尽全力写完了最后一个字，长长地出了一口气。眼泪一粒一粒地从眼眶里掉出来，她不愿意擦干，也不愿意停止哭泣，很快信封上湿了一片，留在了孟挺松的名字上。她把信压在枕头下边。

突然感到前胸后背有针扎一般的刺痛感，她用手捂住胸口使劲地摁还是不能阻止疼痛。她的双手紧紧抓住身下的白床单，手背青筋暴起，汗如雨下。她十分痛苦地挣扎着，用一只胳膊肘支起了身子，按响了床头的呼救电铃。

主治医师来了，护士来了。经过紧张的抢救，柳韵安静下来了。她微闭着眼睛，静静地躺在床上，脸色苍白得没有一丝血色。她时而眉头微蹙，时而重重地吐纳，病痛的折磨使她丧失了往日的活力。

这一夜，黎菲几乎没有合眼，她瞪着眼睛一会儿看看天花板，一会儿看看柳韵。她的心像被撕裂一样疼痛，甚至有点儿害怕和恐惧。

监狱里的华畅得知妻子癌症晚期住院，心情也很沉重。无论怎样，毕竟夫妻一场啊。

“华畅，你这几天怎么了，好像有心事啊?”监狱长趁着放风的机会走到了华畅面前。

华畅摇摇头，没说话。

“你肯定有心事，说说看，也许我能帮助你。”监狱长非常

① 译为：永远爱你。

诚恳。

“我的妻子是癌症晚期。都是我造的孽。我对不起她。我欠她太多了。”华畅说着，泪水像虫子一样从他眼眶爬出。

“你原来不知道吗？她为什么不告诉你？”监狱长追问着。

“她是个工作狂，一直认为自己年轻，熬熬就过去了，想不到疼痛难忍时一检查就到了晚期。”华畅仰望天空，睁大了双眸，泪花像水晶般凝结着。

“放心吧，我们想办法与河阳市人民法院联系，有情况我及时告诉你。”监狱长的目光让华畅看到了光明。

华畅感激万分，他仰天长叹，希望苍天保佑，让妻子早日康复。他的泪一滴一滴掉在地上，扎在心上。

医院里，柳韵仍在与病魔做最后的较量。每一次剧烈的疼痛，都要消耗她巨大的体力；每一次疼痛，她都非常疲惫，像是耗尽了她的全部精力。

她恍惚了。她的脑海中反复出现孟挺松和黎菲的身影。眷恋的游丝使她想到了玫瑰花，想到了几年前的一天。

“松松哥，咱们去玫瑰公园看看吧。”柳韵的眼神活泼而多情。

“好啊！”孟挺松浓眉下面那双炯炯有神的眼睛，饱含着爱恋。

“姑娘，请上车吧！”孟挺松将准备好的苹果、香肠、糕点，还有矿泉水放在了车上。

玫瑰公园坐落在西霞水库。进入玫瑰公园，阵阵芳香扑鼻而来。

“啊，玫瑰公园，我们来啦！”柳韵情不自禁地喊了起来。

玫瑰公园的门口放着一盆漂亮的月季花树，上面开满数不清的月季花。它很高，比孟挺松还高。它的花瓣是白色的，像雪一样白，密密麻麻的花瓣不时散发出一阵阵清香。蜜蜂被它的清香吸引过来采蜜；蝴蝶也没闲着，在花丛中翩翩起舞。

“我还没见过这么美的月季花。”孟挺松的眼睛给人一种若有所思的梦幻感觉。

“我看不如咱家的蔷薇花！呵呵！”柳韵看了一眼孟挺松笑着说。

来到举行月季展的地方，他们看到许多月季，有粉嫩可爱的粉和平，有红得发紫的黑夫人，还有金灿灿的小星星。公园成了花的海洋。

柳韵东看看西瞧瞧，一会儿跑到这朵花前闻闻，一会儿跑到那朵花前闻闻，嘴里还不停地赞叹：“哇！好香啊！哇！好美啊！”

玫瑰公园里人山人海，他们都很快乐，有的是一家人，有的是夫妻，有的是恋人，还有的是朋友……他们有的在给月季花拍照，有的在草地上野餐，他们脸上都洋溢着欢乐的笑容……

“松松哥，玫瑰公园顾名思义都是玫瑰，为什么都是月季呢?”柳韵一双水灵灵的眼睛，忽闪忽闪，仿佛对一切都感到新奇似的。

“玫瑰公园里的花可不都是玫瑰花，还有月季花哦！我们可以根据花的香味来区分，香味比较浓的是玫瑰花，比较淡的就是月季花了。当然还可以按照花的片数区分，三至五片的是月季花，五至九片的是玫瑰花……”孟挺松的眼神里闪烁着智慧的光芒。

柳韵听得津津有味。一会儿他们来到了花田，她按照孟挺松教的方法去区分玫瑰花和月季花，首先靠近花仔细闻了闻，果然花香浓淡不一样，又数了数两种花的片数，确实和孟挺松说的一模一样。原来，只要仔细观察，就能发现看似一样却不一样的东西。

“柳韵，你看指示牌，压轴的玫瑰花在后边呢!”孟挺松目光炯炯地盯着远方。

前面出现了三丛玫瑰，吸引了他们的目光。有一丛玫瑰放在一个奇特的怪石上，玫瑰的鲜红与石头的灰黑相互映衬得很好看；另一丛紫玫瑰排成一个心形，造型真漂亮啊；还有一丛是黄玫瑰，花瓣向外展开，像蝴蝶落在那里。

玫瑰公园里，最珍贵的是那盆玫瑰王——金玫瑰。旁边一个导游说，一棵玫瑰要值几十万元呢。在场的游客都惊呆了。柳韵和孟挺松走到花的跟前，连大气也不敢出，更别说大声说话了，生怕吓着这珍贵的花朵。

“松松哥，咱们留个纪念吧。”柳韵那双顾盼生辉的大眼睛每一忽闪，微微上翘的长睫毛便上下跳动。

“松松哥，来！我给你拍照！”柳韵的眼睛大而明亮。

“我长得太黑、太丑，还是不拍了吧。”孟挺松把眼睛故意眯成一条线，好像睁不开的模样。

“别人看似一间斑驳破旧的老房子，在我眼里可是一道亮丽的风景线，是美之所在。”柳韵的双眼是那么妩媚。

“哈哈！你们两个还拍不拍照啊？我们观察你们俩好长时间了！”不远处突然传来了一阵大笑。

假山后面出现了一群人，原来是孟挺松高中时的同班同学席海亦、乔尔容、薛映冬、姚痴梦、王书兰等，他们也来游览玫瑰公园。

“孟挺松本来属于我，让你给抢跑了。哈哈！”乔尔容拉着柳韵的手调侃着，说得柳韵不好意思。

“你们两个真是捣蛋，高中时就勾搭，出来玩也不喊一声！看我们以后咋闹洞房。”姚痴梦说着走上前去给了孟挺松一拳。

“大家不要闹了，我来给孟挺松和柳韵拍一张亲密照。”王书兰拿起了照相机。

“恋爱就像照相，即使你设备先进、技术精湛，但最后还是少不了暗室操作。”幽默的席海亦做了个鬼脸，逗得大家哈哈大笑。

柳韵感到脸上热辣辣的，有些无地自容，恨不得从地上开道裂缝钻进去，脸涨得通红，她也跟着傻笑。

“柳姐，你做梦了吧？”黎菲微笑着，微微侧着头，眼睛亮晶晶的，右边的小酒窝浅浅地浮在面颊上。她感到这是柳韵最甜美的笑容。

“黎菲，你去给我买一束玫瑰花吧。”柳韵的眼睛没有一点儿灵气，仿佛里边藏着过多的忧伤。

黎菲点点头，但是她不能去，因为柳韵这里离不开人。她拨通了曾佳的电话。

“佳佳，请你停下手中的工作，立即开车到玫瑰公园买一束玫瑰花送到我这里。”黎菲的心像将要跳出来一般，只知道自己将面临一项艰巨而又必须挑起的重担，突然间她觉得心好累。

病房里充满死亡的气息，吊瓶滴答作响，仿佛在给每一位穿着条纹病服的人进行生命倒计时。

柳韵一双悲凉的眼睛无神地望着病房的天花板，天花板是灰白色的，她绝望了。

黎菲一直守候在柳韵的身边，看到她痛苦的样子，想了很多，一直心神不宁。现在，她忽然明白原因何在，原来是几天没有孟挺松的消息了。松松哥啊，柳姐遇见你，是她一生的幸运；爱上你，是她一生的快乐；失去你，是她一生的遗憾。现在柳姐已经成这样子了，你却不在她的身边，你不觉得遗憾吗？

“姐姐，玫瑰花拿来了！”曾佳一脚踏进了病房。

一听到玫瑰花来了，柳韵突然睁开了眼睛。她细长的眼睛天真地望着这束玫瑰花。

黎菲把花送到了柳韵的手中，她挣扎着坐起来，用颤抖的双手将玫瑰花放在胸前，眼泪一滴滴、一串串坠落在花瓣上，又从花瓣上滚落到她的手心里。

天色十分昏黑，片片乌云仿佛要压下来一样，黑压压的，还不时有震耳欲聋的雷声和刺眼的闪电，给人一种压抑的感觉。

第三十三章　她在掌声中悄然离去

八月的风总是有事没事地吹，时光还是不停息地走着，它顾不得你是多么虔诚地挽留它，亦如天空飞过一只珍贵的飞鸟，与谁都是擦肩而过，与谁都是萍水相逢。

一阵风吹进了病房，吹出玫瑰那淡淡的迷人的清香。

“黎菲啊！你已经到了谈婚论嫁的年龄了，你的事业如日中天，可你在恋爱问题上怎么不开窍呢？这束玫瑰花不是我与孟挺松离别的玫瑰花，而是我给你们两个搭桥的红线。别害羞，勇敢点儿！时代不同了，女的给男的送也一样。你把这束玫瑰花送给孟挺松吧！鹊桥崔鬼河宛转，织女牵牛夜相见。你们两个拥有玫瑰花一样的生活我就放心了！”柳韵仿佛看见黎菲将这一束玫瑰花双手交给了孟挺松，嘴角露出一丝不易察觉的微笑。

“松哥啊！我在保护着一束玫瑰花。这束玫瑰花是柳姐的鲜血染红的。柳姐的眼泪滋润了这束玫瑰花。柳姐不会是让我借花献佛吧?”恍惚中，她感到孟挺松接住了这束玫瑰花。他说：“花开花落，是无法改变的自然规律，我们与其凄婉哀怨，不如索性用欣赏的眼睛去看看！如果有一天，你累了，你疲倦了，只要你一回头，我的笑容就在你面前。”说完，孟挺松转过身，露出一个很温馨的笑，连嘴角的弧度都那么完美。他的笑容萦绕在黎菲的心头，无法抹去。

这个夜晚很静，柳韵沉思着那些被自己埋藏在内心深处的往事。

大地已经沉睡了许久。突然电闪雷鸣，暴雨哗哗。狂风卷着雨丝像无数条鞭子狠命地往玻璃窗上抽，窗缝里真的钻进雨水了，顺着窗台往下流。闪电一亮一亮的，像巨蟒在云层上飞跃，一个暴雷猛地在窗外炸开……

“咔嚓!”病房外一棵长势正旺的白杨树被拦腰折断。

“疼！疼!”柳韵被雷声和痛苦折磨醒了，十分痛苦地挣扎着，额头上的汗珠一颗颗流下来。她用一只胳膊肘支起了身子，气喘吁吁。

“柳姐，坚持一下!”黎菲说着按响了电铃。

主治医生来了，值班的医生、护士都来了。他们对柳韵的病已经熟悉了，目前肿瘤已经扩散到全身，无法挽救，唯一的方法是输液止疼，减轻痛苦。

天渐渐破晓，大地朦朦胧胧的，如同笼罩着银灰色的轻纱。这时，万籁俱寂，突然有一声鸟叫，划破了这寂静。朝阳升起来了，暖暖地照在窗台上。黎菲醒来，打开窗户，呼吸着新鲜空气。

“黎菲姑娘，有人来看望柳法官。”门外传来护士的声音。

“您是?”黎菲出门迎接。只见一位面带稚气穿着粉蓝色裙子的小姑娘手捧一束康乃馨和百合花，笑盈盈地看着她。

“我叫刘毅，是浙江工贸职业技术学院的本科生，今天代表我爸妈来看望柳法官。”她的眼神里有一种甜美的感觉。

“柳法官身体欠佳，不能像过去那样与你交流了。”黎菲黯然地看着柳韵，一切的神伤都从这眼神中倾泻而下。

“知道，我在返校之前，就是想看看柳法官，我爸爸妈妈经常念叨她。”姑娘眼角上带些泪痕，眼光也没有先前那样精神了。

“也是城管的事柳姐帮忙了，对吧?”黎菲淡淡地看着小姑娘。

黎菲的话像石子一样投进小姑娘心中平静的水池里，仇恨，像怪兽一般吞噬着她的心，脸上漾起了层层波纹。

静一大街是河阳市比较繁华的大街，店铺一家挨着一家，密密麻麻的，里面的商品琳琅满目。店铺有大有小，各式各样。有的店面不做任何装饰，简单地写着店名，给人一种干脆利落的感觉；有些店铺的店名则是由五彩缤纷的艺术字组成，配上了可爱的花边，旁边还画上了精美的图案，花花绿绿的，引人注目……有些店卖漂亮的衣服，有些店卖可口的食品，有些店卖精致的鞋子，还有些店卖土特产……满足各类顾客的需求。

一天，野恨天带着十几个城市协管员在静一大街上挨着门面催促店主撕掉春节的对联，说是为了城市文明建设，一会儿就到了刘毅爸爸刘庄的蛋糕店门前。

“老板，你出来，快把春联撕掉！你没看人家都撕了，就你顽固!”一个协管员大声说道。

“为什么？请您给我解释一下。”刘庄眼睛里夹杂着惊异的光。

“让你撕你就撕，啰唆什么!”一个协管员上去就撕，被老板挡了一下，他的眼镜掉在了地上。

“他妈的！你敢妨碍公务!”一个五大三粗的协管员把刘庄推翻在地。

刘庄双膝重重地跪在了地上，“砰”的一声，就像是他被撕裂的心。他双手捂住脸，垂下头，肩膀伴着微弱的哀叹啜泣而颤抖着。

“站起来，限你三日内将你装修的玻璃拆掉，否则，我们将强制拆除。”在一旁的野恨天走上前来恶狠狠地瞪着眼说。说完，带着几个协管员扬长而去。

刘庄没有言语，没有表情，没有动作，只是沉默。他的心在流泪。

很快，三天过去了，野恨天带着人过来了。

“老家伙，我今天正式通知你，我们执行的是国家的强制性标准，你不拆我们拆。”野恨天横眉瞪眼的，满是凶神恶煞的表情。

“俺也不懂啥标准，那标准上不让用玻璃装修吗?”刘庄眨巴眨巴眼睛，可怜兮兮地望着野恨天。

“你他妈的真不识时务!”一个协管员骂骂咧咧地拿起锤子就向玻璃上砸去。

“咣！哗啦!”随着锤声，挨着玻璃的蛋糕散落满地。玻璃的碎片砸在刘庄的身上，一块一块地割伤了他的心尖，他的眼前模糊成一片，无神的眼睛被一层迷雾包裹。

沉默啊沉默，不在沉默中爆发，就在沉默中死亡！刘庄开始了告状之路。

河阳市法院的行政案件立案程序是：当事人拿着《行政起诉状》到行政庭长那里审阅，经批准后再到立案庭登记立案。

看到起诉状，柳韵眼睛中燃烧着一股奇异的威力，所有在场的人为之震慑。她那富于表情的眼睛，时而妩媚温柔，时而气势逼人，非常可怕。

“老薛，你去登记吧。”柳韵把《行政起诉状》交给了代理人。

再有几天就要开庭了。汪院长来到柳韵的办公室。

“柳庭长，刘庄诉城管局的案件是关系到我市文明建设的大事，市领导非常关心，你要慎重处理!”汪院长的目光咄咄逼人。

“我会依法公判的!”柳韵说道。

“你不要不识时务！”汪院长愤怒地说。

“我是法官，我要对案件负责。”柳韵的目光像潭水般深沉，显得格外自信。

汪院长气呼呼地瞪着一对铜铃般的眼睛，脸上的肌肤狰狞地扭曲着，两只鼻孔一张一翕。“啪”的一声，关上门走了。

看到汪院长暴跳如雷的样子，柳韵像刚打了胜仗回来的大将军。她很高兴。

“有什么了不起，大不了你活动活动免掉我的法官，我回汶水河边摆水果摊去！”柳韵作好了最坏的准备。

开庭后第五天，经合议庭合议：确认被告拆除阳台行为违法；责令被告向刘庄赔礼道歉；责令被告 10 日内将原告的阳台恢复原状。同时，向被告下达了司法建议书，建议尽快制定适合本市特点的市容市貌标准。

宣判之后，双方领取了判决书，表示都不上诉。

柳韵如释重负，转身望着窗外。她赶走了所有的阴霾，感到天空竟如此明亮。

“由于城管的非法拆除行为，我家的生意停止了。妈妈因心理受到重压，卧床不起。爸爸无奈只好给别人打工。当我接到大学录取通知书的时候，我曾想放弃上学。是柳法官资助了我，让我按时到学校报到。”刘毅的眼睛泪汪汪的，泪水不停地在眼眶中打转。黎菲看到她的眼睛已经模糊不清，瞳孔若隐若现。

躺在床上的柳韵异常安静，她闭口不言。只能看到她那源源不断的泪水，像雨帘一般，流过脸颊，流到枕头上，湿了一大片。她应该是听到了她们的对话。

这时候，护士长进来了，她送来了病危通知书。

黎菲用颤抖的手接住这张纸时，如五雷轰顶，嗓子瞬间嘶哑，目瞪口呆，完全没有了反应，只觉得四周空荡荡的。这张纸像无情的剑扎进了她的心窝，眼泪像断了线的珠子吧嗒吧嗒地流下来。

“你们准备一下出院吧，在这里已经没什么用了。”护士长的眼神中充满着关爱和失望。

“她的情况特殊，让她在这里坚持到最后吧。”黎菲眼神中流露的是期待。

“是这样，你们应该有心理准备。依她的情况，不会超过两天，当然我说的是通常情况下，这是我的经验。”护士长的目光有点儿冰冷。

清晨，太阳在鸡鸣的催促声中，慵懒地伸伸胳膊，微笑着射出第一缕光辉。那道金灿灿的线，暖暖地照进房间，把整个病房映成金色。

“黎菲，收邮件，是从中国政法大学邮寄过来的。”护士长微笑地将邮件递给了黎菲。

在这一瞬间，柳韵的眼睛突然睁开了。她的眼光射向四处，但只在空中寻求，好像孩子在饥渴中寻求着慈爱的母亲。

她清楚地知道，孟挺松出版《法庭激辩》后，引起了中国政法大学肖老师的注意。肖老师邀请他到中国政法大学给研究生讲课，收到了很好的效果。柳韵是在中国政法大学听过无数教授讲课，但是还真没听过孟挺松在自己的母校讲课。为了满足柳韵的愿望，孟挺松特意录制了一堂课，邮寄回来。

黎菲打开电脑，把 U 盘放进主机。

屏幕越来越亮，渐渐地有了色彩。中国政法大学研究生院的牌子出现了，门前的两只石狮子出现了，镶嵌着“厚德、明法、格物、致公”校训的教学楼出现了。

画面上出现了三楼宽敞的教室，柔和的阳光透过东面几扇大玻璃窗照在窗台上，照在雪白的墙壁上，教室显得那样明亮。对着教室门，是又宽又大的讲台，上面有黑板，有电脑，有实物显示台、液晶投影仪和屏幕。桌椅摆得整整齐齐，地面扫得干干净净。这一切都给人舒适的感觉。

讲台下面，前排端坐着中国政法大学的多名教授，后面坐着十几排硕士和博士研究生，再后面是来聆听孟挺松授课的朋友。

“今天是观摩课。请孟挺松老师给大家讲‘政府信息公开的法律实践’。”肖老师的嗓音特别洪亮。

孟挺松出现了。他步履稳健，自信地向讲台走去。他面含春风，嘴角微微上翘，目光像阳光似的洒向大家。他潇洒转身，面向黑板开始写板书；同时，一个浑厚的男中音从黑板折射过来：“同学们，今天我们共同探讨‘政府信息公开的法律实践’。”

黎菲把柳韵的床慢慢地摇起。柳韵那双失神的大眼睛重新放出了光彩。

“政府信息公开广泛运用于刑事诉讼、民事诉讼、房屋拆迁、工伤认定、社会保险、土地管理、道路交通事故、医疗纠纷、司法鉴定等，一句话，只要行政机关不作为、乱作为都用得上。”孟挺松用少许的微笑与同学们沟通后，做了开场白。

同学们完全被孟挺松的开场白吸引住了，教室里几十双眼睛齐刷刷地盯着讲台，孟挺松洪亮的声音在教室里回响……

“《政府信息公开条例》是推动民主法治的金钥匙，是帮助百姓依法维权的护身符。它有几大优点：1. 不和政府官员见面；2. 不需要组织太多的材料；3. 不用高额请律师；4. 不上访；5. 不信访；6. 不去法院；7. 从根本上解决问题。”

教室里寂静无声，只听见笔尖在纸上“沙沙”地走着，就像是轻轻地小声地说着体己话。孟挺松讲课的声音时高时低，仿佛山间的清泉缓缓流过同学们的心田。

“同学们，在运用这种方法维权的时候，一定要记住两个字‘耐心’！因为政府机关的极个别人根本不从百姓的利益考虑，所以没有耐心是不行的！”

说着，孟挺松用力地挥舞了一下手臂。他情绪激昂、充满正气的话语赢得了全场热烈的掌声。

“同学们，马克思说过：‘在科学上面是没有平坦的大道可走的，只有在那崎岖小路的攀登上不畏劳苦的人，才有希望达到光辉的顶点。’你们朝气蓬勃，年轻有为，又有深厚的法学理论，相信你们在未来的工作岗位和社会实践中，一定能够大有作为！”

“哗啦”，掌声像潮水一样涌来，同学们沸腾了，这是历年来没有的场面，都为孟老师这激情而振奋人心的授课而欢呼，大家十分用力地拍着手，掌声经久不息，在教室里回响。

柳韵的手也随着掌声慢慢地伸了出来，脸上禁不住露出了微笑。她的心脏随着孟挺松的演讲而跳动。

“松松哥哥，归有光八次落第，于是有了《项脊轩志》这样的隽永文章；越王勾践卧薪尝胆，于是有了‘苦心人，天不负’这样的豪言壮语。在你的人生路上，你曾两次摔倒，两次坚强地爬了起来，终于有了今天的辉煌。我为有你这样的朋友感到骄傲和自豪！

慢慢地，柳韵的气息变得微弱，呼吸开始急促，嗓子里的痰咕噜咕噜作响，心率检测仪上的曲线渐渐变成了一条直线。

“柳姑娘太累了，让她安静地休息吧！”主治医师说着，亮晶晶的泪珠在她的眼睛里滚动，然后，一颗颗大大的、圆圆的、闪闪发亮的泪珠顺着她的脸颊滚下来。

“柳姐，你醒醒！你醒醒，你不能走啊！”黎菲用颤抖的双手轻轻地为柳韵拉上了白色的被单。她感到整个世界突然变暗，视线模糊了，心脏也变得异常沉了，脑袋迷糊，身体开始失重，似乎要飘起来……

柳韵静静地躺在那里，依旧是那么年轻，依旧是那么漂亮！她慢慢地慢慢地微笑着离开了她眷恋的松松哥哥，离开了她眷恋的这个世界……

第三十四章　被押进来的送行人

墨色的浓云挤压着天空，沉沉的，仿佛要坠下来，压抑得整个世界都静悄悄的。淡漠的风凌厉地穿梭着，柔弱的小花小草早已折服于地。

“柳姐啊，人常说好人一生平安，而和善、纯朴、无私无畏的您为什么总是与磨难相随？命运为什么和您开这天大的玩笑？从今以后，我将再也看不到你那熟悉的脸。你真的走了，带着浓浓的不舍闭上了眼睛，留给我的是绞心的痛啊！我多么想找一个可以蹲下去的角落，让我的泪痛痛快快地随着你的离开而流。”

黎菲的眼泪不停地流着，眼泪是酸的，眼泪是甜的，眼泪是苦的，眼泪是辣的，眼泪是昨天，眼泪是未来……黎菲看着柳韵的尸体被几个护士推出病房，推上灵车。

夜晚，清凉的月光照在中国政法大学校园里，是那么安详，那么宁静。

“亲爱的柳韵，我思念你，难道千山万水中，我和你的心不在一起吗？不用担心，我们还有未来，我们曾经在风风雨雨中走过，相互鼓励着，走过了春季、夏季、秋季、冬季……”

孟挺松在做着甜蜜的梦。

那光洁的蓝天，像打磨得很光滑的蓝宝石，又像织得很精致的蓝缎子。白云更漂亮了。它们的形态千姿百态，有的像又白又甜的棉花糖，有的像一匹强壮的大白马。

有一个小姑娘穿着美丽的服装，在汶水河边看蝴蝶。有一只黄色的小蝴蝶，在她眼前飞来飞去，一会儿落到她的头上，一会儿落到油菜花上。她使劲用手去抓却没抓到，小蝴蝶扇动翅膀自由自在地飞走了。她在后面边追边喊：“小蝴蝶，你等等我！你就是飞到天涯海角，我也要追上你！”她一直追到河边，蝴蝶不见了，只听“扑通”一声，小姑娘掉进了汶水河……

孟挺松猛然间被惊醒，出了一身冷汗。他坐起来，感到好累、好困，半睁着眼，眼睛一阵酸疼，全身乏力，疲惫不堪。突然，手机响了。

“黎菲，你柳姐，她?”孟挺松怔了一下，短促地呼了一口气。

“柳姐，她，她走了！”黎菲的泪水不自觉地涌了出来，一种无可名状的疼痛又一次随着血液升腾，进入她的心房，深入骨髓。

“黎菲，别这样！”强烈的感情如泰山压顶般向孟挺松袭来，他的手脚麻木了，血液快要凝固了，好像有一把尖锐的刀刺进他的心里，五脏六腑都破裂了。

“柳韵啊，我们也算是两个世界的人，今生注定只能站在孤独的彼岸遥望，不能牵手。上天让我们相知相爱，却不能相惜相守，爱上你等于爱上孤独。你注定只是我苍白生命中的过客。你走了，如果有如果，是否能回到曾经；如果有如果，我能不能再爱你一次；如果有如果，幸福是否依旧……”孟挺松在思恋着……

“真正的爱情，无须赌咒发誓，也无须咆哮呐喊。柳韵啊，我要送你最后一程！”孟挺松决定回老家。

孟挺松的车飞速地行驶在高速公路上，路上繁密的灯火在细雨中放着光彩，透过车窗一闪而过。他下了高速，一公里的路程，就到了汶水河畔的老家。到家时，已经是晚上 12 点，熟悉的蔷薇花、熟悉的皂角树、熟悉的汶水河，可是没有了熟悉的柳韵。他再也控制不住自己的感情，潸然泪下，汶水河水也伴随着他的呜咽泛起微微的涟漪……

监狱里，华畅坐立不安，生不如死。放风时，他一个人蹲在墙角自言自语。

“华畅，你心里有事吧？”警官走到他的跟前说。

“没……没什么。”华畅吞吞吐吐地说。

“别不好意思，说出来，看我能不能帮助你。”警官说着拉了他一把，华畅站起来了。

“我妻子病重在医院，不知道情况咋样。我没有尽到做丈夫的责任，我对不起她。”华畅说着流下了眼泪。

“丁零零！”值班室电话响了。警官迅速跑过去。

“喂，我是华畅妻子的朋友。”是黎菲打去的电话。

“您有事吗？”警官关心地问道。

“警官！华畅的妻子走了，您能不能带他回来看一眼他的妻子？”黎菲的声音颤抖着。

“您说什么？再说一遍。”警官感到很惊讶。

“华畅的妻子走了，您能不能带他回来看一眼他的妻子？求求你了，警官！”黎菲又说了一遍。

“我向领导汇报一下，不过手续很麻烦，您别急，我这就去办。”警官说完，放下了电话。

丁零零！黎菲的电话响了。

“姑娘，告诉你一个好消息，经过监狱领导研究，特许华畅回河阳市送他妻子一程。”警官感到办了一件好事，心里踏实许多。

华畅很快知道了家中发生的事情。他濒临崩溃，泪如雨下，心如刀割。

晚上，他睡不着，整个人处于不安之中，朦胧中他做了一个梦。他梦见他变成了一个牧羊的男子，在一眼望不到边的大草原上自由地放牧。突然来了一个人，端着枪冲散了他的羊群，然后把他带到黑乎乎的山洞里。他不顾一切地反抗，那个人绑了他的四肢，头向下吊着，那个人哈哈大笑。就在这时，绳子“啪”的一声断了，他掉了下来。

华畅猛地坐起，吓得出了一身冷汗。他被惊醒了。

“华畅，快起来!”警官站在了他的床头。

他迅速穿好囚服，随警官走出房间。另一位警官将明晃晃的手铐铐在他的手上，然后将他押上警车。

警车飞速地向殡仪馆驶去。一路上，华畅以泪洗面，巨大的悔恨疯狂地撕咬着他的心。那种钻入骨髓的痛楚让他无处发泄。泪水无法停止。想起过去那些年其实就像一片浮云飘飘荡荡。

柳韵是一位善良的姑娘，遇上她的那一刻，自己的灵魂就应该随她而去，可是由于不懂得珍惜，经不起诱惑，将她逼上痛苦和死亡的边缘。自己罪该万死啊!

华畅的泪掉在手上，滑落到车上。

仅仅一个小时，警车缓缓驶入殡仪馆。华畅的心被一根无形的丝线缠着。警车停在殡仪馆北边的路上。在监狱民警的押送下，他从车上下来。

阴沉沉的天，整个天空是一片乌青色。猛然间，狂风肆虐大地，无情地冲击着华畅的心。

警长示意摘下华畅的手铐，脱下蓝色的囚衣，换上黎菲准备的衣服。

“警长，不能摘掉他的戒具吧?”一个刚加入公安队伍的小警官警惕地问了一句。

“我们不希望他的妻子在九泉之下看到自己的丈夫穿着囚衣、戴着手铐为她烧香磕头。”警长示意保持警惕。

华畅感动地泪流满面，两腿酸软地跪了下来。

紧随其后，三名警察全副武装，荷枪实弹，在后面保持警戒，以防发生意外。

黎菲一个人在守灵，看到华畅慢慢向灵堂走来，深邃的眼眸冰冷无比，谁也无法看清她的内心。

华畅看到灵堂，好像做梦一样，不敢相信眼前的一切，两腿像灌铅似的走不动，眼泪从眼里滚落下来，感到心脏像针扎一样疼，疼得他甚至无法抽泣。他像疯子一样跌跌撞撞地冲到灵堂。他看到灵堂里的骨灰盒上有柳韵的照片，“扑通”一声跪在柳韵的骨灰盒前，用颤抖的双手将骨灰盒搂在怀里，发出狼嚎似的哭啼声。

“柳韵，我的爱人啊，你回来吧！我错了，你睁开眼睛看看，只看我一眼。你怎么不睁眼啊？你看看我就跪在你面前，你来吧！我任你打、任你骂！这几年，你为了我蒙受了太多的委屈，我这一辈子当牛做马也还不完啊！”华畅将脸长时间地依偎在冰凉的骨灰盒上，流着悔恨的眼泪。

“华畅，人死不能复活，不要太难过了！”警长走过来将华畅拉起准备离开。

华畅走到黎菲面前，他惶恐不安地看着黎菲，半天说不出话来。

“感谢你还有这份心意！”黎菲垂下眼睑，没有一点儿怜悯。

“黎菲，谢谢你对我妻子的陪护和照顾，也请你转告孟老师，说我对不起他。你们的大恩大德我永远铭记在心。”华畅说着，往后退了三步，面朝黎菲深深地三鞠躬。

“华畅，姐姐临走时，她的手里掉下一个纸团，我一直保存着，现在交给你。”黎菲的眼中有充盈的泪光，似乎在下一秒就会滑落。

华畅伸出发抖的手，想去接过来，但手好像被蝎子蜇了一下缩了回来。他低下了头，泪水滴在手上。

这是妻子最后的留言，怎能不接啊！他还是接了过来。

华畅，恕我称呼直接，我过去、现在、永远都不会对你用老公的称呼，这你是知道的。你要好好改造，争取早日出狱。如果你贪赃枉法被追究刑事责任，你要老老实实低头认罪！

我即将要去另一个世界，那里只剩下沉默和前所未有的悔恨！如果一开始我听了孟老师的话，也许就不会是现在的这个自己。你没必要同情我，你的所作所为让我发怒。我不想再见到你，不想再知道任何关于你的消息，我不需要你！

华畅好像听到了柳韵狮子般的怒吼。他的脸色有点儿青。

“该走了，华畅。”一个警官走过来，让华畅穿上囚衣，给他重新戴上了手铐。

风来了。先是一阵阵飘飘的微风，从西北的黄土岭上那边沙沙地掠过来，轻轻地翻起了行人的衣襟，戏弄着路上的枯叶。黄河滩的旷野里响着一片轻微的簌簌声。

一会儿，风大了，路旁的野草狂乱地摇摆着，树上的枯枝咔嚓咔嚓地断落下来。一阵可怕的啸声，从远远的黄河边上响了过来。阴云更低沉了，沉雷似乎已经冲出了乌云的重重包围，像爆炸似的响着，从西北方向滚动过来。

当华畅被警察搀扶着一只脚踏上车时，一辆挂着京 A 牌子的红旗轿车向灵堂驶来。

“孟老师来了！一定是他！”黎菲含情脉脉地注视着红旗轿车。她的目光稍带娇羞。

红旗轿车是孟老师的挚爱。大气、稳重、不失亲和力是红旗品牌的精华所在，强烈的民族精神是他挚爱红旗的根本原因。

“是孟老师。就是他！”黎菲眼中的泪光似乎在下一秒就会滑落，然而她却只是悠悠一笑，又将泪水吞回眼眶。

孟挺松下车的一刹那，看到了警车，看到了华畅。华畅也看到了孟挺松。

孟挺松犀利的目光如一把闪耀着光芒的钢刀。华畅极力回避孟挺松的目光。

孟挺松与华畅对视了一眼。愤恨和感恩就发生在这一刹那：孟挺松一个犀利的眼神可能让华畅忆念一世；华畅一个感恩的眼神可能让孟挺松温馨一生。一切的一切都开始于相互尊重和理解。

突然，一个怒雷咆哮着从天而降，随后一道闪电划过长空。紧接着，豆大的雨点像是机关枪射出的子弹一般落到地上。雨越下越大，大大小小的水滴连成一片，好像银龙在拥挤的空间碰撞飞溅，画出一条条不规则的曲线。

警车在风雨中呼啸而去，孟挺松健步走下了红旗轿车，步入灵堂。

“孟老师！您回来了！”黎菲明亮的大眼睛里闪烁着黑宝石一般幽深的光泽。

“孟老师，看到您回来我很高兴！山水有重逢，人生无再聚。你挚爱的柳韵姐姐走了，你的心里一定增加了悲凉和凄切。你曾经发誓，除了柳姐你谁也不娶。因此，我要把你忘记。今天把柳姐送走后我们再也不要相遇，再也不要为彼此偷偷地流泪。”黎菲眼角上带些泪痕。

“菲菲，你一个人在河阳市，需要有人照顾啊！你晚上加班工作到深夜，爱睡懒觉，早餐不好好吃，我多想每天提醒你，亲自给你做。一个柔弱的小姑娘，真怕你碰到色狼坏蛋，我多想陪着你，保护你……想到这儿，心里挺酸的，可是在汶水河畔说给柳韵的誓言我不能违背啊。”孟挺松茫然若失的眼睛盯着黎菲，没有怨恨也没有祝福，只有一抹凄凉的眼神。

灵堂外边传来的哀乐声，把他们俩从迷蒙中拉了出来。

孟挺松走上前去，他的眼睛里充满了安慰、感激，没有任何言语，却仿佛包含了千言万语。

她伸出洁白的双手迎了上去。两个人的眼神碰到了一起，又以最快的速度躲闪。

黎菲伸开右手，手心朝上，示意孟挺松往前走。

孟挺松缓缓地走到灵堂前，深深地三鞠躬。他深情地望着柳韵的遗像，嘴唇微微抖动着，英俊的脸上流淌着串串泪珠。

“孟老师，这是柳姐临终时让我转交给您的一封信。”黎菲说着，双手将信捧了过去。

孟挺松接过信，闭上了眼睛，他在向柳韵表白。

人生在世，最无可奈何却又无法避免的事，大概就是离别了吧。从出生到现在，一直在不断地告别，和朋友告别，和老师告别，甚至和自己告别，今生我们就这样告别了。

柳韵啊，忘不了你放在我心灵深处的容颜。我在灵堂里静静地想你。香火慢慢地熄灭了，思念却慢慢地浓了。

灵堂里如此静谧，我听得到你的声音，我看得到你的笑容。我想知道你在天堂做什么，我想知道你有没有想我，我想知道你凝望凡间时会是什么神色，我想知道你走进甜美梦乡的时候是否看到我在梦的门口等你……我就这样静静地想你，我就这样静静地回忆，关于我们的……

知道不应该再想你，除了痛无济于事，可总是情不自禁。我好傻啊！傻到在你离开至今，我还徘徊、留恋在记忆中。

如果可以重新选择，还会是这样的结果吗？我不会抱怨，毕竟上苍让我拥有过幸福，我真的希望我的想念会变成呼唤飞到你身旁……

这个平淡的时刻，因为想起了你变得绚丽多彩，也因为想起了你变得异常凄惨。满眼是我们走过的幸福。如果前世我是用五百次的回眸换取今生与你短暂的相遇，那我愿用余生所有的快乐换取来生的再聚。

我的柳韵，你撇下我走了。在这悲痛的时刻，思念铺天盖地地向我袭来，你看见我在落泪吗？人的眼睛可以看到很多人，但我的眼中只能容纳下一个你，而你……

孟挺松的眼睛在流泪，他是那样悲伤。他摸着骨灰盒，泪水一滴滴地掉在暗红色的骨灰盒上，那上面是他永远难忘的记忆。

渐渐地，雨越来越小，最后停了。地上依然是湿淋淋的，瓦片上的雨水仍在流着，树叶上留下的雨珠在阳光的照耀下像一颗颗珍珠似的闪闪发光。

第三十五章　河水流向远方

秋雨，悄然无声地飘落着，像是无数蚕吐出的银丝，密密地斜织着，雨帘是那样密，为天地间挂上了一道珠帘。

公检法司的领导及亲朋好友早早地来到了殡仪馆。他们胸戴绢花，怀着沉痛的心情缓缓走进灵堂，凝视着柳韵的骨灰盒默哀。

追悼会开始，鸣礼炮，奏哀乐。法院副院长致悼词：

“今天我们怀着无比沉痛的心情送别我们的一位挚友，一位朝夕相处、共同战斗的同事，一位英年早逝的政法界精英柳韵同志。

“在此，请允许我代表河阳市人民法院党组及全院干警向关心她的所有人表示感谢，向柳韵同志致以沉重的哀悼，向柳韵同志进行深情的道别。

“柳韵同志因病离开了生养她的父母，离开了和她一起工作过的同事，离开了想她念她的亲人朋友，离开了她用青春奉献的法治事业。

“柳韵同志毕业于中国政法大学。毕业后她毅然选择回到家乡做法律工作。到法院工作以来，她奋战在行政审判工作第一线，对涉及城乡环境整治、征地拆迁补偿、老旧社区改造、公安、卫生行政处罚等案件，充分发挥了‘减压阀’‘守护者’‘助推器’的作用。

“她对每一起案件都经过深思熟虑，用智慧解决问题，避免程序空转，不断推进行政争议实质性化解，通过调解、教育疏导、个案救济等手段，努力使每一起案件得到公正处理，尽量减少诉讼双方的诉累，使诉讼双方客观、理性地看待裁判结果，既保障了老百姓的合法权益，又为社会稳定提供了司法保障。

“柳韵同志的工作非常出色，曾多次获得上级奖励。曾被市中级法院荣记三等功一次，被河阳市人民政府授予忠于职责奖，荣获河阳市人民法院‘优秀中共党员’称号。

“柳韵同志走了，带着对美好人生的无限眷恋，永远地走了。在短短的人生春秋里，她为我们谱写了一曲共产党员的赞歌。我们为河阳市人民法院失去了一个清正廉洁、德才兼备的好法官而感到万分痛惜。

“柳韵同志，此时此刻，领导、同事、亲人朋友为你送行！我们在为你短暂的人生而伤痛。但你对工作的敬业、对同事的坦诚、对法官事业的忠诚，你那种艰苦朴素、勤俭节约的优良作风，你那种为人正派、纯洁善良的高尚品德，你那种勤思好学、不断进取的求知精神，将永远铭记在我们心中。

“烟雨凄寒，万里菊花凝血泪；音容寂寞，清溪流水传哀声。我们为失去这样一位优秀的同志、一位真挚的朋友而感到万分痛心与惋惜。

“我们要化悲痛为力量，努力工作，积极进取，再创佳绩，以慰柳韵同志在天之灵。

“长歌当哭，逝者逝亦，生者善之！愿柳韵同志一路走好!!!”

肃立的人群中又一次传出了悲戚的哭泣声。

追悼会后，公检法司的领导走到柳韵年迈的父母和孟挺松、黎菲的面前表示慰问。

柳韵生前留有遗愿，要让孟挺松和黎菲一起把她的骨灰撒到汶水河里。

孟挺松手捧鲜花，神态严肃。看不到他的泪花。但是他一定还在哭泣，看不到眼泪是因为眼泪已经流进了他的心里。

送行的车上，刘毅流着眼泪，手捧挽结着一绺黑纱的柳韵的相框。是啊！花儿感受阳光的温暖，才能开得无比娇艳；鱼儿感受大海的拥抱，才能自由自在地畅游。柳阿姨啊！我感谢您的关怀，感谢您的帮助，感谢您为我做的一切，没有您，哪有我的今天啊……请接受我和我全家最真心的祝愿，愿您一路走好!

黎菲抱着一束鲜花坐在车上，没有任何表情，是在深思、在回忆，还是在幻想？是啊！落叶在空中盘旋，谱写着一曲感恩的乐章，那是大树对滋养它的大地的感恩；白云在蔚蓝的天空中飘荡，描绘着那一幅幅感人的画面，那是白云对哺育它的蓝天的感恩。因为感恩才会有这个多彩的社会，因为感恩才会有真挚的友情，因为感恩才让我们懂得了生命的真谛。柳姐啊！在我遭受城管骚扰时，如果没有您的支持和鼓励，不知现在的发廊会成什么样子!

孟挺松双手托着柳韵的骨灰盒，望着车窗外那几根折肢断臂垂头丧气的小草，他哪有好心境？柳韵啊！银汉迢迢隔不断我对你的思念，天各一方挡不了我对你的眷恋。想你是一种习惯，想你是对爱的呼唤，想你是思念的写意，想你是久旱对甘露的渴望，想你的感觉如同百折千回后到了桃花源。青笺淡墨，勾勒思念；青山无言，相思绵延。桨声灯影里你从未离去，天光云梦中我抚琴凝眸。古槐深巷，千里河山，我终生为你守候，忠贞不渝。

汽车窗外传来一阵一阵的声音，这声音忽高忽低，时远时近。孟挺松已经明显感到车窗外吹进的风，夹带着雨点，雨点滴到手臂上。往前看去，一阵一阵烟雾，自东向西飘过。

这烟雾哪里来的呢？他仿佛看到了柳韵，慢慢地随风向他走来……

“松松哥哥，我没有忘记咱俩相处时的温馨，没有忘记我们挽臂徜徉同歌轻唱的快乐，没有忘记我寂寞时你悉心的陪伴，没有忘记我痛苦时你耐心的开导，没有忘记我失意时你温暖的话语，没有忘记我们拌嘴后你那深深的内疚，没有忘记我哭泣时你的惊惶，没有忘记我任性时你的宽容，没有忘记我烦心时你幽默的笑话，没有忘记我调皮时你朗朗的笑声。

“我走了！你不要悲伤！黎菲是位好姑娘，你要好好保护她，别辜负了她的一片真情！”

孟挺松看到车窗玻璃蒙上了一层水汽，外面的景色朦胧梦幻。他突然有一种冲动，打开车窗，伸手要去拉柳韵，可是柳韵的身影迅速消失，留下的只有一股穿心的凉意和手心那一汪清水。

天色昏暗，时而狂风大作，落叶被吹得漫天飞舞；时而雷电交加，天空划过明亮的道痕。

灵车从殡仪馆出发，沿着通向省道的乡间道路向北缓缓行进。

刚要上省道，灵车突然熄火了。

司机大叔启动，熄火，再启动，再熄火。反复几次，汽车就是没反应。他不停地挠着头，眉毛也紧紧地皱了起来。

“孟老师，是不是柳阿姨不愿走啊?”刘毅呆呆地凝视着孟挺松。

“这种事不可不信，不可全信。这辆车我用两年了，从来没有出现过这种情况。”司机大叔很诚实、直率。

“我知道柳姐手中有一个牵扯某个企业状告河阳市经济开发区管委会的案子，这个企业就在省道旁。”黎菲的眼睛开始发亮，好像罩上一层晶莹玻璃似的，睫毛接连动了几下。

“你快说说！”孟挺松的两眼里弥漫着好奇的光泽。

“这个企业是一个做皮毛加工的老厂，属于经济开发区的拆迁范围。企业对经济开发区出具的房地产估价报告不满意，就委托一个估价公司进行了评估，经济开发区对赔偿数额相差的 100 多万元不予补偿，因此企业提起了行政诉讼。我在休息时多次陪伴柳姐到企业负责人家、镇政府了解情况，做疏导工作，现在双方对立情绪不那么激烈了。”黎菲一提起柳韵，湿润的眼睛就流露出特别敬佩和留恋的光芒。

“哦，原来是这样啊！”孟挺松平淡的目光中，流露出难以掩饰的怀念。

“孟老师，我祷告几句吧，你们可别笑话我啊。”司机大叔那深沉的眼眸中，透露着历经岁月的沧桑。

“您就说吧，大叔！”孟挺松冷峻的目光中，微微露出一丝暖意。

“柳姑娘，你的事业会有人接班；你经手的案件会有好的结果；孟老师和黎菲姑娘会像你一样照顾你的父母，只要他们活着，你就活着。在他们不经意流下的泪水中你会永生，是在一个更快乐更阳光的世界里永生。你放心吧！”司机大叔是那么虔诚，那举起的双手是多么坚定！

放下祈祷的双手，司机大叔插上汽车钥匙轻轻一转，发动机启动了。

灵车沿着省道继续向西行驶。到汶水河大桥也就是两公里路程，可唯有今天，这条路仿佛拉长了许多。时间一分一秒地过去了，可是仍感到路没有尽头……

灵车终于到达了汶水河大桥。灵车走得更慢了。

“柳韵，你睁开眼睛看看，‘汶水人家’的牌坊多么绚丽，汶水河中那戏耍的天鹅成双成对，大桥西侧的竹子翠绿成林，你和幻珊划船的水面更加开阔。你再看看啊，柳韵，路左边理发店的静曼姐姐在等着你去理发，路右边的雪柳妹妹还想和你再捉一次迷藏。

“该拐了！这是去咱家的第一个路口，这个路口你经过多少次，去照顾我的父母；这个牌坊你路过多少次，去品味蔷薇花香。

“你再睁眼看看，咱童年时的朋友老八点李谷山在牌坊边等着，也许他想和你唠唠我和他一起在村委值班时的家常；你再往前看，张又易也在路旁，他和别人不一样，他是在看笑话，笑咱俩没有鸳鸯成双。

“李夏蓉的家到了，你看到了吗？她可是咱俩爱情的见证人啊！当年，你看到我三岁时拿着一个笔记本与她和席巧青的一张合影照，你调侃道，这么小就有两个美女陪伴你啊！

“车拐弯了，先下坡，再上坡，你慢点儿啊！柳韵，你还记得我去当兵时，你提着一兜鸡蛋往我家来的情景吗？那时候你就知道我爱吃鸡蛋，你告诉我，你在路上吃吧。

“柳韵，你睁开眼睛吧！你看看，孟大嫂在等着咱们，她的眼睛就要哭肿了。她可是咱东头的文化人啊！她教子有方，培养了好几个大学生。蔷薇花枝长叶茂，耷拉到路上，有些人偷偷地剪掉，只有她义务给咱看花。

“红军，红军！你熟悉的诗人红军也在路边等着咱。他可是我的救命恩人啊！那年我精神失常，是红军带着小伙伴们帮助你和黎菲把我从水中救出。

“柳韵，柳韵你看，到蔷薇花下了。你说过，花开花落终有时，竟是弹指一挥间。我像一朵无谓的蔷薇花，在我凋零的一刹那，你会感到失望吧？不过你放心，就算是下地狱，我也要在地狱门口等你。

“柳韵啊，你睁眼看看吧！相思的雨，是否已经温柔地落在你的身上，滴在你的心里？你要知道，扯不断的淅淅沥沥、绵绵长长的雨丝，就是我割不断的相思！”

忽然，一道闪电，又一声响雷，几十朵更大更黑的云团使人忘记了刚才的沥沥细雨。相继而来的则是落在地面上就溅起雨花的中雨。雨声大了起来，雨幕中的河水发出一阵呜咽的流水声。

送行的乡亲们早早就等候在汶水河畔，雨伞像佩剑一般握在他们的手里。

公检法司的同事们来了，他们全都穿着便服，披着同样的雨衣。

大家就这样站着。没有花圈，没有鲜花，但这是温暖所在啊！

皂角树下，东沟沿旁，站满了送行的人群。

雨水单调地拍着地面，始终如一，没有停止的迹象。

汶水河就在眼前。一切还是那么熟悉。

柳韵啊！你睁眼看看，你听到潺潺的流水声了吗？

汶水河啊！慈祥而温柔的母亲，您的女儿回来了。您用甘甜的乳汁把她养大，也请您用宽大的胸怀接纳她吧。这里有她往日的梦想，也有她流失的青春和爱恋。她生是您的骄傲，死是您的光荣。她没给您丢脸。

李大爷看着柳韵的遗像仰天长叹："我是看着她长大的，没想到她事业未成身先死啊！"

张大婶抚摩着柳韵的遗像说："老天爷啊，你为什么不发慈悲？多可爱的姑娘，你就这样让她走了！"

刘毅手捧柳韵的遗像，黎菲怀抱着一束鲜艳的玫瑰花，孟挺松小心翼翼地捧着柳韵的骨灰盒，慢慢地沿着乡亲们提前修好、垫好的沟坡向河边走去。

送行的乡亲和同事们，在雨中无尽地沉默，静静地观察着河边的一切，生怕惊醒了沉睡的柳姑娘。

孟挺松蹲在雨地上，用颤抖的双手打开了柳韵的骨灰盒，要按照她的遗愿，把骨灰撒在生她养她的母亲河。

"黎菲，你和柳韵不是亲姐妹，胜似亲姐妹，这是你们两个的缘分。在她最需要的时候，你始终陪伴在她左右，看着她离开了她眷恋的世界，你先撒第一把吧！"孟挺松用最悲楚的眼神看着黎菲，这是一种信任，也是一种情感的折磨啊！

黎菲用她那洁白的双手把飘香的玫瑰花瓣放进骨灰盒，然后走到汶水河边，轻轻地将鲜花伴着的骨灰放入水中，看着它慢慢地向南漂去。

“柳姐啊，您在生命的最后时刻，曾经反复地呢喃：‘试看春残花渐落，便是红颜老死时；一朝春尽红颜老，花落人亡两不知。’这是您对生活的控诉、对理想的绝望，也是您对自身命运的暗示啊！命运为什么对您这么不公平啊！

“柳姐啊，遇见松松哥哥之前，我觉得爱情可有可无，凡事随缘就好。遇见他之后，我才体会到您爱他的真正意义。

“您走了，我觉得他就是我存活的氧气，他就是我生活下去的动力。我真想和他谈一场永不分手的恋爱，蹒跚漫步，夕阳西下，白头到老，相濡以沫。然后抚着他的脸庞轻声说句：‘对你的感觉一直都在！’

“这样，我就可以像您一样关心他、照顾他，可是我难以启齿。您不说明，他不表白。苍天为什么要这样折磨我们呢？

“柳姐，我真的不想让你走！但是我不能不面对这残酷的现实。我多想填补您走后给松松哥哥留下的空白和遗憾，安慰他受伤的心灵。您知道吗？我的眼泪早已渗透进沉睡的土地，流进了汶水河，您的身边永远有我！”

黎菲的嘴唇微微地颤动，诚挚的脸庞和长长的睫毛上沾满了晶莹的泪水，幽怨的眼睛看着小河。她的眼泪里蕴含着多少心酸和无奈。

“松松哥哥，你接着送柳姐吧！”黎菲撒完鲜花伴着的骨灰，回头抱住一棵树。她眼睛紧闭着，用牙咬着自己的拳头，想竭力制止抽泣，然后转身看了一眼孟挺松。

孟挺松站在河边，痴痴地看着河水带着花瓣自上而下静静地流向远方，一会儿泛起几朵浪花，一会儿撞击着河岸，又一下一下撞击着他的心房。他的心一阵阵疼痛，因为那流向远方的水啊，满载着长长的思念，把他们至亲至爱的情谊带向了大海，雨水含着泪水从他的脸上滑落下来。

“松松哥哥，柳姐永远活在我们的心中!”黎菲秀美的蛾眉淡淡地蹙着，在她精致的脸蛋上扫出浅浅的忧虑，让她原本美得出奇的容貌更添了一份我见犹怜的心动。

“柳韵、柳韵!”孟挺松突然对着黎菲喊道。

黎菲看着孟挺松痴情的神态，不由得吃了一惊。松松哥哥，我是多么想陪伴在你身边，永远照顾你啊！刚才我拥抱树木的一刹那，难道你还不理解吗？难道打动不了你的心吗？我是个女孩儿，怎能先开口啊!

孟挺松低着头，掏出了被塑料布包着的褪了色的笔记本，这里边有他和柳韵一起捕捉的小蝴蝶标本。往事如烟魂牵梦绕般出现在他的脑海。

柳韵，你是否记得，放学后，咱俩来到汶水河边，在这鸟语花香的天地，尽情地享受大自然的恩赐。我和你牵着手来到河边，看到鲜艳的油菜花，你就忍不住摘下两朵放在手心上，你搓一下，那油菜的花香就真的从掌心弥散在空气中，你深深地吸着油菜花的清香。我问你喜欢吗，你羞答答地回答，当然喜欢。我就摘了一朵戴在你的头上，花的香味引来了美丽的蝴蝶，在你的头上飞来飞去。

柳韵，你是否记得，我们上小学时的一个中秋节，我在家拿了两块儿月饼，约你晚上一起到汶水河畔。咱俩一边赏月，一边吃月饼。我们不时地喂对方，我给你讲嫦娥的故事，你聚精会神地听，恍惚中你我成了故事中的主人公。讲完故事，咱俩互许心愿。我正在朦胧中你却跑了，还说你要飞向月宫，我马上追过去，结果你摔了一跤，把我绊到了，我趴在了你的身上，你说我是大坏蛋……

油菜花、小蝴蝶，还有那静静流淌的汶水河，让我和你欢乐地追随、追随。过去的追随，让我和你陶醉。今天的追随，却让我感到很累、很累……

柳韵，河水流失了我们的青春，却将童年的足迹留在了汶水河岸边。河水流失了岁月，却怎么没有留住你的人生？

柳韵，我怎么也想不开，你那么年轻，怎么忍心去了天国？你知道吗？你这一走，给我留下了永远的残缺，无论我有多大的力量，都难以追随你化作的一缕青烟。

柳韵啊，你睁眼看看我颤抖的手吧，撒一把骨灰，撒一把鲜花，疼痛的心啊就像被钢针在扎。

突然，有一朵花瓣停在那里不动了。黎菲走上前去，弯下腰，在花的旁边轻轻地拨了几下河水说："柳姐，你放心走吧！这朵玫瑰将伴随你流向黄河、流向大海……"

"黎菲，你看！"孟挺松左手拉了一下黎菲的衣襟，右手指向南边。

远远地，只见天边有一只小蝴蝶，它扇动着受伤的翅膀，忽高忽低地向南飞去。空中一只黄鹂，发出惆怅的鸣叫。

"黎菲，我走了！"孟挺松的眼神中闪烁着让人心碎的悲伤。

"您走吧！"黎菲的眼中充盈着泪光，然而她还是把泪水退回眼眶，淡静的眼睛里恍如有着海洋般深不见底的感情。

河水发出一阵阵呜咽的流水声。黎菲孤独地站在汶水河边，看着飘飘荡荡流向远方的玫瑰，她的心再也恢复不了平静。她忍不住转身看一下，发现孟挺松在汶水河大桥上看着她，向她挥手。

她顾不上多日的劳累，飞也似的跑到了大桥上。孟挺松的车却离她越来越远，向着高速公路驶去。

黎菲突然觉得整个人一下子空了，没有了灵魂，没有了目标，极度地空虚，极度地寂寞，只剩下一颗干枯的心。

"姐姐，咱也走吧！"曾佳开着她的奥迪轿车来到了她的身边。

黎菲忍不住停下脚步，吃力地望着孟挺松远去的方向，然后跨上了汽车，带着满腔的遗憾，离开了她牵挂的孟挺松，离开了静静的汶水河……

后 记

2020 年 1 月 20 日，我从西藏昌都返回河南孟州休假，顾不得一路上鞍马劳顿，第二天就回到了我梦回索绕的汶水河畔。

1997 年 7 月，我跟随爸爸妈妈到城里上学，除了有一年爸爸带我到河里学习一个夏天游泳外，至今已经有十年没有到过河边了。

汶水河依然美丽，河面结了一层薄薄的冰，河岸西边的树枝上，落满了蓬松松的雪花，远远看去，好似洁白的天鹅绒上铺过了一条银白色的玻璃带。冬天的河水很恬静，就像一个沉睡的小公主，我的到来打破了她的美梦。

我出生在汶水河畔店上村北一个普通的农家小院。在这个小院中，我亲自饲养过待在小院不走飞来飞去的野鹌鹑，亲眼看过浑身通红脖子上羽毛金灿灿的野鸡坠落小院电线上的情景。我听过爸爸妈妈和街坊邻居讲过我出生那一年，我家 22 只小鸡全部成活并且是 11 只公鸡和 11 只母鸡的故事。当我回忆童年的时光时，心里的某个角落总会有一种特别的感受，让我顿生温暖，久久回味。

我爸爸在质量技术监督局上班，我的家就在质量技术监督局后院，我经常到局里玩耍、打乒乓球，耳闻目睹了局里的好多事情。爸爸在工作上个性鲜明，正直廉洁。当事人在他办公桌上放10000元，他把钱交到局里财务部门的事给我留下了不可磨灭的印象，影响着我的人生。爸爸在生活中慈祥和善，拳拳爱子之心溢于言表。说实话，爸爸对我和姐姐非常溺爱，只要出门总是抱着我，姐姐不愿意，爸爸就抱着我背着姐姐。为了给我们一个快乐的童年，爸爸从来不让俺俩上任何文化辅导班、补习班，当然这也与妈妈的身份和学养有关。我深深地感到：爸爸是一缕阳光，让我的心灵即使在寒冷的冬天也能感到温暖如春；爸爸是一泓清泉，让我的情感即使蒙上岁月的风尘依然纯洁明净。

我妈妈是一位初中教师，与爸爸同一个村。外公是一位裁缝。妈妈从小受到严格的教育。她在初中任数学教师12年，年年全乡初二数学统考都是第一名。我姐姐的清华大学研究生、我数学高考149分的成绩都得益于妈妈的熏陶和影响。“执子之手，与子共著。执子之手，与子同眠。执子之手，与子偕老”是爸爸妈妈亲密关系的真实写照。听爸爸讲，生我那一年，爸爸已经到离家15公里的城里上班，每天早上7点出发，晚上回来很晚，妈妈除了教书，还要带好我和姐姐。那一年，她的体重从110斤下降到90斤。“春蚕到死丝方尽，蜡炬成灰泪始干”，我的妈妈无时不为儿女操劳着、牵挂着、守候着。她为这个家付出了全部精力，把自己所有的爱都给了家庭和儿女，无怨无悔。妈妈好似一朵美丽的康乃馨，蕴藏着伟大的母爱！

我们的家是最温馨的港湾。爸爸妈妈用慈爱的伞为我和姐姐撑起一方晴空。在家我们可以随心所欲，不用拘束，不用害怕，自由自在。在我家洋溢着浓浓的师生之情、伙伴之谊，演绎着一幕幕感人至深的故事。

《静静的汶水河》是以爸爸妈妈的爱情故事为背景创作的。我很骄傲！骄傲有一位出生在农村、当过军人、当过行政执法干部、做过律师工作、在中国政法大学讲过课、生活阅历十分丰富的爸爸。我很庆幸！庆幸有一位德识俱佳的妈妈，她不辞辛苦搜集了大量资料，为我的创作扫除了障碍，铺平了道路。这也许是上帝的恩惠吧！因为单靠我个人是无法完成这部能够让法官、律师、行政干部、年轻人以及小孩子都喜欢的文学作品的。

《静静的汶水河》是爱情和法律两条线并驾齐驱的。法律线索是以一起票据诈骗案为基本素材酝酿、编写提纲的。那时我刚上大学，没有精力进入实际创作。爸爸、妈妈那时就开始为写作准备各种参考资料了。真正以城管执法为素材改变提纲还是2020年1月开始的。

2020年1月，我返乡度假，正值春节和疫情。我有幸接触了在发廊工作的焦润姐姐，聆听了她的许多故事，尤其是城管执法人员强迫她拆除封闭阳台从而抗争的故事引起了我的极大兴趣。

城管是政府部门，管理的主要对象是街头上的小商小贩，如占道经营、违章晾晒、流动摊点等，这些行为直接或间接影响到市民的生活和出行，是需要有人站出来给以制止和更正的。他们要强拆在合法不动产使用证上装修的阳台有没有法律依据呢？

带着这个问题，我仔细研究了《城乡规划法》、《城市市容和环境卫生管理条例》等相关条例和行政规章。针对大部分百姓对城管概念不明确、不喜欢城管的现实，我与在国家司法部门和行政机关工作的同仁进行了沟通，感觉到用文学形式把城市管理中的问题展现在全国人民面前，推动国家健全城市管理的法律、法规是我义不容辞的责任和义务。因此我开始改变原来以公安为题材的创作思路，下定决心转向以城管执法为题材的创作。

这个想法得到了曾任国家行政学院出版社总编室主任的中央

党校法学博士张金来老师的支持。张老师从编辑的视角对《静静的汶水河》的创作提出了若干意见和建议。在此，向张老师表示衷心的感谢!

焦润姐姐是《静静的汶水河》创作中重要的原型之一。面对绝大多数商户阳台被拆除的现实，面对城管执法人员采用汽车堵门咄咄逼人的不正常行为，她说:“强拆是死，自己拆也是死，干脆用法律来维权吧!”她充分有效地利用了《政府信息公开条例》、《行政复议法》和《行政诉讼法》，维护了自己的合法权益和法律的尊严，受到了人民群众的赞赏。

我大学毕业，准确地说没有毕业就被聘用到郑州一所大学当了一名思政教师。在半年的教学生涯中，我荣获“河南省优秀教师”称号。但是我还是羡慕人民警察的那身藏蓝色服装，幻想着自己成为一名英姿飒爽、人人佩服的英雄。后来我才发现警察的辛苦是常人难以想象的，在昌都市公安局机关工作的我更是忙上加忙，能挤出时间写作简直是一种奢侈。

但是，创作《静静的汶水河》，是我坚定不移的目标。再苦再累，我也要完成这部推动祖国城管法治进程的文学作品。一位诗人说的好，有饥饿感受的人一定消化好，有紧迫感受的人一定效率高，有危机感受的人一定进步快。希望源于失望，奋起始于忧患，希望和信念加快了我创作的步伐。

今天，《静静的汶水河》出版合同终于签订了。我衷心感谢《中国大众音乐》编委、北京东方星视文化发展有限公司经理刘晓平老师和中国音乐家协会会员、国防大学军事文化学院作曲家郑阳老师为《静静的汶水河》作词、谱曲（词曲附后）；衷心感谢西藏自治区公安系统各位领导的关心和厚爱；衷心感谢战友们的理解和支持。

在我创作的过程中，还有许许多多让我感动的人，有许许多多让我感动的事，他们好像天上的星星，一闪一闪的，照亮了我创作的道路。

我是一名人民警察，纵使鲜血淋漓，决不畏惧，尽以命拼，完成了组织交给我的各项任务；我又是一位文学爱好者，集腋成裘，聚沙成塔，终于为祖国法治文学的百花园增添了芳香。我毫不惭愧地说：我竭尽全力劳动过，并将自己的血汗献给了人类最壮丽的事业。

冯琦昊

2022 年 1 月 12 日

附录 《静静的汶水河》词曲

静静的汶水河

1=♭B 4/4 女高音独唱

刘晓平 词
郑 阳 曲

每分钟60拍 情谊深长、充满斗志地

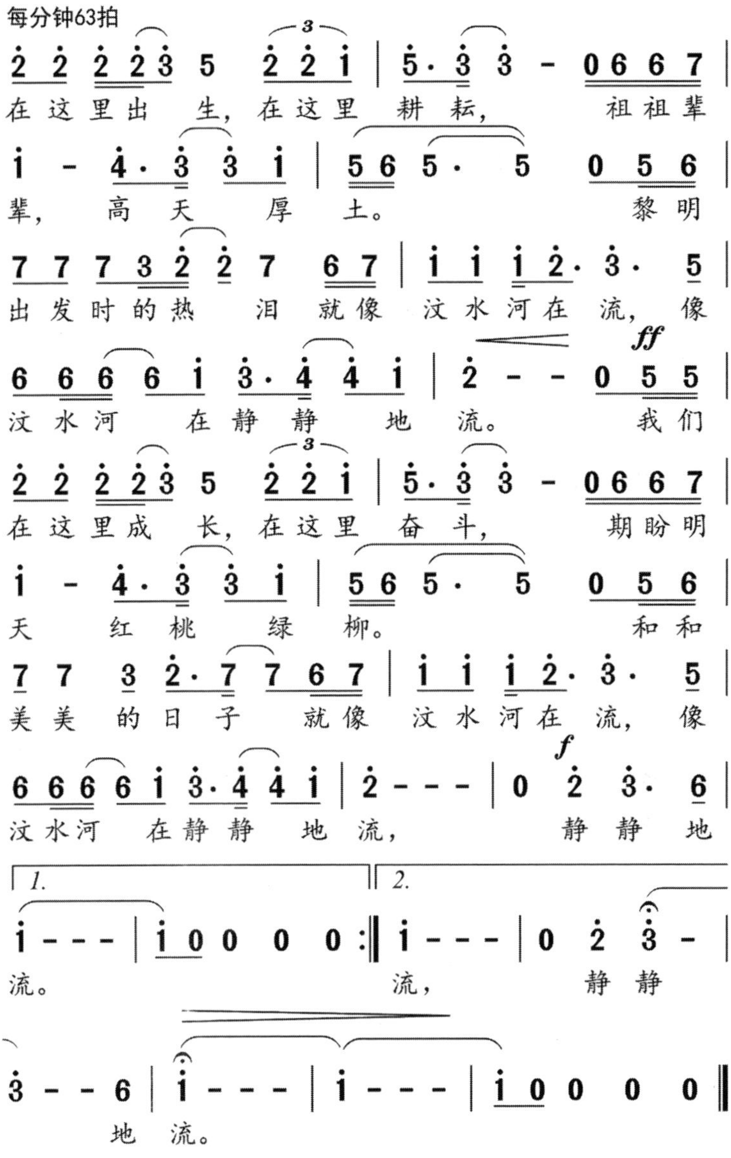
每分钟63拍
在这里出生，在这里耕耘，祖祖辈
辈，高天厚土。黎明
出发时的热泪就像汶水河在流，像
汶水河在静静地流。我们
在这里成长，在这里奋斗，期盼明
天红桃绿柳。和和
美美的日子就像汶水河在流，像
汶水河在静静地流，静静地
流。
流，静静
地流。